Melanie Metzenthin

Unsere kurze Ewigkeit

MELANIE METZENTHIN

Unsere kurze Ewigkeit

Roman

PIPER

Mehr über unsere Autorinnen, Autoren und Bücher:
www.piper.de

Wenn Ihnen dieser Roman gefallen hat, schreiben Sie uns unter Nennung des Titels »Unsere kurze Ewigkeit« an *empfehlungen@piper.de*, und wir empfehlen Ihnen gerne vergleichbare Bücher.

Unser Versprechen für mehr Nachhaltigkeit
Klimaneutrales Produkt
FSC®-zertifiziertes Papier
Hergestellt in Europa

FSC
www.fsc.org
MIX
Papier | Fördert gute Waldnutzung
FSC® C083411

ISBN 978-3-492-06397-5

Satz: Satz für Satz, Wangen im Allgäu
Gesetzt aus der Adobe Garamond Pro
Druck und Bindung: CPI Books GmbH, Leck
Printed in the EU

VILLA HÜGEL IN ESSEN, 27. FEBRUAR 1931

Es sollte eine Beisetzung im engsten Familienkreis werden, ein stiller Abschied ohne pompöse Gästeliste. Doch die Familie hatte nicht mit der Zuneigung der Bevölkerung gerechnet. Vom einfachen Stahlwerksarbeiter bis zur elegant gekleideten Dame waren sie gekommen. Mehr als einhundertfünfzigtausend Menschen säumten die Straßen vor der Villa Hügel! Man sah vornehme Herren ebenso wie Mütter mit kleinen Kindern. Halbwüchsige Burschen standen zwischen jungen Mädchen und hochbetagten Greisinnen, die sich ergriffen über die Augen wischten und leise von der guten alten Zeit erzählten, damals, als der Kaiser hier noch ein und aus gegangen war. Ein alter Mann, dessen krummer Rücken von lebenslanger harter Arbeit zeugte, richtete sich auf, um einen Blick auf den Trauerzug zu erhaschen. Uniformierte Schutzleute standen neben einem blassen Buchhalter, der sich immer wieder die dicken Brillengläser putzte, um ja nichts zu verpassen. Man sah Fotografen und Reporter, die diesen Tag für die Nachwelt festhalten wollten. Sie alle waren gekommen, um Margarethe Krupp die letzte Ehre zu erweisen. Industriellengattin, Firmenchefin und Ehrenbürgerin Essens. Stifterin der Margarethenhöhe, eines Wohngebiets aus wunderschön angelegten Häusern im Grünen. Diese waren Familien vorbehalten, deren Geldbeutel zu schmal für ein eigenes Häuschen war. Auch wenn manch böse Zungen behaupteten, Margarethe Krupp habe mit ihrer Wohltätigkeit von den Skandalen ihrer Familie ablenken wollen, so fühlten die meisten doch instinktiv, dass Margarethes Barmherzigkeit einem aufrechten und wahrhaftigen Bedürfnis entsprungen war. Und so hatten sich die Menschen versammelt, um Margarethe Krupp ein letztes Mal ihren Respekt zu bekunden.

TEIL 1

HERBST 1878

1

»Wenn du als Dienstbotin arbeiten willst, brauchst du dich hier nie mehr blicken zu lassen. Dann bist du nicht mehr meine Tochter!«

Dieser Satz ging Margarethe nicht mehr aus dem Kopf. Nicht einmal die wunderschöne Landschaft, die an ihrem Zugfenster vorbeiflog, konnte sie ablenken. Unter anderen Umständen hätte sie mit Sicherheit ihren Skizzenblock hervorgezogen, um die herbstroten Wälder und die ockerfarbenen Felder festzuhalten. Sie hätte nach Rehen, Fasanen und Füchsen Ausschau gehalten. Doch diesmal war alles anders. Zu schmerzhaft hatten sich die harschen Worte in ihr Herz gegraben. Die letzten Worte, bevor sie aufgebrochen war, um ihr Elternhaus für lange Zeit, wenn nicht gar für immer, zu verlassen. Wenigstens hatte sie das Zugabteil für sich allein. Sie hätte es nicht ertragen, mit irgendeinem Fremden höfliche Konversation betreiben zu müssen, während ihre Gefühle durcheinanderwirbelten.

Es waren nicht nur Schmerz und Enttäuschung, sondern vor allem Wut. Unbändige, heiße Wut, die ihre Schläfen pochen und den Kopf schmerzen ließ, als wolle er zerspringen. Ein Schmerz, so stark, dass sie am liebsten geschrien hätte, um sich Erleichterung zu verschaffen. Natürlich tat sie das nicht, sie war schließlich eine Freiin von Ende, dazu erzogen, stets auf ein tadelloses Benehmen zu achten. Und zu einem tadellosen Benehmen gehörte es, sich nicht mit der Mutter zu zanken. Dennoch ärgerte sie sich maßlos, dass sie ihrer Mutter nicht widersprochen hatte. Zunächst hatte sie sich eingeredet, es wäre ihr natürlicher Respekt vor der Frau, die sie geboren hatte. Und in gewisser Weise stimmte das. Sie war schon vierundzwanzig Jahre alt, doch dieser Respekt beherrschte noch immer ihr Handeln. In Wirklichkeit war es aber ihre Feigheit. Sie hatte Angst davor gehabt, sich mit einer angemessenen Widerrede Luft zu verschaffen, denn sie wusste, dass sich nicht einmal ihr Vater August im Streit gegen die Mutter durchsetzen konnte. Und der war immerhin amtierender Oberpräsident der Provinz Hessen-Nassau. Andererseits bewies ihre Reise, dass sie sich in gewisser Weise doch durchgesetzt hatte. War es nicht die viel bessere Antwort, zu handeln, anstatt hitzige Worte zu wechseln, die doch zu keiner Lösung führten?

Sie war keine Dienstbotin, ganz gleich, was ihre Mutter sagte. Sie war Absolventin des Lehrerinnenseminars und hatte über den *Verein deutscher Lehrerinnen in England* eine gut bezahlte Stellung als Gouvernante im Haushalt des britischen Admirals John MacKenzie angeboten bekommen. Er war achtundfünfzig Jahre alt, seine Frau Anabella um vier Jahre jünger. Das Paar hatte vier Kinder, Anni, die nur drei Jahre jünger als Margarethe selbst war, den vierzehnjährigen Stammhalter Kenneth und die beiden Töchter Laura und Lissie, elf und zwölf Jahre alt, ihre künftigen Schützlinge. Margarethe war sehr stolz gewesen, als sie dieses Stellenangebot bekommen hatte. Die Bezahlung war viel besser als in Deutschland, und Mrs MacKenzie hatte ihr einen begeisterten Brief geschrieben, in dem sie ihrer Freude Ausdruck verliehen hatte, dass eine Frau mit solch guten Referenzen künftig die Erziehung ihrer jüngsten Töchter übernehmen würde. Mit Sicherheit hatten die Empfehlungsschreiben, die Bertha Krupp und die Gräfin von der Leyen ihr ausgestellt hatten, einen Großteil zu dieser Begeisterung beigetragen.

Margarethe erinnerte sich daran, wie sie Mrs MacKenzies Brief stolz ihrer Mutter gezeigt hatte. Doch anstatt sich zu freuen, war diese empört gewesen: »Du bist die Freiin von Ende und Enkelin des Grafen von Königsdorff«, hatte sie geschrien, bevor jene bitteren Worte gefallen waren, die Margarethe noch immer verfolgten. Das Pochen in ihren Schläfen verstärkte sich wieder. Am meisten ärgerte sie die Doppelmoral ihrer Mutter. Jetzt kam sie ihr mit der vornehmen Herkunft ihrer Familie. Dabei hatte sie von ihr jahrelang verlangt, für die Familie zu putzen, die Wäsche zu machen und die jüngeren Geschwister zu hüten, weil zu wenig Geld für ordentliches Personal da war. Wäre sie Gouvernante beim deutschen Hochadel geworden, hätte ihre Mutter mit Sicherheit voller Stolz mit ihr renommiert. Aber die Familie MacKenzie war nun mal bürgerlich.

Ob ihre Mutter diese Doppelmoral wohl schon als Kind erlernt hatte? Oder war es ihre Art der Bewältigung gewesen, weil ihr Leben nicht so verlaufen war, wie sie es sich eigentlich gewünscht hatte? Diese Frage hatte Margarethe sich nie beantworten können. Sie wusste nur, dass sie niemals so leben wollte wie ihre Mutter, die mit achtzehn Jahren ihr erstes Kind bekommen hatte und mit neununddreißig Jahren zum dreizehnten Mal niedergekommen war. Ihre beiden Erstgeborenen hatte sie bereits als Säuglinge zu Grabe tragen müssen, ebenso wie den kleinen Ehrenfried, ihr zwölftes Kind. Danach war nur noch die kleine Irene geboren worden. Eleonore von Ende mochte einen schwierigen Charakter haben, aber sie hatte auch kein leichtes Leben gehabt. Wenigstens hatte sie ihre Töchter trotz aller Querelen niemals dazu genötigt, eine ungewollte Ehe einzugehen. Als Margarethe daran dachte, verrauchte ihre Wut. Sie hat mich verletzt, aber sie hat mich nie daran gehindert, das zu tun, was ich wirklich will. Ich kann alles schaffen, ich muss nur die Konsequenzen tragen. Und wenn ich dazu bereit bin, kann mich nichts aufhalten.

Heute fuhr sie ein letztes Mal für lange Zeit nach Essen, um ihrer mütterlichen Freundin Bertha Krupp einen Abschiedsbesuch abzustatten. In zwei Tagen ging es dann von der Villa Hügel aus nach Hamburg. Dort würde sie die Fähre nach England nehmen und von Harwich weiter nach Holyhead in Nordwales reisen.

Ein Ruck ging durch den Waggon. Margarethe schreckte aus ihren Gedanken und sah, dass der Zug in einem kleinen Bahnhof angehalten hatte. Noch vier Stationen bis Essen. Sie schaute aus dem Fenster und betrachtete einige der wartenden Fahrgäste. Ein uniformierter Soldat, eine fünfköpfige Familie und ein Mann um die vierzig mit einem gewaltigen Schnauzbart. Sie hoffte, dass sie noch eine Weile mit ihren Gedanken allein bleiben könnte. Es gab schließlich genügend freie Abteile.

Als die Pfeife des Schaffners ertönte, war Margarethe erleichtert, denn niemand war in ihr Abteil gestiegen. Doch als der Zug anfuhr, stellte sie fest, dass sie sich zu früh gefreut hatte. Der schnauzbärtige Mann kam den Gang hoch, schaute in ihr Abteil und öffnete es dann.

»Guten Tag, ist hier noch ein Platz frei, meine Dame?«

Sie nickte stumm.

Der Mann hievte seinen kleinen Koffer in das Gepäcknetz, dann nahm er ihr gegenüber Platz. »Ich hasse es, allein in einem Abteil zu sitzen. Da bin ich doch sehr froh, dass ich Sie hier getroffen haben, meine Dame.« Er warf einen Blick auf ihre Hände, die in weißen Handschuhen steckten. Vermutlich taxierte er, ob sie einen Ehering darunter trug, denn sofort fragte er: »Oder ist Ihnen Fräulein lieber?«

»Verzeihen Sie, aber mir ist im Augenblick nicht nach Konversation zumute.«

»Oh, habe ich da in ein Wespennest gestochen? Haben Sie gar Liebeskummer? Wissen Sie, mit mir können Sie über all das reden, ich bin ein guter Zuhörer, und ich habe schon so manches Herzensleid während einer Bahnfahrt gelindert.«

Margarethe sah ihm direkt in die Augen. »Mein Herr, ich sagte, mir ist nicht nach Konversation zumute.«

»Nun, vielleicht sollte ich Ihnen dann erst einmal von mir erzählen, damit Sie etwas Vertrauen fassen. Ich bin Fridolin Stemmler, Geschäftsreisender auf dem Weg nach Essen.«

Margarethe unterdrückte einen Seufzer. Musste dieser aufdringliche Mensch ausgerechnet das gleiche Ziel wie sie haben?

»Wollen Sie wissen, was ich vertrete?«

Margarethe schaute schweigend aus dem Fenster. Das schien ihr Gegenüber als Aufforderung zu verstehen.

»Beste Savon de Marseille. Die gute Seife aus Marseille, die für ihren hohen Anteil an Olivenöl bekannt ist. Reinigend und dennoch schonend zur Haut und dabei wohlduftend. Ich habe nicht nur Rosen- und Lavendelduft im Angebot, sondern auch exotische Düfte wie Schokolade.«

Margarethe sah weiterhin aus dem Fenster.

»Wissen Sie, warum ich nach Essen fahre? Weil man sich vor dem Essen die Hände waschen sollte.« Er lachte albern. »Nun kommen Sie schon, meine Dame, das war lustig. Wollen Sie nicht einmal lächeln und mir das Strahlen Ihrer Zähne zeigen?«

Margarethe zog ein kleines in Leder eingeschlagenes Büchlein aus ihrem Handtäschchen. Zwar war ihr nicht nach Lesen zumute, aber es zog eine sichtbare Grenze zwischen ihr und ihrem Gegenüber.

»Was lesen Sie da?«, fragte der Schnauzbart.

»Ein Buch.«

»Worum geht es in diesem Buch? Ist es anspruchsvolle oder erbauliche Literatur?«

Margarethe überhörte die Frage.

»Wie wäre es, wenn Sie mir den letzten Satz, den Sie gerade gelesen haben, vorlesen, und ich versuche zu raten, um welches Buch es sich handelt. Ich bin nämlich sehr belesen, wissen Sie?«

Es lag Margarethe auf der Zunge, ihn zu fragen, ob er Ruhe geben würde, wenn er den Titel des Buches nicht erraten würde, aber sie begnügte sich damit, ihn zu ignorieren.

»Sie sind nicht sehr redselig, meine Dame.«

Margarethe tat so, als sei sie in ihr Buch vertieft. Wann würde dieser impertinente Mensch endlich begreifen, dass sie keinerlei Interesse hatte?

»Wissen Sie, meine Dame, es ist nicht sehr höflich, sich der Konversation zu entziehen.«

Sie atmete tief durch, dann sah sie dem Mann direkt in die Augen. All die Wut, die sie beim letzten Streit mit ihrer Mutter hinuntergeschluckt hatte, all die Worte, die sie damals nur im Geiste geformt, aber aus Höflichkeit niemals ausgesprochen hatte, drängten nach draußen, damit sie nicht daran erstickte.

»Ich sagte Ihnen bereits zweimal, dass mir derzeit nicht nach Konversation ist. Bitte respektieren Sie, dass ich hier nicht zu Ihrer Unterhaltung sitze, und hören Sie auf, mich zu einem Gespräch nötigen zu wollen, das ich nicht führen möchte. Das ist nämlich das, was man im Allgemeinen als unhöflich bezeichnet.«

»Oh, jetzt zeigen Sie mir die Krallen, meine Dame?« Er zwirbelte seinen Schnurrbart. »Das gefällt mir, denn jetzt kommt wenigstens etwas Leben in Ihr trauriges Gesicht.«

Margarethe unterdrückte einen Seufzer. Kurz überlegte sie, das Abteil zu verlassen, doch dann entschied sie sich dagegen. Sie war schließlich zuerst hier gewesen, und vielleicht war dieser seltsame Mensch auch ein Geschenk des Schicksals, an dem sie erproben sollte, ob sie in der Lage war, sich ausreichend Respekt zu verschaffen, so wie es ihrer künftigen Rolle als Gouvernante entsprach.

Sie tat so, als vertiefe sie sich erneut in ihr Buch.

»Warum fällt es Ihnen so schwer, sich mit mir ein anregendes Gespräch zu gönnen, meine Dame?«

Margarethe legte ihr Buch beiseite. »Ich werde es Ihnen verraten, wenn Sie mir zuvor eine Frage ehrlich beantworten.«

Er strahlte sie an. »Jede, meine Dame.«

»Warum legen Sie so viel Wert darauf, wie ein Rüpel zu erscheinen, der keine angemessene Erziehung genossen hat?«

Er starrte sie mit großen Augen an, und sein Mund erinnerte sie an einen Karpfen, der nach Luft schnappt.

»Ich warte auf Ihre Antwort, mein Herr.«

»Ich ... ähm, ich bin kein Rüpel.«

»Aber Sie wirken so, wenn Sie nicht auf die freundlich formulierten Bedürfnisse Ihrer Mitmenschen eingehen.«

Sie sah ihm auf dieselbe Weise in die Augen wie eine Lehrerin, die einen ungezogenen Buben ausschimpft. Und tatsächlich zeigte es Wirkung, denn Fridolin Stemmler senkte den Blick.

»Es tut mir leid, ich ... ich wollte doch nur amüsant sein.«

»Nun, Einsicht ist der erste Weg zur Besserung«, sagte Margarethe. »Bei mir erreichen Sie mit dieser Art das Gegenteil dessen, was Sie sich wünschen. Und da Sie das nun verstanden haben, möchte ich Sie zum wiederholten Mal bitten, meinen Wunsch nach Ruhe zu respektieren.«

Stemmler nickte. »Ich glaube, dann werde ich wohl lieber das Abteil wechseln.«

»Das ist ein vortrefflicher Gedanke«, lobte Margarethe. »Vielleicht finden Sie anderswo die Konversation, die Sie sich wünschen.«

Als der Zug endlich am Bahnhof in Essen hielt, wurde sie schon von Wilhelm, einem der Droschkenkutscher des Hauses Krupp, erwartet. Er nahm ihr die Reisetasche ab und brachte sie zu dem eleganten Zweispänner. Zuerst hielt er ihr die Tür auf und verstaute dann ihr Gepäck. Sie warf einen Blick zurück auf den Bahnhof und sah, wie Fridolin Stemmler die Unterstützung eines Gepäckträgers abwies und seinen Koffer ganz allein die Straße entlangtrug. Und obwohl sie sich anfangs so sehr über ihn geärgert hatte, spürte sie seltsamerweise Mitleid mit ihm.

Wilhelm trieb die Pferde an. Endlich würde sie Bertha wiedersehen, ihre mütterliche Freundin, die ihrem Herzen so viel näherstand als ihre eigene Mutter.

2

Die Fahrt zur Villa Hügel dauerte eine gute halbe Stunde. Margarethe war diesen Weg schon oft gefahren, wenn sie Bertha Krupp besuchte. Meist hielt Wilhelm die Zügel, und obwohl er ein sehr schweigsamer Mann war, hatte sie inzwischen das Gefühl, ihn gut zu kennen. Schon seltsam, dass gemeinsames Schweigen Menschen einander manchmal näherbrachte als viele Worte.

Ihre Gedanken schweiften zurück zu jenem Tag, als sie Bertha das erste Mal begegnet war. Damals war sie achtzehn gewesen und die Villa Hügel noch eine riesige Baustelle, die sie vom Klosterbuschhof, dem damaligen Anwesen der Familie Krupp, nicht nur sehen, sondern auch lautstark hören konnte. Da August von Ende kurz zuvor zum Regierungspräsidenten von Düsseldorf befördert worden war, gehörte es zu seiner Aufgabe, bei den einflussreichsten Bürgern im Bezirk einen Antrittsbesuch zu absolvieren. Margarethe hatte sich immer sehr gefreut, wenn sie ihre Eltern dabei begleiten durfte. Schließlich war sie nun schon eine junge Dame, die sich in der Gesellschaft zu benehmen wusste. Manchmal dachte sie, ihre Mutter würde ihre Begleitung nur deshalb erlauben, damit sie irgendwo genügend Eindruck schinden könnte, um einen passenden Mann zu finden. Ob es an jenem Tag so war, bezweifelte sie allerdings. Zwar hatten die Krupps einen Sohn, aber nicht einmal ihre Mutter hätte Friedrich Alfred, kurz Fritz genannt, ernsthaft als künftigen Schwiegersohn in Betracht gezogen. Schwerreiches Bürgertum passte ebenso wenig zu verarmtem Adel wie ein achtzehnjähriger, stets etwas kränkelnder Jüngling zu einer gleichaltrigen Jungfer, die in den Augen ihrer Mutter bereits vertrocknet wäre, bevor der junge Mann sich von einem unreifen grünen Apfel in eine süße Frucht verwandelt hätte.

Margarethe war das nur recht gewesen, denn so hatte sie die Möglichkeit, den Antrittsbesuch auf dem Hügel unbeschwert zu genießen. Während ihr der Hausherr Alfred Krupp, ein hochgewachsener, hagerer Mann mit weißem Haar, sehr Respekt einflößend und unnahbar erschien, strahlte seine deutlich jüngere Frau Bertha eine Warmherzigkeit aus, die Margarethe von ihrer eigenen Mutter nicht kannte. Es fühlte sich beinahe wie ein Nachhausekommen an, ganz so, als würde sie Bertha schon seit Urzeiten kennen, obwohl sie während des formellen Antrittsbesuchs nur wenig Gelegenheit hatten, miteinander zu sprechen. Damals wurde Margarethe zum ersten Mal bewusst, was sie in ihrem Innersten längst geahnt hatte: Nicht Worte drückten die Nähe zwischen zwei Menschen aus, sondern die Art, wie sie aufeinander zugingen. Gesten sagten oft viel mehr als Worte, ja sie enttarnten sie sogar. Ein Runzeln der Stirn, ein Verdrehen der Augen, und schon war die freundlichste Begrüßung wertlos, während ein Strahlen in den Augen für Aufrichtigkeit stand. Und sie bemerkte zum ersten Mal, dass manche Menschen nur mit den Augen lächelten, wenn die Contenance ein offen erkennbares Amüsement verbot.

Fritz, der Sohn des Hauses, war ihr ebenfalls sofort sympathisch, auch wenn er auf den ersten Blick nicht über jene Attribute zu verfügen schien, die Frauen an jungen Männern schätzten. Er war zwar hübsch anzusehen, aber kein galanter Unterhalter. Zudem wirkte er beinahe wie ein schüchterner Pennäler, dem der Respekt vor dem Vater deutlich anzusehen war. Eine Form des Respekts, die Margarethe schon fast als Furcht erlebte, dem anspruchsvollen Vater niemals etwas recht machen zu können. Es war nicht nur die vorsichtige Wortwahl, sondern vor allem die Körperhaltung. Stets unterwürfig und defensiv unterstützte jede Faser seines Körpers die Umsicht, mit der er sich äußerte. Aber gerade dadurch fühlte Margarethe sich ihm unwillkürlich nah. Schließlich erfüllte sie die Erwartungen ihrer Mutter ebenso wenig.

Und es gab noch etwas, das sie mit ihm gemein hatte: Es gab einen ausgleichenden Elternteil, der all das aufwog, was der andere nicht geben konnte. Sie hatte einen herzensguten Vater, den sie über alle Maßen liebte und verehrte, ganz so, wie Fritz seine Mutter liebte. Jedes Mal, wenn er sich ihr zuwandte, straffte sich seine Haltung, die Stimme wurde fester, aber der Blick weicher. Und so hatte Margarethe das Gefühl, in Fritz eine Art Spiegelbild ihrer selbst zu finden. Jedoch mit einem entscheidenden Unterschied: Während der relative Geldmangel ihrer Familie sie oft dreimal überlegen ließ, was sie sich leisten konnte, spürte der junge Krupp schon jetzt die Bürde eines umfassenden Erbes auf den Schultern. Eine Verantwortung nicht nur für das Vermögen, sondern vor allem für das Geschäftsimperium, das es begründete. Diese Bürde lastete gewiss doppelt schwer, da sein Vater ihm keinen Raum für eigene Ideen oder auch nur Wünsche ließ. Das wurde Margarethe besonders deutlich, als der Hausherr im Verlauf des Antrittsbesuchs zu ihrem Vater sagte: »Mein Herr Sohn wünscht das Polytechnikum in Braunschweig zu besuchen, um dort zu studieren. Was halten Sie denn davon, Herr Regierungspräsident?«

Margarethe war sofort der kritische Unterton des Gastgebers aufgefallen, die strenge Falte zwischen seinen Augen. Sie sah zu Fritz, der so beschämt die Augen senkte, als hätte sein Vater ihn eines Kapitalverbrechens beschuldigt. Doch Margarethes Vater hatte diese Warnsignale nicht erkannt. »Das lobe ich mir«, hatte er stattdessen gesagt. »Man sollte junge Menschen stets unterstützen, wenn sie sich Bildung aneignen wollen. Sie können stolz auf Ihren Sohn sein.«

Während sich die Brauen des Hausherrn nun ganz offen verärgert zusammenzogen, bemerkte Margarethe erstmals dieses stille Lächeln in Fritz' Augen, das nur in seinem Blick lebte, aber nicht die Lippen erreichte. Sie schaute weiter zu Bertha Krupp, die den Kopf leicht senkte, so als täte ihr dieser Affront leid. Eleonore von Ende warf ihrem Mann einen warnenden Blick zu, aber August bemerkte nicht, in welches Fettnäpfchen er getreten war, sondern zählte voller Überzeugung die Vorteile eines Studiums im Polytechnikum auf. Erst als er nach diesem Antrittsbesuch nie wieder auf den Hügel eingeladen wurde, dämmerte ihm, dass er an jenem Abend wohl das Falsche gesagt hatte …

Bertha war Margarethe jedoch ungeachtet des Fauxpas ihres Vaters von Anfang an freundschaftlich verbunden und wurde die mütterliche Freundin, die Margarethe sich vom ersten Augenblick an gewünscht hatte. In den kommenden Jahren lud Bertha Margarethe wiederholt für mehrere Wochen in die Villa Hügel ein, wo sie dem jungen Mädchen half, den letzten Schliff im Umgang mit der feinen bürgerlichen Gesellschaft zu erlernen, der anders war als beim Hochadel. Ihrer eigenen Mutter war nur wichtig gewesen, dass sie wusste, wie sie höhergestellte Adelige richtig ansprach.

Margarethe lächelte versonnen bei diesen Erinnerungen, als die Droschke an dem kleinen Wächterhäuschen vorbei in das Wäldchen rollte, das die Villa Hügel umgab. Der Wächter kannte Wilhelm und Margarethe, und so blieb es ihnen erspart, anzuhalten, um den sonst obligatorischen Passierschein vorzulegen, wenn man den Privatbesitz der Familie Krupp betreten wollte. Angeblich trieben sich nicht nur ungebetene Spaziergänger hier herum, sondern es wurde auch gern mal gewildert. Margarethe dachte daran, wie der Forstaufseher ihr bei einem ihrer früheren Besuche von einem Schusswechsel mit Wilderern erzählt hatte. Allerdings hatte er dabei so ausufernd erzählt, dass sie den größten Teil der Geschichte schnell ins Reich der Fabeln geschoben hatte. Und tatsächlich hatte Fritz ihr später erzählt, dass nur ein einziger Schuss abgefeuert worden war, um den Wilderer zu warnen, der sich daraufhin sofort ergeben hätte. Ein armer Bursche, der nur den Speiseplan seiner Familie hatte aufbessern wollen und den sie dann mit einer strengen Verwarnung heimgeschickt hatten, anstatt ihn der Polizei zu übergeben.

Ob Fritz wohl zu Hause war? Sie hatte ihn in den letzten Jahren ebenfalls regelmäßig getroffen. Es war natürlich keine romantische Beziehung, schließlich galt sie mit ihren mittlerweile vierundzwanzig Jahren längst als alte Jungfer, und Fritz wurde von seinem Vater nach wie vor wie ein kleiner Junge gegängelt. Ein Studium war ihm verwehrt geblieben, denn sein Vater war der Überzeugung, ein solches sei nur für Untergebene. Ein echter Unternehmer lernte durch das Beispiel seines Vaters, denn er müsse lediglich führen, für alles andere hätte er seine Leute. Und Führungsstärke liege im Blut. Alfred Krupp sah studierte Leute als Dienstboten, weil er sie für ihre Dienste bezahlte. Ihre Mutter Eleonore sah sie jetzt auch als Dienstbotin, weil sie eine gut dotierte Stellung bei einer angesehenen, aber bürgerlichen britischen Familie antreten würde. Noch eine Gemeinsamkeit, dachte Margarethe.

Sie war auch deshalb so gern mit Fritz zusammen, weil sie sich in seiner Gegenwart stets frei gefühlt hatte, ihre Gedanken zu allen möglichen Themen offen zu äußern. Ihre Mutter hatte ihr allerdings immer geraten, Männern nie ihre Intelligenz zu zeigen, denn das würde die Herren der Schöpfung nur verschrecken. Aber da sie Fritz wie einen ihrer Brüder sah, musste sie nichts befürchten. Zudem hatte sie ihn mit ihren geistreichen Gesprächen nie verschreckt, ganz im Gegenteil. Er suchte ihre Nähe und den Austausch mit ihr, vertraute ihr seine Gedanken ebenso an wie seinen Kummer mit dem Vater. Und er war genauso schweigsam, wenn sie über ihre eigenen Sorgen sprach. Ein echter Freund eben, jemand, auf den sie sich verlassen konnte, und niemand, der sie wie einen Paradiesvogel einfangen wollte, um sich mit ihm zu schmücken.

Vermutlich, weil es da auch nicht viel zu schmücken gibt, dachte sie, während die Villa Hügel langsam vor ihnen auftauchte. Ich bin zu unscheinbar, als dass ein Mann mit mir renommieren könnte, und außerdem zu alt für Fritz.

Die Droschke hielt vor dem Portal der Villa. Die Baustelle von damals hatte sich längst in einen imposanten Palast verwandelt, angemessen, um Könige und Kaiser zu empfangen und vom Stolz des Bürgertums zu zeugen. Auch das war Margarethe gut in Erinnerung geblieben: der Stolz, den Alfred Krupp auf seine bürgerliche Herkunft und die Fertigkeit seiner Familie verspürte. Das war etwas, was ihre Mutter nie verstanden hatte. Dass es Menschen gab, die auf ihre Leistung genauso stolz waren wie der Adel auf eine vornehme Geburt, ja schlimmer noch, die sogar so stolz auf ihr Großbürgertum waren, dass sie die Erhebung in den Adelsstand ablehnten. Alfred Krupp war reich genug, dass er keinen Adelstitel nötig hatte. Der Hochadel ging trotzdem ein und aus. Vielleicht war genau das der Grund, warum er diese Ehre abgelehnt hatte. Er war keiner der Ihren, aber sie mussten ihn dennoch hofieren, weil der Kaiser auf seine Stahlproduktion angewiesen war. Gab es einen besseren Weg, den alten Dünkel zu zerschlagen, als einen neuen Geldadel zu gründen? Keinen von Gottes Gnaden, sondern geboren aus der eigenen Leistung und der seiner Familie?

Bertha erwartete Margarethe bereits im großen Foyer der Villa. Doch zunächst trat ein Diener lautlos heran und half ihr aus dem Mantel. So unauffällig und selbstverständlich, dass sie es nur deshalb bemerkte, weil die Dienerschaft bei ihr zu Hause nicht so gut geschult war.

»Ich bin so froh, dass wir uns noch einmal sehen, bevor es für so lange Zeit ins kalte England geht.« Bertha umarmte Margarethe.

Diese erwiderte die Zuneigung. »Ich werde Sie so sehr vermissen, meine liebste Freundin. Aber ich freue mich auch auf meine neue Aufgabe und die wilde Natur in Holyhead. Mrs MacKenzie hat mir so schwärmerisch davon geschrieben, dass ich es kaum erwarten kann, mit ihren Töchtern den Strand entlangzuwandern.«

Bertha führte sie in den Salon, wo eine Erfrischung vorbereitet war. Es gab frisch gebrühten Kaffee und eine ansprechende Auswahl an Gebäck. Die Dame des Hauses griff hinter ihr Sesselkissen, wo sie bis dahin etwas vor Margarethes Blicken versteckt hatte.

»Ein kleines Präsent für die Reise, aber es ist nicht ganz uneigennützig.« Sie reichte ihr mit verschmitztem Lächeln ein in grünes Seidenpapier eingeschlagenes Paket mit einer großen roten Schleife.

»Vielen Dank!« Margarethe nahm es und betastete es vorsichtig. »Ist es ein Buch?«

»Öffnen Sie es, meine Liebe.«

Vorsichtig löste sie die Schleife und noch behutsamer das Papier, um es nicht zu zerreißen. Im Haushalt ihrer Mutter wurde Geschenkpapier stets aufgehoben und wiederverwendet. Selbst wenn das nicht der Fall gewesen wäre, so galt es doch als unschicklich, ein Geschenk einfach ungehobelt aufzureißen.

Es war ein teures Skizzenbuch, so wie es Künstler an den Akademien verwendeten, außerdem eine Schachtel mit Pastellkreiden und eine mit Bleistiften unterschiedlicher Härtegrade.

»Das ist wundervoll, vielen Dank!«

»Ich weiß doch, wie gern und mit wie viel Talent Sie zeichnen, und da dachte ich mir, auf diese Weise kann ich später bei Ihrer Rückkehr an dem teilhaben, was Sie gesehen haben.«

»Ich werde mir Mühe geben, jede einzelne Seite dieses Buches mit Leben zu erfüllen.«

»Das weiß ich, die Kunst liegt Ihnen im Blut.«

Margarethe lächelte. Die Kunst war tatsächlich eines der wenigen Dinge, die sie mit ihrer Mutter gemein hatte. Eleonore suchte regelmäßig mit ihrer Staffelei die Gemäldegalerie in Kassel auf, um die dortigen Meisterwerke gekonnt zu kopieren. Und Margarethes jüngerer Bruder Felix war sogar dabei, sich als Kunstmaler so weit zu etablieren, dass er davon seinen Lebensunterhalt bestreiten konnte. Bei dem Gedanken an ihren Bruder kamen unwillkürlich die schweren Gedanken zurück. Für ihre Söhne war Eleonore von Ende nur das Beste gut genug. Hätte eine ihrer Töchter den Wunsch geäußert, Malerin zu werden, wäre das als Flausen abgetan worden, ganz gleich, wie groß das Talent war. Eine Frau sollte schließlich Ehefrau und Mutter sein und könnte sich nebenher den schönen Künsten widmen.

»Woran denken Sie, meine Liebe? Sie sehen auf einmal so betrübt aus. Fällt Ihnen der Abschied doch schwerer als erwartet?« Bertha sah sie mitfühlend an.

»Nein, keine Sorge.« Margarethe schenkte ihr ein Lächeln und griff nach der Kaffeetasse, die ein aufmerksames Dienstmädchen eingeschenkt hatte, während sie das Paket geöffnet hatte. Im Hause Krupp bekam der Begriff Hausgeister eine ganz neue Bedeutung. Unsichtbar und doch allgegenwärtig, wie man es von gutem Personal erwartete.

»Ich dachte nur an den Abschied von meiner Mutter.« Sie seufzte leise.

»Ist sie immer noch dagegen, dass Sie als Gouvernante arbeiten wollen?«

»Als Gouvernante in Holyhead bei einer bürgerlichen Familie«, erwiderte Margarethe. »Hätte ich eine Stellung bei einer Adelsfamilie angenommen, die im Rang über der gräflichen Familie meiner Mutter steht, wäre sie gewiss vor Stolz zerplatzt. Aber den Dienst bei Bürgerlichen sieht sie als Abstieg an.« Und dann wiederholte sie die bitteren Worte, die gefallen waren.

»Das tut mir sehr leid.« Bertha sah Margarethe aufrichtig betroffen an. »Aber ich denke, mit der Zeit wird Ihre Mutter sich beruhigen, und Ihr Vater wird das Rechte dazu tun. Er ist ja ein einfühlsamer Mann, der in Ihrem Sinne Einfluss auf seine Frau zu nehmen weiß.«

»Ich hoffe es.« Margarethe nippte an ihrer Tasse. »Aber meine Mutter macht es ihm nicht leicht.« Das war eine sehr behutsame Umschreibung für die heftigen Temperamentsausbrüche ihrer Mutter, denen der Vater längst nichts mehr entgegenzusetzen hatte. Außer seiner Beharrlichkeit. Seine Strategie erinnerte Margarethe manchmal an einen altgedienten General, der einen kurzen Vorstoß auf die feindliche Burg wagte und dann bei gegnerischem Geschützfeuer sofort den Rückzug antrat, um es später erneut zu versuchen. So lange, bis der Feind das Pulver verschossen hatte und die Festung gefahrlos gestürmt werden konnte. Allerdings kostete diese Strategie viel Zeit, und Margarethe war sich sicher, dass es diesmal keine Frage von Wochen wäre, sondern vielmehr von Monaten.

Aber vielleicht würden sich die Wogen in einem Jahr geglättet haben, sodass sie nächstes Jahr schon wieder Weihnachten mit ihrer Familie verbringen könnte.

Die Tür zum Salon ging auf, und Fritz betrat den Raum.

»Wie schön, dass du da bist, um unseren Gast zu begrüßen«, sagte seine Mutter.

»Liebe Margarethe, ich freue mich sehr, Sie noch einmal vor Ihrer Abreise zu sehen.« Er lächelte sie liebevoll an, während er ihre Hand ergriff.

Er ist reifer geworden, dachte Margarethe. Vermutlich reif genug, dass sein Vater ihm demnächst eine geeignete Ehefrau aussucht, damit die Familienlinie erhalten bleibt.

Ohne dass sie es wollte, verspürte sie einen Stich. Weniger, weil sie Fritz romantische Gefühle entgegenbrachte, sondern weil eine künftige Ehefrau genau das denken würde. Und dann wäre die Zeit der unbeschwerten Gespräche mit ihrem Seelenverwandten vermutlich für immer vorbei.

»Ohne einen Abschiedsbesuch hätte ich eine so weite Reise niemals angetreten«, erwiderte sie lächelnd.

»Immerhin eine Reise über das Meer«, griff Fritz ihren scherzhaften Ton auf. Genau das liebte sie so an ihm. Er teilte ihre Art des Humors. Mochte er in der Gegenwart seines Vaters auch schüchtern und ungelenk erscheinen, in ihrer Anwesenheit und auch in der seiner Mutter war er ganz er selbst. Wie schade, dass Alfred Krupp diese Seite seines Sohnes niemals zu Gesicht bekommen hatte. Und wie bedauerlich, dass Fritz nicht in der Lage war, sie ihm zu präsentieren. Wir sind so, wie unsere Eltern uns formen, dachte sie. Und wir haben beide Glück, dass wir immerhin einen Elternteil haben, der uns zeigt, wie wir sein können. Schon seltsam, dass es bei ihm die Mutter und bei mir der Vater ist. Er holt sich das weiche Vorbild der Mutter und ich mir das beständige des Vaters.

»Was geht Ihnen durch den Kopf, Margarethe?«, fragte Bertha, der nicht entgangen war, dass Margarethes Gedanken abgeschweift waren.

»Ich dachte darüber nach, welchen Einfluss die Erziehung auf Kinder hat«, sagte sie ausweichend. »Ich denke in letzter Zeit häufig darüber nach, damit ich meiner Aufgabe als Gouvernante gerecht werden kann.«

»Sie werden eine hervorragende Gouvernante sein. Sie haben nicht nur das rechte Herz dazu, sondern sind auch in der Lage, sich in die Bedürfnisse der Kinder einzufühlen«, sagte Fritz. Seltsamerweise hatte Margarethe das Gefühl, er würde weniger über die Töchter des Admirals sprechen als über sich selbst.

»Das hoffe ich. Auch wenn ich zu meiner Schande gestehen muss, dass ich die Stunden klassischer Pädagogik im Lehrerseminar bisweilen geschwänzt habe.«

»Sie haben jemals Stunden geschwänzt, Fräulein von Ende?« Fritz musterte sie mit gespieltem Ernst. »Da offenbaren sich uns ja finstere Abgründe, nicht wahr, Mutter?«

Bertha lachte. »Wer sich niemals in irgendeiner Weise dem Unterricht entzogen hat, war niemals jung.«

»Oh«, sagte Fritz. »Dann bin ich wohl als Greis geboren.«

Margarethe und Bertha lachten.

»Keine Sorge, auch du warst ein richtiger Junge. Muss ich dich an die Klavierstunden erinnern?«

Fritz räusperte sich. »Gott sei Dank«, sagte er mit gespielter Erleichterung.

Es wurde ein vergnüglicher Nachmittag, aber als sie später gemeinsam mit dem Hausherrn Alfred Krupp zu Abend aßen, war Fritz' Unbeschwertheit wieder dieser ernsthaften Verschüchterung gewichen, die sie an ihre erste Begegnung erinnerte. Daran hatte sich in all den Jahren nichts geändert. Was wäre wohl passiert, wenn Fritz sein Leben in die eigene Hand genommen und sich gegen den Willen seines Vaters beim Polytechnikum eingeschrieben hätte? Hätte der alte Herr ihn dann enterbt? Die Gefahr war gering, schließlich war er der einzige Sohn. Oder hätte er ihm alle finanziellen Mittel gestrichen? Nun, das war gut möglich, aber wenn Fritz wirklich einen derartigen Plan gehegt hätte, wäre es ihm möglich gewesen, etwas zurückzulegen. Vermutlich war es ihm nicht wichtig genug, um den Zorn des Vaters auf sich zu ziehen. Es war leichter, sich anzupassen und darauf zu vertrauen, dass die Lehren seines Vaters schon die rechten wären.

»Und was sagt Ihre Mutter dazu, dass Sie als Gouvernante nach England gehen?« Die Frage des Hausherrn schreckte Margarethe aus ihren Gedanken. Sie hob den Blick und sah dem alten Krupp direkt in die Augen. In seiner Miene las sie keine Missbilligung, sondern aufrichtiges Interesse an einer ehrlichen Antwort.

»Es missfällt ihr, dass es ein bürgerlicher Haushalt ist«, erwiderte sie.

»Aber sie hat es Ihnen nicht untersagt?«

»Nun, sie drohte mir Konsequenzen an«, sagte Margarethe vorsichtig. »Aber ich bin bereit, die Folgen zu tragen, denn ich bin davon überzeugt, dass ich das Richtige tue.«

Krupp nickte langsam. »Nur wer bereit ist, Entscheidungen zu treffen und die daraus resultierenden Konsequenzen in Kauf zu nehmen, zeigt Führungsstärke. Darin unterscheiden wir uns von Dienstboten. Dienstboten warten darauf, dass wir ihnen sagen, was sie tun sollen, und sind dankbar, dass sie selbst nichts entscheiden müssen.«

»Nun, meine Mutter warf mir vor, ich würde als Dienstbotin arbeiten.«

»Kennen Sie den Unterschied zwischen Dienstboten und Menschen, die in Diensten stehen?«, fragte Krupp.

»Ich verstehe nicht ganz, worauf Sie hinauswollen.«

»Nun, ein Dienstbote ist ein Befehlsempfänger, der genau das tut, was ihm aufgetragen wird. Ein Mensch, der in Diensten steht, ist seinem Dienstherrn gegenüber loyal, aber er braucht Sachverstand und die Fähigkeit, selbstständig Entscheidungen zu treffen, da er einem eigenen Verfügungsbereich voransteht. Wenn Sie als Gouvernante arbeiten, ist Ihr Wort Gesetz für die Kinder der Herrschaften. Sie übernehmen die Verantwortung für die jungen Menschen, stehen also als moralische Instanz über ihnen, so wie mein Verwaltungsdirektor über den Arbeitern steht. Er untersteht mir und muss meine Anweisungen umsetzen, aber die Art und Weise, wie er das zuwege bringt, liegt bei ihm, solange seine Entscheidungen dem Geiste der Firma entsprechen.«

»Somit wäre ich Ihrer Definition nach keine Dienstbotin, sondern stünde in Diensten.«

»So ist es. Und vielleicht hilft Ihnen diese Definition ja auch, sich nach Ihrer Rückkehr aus England wieder mit Ihrer Mutter zu versöhnen.«

Margarethe war erstaunt. Das hatte sie von dem strengen Patriarchen nicht erwartet. Waren seine Worte wirklich nur für sie bestimmt gewesen oder auch für Fritz? Hätte er sich von seinem Sohn statt schüchterner Unterwerfung auch mehr Selbstsicherheit gewünscht? Sie sah verstohlen zu Fritz, der ihren Blick jedoch nicht erwiderte, sondern starr auf seinen Teller schaute, sodass sie nicht in seiner Miene lesen konnte.

3

Die Überfahrt nach England war im Herbst ein ungewisses Abenteuer. Margarethe war nach einem herzlichen Abschied von Familie Krupp wie geplant nach Hamburg aufgebrochen und hatte dort zwei Tage später die Fähre nach Harwich bestiegen. Sie teilte sich eine Kabine mit einer älteren Dame namens Henriette Germer, die bereits seit Jahren als Gouvernante tätig war und ebenfalls eine neue Stelle antrat, nachdem die Kinder eines Hamburger Kaufmanns, für deren Erziehung sie zuvor zuständig gewesen war, ihrer Obhut entwachsen waren.

»Waren Sie schon mal in England?«, fragte Margarethe.

»Ja, vor sehr vielen Jahren, als ich noch so jung und frisch war wie Sie.« Fräulein Germer lächelte verschmitzt.

»Und wie war es dort?«

»Ich hatte Glück mit der Familie, denn sie lebte auf einem Landsitz mitten im Nirgendwo, dort gab es nicht viel Zerstreuung. Deshalb war diese Stellung nicht so beliebt wie die Haushalte in den großen Städten. Andererseits glich die Familie es durch ihre Freundlichkeit und den Familienanschluss aus. Wenn man damit rechnen muss, keinen schnellen Ersatz für die vergraulte Gouvernante zu bekommen, wird sie mehr wertgeschätzt.«

»Und wohin zieht es Sie diesmal?«

»Nun, inzwischen habe ich mir einen Ruf erarbeitet, der es mir erlaubt, die Stellung selbst auszusuchen. Ich hatte mehrere Offerten und habe mich für einen Haushalt in London entschieden.

Wenn man in meinem Alter aufgrund seiner Referenzen ein gewisses Renommee erworben hat, kehren sich die Vorzeichen um. Während junge Frauen nur selten zwischen mehr als zwei Offerten auswählen können, ist es in meinem Fall deutlich anders. Sollte es mir bei der Familie nicht gefallen, habe ich noch drei weitere Angebote innerhalb Londons in der Hinterhand. Und es würde ein schlechtes Licht auf die Familie werfen, wenn ich von mir aus vorzeitig kündigen würde. Mein Leumund ist mittlerweile zu gut, als dass mir eine einzige Familie Steine in den Weg legen könnte.«

»Tatsächlich?«, fragte Margarethe erstaunt nach.

»Ja, meine Liebe. Gouvernanten sind wie Wein. Je älter, desto kostbarer. Nur wenn sie zu alt sind, werden sie ungenießbar. Aber ich bin jetzt dreiundvierzig, also im besten Alter.«

»Und Sie haben nie darüber nachgedacht, selbst eine Familie zu gründen?«

»Um Himmels willen!«, rief Fräulein Germer. »Nichts heilt eine Frau wirkungsvoller von den romantischen Vorstellungen einer Ehe als das Gouvernantendasein. Wir lernen die Eheleute kennen, wenn die erste große Liebe längst verflogen ist, sofern sie überhaupt jemals vorhanden war. Die meisten Ehen in den besseren Kreisen wurden ohnehin arrangiert, denn Geld heiratet immer zum Geld, so wie ein Adelstitel immer nur zu einem weiteren Titel heiratet. Die glücklichsten Ehepaare, denen ich begegnete, waren die, in denen sich die Gatten tunlichst aus dem Weg gingen. Zweisamkeit mit einem Seelenverwandten, wie man sie in einschlägigen Kolportageromanen liest, gibt es im wahren Leben nicht. Und bevor ich mir einen Klotz in Form eines Ehemannes ans Bein binde, der allenfalls als Zuchtbulle taugt, bleibe ich lieber frei und verdiene mein eigenes Geld. Zu den meisten meiner einstigen Schützlinge habe ich nach wie vor Kontakt, und sie schreiben mir regelmäßig. Manchmal besuchen wir uns auch, wenn sich zufällig die Gelegenheit ergibt. Oft stellen sie mir dann ihre eigenen Kinder vor. Ich fühle mich dann beinahe wie eine echte Großmutter.« Fräulein Germer lachte. »Fräulein von Ende, was bietet die Ehe einer klugen Frau in unserer Gesellschaft anderes als die Beschränkung ihrer Freiheit? Die Ehe wurde für Frauen erfunden, die einen Versorger brauchen und eine Horde Kinder aufziehen wollen. Für alle anderen ist sie ein unerträgliches Gefängnis. Und was meinen Sie wohl, warum die feine Gesellschaft über ledige Mütter so sehr die Nase rümpft? Die Männer tun es, weil eine ledige Frau, die sich im Leben durchkämpft, ihre Machtstellung als Versorger bedroht, und die Frauen tun es, weil sie keine Ausrede mehr hätten, sich von einem ungeliebten Mann nicht zu trennen, wenn er nicht länger die einzige Legitimation für eine ehrbare Mutterschaft wäre.«

»Das sind ausgesprochen revolutionäre Gedanken.«

»Nein, das ist die Lebenserfahrung nach mehr als zwanzig Jahren als Gouvernante. Sie werden schon sehen, meine Liebe, in ein paar Jahren teilen Sie meine Auffassung.«

Über diese Worte musste Margarethe lange nachdenken. War es wirklich so? Nun, wenn sie an ihre Eltern dachte, konnte sie Fräulein Germers Aussage durchaus bestätigen. Aber wie war es bei ihrer mütterlichen Freundin Bertha? Auch wenn Alfred Krupp nach außen hin ein strenger Patriarch war, so wusste Margarethe doch, dass er seine Frau aufrichtig liebte und ihr in den Zeiten der Abwesenheit viele liebevolle Briefe geschrieben hatte. Sie hatten nur ein einziges Kind, obwohl Bertha gern mehr Kinder gehabt hätte. Bertha konnte frei verfügen und tun, was sie wollte. Nicht umsonst hatte sie ihre persönliche Freiheit auch genutzt, um den Kontakt zu Margarethe zu halten, nachdem August von Ende sich beim Antrittsbesuch durch seine offenen Worte in den Augen des Hausherrn diskreditiert hatte.

Schon bei einem der ersten Treffen hatte Bertha ihr gestanden, dass sie Margarethe aufgrund des ersten Eindrucks, den sie auf sie gemacht hatte, unbedingt hatte wiedersehen wollen. »Es war mir, als würden wir uns schon sehr lange kennen«, hatte sie gesagt, und dieses Geständnis hatte Margarethe tief berührt, zumal sie ebenso fühlte. Hätte Bertha eine solche Ehe geführt, wie Fräulein Germer sie gerade geschildert hatte, hätte sie gewiss nicht die Tochter eines Mannes eingeladen, den ihr Gatte nicht mehr sehen wollte.

Andererseits war auch Berthas Ehe nicht vollkommen. Alfred war oft bis spät in die Nacht mit seinen Geschäften befasst oder kam gar nicht heim, weil irgendetwas in der Fabrik vorgefallen war. Einmal hatte Bertha mit einem Augenzwinkern bei einem gemeinsamen Abendessen zu ihrem Mann gesagt, sie sei wohl die einzige Ehefrau, die mit einer Firma als Geliebter konkurrieren müsse. Daraufhin hatte er geantwortet, seine Firma würde das Gleiche sagen, wäre sie eine Frau aus Fleisch und Blut. Alle hatten gelacht, sogar Fritz. Es war einer der seltenen Momente, in denen Alfred Krupp Humor gezeigt hatte. Allerdings lag mehr als ein Funken Wahrheit in dieser Aussage. Alfred Krupp war mit seiner Firma verheiratet, sie kam immer an erster Stelle. Und so führte Bertha zwar keine unglückliche Ehe, aber sie lebte auch nicht die Zweisamkeit, die in Romanschmonzetten idealisiert wurde. Wobei diese Schmonzetten ja stets endeten, wenn die Hochzeitsglocken läuteten.

Schon seltsam, dachte Margarethe. Trivialromane enden mit der Eheschließung, mit der dann alles gut sein soll. Nur die ernsthafte Literatur beschreibt das Drama der Ehe, wie die Gatten aneinander verzweifeln und schließlich zerbrechen. Möglicherweise hat Fräulein Germer doch nicht unrecht.

Nachdem Margarethe den Rest des Abends mit Zeichnen verbracht hatte, während Fräulein Germer gekonnt ein Taschentuch bestickte, gingen sie zu Bett. Mitten in der Nacht wachte Margarethe jedoch von einem seltsamen Scharren auf. Erst als sie sich im Bett aufrecht hinsetzte, begriff sie, dass das Schiff so stark schwankte, dass ihr Skizzenbuch immer wieder über den Tisch rutschte. Deshalb war der Tisch also am Boden festgeschraubt und verfügte über eine Kante, die verhinderte, dass das Buch und die Stifte zu Boden fielen. Ihre Zimmergefährtin schien der Seegang nicht im Geringsten zu belasten, denn sie schlief tief und fest. Margarethe griff nach ihrer Uhr, die auf ihrem Nachtschrank lag. Es war halb drei Uhr morgens. Sie hörte, wie Wasser gegen das Kabinenfenster schlug. War das Regen oder die stürmische See?

Sie stand auf, griff nach ihrem Morgenmantel und trat an das winzige Bullauge, doch sie sah nur die Schwärze der Nacht und zahlreiche Wassertropfen an der Scheibe. War das ein schlimmer Sturm oder nur das ganz normale Herbstwetter auf der Nordsee? Sie öffnete leise die Kabinentür und schaute auf den Gang. Wenn es etwas Ungewöhnliches wäre, würde sie dort bestimmt auch andere Passagiere treffen. Doch da war niemand. Vermutlich wäre es das Beste, wieder zu Bett zu gehen und sich von dem Schaukeln sanft in den Schlaf wiegen zu lassen. Zuvor packte sie allerdings ihr Skizzenbuch und den Bleistift in ihre Tasche, damit das Scharren sie nicht länger störte.

Meine erste Nacht auf See, dachte sie. Es stürmt, aber ich bin kein bisschen seekrank. Vermutlich ist das ein gutes Omen für meine künftige Tätigkeit bei einem Admiral zur See. Sie lächelte über ihren albernen Gedanken, fühlte sich aber trotzdem etwas zuversichtlicher, was die Reise anging. Sie würde alles schaffen, was sie sich vorgenommen hatte.

Am folgenden Morgen war der Sturm vorbei. Fräulein Germer hatte nichts mitbekommen, aber viele der übrigen Passagiere klagten beim Frühstück in der Messe über die unruhige Nacht.

»Ich dachte schon, das Schiff geht unter«, hörte Margarethe eine junge Frau am Nachbartisch sagen.

»Ach, Mäuschen, was du dir immer für Sorgen machst.« Der Mann ihr gegenüber tätschelte ihr liebevoll die Hand.

»Noch ist sie sein Mäuschen«, flüsterte Fräulein Germer Margarethe zu. »Aber je länger die Ehe andauert, umso größer werden die Tiere, mit denen die Dame des Hauses verglichen wird. Die üblichen Schritte sind Mäuschen, Häschen, Ziege und schließlich Kuh.«

Margarethe musste sich ein lautes Lachen verkneifen. »Und wie ist die Namensgebung bei Männern?«

»Nicht ganz so vorhersehbar, denn Männer mögen nicht so gern mit Tieren verglichen werden, außer natürlich mit Hengsten oder Stieren. Später enden sie dann aber oft als Esel oder Ochse.«

»Ich beginne langsam zu ahnen, in was für Familien Sie tätig waren, Fräulein Germer.«

»Sie werden sehen, dass es eher die Regel als die Ausnahme ist. Und wir können dankbar sein, dass wir uns diesem Zirkus auf ehrbare Weise entziehen konnten.«

»Nennen Sie die Ehe wegen der vielen Tiere einen Zirkus?«

»Ja, und wegen der Clowns, als die sich so manche Männer entpuppen, die nicht den Abstieg vom Stier zum Ochsen hingelegt haben.«

Margarethe lachte leise. Die Art, wie Fräulein Germer derartige Geschichten mit einem gutmütigen Augenzwinkern zum Besten gab, gefiel ihr, denn es bewies, dass sie es nicht allzu ernst meinte. Möglicherweise war sie einst selbst auf der Suche nach der großen Liebe enttäuscht worden und betrachtete die Dinge zwar mit einem guten Quäntchen Zynismus, aber vielleicht auch etwas Wehmut.

Werde ich in zwanzig Jahren genauso sein? Margarethe wusste nicht, ob sie dieser Gedanke erschrecken oder trösten sollte.

Der Abschied von Fräulein Germer fiel ihr nicht leicht, denn sie hatte ihre Kabinengefährtin während der Überfahrt zu schätzen gelernt, ihren Humor und vor allem ihre Lebensweisheiten, die sie auf so unorthodoxe Weise weitergab. Und so tauschten die beiden Frauen beim Abschied Adressen aus und versprachen einander zu schreiben und in Kontakt zu bleiben.

Die Reise von Harwich nach Holyhead war ausgesprochen beschwerlich, denn Margarethe musste einmal durch das ganze Land von Küste zu Küste reisen. Ohne die Handreichungen und Fahrpläne, die Mrs MacKenzie ihr geschickt hatte, hätte sie sich vollkommen verloren gefühlt. Zudem war es unmöglich, ihr Ziel innerhalb eines Tages zu erreichen.

Es war bereits Nacht, als ihr Zug in Liverpool einrollte. Margarethe war dankbar, dass die Familie MacKenzie so fürsorglich gewesen war, ihr vorab in Bahnhofsnähe ein Pensionszimmer zu buchen, damit sie von Liverpool aus am nächsten Morgen den Zug nach Holyhead nehmen konnte. Immerhin hatte sich ihr Englisch als ausreichend erwiesen. Sie hatte bislang nur englische Privatstunden bei deutschen Lehrern gehabt und ihre Kenntnisse der Grammatik und des Vokabulars lediglich durch das Lesen englischer Novellen verbessert. Das geschriebene Wort verstand sie gut, aber sie hatte große Sorge, wie es wohl mit der gesprochenen Sprache war. Vor allem in Liverpool, denn Fräulein Germer hatte sie gewarnt. Die Leute würden dort so schwer verständliches Englisch sprechen, dass selbst mancher Brite Probleme mit ihnen hätte. Nun, die alte Dame, die die Pension führte, verstand sie gut. Es war eine gewöhnliche Absteige für Vertreter und Handelsreisende. Die Zimmer waren einfach, die Dielenbretter knarrten, und von den Türrahmen und Fensterläden blätterte die Farbe, aber immerhin war das Bett frisch bezogen, und das genügte Margarethe. Erschöpft, wie sie war, fiel sie rasch in einen traumlosen Schlaf. Als sie am folgenden Morgen von der Zimmerwirtin geweckt wurde, hatte sie das Gefühl, gerade erst eingenickt zu sein. Das Frühstück bestand aus Toast, Butter und Rührei mit Speck. Sie aß mit großem Appetit, schließlich hatte sie im Zug nur eine kleine Mahlzeit im Speisewagen zu sich genommen, die so teuer gewesen war, dass man in Deutschland eine ganze Familie für den Preis satt bekommen hätte. Vor diesem Hintergrund fragte sie sich, ob das gute Gehalt in Großbritannien vielleicht doch nicht so großzügig bemessen war, wenn die Lebenshaltungskosten um so vieles höher waren. Andererseits hatte sie Kost und Logis frei und könnte das meiste sparen.

Als sie etwas später endlich im Zug nach Holyhead saß, war sie erleichtert. Wenn sie das nächste Mal ausstieg, wäre sie am Ziel, und die Familie MacKenzie hatte ihr zugesichert, sie vom Bahnhof abholen zu lassen. Trotz der guten Vorbereitung durch Mrs MacKenzie hatte Margarethe bei jedem Umstieg unter Anspannung gestanden. Immer war sie in Sorge, aufgrund ihrer noch unzureichenden Sprachkenntnisse wichtige Durchsagen zu verpassen. Erst jetzt konnte sie sich entspannt zurücklehnen und griff nach dem Skizzenbuch, um ihre Eindrücke mit dem Bleistift festzuhalten. Die übrigen Fahrgäste übten sich in britischer Zurückhaltung, niemand drängte ihr ein Gespräch auf. Allerdings ertappte sie sich dabei, dass es ihr diesmal sehr recht gewesen wäre, denn dann hätte sie ihr Englisch erproben können. Als eine Stunde später ein Mann in einer Marineuniform in ihr Abteil kam, die Anwesenden freundlich grüßte und dann ungefragt von sich selbst erzählte, war Margarethe neugierig, mehr zu erfahren. Er stellte sich als Adam Harrison vor, Kapitän zur See, der gerade seine alte Mutter besucht hatte und jetzt zum Hafen von Holyhead unterwegs war, um von dort auf sein neues Schiff zu gelangen.

»Sie haben ein Schiff in Holyhead?«, fragte Margarethe interessiert.

»Nein, es ist in Belfast, wo es gerade vom Stapel gelaufen ist. Aber von Holyhead geht die Fähre nach Irland. Mein erstes eigenes Dampfschiff. Meine Freunde haben mich für verrückt erklärt, dass ich das Kommando meines Viermasters für so was Modernes aufgegeben habe, aber die Zukunft gehört der Dampfschifffahrt! Und ich bin jung genug, um diesen entscheidenden Wechsel mitzugestalten.«

»Und ist es so einfach möglich, von einem Segelschiff auf ein Dampfschiff umzusteigen?«, fragte Margarethe.

»Nun ja, ich habe mich mit den Feinheiten der Dampfschifffahrt bereits vertraut gemacht. Wichtig ist, dass ich einen zuverlässigen Maschinisten an Bord habe. Ob es nun der Wind oder die Dampfkraft ist, die ein Schiff antreibt, die Regeln der Schifffahrt und die Kapitänsaufgaben bleiben gleich.«

»Und wenn das Schiff in einen Sturm gerät? Muss man dann andere Befehle geben?«

»Gewiss, mit einem Dampfschiff ist es einfacher zu navigieren, da kann einem nicht die Takelage weggerissen werden. Ich denke, der Umstieg von einem Segler zum Dampfschiff ist immer einfacher als andersrum. Deshalb ist es ja weiterhin so wichtig, dass die Jungen noch auf Segelschiffen ausgebildet werden. Nichts formt den Zusammenhalt besser, als gemeinsam ein Segelschiff zu führen.«

»Und was für ein Dampfschiff werden Sie übernehmen? Ein Passagierschiff oder ein Handelsschiff?«

Der Kapitän freute sich, dass Margarethe so interessiert war, und erzählte ihr freimütig, dass sein Dampfer zwar auch Passagiere aufnehmen konnte, aber überwiegend für den Warentransport über die Weltmeere ausgerichtet war.

»Er wird die Fahrt über den Atlantik deutlich schneller zurücklegen als jedes Segelschiff. Und ich freue mich schon darauf, regelmäßig mit Amerika Handel zu treiben.«

Margarethe nickte. Sie konnte seine Freude gut nachvollziehen. Die Fahrt auf der Fähre war ihr in weitaus besserer Erinnerung geblieben als jede Zugfahrt, trotz der rauen See. Wie wundervoll mochte es erst sein, mit einem Schiff die Weltmeere zu überqueren. Und so lauschte sie noch eine ganze Weile den interessanten Erzählungen von Kapitän Harrison und vergaß dabei immer mehr, dass er Englisch mit ihr sprach. Sie hörte auf, sich seine Worte im Geiste zu übersetzen, sondern sah sofort die Bilder, ja, sie fing sogar an, selbst auf Englisch zu denken. Und da wusste sie, dass sie sich wegen der Sprache keine Sorgen machen musste.

Als der Zug in den Bahnhof von Holyhead rollte, meinte der Kapitän: »Wir sind eingelaufen. Darf ich Ihnen mit dem Gepäck behilflich sein, Mylady?«

Margarethe erwiderte sein Lächeln. »Vielen Dank, das wäre sehr liebenswürdig, der Koffer ist recht schwer.«

»Jetzt habe ich so viel von mir erzählt, aber ich weiß rein gar nichts von Ihnen.«

»Mein Name ist Margarethe von Ende, und ich bin auf dem Weg zur Familie MacKenzie, weil ich dort als Gouvernante anfangen werde.«

»Die Familie von Admiral MacKenzie?«

»Ja. Kennen Sie ihn?«

»Vom Namen her. Den Erzählungen nach ein großartiger Mann, er war auch eine Zeit lang für den Hafen von Holyhead verantwortlich.«

Der Kapitän holte erst ihren Koffer aus dem Gepäcknetz, dann seinen Seesack und trug beides mühelos aus dem Zug. Margarethe wollte gerade nach einem Gepäckträger rufen, als der Kapitän sie auf einen Mann am Bahnsteig hinwies, der ein Schild hochhielt, auf dem der Name MacKenzie stand.

»Mir scheint, das ist für Sie. Da können Sie sich den Gepäckträger sparen, ich helfe Ihnen.« Und schon schritt der Kapitän mit kräftigen Schritten voraus, sodass Margarethe beinahe Mühe hatte, ihm zu folgen.

»Ich wünsche Ihnen einen angenehmen Aufenthalt in Holyhead«, sagte er zum Abschied. »Vielleicht sehen wir uns ja mal wieder.« Dann schenkte er ihr ein letztes Lächeln und ging.

Der wartende Mann stellte sich indes als William vor, Kutscher der Familie MacKenzie. Er habe die Aufgabe, die neue Gouvernante abzuholen. Sein Name verleitete Margarethe zu der kecken Bemerkung, dass dies wohl ein typischer Name für Kutscher sei, da sie auch in Deutschland einen Kutscher namens Wilhelm kennen würde.

»Ich wusste gar nicht, dass der deutsche Kaiser in seinem hohen Alter noch selbst kutschiert«, gab William trocken zurück.

Margarethe lachte. »Ich liebe diese Art von Humor«, sagte sie und freute sich, als er in ihr Lachen einstimmte, dann ihren Koffer nahm und ihn zur Droschke trug, die vor der Bahnhofshalle wartete. In diesem Moment fühlte sie sich zum ersten Mal richtig willkommen, auch wenn ihre Mutter ihr gemeinsames Lachen mit einem Dienstboten gewiss für undamenhaft gehalten hätte.

Während der Fahrt vom Bahnhof zum Haus der MacKenzies genoss Margarethe die klare, herbstliche Seeluft. William hatte ihr ganz fürsorglich noch eine Decke über die Beine gelegt, da sie zwar, entgegen des Vorurteils über das britische Wetter, ein strahlend blauer Himmel empfangen hatte, aber die Sonne längst nicht mehr die Kraft des Sommers besaß. Es war eine angenehme Kühle, noch weit entfernt vom Frost des Winters, aber wenn man still saß, konnte sie einem schnell in jeden Knochen kriechen. Dennoch war sie froh, dass die Droschke mit offenem Verdeck fuhr und sie so einen ersten Eindruck von Holyhead bekam. Nach den Erzählungen von Fräulein Germer hatte sie mit einem winzigen Nest gerechnet, in dem nichts los wäre, aber spätestens seit Kapitän Harrisons Erzählung wusste sie ja, dass hier der Fährhafen nach Irland war. Entsprechend bot der kleine Ort durchaus einige Unterhaltungen, wenngleich die meisten eher für Seeleute geeignet waren und weniger für sittsame Gouvernanten und deren Schützlinge. Aber ihnen würde auf jeden Fall das Meer bleiben mit seiner felszerklüfteten Küste abseits des Strandes, der so ganz anders war als die Strände an der deutschen Nordsee.

Das Haus der Familie MacKenzie lag etwas außerhalb, aber mit einem großartigen Blick auf das Meer. Es erinnerte Margarethe an eine kleine Burg, was nicht nur an dem winzigen Turm lag, der das zweite Stockwerk krönte, sondern auch an den grauen Steinquadern, die viel größer als deutsche Ziegel waren. Um das Anwesen lief eine kleine Mauer aus demselben grauen Gestein, die Margarethe allerdings gerade mal bis zur Brust reichte und somit mehr der Zierde diente als der Abwehr von Spitzbuben. Es gab einen kleinen Vorgarten, in dem ein gepflegter Rasen dominierte und am Rand Beete mit verschiedenfarbigen Rosen standen, deren Blüten wie ein letzter Abschiedsgruß an den Sommer wirkten.

William lenkte die Droschke um das Haus herum, sodass Margarethe nicht nur den großen Garten hinter dem Haus, sondern auch den Wirtschaftshof und die Stallungen sah. Dort hielt er und half ihr galant beim Aussteigen.

Die Familie MacKenzie erwartete sie im Salon, wo sie zunächst Admiral John MacKenzie vorgestellt wurde. Sie hatte sich keine große Vorstellung davon gemacht, wie er wohl aussehen mochte. Aber irgendwie hatte sie immer an die britischen Seehelden gedacht, deren Bildnisse man auf den Gemälden in den Kunstgalerien sah. Admiral MacKenzie trug zu Hause jedoch keine Uniform, sondern einen normalen, dunklen Anzug, wie er auch in jede deutsche Familie gepasst hätte. Sein Haar, das ursprünglich dunkel gewesen war, zeigte den eleganten silbernen Schimmer, der Männern trotz fortgeschrittenen Alters noch eine jugendliche Lebendigkeit zugestand. Zudem trug er einen Backenbart, der in den Schnurrbart überging und den Eindruck des tatkräftigen gereiften Mannes noch unterstrich.

Seine Frau Anabella hatte hellbraunes Haar, das ebenfalls von einigen silbernen Strähnen durchzogen und zu einer eleganten Hochfrisur aufgesteckt war. Sie strahlte eine herzliche Offenheit aus, die Margarethe sofort verzauberte. Dann stellte sie die Kinder vor, die Älteste, Anni, bei deren Anblick Margarethe sich sofort fragte, ob es wohl angemessen wäre, wenn sie als Gouvernante der Jüngeren die Freundschaft der beinahe gleichaltrigen ältesten Tochter suchen würde. Dann folgte der Stammhalter Kenneth, der mit seinen vierzehn Jahren irgendwo im Niemandsland zwischen Knabe und Mann stecken geblieben schien. Und schließlich begrüßten sie ihre Schützlinge Laura und Lissie, die eigentlich Louise hieß, aber von niemandem so genannt wurde. Die Mädchen trugen adrette dunkelblaue Wollkleider, die sie beinahe wie Zwillinge erscheinen ließen, auch wenn Laura erst elf und Lissie schon zwölf war. Die beiden Mädchen reichten Margarethe artig die Hand und begrüßten sie zu ihrer Überraschung auf Deutsch, indem sie, wenngleich mit starkem britischen Akzent, »Guten Tag und herzlich willkommen« sagten.

»Ihr sprecht Deutsch?«, rief Margarethe überrascht aus.

»Sie sind noch nicht sehr gut darin«, sagte Mrs MacKenzie nun ebenfalls auf Deutsch. »Aber wir hoffen, dass sich ihre Deutschkenntnisse durch Ihre Ankunft schnell verbessern, liebes Fräulein von Ende.«

»Nennen Sie mich bitte Margarethe, das ist nicht so steif.«

Mrs MacKenzie lächelte. »Sehr gern, Fräulein Margarethe.«

Nachdem die Vorstellung beendet war, hatte Margarethe erst einmal Zeit, ihr Zimmer zu beziehen und sich von der Reise frisch zu machen. Sie bekam eine Stube im obersten Stockwerk, direkt neben dem Aufgang zum kleinen Turm.

»Was ist in dem Türmchen?«, fragte sie den Hausdiener, der ihr Gepäck trug.

»Das Arbeitszimmer des Admirals«, lautete die Antwort. »Von dort aus kann er das Meer am besten sehen. Aber auch der Ausblick aus Ihrem Zimmer ist beeindruckend.«

Als er die Tür öffnete, war Margarethe nicht nur von der Aussicht beeindruckt, sondern auch von der gesamten Einrichtung. Es gab ein großes Himmelbett aus dunklem Holz, dessen Pfosten mit

Schnitzereien in Form von Blütenranken verziert waren. Dazu gehörte ein ebenso verzierter Kleiderschrank, und auch der Waschtisch mit der großen Keramikschüssel griff die Ornamente wieder auf. Gegenüber stand ein dazu passender Schreibtisch direkt vor dem Fenster, sodass man beim Arbeiten stets einen Blick auf das Meer hatte. Nachdem der Hausdiener den Koffer abgestellt und das Zimmer verlassen hatte, setzte Margarethe sich hinter den Schreibtisch und stellte sich vor, wie sie den Ausblick in ihrem Skizzenbuch festhalten würde. Doch jetzt galt es erst einmal, ihre Sachen auszupacken, sich frisch zu machen und dann mit der Familie zum Nachmittagstee zusammenzukommen. Aber allein dieses Zimmer verriet ihr, dass die Wertschätzung, die sie schon durch die Briefe von Mrs MacKenzie erfahren hatte, ehrlich gewesen war und ihr hoffentlich während ihres gesamten Aufenthaltes in diesem Haushalt erhalten bleiben würde.

Der gemeinsame Nachmittagstee war Margarethes erste Gelegenheit, die Familie näher kennenzulernen. Sie hatte erwartet, dass sie ähnlich wie die Dienstboten im Hause der Krupps schriftliche Anweisungen bekommen würde, was wann zu erledigen war. Allerdings begnügte Mrs MacKenzie sich damit, ihr das Hauspersonal vorzustellen und sie darüber zu informieren, wann die Mahlzeiten eingenommen und die Töchter vom Hauslehrer unterrichtet wurden. Sie riet Margarethe, dem Unterricht in den ersten Wochen ebenfalls beizuwohnen, um über den Wissensstand der Kinder informiert zu sein. Hinsichtlich der weiteren Tagesgestaltung ließ sie ihr freie Hand. Wichtig sei lediglich, dass die Mädchen anständiges Deutsch lernen sollten.

»Dafür haben wir Sie schließlich eingestellt«, sagte sie mit einem freundlichen Augenzwinkern.

Bereits an diesem ersten Tag wusste Margarethe, dass sie wirklich angekommen war. Und dass Alfred Krupp recht hatte. Sie war keine Dienstbotin. Sie stand in Diensten der Familie, aber sie wurde selbst wie ein Familienmitglied behandelt, schließlich vertraute die Familie ihr das Wertvollste an, was sie besaß – die eigenen Kinder.

4

Das Leben im Haus der Familie MacKenzie war in vielerlei Hinsicht anders als das, was Margarethe aus Deutschland kannte. Nach dem Frühstück, das sie mit der Familie gemeinsam einnahm, begleitete sie die Mädchen in den ersten Wochen regelmäßig zum Hausunterricht. Er war viel anspruchsvoller als der, den sie selbst als junges Mädchen von ihrer Mutter erhalten hatte. Der Lehrer, Mr Hywell Cadwalader, legte nicht nur Wert auf Konversation, Literatur und Sprachen, sondern auch auf die Naturwissenschaften. Mr Cadwalader war bereits im Pensionsalter und erzählte Margarethe an einem ihrer ersten Tage, dass er sich nur aus Freundschaft zum Admiral bereit erklärt hatte, seinen Töchtern Privatstunden zu geben.

»Früher habe ich an den renommiertesten Knabenschulen unterrichtet«, erklärte er. »Aber meinen Lebensabend wollte ich wieder in Wales verbringen. In meiner Freizeit genieße ich es, hier mit meinen Freunden Walisisch zu sprechen, schließlich ist das meine Muttersprache.«

»Ich bin froh, dass ich hier auch mit Englisch gut durchkomme«, erwiderte Margarethe. »Mir scheint Walisisch recht schwierig in der Aussprache zu sein.«

»Nun ja, wer eine bestimmte Lautgebung nicht schon in der Kindheit lernt, hat später Schwierigkeiten damit, sie richtig auszusprechen. Aber das gilt für jede Fremdsprache. So wie das britische *th* für Deutsche schwierig ist, so sehr verzweifeln die Briten am deutschen *ch.*« Er zwinkerte Margarethe zu und freute sich über ihr Lächeln.

»Außerdem ist es mir eine Freude, auch Mädchen eine angemessene Bildung zu vermitteln«, sagte er dann. »Sehen Sie, viele Männer glauben ja, Frauen müssten sich nicht mit Bildung belasten, das könne getrost den Männern überlassen bleiben, denn sie würden ja die Geschicke der Familie und sogar der ganzen Welt lenken. Andererseits sind es die Mütter, die den Kindern die ersten wichtigen Fertigkeiten des Lebens beibringen. Und so ist es doch im Sinne eines jeden Kulturvolkes, gerade den Mädchen die beste Bildung zukommen zu lassen, ganz im Sinne des gesellschaftlichen Wachstums.«

»Das sind sehr interessante Gedankengänge«, bestätigte Margarethe. »Was meinen Sie, warum so wenige Männer so denken?«

»Weil sie sich dann geistig mit ihren Frauen messen müssten und feststellen würden, dass der Verstand einer Frau ebenso scharf ist. Wir Briten wissen das eigentlich, wir haben schon immer von unseren großen Königinnen profitiert. Aber auch hier gibt es genügend Männer, die von den alten Strukturen profitieren.«

»Und Sie?« Margarethe sah ihn mit einem kecken Lächeln an.

»Ich profitiere davon, dass ich eine kluge Frau an meiner Seite habe, die ebenfalls Lehrerin ist, wenngleich sie oft darüber klagte, dass es für Frauen nur wenig herausfordernde Stellungen gibt. An den Mädchenschulen liegt das Niveau leider nach wie vor deutlich unter dem der Jungenschulen.«

Margarethe nickte und begleitete den Unterricht von Mr Cadwalader nun umso aufmerksamer.

Die Nachmittagsgestaltung für die beiden Mädchen oblag Margarethe. Um das Eis zu brechen, hatte sie die beiden in den ersten Tagen gebeten, mit ihr die Umgebung zu erkunden und lange Spaziergänge am Meer unternommen. Es gefiel den Kindern, dass sie während dieser Ausflüge die Führung übernehmen und ihre Heimat voller Stolz präsentieren konnten. Später hatte Margarethe den Mädchen ihre eigenen Zeichnungen gezeigt und sie dadurch inspiriert, selbst einen Skizzenblock mit auf ihre Wanderungen zu nehmen. Natürlich fragten die beiden sie auch sehr viel nach Deutschland und dem dortigen Leben. Margarethe hatte lange überlegt, welche Geschichten wohl am erbaulichsten für die Kinder waren. Schließlich erzählte sie den beiden von ihrer eigenen Kindheit in Breslau.

»Mein Vater war damals der Polizeipräsident von Breslau«, begann sie. »Und so lebten wir im Polizeipräsidium in seiner Dienstwohnung. Das war oft aufregend, vor allem, wenn der schwer bewachte Gefangenenwagen in den Hof fuhr, um die Verbrecher nach ihrer Festnahme aus den Zellen ins richtige Gefängnis zu überstellen. Wir haben uns dann oft an den oberen Fenstern die Nasen platt gedrückt, um einen Blick auf besonders gefürchtete Männer zu erhaschen. Vor allem, wenn mal wieder ein Mörder gefasst worden war. Aber die meisten waren nur harmlose Diebe oder Einbrecher, die man auf frischer Tat ertappt hatte.«

»Sie haben auch Mörder gesehen, Fräulein Margarethe?«, fragte Lissie mit großen Augen. »Wie sahen die aus?«

»Wie ganz normale Männer. Das ist ja das Schlimme: Man sieht es niemandem an. Einer war besonders gefürchtet, der hat sich auf Volksfesten an junge Frauen herangemacht, war immer sehr freundlich und nett zu ihnen und bot ihnen an, sie nach Hause zu begleiten, damit ihnen nichts passierte. Und dann hat er sie selbst umgebracht. Beim dritten Mord wurde er dann erwischt. Meine Geschwister und ich haben uns wieder die Nasen platt gedrückt, weil wir dachten, wer drei Frauen einfach so aus Vergnügen umbringt, muss doch wie ein Teufel aussehen. Aber er war ein ganz normaler junger Mann, der noch dazu in Tränen ausbrach, als sie ihn von der Zelle in den schweren Gefangenenwagen brachten. Mein Bruder meinte, was wäre das für eine Memme. Bringt Frauen um und heult dann vermutlich mehr als seine Opfer, wenn er seiner gerechten Strafe zugeführt wird.«

Die beiden Mädchen sahen sie mit großen Augen an.

»Aber wir haben daraus gelernt, dass wir unbekannten Fremden nicht trauen dürfen, auch wenn sie uns noch so nett und liebenswürdig erscheinen«, fuhr Margarethe fort. »Man kann nie wissen, was in deren Kopf vorgeht.«

»Ist das der Grund, warum die jungen Mädchen immer eine Anstandsdame dabeihaben sollten?«, fragte Laura.

»Ja, eine Anstandsdame soll junge Mädchen davor schützen, dass sie in schlechte Gesellschaft kommen«, erwiderte Margarethe etwas ausweichend.

»Aber es gibt doch gar nicht so viele Mörder«, warf Lissie ein.

»Nein, aber wie ich schon sagte, man sieht es den Männern nicht an. Und deshalb ist es wichtig, einen Mann erst besser kennenzulernen und seine ehrbaren Absichten zu kennen, ehe eine Frau es wagen kann, sich mit ihm allein und ohne Anstandsdame zu treffen.«

»Aber ein Mörder könnte doch auch die Anstandsdame umbringen.«

»Das könnte er, Lissie, aber es ist auch für einen gewieften Mörder schwer, gleich zwei Frauen zu überwältigen. Und deshalb wagen solche Männer sich lieber an Mädchen heran, die allein sind.«

»Und wenn er sie totschießt? Das geht doch schneller«, sagte Laura.

»Aber es ist auch lauter«, erwiderte Margarethe. »Der Frauenmörder, den wir damals in Breslau gesehen haben, der hat seine Opfer erdrosselt.«

Am Abend wurde Margarethe von Mrs MacKenzie auf dieses Thema angesprochen.

»Halten Sie es wirklich für richtig, den Mädchen solche Gruselgeschichten zu erzählen?«, fragte sie. Es war mehr Neugier als Tadel in ihrer Stimme.

»Nun, ich halte es für richtig, Mädchen vor den Gefahren zu warnen, die ihnen auflauern können, wenn sie ohne Begleitung mit fremden Männern mitgehen«, erwiderte sie. »Und gewiss, eine Mördergeschichte mag gruselig sein, aber sie wahrt dennoch mehr den Anstand, als würde ich den Mädchen vor der Zeit erklären, zu welchen Übergriffen Männer sonst noch in der Lage sind.«

»Das stimmt natürlich«, gab Mrs MacKenzie zu. »Ich möchte nur verhindern, dass die Mädchen voller Angst und Misstrauen durch die Welt gehen.«

»Hatten Sie denn den Eindruck, dass ich sie übermäßig geängstigt habe?«

»Ich bin mir noch nicht sicher«, lautete die Antwort. »Aber vielleicht wäre es gut, wenn Sie ihnen noch einmal erklären würden, dass Sie nur deshalb so viel Erfahrung damit haben, weil Ihr Vater Polizeipräsident war und dass andere Kinder niemals Mörder zu Gesicht bekommen.«

Margarethe nickte. Dann wechselte Mrs MacKenzie das Thema.

»Meine älteste Tochter Anni möchte im Frühjahr eine Reise nach Spanien unternehmen und wird deshalb demnächst Spanischstunden nehmen. Ich weiß aus eigener Erfahrung, wie langweilig es ist, wenn man sich allein mit den vielen neuen Vokabeln herumschlagen muss, und wollte Sie deshalb fragen, ob Sie Interesse hätten, Anni beim Spanischunterricht Gesellschaft zu leisten.«

»Sehr gern, Mrs MacKenzie.« Margarethe strahlte über das ganze Gesicht. »Ich liebe es, neue Sprachen zu lernen.«

»Das habe ich mir gedacht.«

Und so kam es, dass Margarethe nicht nur Kenntnisse in einer neuen Sprache erlangte, sondern auch zu der nur drei Jahre jüngeren Anni das freundschaftliche Verhältnis entwickelte, das sie sich von Anfang an gewünscht hatte.

Weihnachten rückte näher, und Margarethe erhielt aus der Heimat zahlreiche Briefe. Neben ihrem Vater und ihren Geschwistern schrieben ihr auch Bertha und Fritz Krupp und sogar Fräulein Germer, die in ihrer Stellung in London sehr zufrieden war. Nur von ihrer Mutter bekam Margarethe keine Post. Ihr Vater schrieb in seinem Brief, dass die Mutter es ihr noch immer übel nähme, unter ihrem Stand zu arbeiten, aber er tue sein Bestes, damit sie im nächsten Jahr zu Weihnachten wieder zu Hause willkommen sei. Margarethe seufzte. Alle anderen Briefe hatten sie glücklich gemacht, doch dieser rief gemischte Gefühle hervor. Natürlich, ihr Vater liebte sie, und sie würde sich immer auf ihn verlassen können, aber die Trennung hatte die Kluft zwischen ihr und der Mutter anscheinend nur noch größer gemacht. Lag es daran, dass sie im Streit auseinandergegangen waren? Oder steckte noch etwas anderes dahinter, das sie auf die Ferne nicht zu durchschauen vermochte? Nun, sie hoffte darauf, dass es ihrem Vater gelingen würde, eine Brücke über diese tiefe Kluft zu schlagen, so wie er es stets für sie getan hatte.

Der Winter an der Küste war hart und lang, aber Margarethe genoss das Beisammensein mit der Familie an den langen Abenden vor dem Kamin im großen Salon. Vor allem lernte sie ein völlig anderes Familienleben kennen. Bei den MacKenzies waren Gesellschaftsspiele beliebt, an denen alle Familienmitglieder teilnahmen. So etwas hatte sie zu Hause nie erlebt. Ihr Vater hätte niemals Zeit dazu gefunden, und ihre Mutter hätte es mit Sicherheit als unter ihrer Würde erlebt.

Ganz anders war das Ehepaar MacKenzie, das sich gern mit den Kindern umgab, dabei aber auch Wert darauf legte, dass die gemeinsamen Spiele der Bildung dienten. Beliebt waren Ratespiele, in denen es um Zitate aus Romanen oder der Bibel ging, aber auch um Geografie und geschichtliches Wissen. An manchen dieser Abende war auch Hauslehrer Cadwalader gemeinsam mit seiner

Gattin zu Besuch, einer herzensguten alten Dame, die nichts von den Vorurteilen erfüllte, die man für gewöhnlich über alte Lehrerinnen hegte. Nicht nur, dass sie verheiratet war, sondern auch ihr Verständnis für den Umgang mit Fehlern war erfrischend. Sie wirkte nie belehrend, sondern sprang hilfreich mit interessanten Eselsbrücken zur Seite.

An diesen Abenden erkannte Margarethe jedes Mal aufs Neue, wie viel Glück sie hatte und wie wichtig es gewesen war, sich dem Streit mit ihrer Mutter zu stellen, um hier neue Erfahrungen zu sammeln und eine andere Lebensart kennenzulernen. Das britische Leben war dem deutschen in vielerlei Hinsicht ähnlich und doch auch grundverschieden, aber nicht so sehr, als dass sie sich jemals fremd gefühlt hätte.

5

Als der Frühling kam, sprachen ihre beiden Schützlinge schon ganz passables Deutsch, während Margarethe und Anni gemeinsam die Grundzüge der spanischen Sprache beherrschten. Ein wenig bedauerte Margarethe es, dass sie Anni nicht nach Spanien begleiten konnte, aber dafür hielt der April eine andere Überraschung für sie bereit.

Alles begann an einem Nachmittag, als sie mit ihren Schützlingen auf einem Spaziergang war. Mittlerweile hatte sich eine gewisse Routine eingespielt. Nach dem Unterricht wanderten sie täglich am Meer entlang, und Margarethe freute sich schon auf die Tage, wenn das Wetter warm genug wäre, um barfuß am Strand zu laufen und sich das Wasser um die Füße spülen zu lassen. Vermutlich hätte ihre Mutter vor Scham aufgeschrien, nackte Füße in der Öffentlichkeit zu zeigen, aber mittlerweile war dies in vielen Kurorten akzeptiert, und so wagten auch immer mehr Menschen der besseren Gesellschaft, sich barfuß am Strand zu zeigen. Noch waren die ersten Apriltage allerdings viel zu kalt und wechselhaft, auch wenn der starke Wind am Meer die dunklen Wolken oft genug davonblies.

Auch an diesem Tag war der Himmel strahlend blau und gab einen kleinen Vorgeschmack auf den Sommer. Die Mädchen liefen am Strand entlang und suchten Muscheln, während Margarethe sich mit ihrem Skizzenblock auf einen großen Stein gesetzt hatte und versuchte, die Szenerie festzuhalten. Landschaften gelangen ihr stets vortrefflich, aber mit bewegten Menschen tat sie sich schwer.

Sie war nur selten zufrieden, wenn ihre gezeichneten Mädchen wie ungelenke Puppen aussahen und dem Bild die geschmeidige Lebendigkeit fehlte. Aber sie gab dennoch nicht auf und füllte Berthas Geschenk jeden Tag aufs Neue mit Bildern.

»Guten Tag, Fräulein Margarethe«, hörte sie plötzlich eine sehr vertraute männliche Stimme hinter ihrem Rücken auf Deutsch sagen. »Ich hoffe, ich störe Sie nicht.«

Sie fuhr herum, um hastig nachzusehen, ob ihre Sinne ihr einen Streich gespielt hatten. »Fritz!«, rief sie überrascht. »Sie sind in Holyhead?«

Fritz Krupp nickte lächelnd. »Darf ich?«, fragte er mit Blick auf einen zweiten großen Stein, der neben ihrem lag.

»Bitte, nehmen Sie gern Platz«, erwiderte sie sein Lächeln. »Mein Strand ist Ihr Strand.«

Ihr fiel auf, dass er die langen Schöße seines Rocks genauso vorsichtig beim Niedersetzen ordnete wie sie ihr Kleid. Vermutlich hätte sein Vater diese Umsicht weibisch genannt, aber ihr verriet sie viel von seiner Rücksichtnahme auf alle Dinge im Leben.

»Eine wundervolle Landschaft. Ich kann gut verstehen, dass Sie sich hier so wohlfühlen«, sagte er in Anspielung auf einen ihrer Briefe.

»Und deshalb wollten Sie sich selbst ein Bild davon machen? Oder sind Sie in Geschäften der Firma unterwegs?«

»Beinahe wäre ich versucht ›schön wär's‹ zu sagen, aber das wäre der Freude, Sie zu sehen, nicht angemessen. Mein Vater käme doch nie auf die Idee, mich allein in Geschäftsdingen reisen zu lassen. Dazu muss mir immer ein Sekretär über die Schulter sehen. Nein, Margarethe, ich bin nur wegen Ihnen gekommen. Ich habe Sie vermisst.«

Sie spürte, wie ihre Wangen heiß wurden. »Und dafür haben Sie diese weite Reise auf sich genommen? Wie lange werden Sie bleiben?«

»Ich habe mir für drei Tage ein Zimmer in einer der Pensionen am Strand genommen. Es ist aber möglich, meinen Aufenthalt zu verlängern, wenn es Ihnen genehm ist.«

»Sie wissen, dass mir meine Pflichten nicht so viel Zeit lassen, wie ich gern hätte, um Ihren Besuch in aller Form zu genießen, nicht wahr?«

»Ich bin dankbar für jede Minute, die Sie mir schenken. Und Mrs MacKenzie war ausgesprochen freundlich zu mir.«

»Sie haben schon mit ihr gesprochen?«

»Ja, wie hätte ich Sie sonst hier am Strand finden können?« Er blickte sie mit so treuherzigen Augen an, dass ihr ganz warm ums Herz wurde. Was für eine wunderbare Geste, dass er extra ihretwegen die Reise nach Wales auf sich genommen hatte.

In diesem Moment hatten die Mädchen bemerkt, dass Margarethe sich mit einem Mann unterhielt, und kamen neugierig herbeigelaufen.

»Das sind meine Schützlinge Lissie und Laura«, stellte sie die Mädchen vor. »Und das hier ist mein lieber Freund Fritz Krupp aus Deutschland, der extra gekommen ist, um mich zu besuchen.«

»Sehr erfreut«, sagten die Mädchen wie aus einem Mund.

»Ebenso«, erwiderte Fritz.

»Werden Sie Fräulein Margarethe heiraten?«, fragte Laura nun ganz unverblümt.

Margarethe spürte, wie ihr das Blut in die Wangen schoss. »Wie kommst du denn darauf?«

»Weil Sie sagten, er ist Ihr lieber Freund.«

»Wenn er sie heiraten wollte, hätte sie gesagt, er ist ihr lieber Verlobter«, korrigierte Lissie ihre jüngere Schwester.

Margarethe wusste nicht so recht, was sie sagen sollte, aber zum Glück nahm Fritz es mit Humor, und sein Lachen war so ansteckend, dass alle mit einstimmten.

»Ich glaube, es ist an der Zeit, dass wir heimgehen«, sagte Margarethe schließlich. Dann sah sie Fritz an. »Begleiten Sie uns auf dem Heimweg?« Viel lieber hätte sie ihn natürlich zum Abendessen eingeladen, aber das stand ihr nicht zu. Eine solche Einladung konnte nur die Hausherrin aussprechen. Allerdings war sie sich sicher, dass Mrs MacKenzie genau das tun würde, wenn er sie zurückbegleitete.

»Sehr gern.« Er erhob sich von dem Stein, und die Mädchen liefen fröhlich voran.

»Es tut mir leid, dass Laura Sie so in Verlegenheit gebracht hat«, sagte sie leise, während sie neben Fritz ging. »Normalerweise ist sie nicht so direkt.«

»Wissen Sie, was ich dachte, als sie das sagte?«

»Nein.«

»Kindermund tut Wahrheit kund.« Er lächelte sie an. »Ich … ich hätte nie gewusst, wie ich es in Worte fassen soll, ohne dass es anstößig wirkt, aber … nun ja, ich habe erst durch Ihre Abreise gemerkt, wie sehr Sie mir fehlen, wenn Sie in einem anderen Land sind und keine kurze Bahnreise mehr entfernt.«

»Aber Sie haben mich doch sonst auch nie besucht.«

»Nun ja, es hätte ja eines Vorwands bedurft, wenn ich an Ihre gestrenge Mutter denke. Aber ich hatte immer das Gefühl, dass ich es jederzeit gekonnt hätte, wenn es mir in den Sinn gekommen wäre.«

»Und warum sind Sie dann nach Wales gekommen?«

»Vielleicht, um mir darüber klar zu werden, was ich mir wirklich wünsche.«

Margarethe spürte, wie ihr Herz schneller schlug. Wünschte er sich wirklich eine Ehe? Und falls ja, war das überhaupt das, was sie ersehnte? Unwillkürlich dachte sie an ihre Gespräche mit Fräulein Germer auf der Fähre zurück. Eine Ehe sei für eine Frau immer ein Gefängnis.

»Ich glaube nicht, dass Ihr Vater von einer solchen Wahl begeistert wäre«, sagte sie schließlich.

»Warum nicht?«

»Weil ich zu alt für Sie bin.«

»Ich bin einen Monat älter als Sie, Fräulein Margarethe.«

»Die Frau sollte stets deutlich jünger sein als der Mann.«

»Warum?«

»Um die Erbfolge sicherzustellen.«

»Dafür sind wir beide im besten Alter und werden es auch mindestens noch ein Jahrzehnt sein.«

Margarethe senkte den Blick. Sie war sich nicht sicher, ob es nur ein Spiel war, denn die entscheidenden Worte, die, die in jeder romantischen Erzählung vorangingen, waren noch nicht gefallen. Jene drei Worte, die eine ganze Welt verändern konnten.

Also begnügte sie sich mit einem leisen Lachen, so als hätte sie es nur als Scherz wahrgenommen, und zog ihren Schritt etwas an, damit sie in Hörweite der vorauseilenden Mädchen waren und er dieses Thema beenden musste.

Mrs MacKenzie reagierte wie erwartet und lud Fritz nicht nur zum Abendessen ein, sondern ermunterte Margarethe auch, am folgenden Vormittag, wenn die Mädchen Unterricht erhielten, freizunehmen, um Herrn Krupp Holyhead zu zeigen. Irgendetwas in ihrem Blick erinnerte Margarethe dabei an die vorlaute Laura. Ob Mrs MacKenzie ähnlichen Fantasien über ihre Beziehung zu Fritz Krupp nachhing? Ungeachtet dessen freute sie sich über den freien Vormittag und das weitere Beisammensein mit Fritz. Sie musste nur darauf achtgeben, dass er sich nicht wieder in diese Richtung vergaloppierte. Schließlich würde sein Vater dem niemals zustimmen, und sie war nicht die Frau, die sich irgendwelchen Träumereien hingab, die unerfüllbar blieben.

Als ihr das bewusst wurde, fragte sie sich, wovon sie wirklich träumte. War es das ungebundene Leben einer Gouvernante, wie es Fräulein Germer führte? Oder doch die Aussicht auf eine Familie mit eigenen Kindern? Was wäre, wenn es gar nicht spielerisch gemeint war, sondern ein vorsichtiges, ernsthaftes Austesten ihrer Bereitschaft? Konnte sie sich ein Leben an seiner Seite vorstellen? Aber noch viel entscheidender war die Frage, ob sein Vater es sich vorstellen konnte. Und wie würde seine Mutter darauf reagieren? Gewiss, sie liebte Bertha als mütterliche Freundin, und sie wusste, dass Bertha sie stets mit offenen Armen aufgenommen hatte. Aber wäre sie ihr nicht zu alt für ihren Sohn? Denn ganz gleich, was Fritz gesagt hatte, für die Welt galt sie als alte Jungfer, auch wenn sie gerade erst fünfundzwanzig geworden war. Sie erinnerte sich, wie sie vor ihrer Abreise mit Bedauern daran gedacht hatte, ihren Seelenverwandten zu verlieren, wenn sein Vater ihm eine passende Braut aussuchte. Waren das auch die Gedanken, die Fritz umgetrieben hatten? War er deshalb gekommen? Weil er sie ebenso wenig als Seelengefährtin verlieren wollte? Aber war das eine ausreichende Basis für eine Ehe oder nur eine Flucht vor der Realität? Dann kamen ihr wieder Fräulein Germers Worte in den Sinn. Dass sie noch nie einem Ehepaar begegnet wäre, das im jeweils anderen den Seelenverwandten gefunden hätte. Warum eigentlich nicht? Weil die meisten Frauen davor ebenso zurückschreckten wie sie selbst? Weil sie Fritz nicht zutraute, dass er sich seinem Vater gegenüber durchsetzte, wenn er sie als Ehefrau vorschlug?

Ach was, dachte sie bei sich. Jetzt verrenne ich mich in etwas und messe seinem scherzhaften Geplänkel, das der vorlauten Bemerkungen einer Elfjährigen geschuldet war, viel zu viel Bedeutung zu. Doch auch wenn sie sich das immer wieder einzureden versuchte, so wusste sie doch, dass es nur die halbe Wahrheit war …

Am nächsten Morgen erwachte sie mit einem seltsamen Kribbeln in der Magengegend. Nicht so unangenehm wie vor dem Besuch beim Dentisten, aber auch keine fröhliche Vorfreude, wie man sie eigentlich erwarten sollte, wenn man sich mit einem guten

Freund traf. Ihr war bewusst, dass sie diesen Tag nutzen musste, um die Wahrheit zu ergründen, und auch, um eine Entscheidung zu treffen, wie sie mit einem möglichen Werben umzugehen hatte.

Fritz war ganz der Gentleman, als den sie ihn in Erinnerung hatte, denn er holte sie um zehn Uhr früh persönlich im Haus der MacKenzies ab.

»Ich bin schon sehr gespannt, welche Schönheiten dieser Landschaft Sie mir zeigen werden.« Sein Lächeln bescherte Margarethe erneut ein Kribbeln im Bauch, aber diesmal fühlte es sich wirklich wie die viel gerühmten Schmetterlinge an. Warum hatte sie nur solche Furcht gehabt? Niemand nötigte sie, eine Entscheidung zu treffen, sie konnte einfach alles auf sich zukommen lassen. Es war nicht nötig, sich über jede Einzelheit vorher so viele Gedanken zu machen. Und so führte sie Fritz diesmal am anderen Ende entlang, in Richtung eines Wanderwegs, der sie von oben auf die Steilküste führte und einen wunderbaren Blick über die See offenbarte.

»Das ist wunderschön«, sagte Fritz. »Ist der graue Streifen am Horizont schon Irland?«

»Ich kann nichts erkennen«, erwiderte Margarethe.

»Da vorn.« Er zeigte mit dem Finger in die Richtung, doch Margarethe war sich nicht sicher, ob es überhaupt ein Landstreifen war oder nur eine Spiegelung der See.

»Möglicherweise. Ich denke, Admiral MacKenzie weiß es.«

»Das ist anzunehmen«, erwiderte Fritz.

Eine Weile schauten sie gemeinsam auf das Meer, schweigend und dennoch verbunden. Genau das war es, was sie immer so an Fritz geschätzt hatte. Man konnte mit ihm gemeinsam schweigen, es war nicht nötig, ständig ein Gespräch am Laufen zu halten, um sich nahe zu sein. Eine Kunst, die viel zu wenige Menschen beherrschten. Eigentlich fielen ihr sonst nur der Krupp'sche Kutscher Wilhelm und ihr eigener Vater ein. Sie hatte in deren Gegenwart nie das Gefühl, Schweigen könnte bleiern werden, ganz im Gegenteil. Das Schweigen reinigte die Gedanken, ließ sie frei werden, sodass sie alles um sich herum viel intensiver wahrnehmen konnte.

»Ich liebe diesen Ausblick auf die See«, durchbrach sie schließlich selbst die Stille. »Sie ist so wild und frei, so voller Kraft. Und ich stelle mir dann immer vor, dass etwas von ihrer Kraft auf mich übergeht, wenn ich sie mit einem Schiff befahre.«

»Vielleicht sollten Sie lieber als Kapitänin anheuern anstatt weiter als Gouvernante.«

»Ich fürchte, die Stellungen für weibliche Kapitäne sind rar gesät.«

»Aber ich bin überzeugt, dass Sie mit Ihrer Kraft jedes Schiff sicher durch den Sturm steuern würden, Fräulein Margarethe.«

Sie sah ihn an. »Gestern haben Sie mich einmal Margarethe genannt, ohne das Fräulein davor.«

»Hat es Ihnen gefallen?« Er blitzte sie auf seine unvergleichliche Weise an.

Sie senkte kurz die Lider. »Dürfte eine sittsame Frau das bestätigen?«

»Selbstverständlich, Margarethe.«

»In meiner Familie werde ich meist Marga genannt. Nur wenn meine Mutter zornig ist, nennt sie mich Margarethe. Oder wenn wir Gäste haben. Sie meint, Kosenamen wären etwas sehr Intimes.«

Er sah sie mit einem forschenden Blick an, so als suche er nach dem tieferen Grund, warum sie ihm das erzählte, und erst jetzt wurde ihr bewusst, dass sie es weder ihm noch Bertha je zuvor verraten hatte. Ist es wie in den alten Sagen und Erzählungen, dachte sie bei sich, wo die Kenntnis des wahren Namens demjenigen, der ihn erfährt, Macht über einen gibt?

»Wäre es …« Er zögerte kurz. »… dir recht, wenn ich dich Marga nenne?«

Sie sah ihm tief in die Augen und erkannte seine Unsicherheit, ob er mit diesem Vorstoß vielleicht zu weit gegangen war.

»Ja«, sagte sie schließlich. »Du darfst mich Marga nennen, Fritz.«

Er strahlte sie an. »Du bist die faszinierendste Frau, die ich kenne«, sagte er. »Niemand sonst versteht mich so wie du. Und meine Mutter liebt dich, als wärst du ihre eigene Tochter.« Er räusperte sich. »Ich … ich wollte es dir schon so lange sagen. Ich liebe dich, Marga. Und ich möchte mein Leben mit dir verbringen.«

Nun war es heraus. Das, wovor sie sich gefürchtet hatte, weil es ihr eine Entscheidung abverlangte. Aber jetzt fühlte sie nur unbändige Freude. Er liebte sie! Er hatte es ausgesprochen, die drei Worte! Und da begriff sie, dass sie selbst genauso fühlte, es sich aber niemals eingestanden hatte, um nicht enttäuscht zu werden, wenn diese Gefühle nicht erwidert wurden. Er liebte sie! Er wollte sein Leben mit ihr verbringen!

Doch in all dem Glück blieb ihre Ratio wie ein Damoklesschwert im Hinterkopf. Was würde sein Vater sagen? Würde er ihm seinen Segen geben? Oder würde Fritz wie üblich, wenn sein Vater ihm etwas untersagte, kneifen? Sie brachte es nicht übers Herz, es ihm zu sagen, zumal sie wusste, wie sehr er selbst darunter litt. Er war ein gutmütiger, liebenswerter Mensch, aber er scheute Konflikte. Wäre er wirklich bereit, diesen Kampf mit seinem Vater auszufechten?

»Das würde ich auch sehr gern«, sagte sie also, fügte dann aber sofort hinzu: »Glaubst du, dein Vater wäre einverstanden?«

Das Leuchten in seinen Augen verlosch.

»Mein Vater«, sagte er leise. »Ich stehe stets in seinem Schatten, und er traut mir nichts zu. Nicht, seit ich meinen Militärdienst abbrechen musste, weil ich an den Masern erkrankte.«

»Das ist keine Antwort.«

»Ich vertraue auf meine Mutter«, sagte er schließlich. »Sie hat mich auch ermuntert, dir nachzureisen und mich dir endlich zu offenbaren.«

Margarethe hob erstaunt die Brauen. »Deine Mutter hat dich ermuntert?«

»Natürlich. Du weißt doch, wie sehr sie dich schätzt. Sie meinte, ich solle meinem Herzen folgen, denn du wärst die ideale Frau für mich, weil du dort Stärke zeigst, wo ich zu schwach bin.«

Seine Offenheit rührte sie. Welcher andere Mann hätte schon der Frau, der er gerade einen Antrag gemacht hatte, offenbart, dass er ihre Stärke schätzte, weil er sich selbst als zu schwach ansah? Sein Vater hätte ihm für so eine Aussage vermutlich die Ohren lang gezogen. Doch nicht seine Mutter, die sich keine falschen Vorstellungen von den Fähigkeiten ihres Sohnes machte. Fritz hatte viele gute Eigenschaften, aber Durchsetzungsfähigkeit gehörte nicht dazu. Und genau dazu brauchte er vermutlich eine starke Frau an seiner Seite. Aber würde sein Vater sie akzeptieren? Eine alte Jungfer aus verarmtem Adelshaus, die als Gouvernante arbeitete? Selbst wenn ihr Vater Regierungspräsident war?

»Was wird dein Vater dazu sagen?«, fragte sie also noch einmal mit Nachdruck.

»Ich werde auf dich beharren, Marga. Er will seine Firma weiterhin in Familienbesitz sehen, und ich bin sein einziger Sohn. Wenn ich mich weigere, eine andere Frau zu heiraten, dann bleibt ihm nichts anderes übrig, als Ja zu sagen. Mach dir keine Sorgen, du bist die, die ich will. Und dafür werde ich kämpfen!«

6

Fritz' Antrag, der natürlich noch keine offizielle Verlobung war, solange sein Vater nicht einverstanden war, veränderte einiges in Margarethes Leben, auch wenn es nach außen hin nicht sichtbar war. Zunächst schrieb sie Fräulein Germer von den neuen Entwicklungen und wartete gespannt auf ihre Antwort. Sie hatte ausgerechnet die resolute Gouvernante als erste Ansprechpartnerin gewählt, gerade weil sie ihr nicht so nahestand. Ein scharfer Blick von außen, der die unverblümte Wahrheit offenbarte, ohne sich darum zu scheren, ob es sie verletzen könnte, war ihr wichtig. Umso mehr überraschte sie die Antwort des späten Fräuleins.

Meine liebe Margarethe!
Ich schätze Ihre Offenheit und werde das Vertrauen, das Sie mit diesem Brief in mich setzen, nicht enttäuschen. Natürlich wird Ihnen jeder zuraten, einen der reichsten Erben Deutschlands zu heiraten, wenn er bereit ist, dafür alle Konventionen zu brechen. Ich rate Ihnen jedoch nicht zu, den reichsten Erben zu heiraten. Ich rate Ihnen, den empfindsamen Mann zu heiraten, der er zu sein scheint, zumal Sie ja auch das besondere Privileg genießen werden, eine zauberhafte Schwiegermutter zu gewinnen, die Sie mit offenen Armen empfangen wird. Dennoch sollten Sie daran denken, dass ein empfindsamer Mann, der sich eine starke Frau an seiner Seite wünscht, zwar ideal zum Seelenverwandten taugt, aber vermutlich weniger

zu den üblichen Aufgaben eines Mannes, seine Frau zu schützen und zu unterstützen. Vermutlich wird Ihre Ehe ein gegensätzliches Spiegelbild zu den normalen Beziehungen zwischen Männern und Frauen werden. Das wird Sie vor einige Herausforderungen stellen, wenn Sie nicht wollen, dass die Welt Ihren künftigen Gatten als Pantoffelhelden wahrnimmt. Eine kluge Frau muss deshalb stets im Hintergrund die Fäden ziehen und Mittel und Wege finden, sich im Sinne der Familie durchzusetzen, ohne dass ihr Gatte schwach wirkt.
Aber ich bin mir sicher, dass Sie in der Lage sind, diese Herausforderung zu meistern. Die Fertigkeiten, die eine Gouvernante beherrschen muss, um verschüchterte Kinder zu starken Erwachsenen zu erziehen, wird sich auch in dieser Hinsicht als nützlich erweisen.
Ich wünsche Ihnen alles Glück der Welt bei Ihrer Entscheidung und verbleibe mit den besten Wünschen.
Ihre Freundin Henriette Germer

Nachdem sie den Brief gelesen hatte, atmete Margarethe zweimal tief durch. Wäre es wirklich so? Würde Fritz immer der schwächere Part bleiben? Oder würde er allein dadurch über sich hinauswachsen, dass er seinem Vater endlich die Stirn bot? Sie erinnerte sich an das letzte gemeinsame Abendessen mit Familie Krupp. An die Ratschläge, die der alte Krupp ihr gegeben hatte. Sie hatte damals das Gefühl gehabt, dass seine Worte nicht nur ihr gegolten hatten, sondern auch seinem Sohn. Dass man eigene Entscheidungen treffen und die Konsequenzen dafür tragen musste. Etwas, das sie stets getan, aber Fritz stets vermieden hatte. Vielleicht wartete sein Vater ja nur darauf, dass sein Sohn endlich offen zu seinen Bedürfnissen stand und damit zeigte, dass er in der Lage wäre, die große Firma zu übernehmen.

Der Familie MacKenzie gegenüber verriet sie nichts von Fritz' ernsten Absichten. Allerdings war sie sich sicher, dass Mrs MacKenzie längst ihre eigenen Schlüsse gezogen hatte, als Fritz im August erneut für ein paar Tage nach Holyhead kam, um sie zu besuchen. Diesmal hatte er sich zuvor ordnungsgemäß per Brief angekündigt, sodass Mrs MacKenzie Margarethe in dieser Zeit großzügig freigab.

Nachdem Fritz sich in seinen Briefen hinsichtlich des Fortschritts ihrer Heiratspläne so gut wie gar nicht geäußert hatte, scheute Margarethe sich nicht, ihn während eines einsamen Strandspaziergangs, bei dem sie es sogar beide wagten, barfuß durch den Sand zu laufen und sich die Füße vom Wasser umspülen zu lassen, direkt darauf anzusprechen. Das fröhliche Leuchten in seinen Augen erlosch schlagartig.

»Ich ... ähm ... ich hatte noch keine günstige Gelegenheit, das Thema auf den Tisch zu bringen«, sagte er. »Ich habe ja immer gehofft, dass mein Vater mich selbst auf eine Ehe anspricht, schließlich bin ich alt genug. Aber er hat nie darüber gesprochen, und so habe ich auch abgewartet. Vor allem, weil du ja noch in England bist. Ich denke, es wäre einfacher, wenn du nach Deutschland zurückkehrst.«

Sie sah ihn verwundert an. »Was hat mein gegenwärtiger Aufenthaltsort damit zu tun? Es ist doch selbstverständlich, dass ich nach Deutschland zurückkehren werde, wenn dein Vater uns seinen Segen für eine Verlobung gibt.«

Fritz senkte den Blick, sagte aber nichts. Also fragte Margarethe ihn, ob er wenigstens schon seine Mutter von seinen Plänen informiert hätte.

»Selbstverständlich«, sagte er.

»Und was sagt Bertha?«

»Sie könnte sich keine bessere Schwiegertochter vorstellen.«

»Aber?«

»Wieso aber?« Nun war Fritz irritiert.

»Aber warum hat sie dann noch nicht mit deinem Vater gesprochen?«

Er räusperte sich. »Sie meinte, das wäre meine Aufgabe. Ich solle den ersten Schritt gehen, wenn es günstig ist, weil mein Vater sonst denken würde, sie hätte es mir eingeredet.«

Margarethe runzelte die Stirn. »Und hat sie das?« Auf einmal kam ihr dieser Gedanke gar nicht mehr so abwegig vor. Manchmal kam Fritz ihr wie ein weltfremder Träumer vor, jemand, den man zum Jagen tragen musste, wie ihr Vater das zu nennen pflegte.

»Natürlich nicht!«, rief er empört. »Was denkst du denn von mir? Ich liebe dich, Margarethe. Ich liebe deinen Charme, deine Intelligenz, deinen Witz und deine Tatkraft. Keine andere Frau kommt dir gleich, bei keiner anderen fühle ich mich so sicher und geborgen. Hier kann ich ich selbst sein.«

Auf der einen Seite war sie von seiner leidenschaftlichen Erklärung gerührt, aber zugleich kamen ihr wieder einmal Fräulein Germers Zeilen in den Sinn. Eine spiegelverkehrte Beziehung. Er wünschte sich Geborgenheit und Stärke. Nun gut, sie war bereit, ihm dies zu geben, aber sie konnte ja schlecht zu seinem Vater gehen und dort um die Hand seines Sohnes anhalten. Am liebsten hätte sie das Fritz gesagt, aber sie war sich nicht sicher, ob dieser Scherz ihn kränken könnte, weil er seinen wundesten Punkt ansprach.

»Und wie soll es nun mit uns weitergehen?«, fragte sie leise. »Wann, glaubst du, ist der richtige Zeitpunkt gekommen?«

»Wir sollten gemeinsam vor ihn treten«, sagte Fritz. »Deshalb möchte ich dich gern in Deutschland an meiner Seite haben.«

Margarethe nickte langsam. Er brauchte sie, um sich sicher und geborgen zu fühlen. Auf der einen Seite rührte es sie, machte sie stolz, aber zugleich verunsicherte es sie auch. Andererseits hatte es auch seine Vorteile, einen weichen, gutmütigen Ehemann zu haben. Für die Stabilität konnte sie sorgen, das lag ihr im Blut, und es würde zumindest keine Konkurrenzkämpfe geben. Und vielleicht passten sie gerade dadurch so gut zusammen. Auch wenn sie sich schon jetzt damit abfinden musste, ihn in die richtige Wegbiegung zu lenken. Aber liebte sie ihn nicht auch genau dafür? Für diese Zartheit und Sensibilität?

»Ja«, sagte sie schließlich. »Ich denke, das ist eine gute Idee. Gemeinsam werden wir es schon schaffen.«

7

Der Abschied von Familie MacKenzie fiel Margarethe nicht leicht, aber sie hatte sich entschieden, ihren dortigen Dienst nach einem Jahr zu beenden, denn sie hatte ein sehr attraktives Angebot aus Deutschland erhalten. Herzogin Antoinette von Anhalt hatte ihr ein überaus freundliches Schreiben zukommen lassen, in dem sie ihr eine Stelle als Erzieherin für ihre jüngste Tochter, die elfjährige Prinzessin Alexandra, offerierte.

Immer wieder hatte Margarethe den Brief gelesen, die liebevollen Zeilen, in denen sie von der Herzogin regelrecht umworben wurde. Unwillkürlich musste sie an Fräulein Germer zurückdenken. Wenn man erst einmal einen guten Ruf und eine Reputation besaß, käme alles Weitere wie von selbst. Natürlich spielten ihre Liebe zu Fritz und sein Wunsch, sie möge nach Deutschland zurückkehren, bei ihrer Entscheidung die größte Rolle. Denn auch wenn ihr Vater ihr in seinen Briefen immer wieder versichert hatte, dass ihre Mutter sich beruhigt hätte, spürte Margarethe nach wie vor ein banges Gefühl. Sie kannte den Charakter ihrer Mutter zu gut. Wenn sie sagte, sie wäre nicht mehr ihre Tochter, wenn sie als Dienstbotin arbeitete, dann waren das keine theatralischen Worte. Dahinter steckte eine tiefe Verletzung, die keinesfalls schnell verflog.

Als sie an diesem Abend nach einer anstrengenden Zugfahrt in Harwich die Fähre nach Hamburg bestieg, kam ihr wieder das Abendessen vor ihrer Reise nach England bei der Familie Krupp in den Sinn. Wer Entscheidungen fällt, muss bereit sein, die Konsequenzen zu tragen. Sie hatte sich dafür entschieden, ganz anders als Fritz, der es nicht wagte, seinem Vater die Stirn zu bieten, weil er die Konsequenzen fürchtete. Und zum wiederholten Male fragte sie sich, welche Konsequenzen das wohl sein könnten. Ob sie ihn gerade deshalb so sehr liebte? Wegen dieser Weichheit, bei der sie ganz sie selbst sein konnte und niemals fürchten musste, er könne sie verletzen? Was bedeutet Liebe überhaupt?, fragte sie sich, während sie an der Reling stand und auf die ruhige See schaute. In der einschlägigen Literatur war es eindeutig: ein Gefühl der unstillbaren Sehnsucht, ein Schmachten, ein Verlangen. Das Gefühl, sich ohne den geliebten Menschen an seiner Seite unvollkommen zu fühlen. Wenn sie das als Maßstab anlegte, liebte sie Fritz dann überhaupt? Sie war nicht unvollkommen ohne ihn. Sie stand fest im Leben. Er war nicht die Person, ohne die sie nicht leben konnte, aber er war die Person, mit der an ihrer Seite sie sich geborgen fühlte, mit der sie ihre Gedanken teilen konnte. Seelenverwandt … Wo war die Grenze zwischen reiner Freundschaft und Liebe? War es die Sexualität? Margarethe konnte nicht von sich sagen, dass sie viel mehr als die Funktionalität des reinen Aktes aus aufgeschnappten Erzählungen kannte. Was daran so besonders sein sollte, hatte sich ihr nie erschlossen.

Sie atmete tief durch, dann kehrte sie zurück in ihre Kabine. Ihre Kabinengefährtin schlief bereits, und sie war froh, dass sie auf diese Weise noch eine Weile mit ihren Gedanken allein bleiben konnte, bevor sie selbst einschlief.

Das bange Grummeln in ihrem Inneren blieb, und es wurde immer stärker, je näher sie ihrem Elternhaus kam. Eigentlich hasste sie lange Bahnfahrten, aber diesmal war es eine Art Gnadenfrist. Wie würde ihre Mutter sie aufnehmen? Natürlich war ihr Vater der Herr im Haus, aber Eleonore von Ende würde niemals die Größe aufbringen, ihre Tochter einfach so zu empfangen, als hätte es den Streit vor ihrer Abreise nicht gegeben.

Als sie Kassel erreichte, wo ihr Vater inzwischen als Oberpräsident residierte, und sich am Bahnhof eine Mietdroschke nahm, hatte das Unbehagen seinen Höhepunkt erreicht. Bereits bei ihrer Ankunft in Hamburg hatte sie ihren Eltern telegrafiert, wann sie kommen würde, und so wunderte sie sich nicht, als ihre Mutter sie bereits vor dem Haus erwartete. Noch während der Kutscher ihr Gepäck ablud, versuchte sie in der Miene ihrer Mutter zu lesen, doch die war steinhart. Margarethe schluckte, fasste all ihren Mut zusammen und ging ihr entgegen.

»Guten Tag, Mutter.« Sie wollte sie liebevoll umarmen, doch ihre Mutter wich einen Schritt zurück.

»Bitte bringen Sie das Gepäck dort hinten ins Haus«, wies diese den Kutscher an, ohne ihre Tochter eines Wortes zu würdigen. Margarethe erstarrte. Das war der Dienstboteneingang!

»Nun«, sagte ihre Mutter ohne jedes Wort der Begrüßung, »du kannst nicht erwarten, dass wir einer Dienstbotin gestatten, durch den Haupteingang zu gehen. Ich habe dafür gesorgt, dass dir ein Bett im Dienstbotentrakt gerichtet wurde, so wie es sich für deinesgleichen gehört.«

Margarethe holte tief Luft. Mit allem hatte sie gerechnet, aber nicht mit einer solch öffentlichen Demütigung. Doch sie schluckte ihren Ärger hinunter, zwang sich zu einem Lächeln und sagte: »Sehr wohl, gnädige Frau.«

Dann folgte sie dem Kutscher mit dem Gepäck durch den Nebeneingang. Es fühlte sich an wie ein Spießrutenlauf. Die Dienstmädchen sagten zwar nichts, aber die Blicke waren schlimm genug. Diese Mischung aus Mitleid und zugleich heimlicher Schadenfreude zeigte Margarethe, dass sie zwischen allen Stühlen saß. Nun gut, sie würde diese Demütigung ertragen, es gab Schlimmeres. Und in ein paar Tagen würde sie ohnehin weiter an den Hof der Herzogin von Anhalt reisen, wo man sie, anders als in ihrem Elternhaus, zu schätzen wusste.

Während sie ihren Koffer auf das Bett legte, um ihn auszupacken, flogen ihre Gedanken wieder zu Fritz. Ob sein Vater eine ebensolche Strafe für ihn bereitgehalten hätte, wenn er es gewagt hätte, gegen seinen Willen zu studieren? Weil das Studium doch nur für Leute war, die »in Diensten« standen? Andererseits hätte er ihm nach seiner eigenen Definition dann ein anständiges Zimmer samt Gehalt zukommen lassen müssen. Bei dieser Vorstellung musste sie unwillkürlich lachen und fühlte sich auf einmal erleichtert.

Obwohl ihre Mutter sie nötigte, im Dienstbotentrakt zu wohnen, erwartete ihr Vater selbstverständlich, sie an der gemeinsamen Tafel zum Abendessen zu sehen. Zunächst herrschte eine sehr gedrückte Stimmung. Margarethe fing die betretenen Blicke ihrer Brüder und der jüngsten noch im Hause lebenden Schwester Irene auf, die nicht so recht wussten, wie sie mit dieser Situation umgehen sollten. Zugleich bemerkte sie das vorwurfsvolle Stirnrunzeln des Vaters, das unmissverständlich seiner Frau galt. Anscheinend hatte es bereits vor ihrer Ankunft einen heftigen Streit gegeben, und Margarethe fragte sich, warum ihr Vater kein Machtwort gesprochen hatte, sondern seiner Frau erlaubte, diese unwürdige Scharade vor der Familie und dem Personal aufzuführen.

Eleonore von Ende bemerkte den strengen Blick ihres Gatten selbstverständlich ebenfalls, und für einen Moment kam es Margarethe so vor, als würde sie Tränen in den Augenwinkeln ihrer Mutter erkennen.

»Ihr müsst das verstehen«, sagte sie. »Ich wurde als Gräfin von Königsdorff geboren. Ich kann und darf es nicht dulden, dass meine Tochter sich unter ihrem Stand verkauft.«

»Nun«, sagte Margarethes Vater, »dass es dir regelmäßig an Taktgefühl fehlt, was für den Ruf der Familie gut ist und was nicht, haben wir ja schon bei diesem peinlichen Zwischenfall mit der Kaiserin erlebt, meine liebe Eleonore.«

Margarethe blieb fast die Luft weg. Ihr Vater wagte es, diese peinliche Situation, in die ihre Mutter vor ein paar Jahren geraten war, wieder aufs Tapet zu bringen! Und dann noch vor den Kindern! Immerhin war das Dienstmädchen wenigstens nicht mehr im Zimmer. Wie erwartet, errötete Eleonore. »Wie kannst du es wagen?«, setzte sie an.

»Wie ich es wagen kann?«, wiederholte August. »Nun, ich denke gerade daran, was die Herzogin Antoinette von Anhalt wohl von dir denken wird, wenn du deine eigene Tochter schlechter unterbringst als sie die Gouvernante ihrer Tochter Alexandra.«

Eleonore schnaubte. »Wenn Margarethe nur etwas Standesbewusstsein im Herzen hätte, dann hätte sie auch eine derartige Stelle angetreten, anstatt für bürgerliche Engländer zu arbeiten.«

»Dann wird es dich gewiss freuen, dass die Herzogin von Anhalt um unsere Tochter geworben und ihr ebenjene Stelle offeriert hat.«

Eleonores Augen weiteten sich, und auch Margarethe sah ihren Vater erstaunt hat. Hatte er es seiner Frau nicht erzählt? Sie hatte ihm doch alles ausführlich geschrieben und gebeten, ein gutes Wort bei der Mutter einzulegen. Weil sie genau gewusst hatte, dass eine Stellung beim Hochadel ihre Mutter mit Stolz erfüllen würde. Hatte ihr Vater die Mutter absichtlich bloßstellen wollen, oder hatte Eleonore sich, so wie es ihre Art war, jeglichem Gespräch entzogen und Unwohlsein vorgeschützt?

»Ist das wahr?« Eleonore sah ihre Tochter an. »Warum hast du mir das nicht früher gesagt?«

»Weil wir noch keine Gelegenheit hatten, miteinander zu sprechen.«

»Aber deinem Vater hast du es geschrieben.«

»Ja.«

»Und warum nicht mir?«

»Weil ich dachte, es geziemt sich nicht, wenn die Dienstbotin der Hausherrin schreibt.«

Sie bemerkte das amüsierte Blitzen in den Augen ihrer Brüder und das mühsam unterdrückte Grinsen ihres Vaters.

»Du bist durch deine Zeit in England recht frech geworden.«

»Weil ich die Wünsche meiner Mutter achte und den Platz akzeptiere, den sie mir zugewiesen hat?«, gab Margarethe zurück.

Einen Moment lang sah es so aus, als würde Eleonore wütend die Serviette in die Suppenterrine werfen, aber sie beherrschte sich.

»Du hast also eine Stellung bei der Herzogin von Anhalt angeboten bekommen?«

Margarethe nickte.

»Dann hoffe ich, dass du dich bei Hofe zu betragen weißt und uns keine Schande machst. Und wenn du mich freundlich darum bittest, darfst du auch wieder in dein altes Zimmer ziehen.«

Margarethe wandte sich der Suppe zu. »Ich bin mit dem zufrieden, was ich ohne zu bitten bekomme. Es ist ja nur für ein paar Tage und wird dem Ruf des Hauses hoffentlich nicht allzu sehr schaden, wenn ich im Dienstbotenbett schlafe.«

»Genug damit«, sagte ihr Vater. »Eleonore, du hattest die Gelegenheit, deine Launen auszuleben. Jetzt werden wir Margarethe selbstverständlich das Bett richten lassen, welches ihr in meinem Haus als meiner Tochter zusteht. Und wir sind uns hoffentlich einig, dass eine Stellung bei Hofe als Erzieherin einer Prinzessin für eine Freiin mehr als angemessen ist, nicht wahr?«

Eleonore holte tief Luft, aber dann nickte sie geschlagen. Und auf einmal begriff Margarethe, dass es ihrem Vater wichtig war, auf diese Weise endlich einmal wieder ein Machtwort zu sprechen, auch wenn er die Mutter als Kleingeist bloßgestellt und seiner Tochter eine Demütigung zugemutet hatte. Dennoch verzieh Margarethe ihm, denn er wusste um ihre Stärke, und es war nicht gegen sie gerichtet. Am Ende hatte sie schließlich gemeinsam mit ihm über die Launen der Mutter triumphiert.

8

Margarethe freute sich auf ihre neue Stellung als Erzieherin und Lehrerin der kleinen Prinzessin, die sie 1880 in Dessau antrat. Für diese Stellung erwies sich der Standesdünkel ihrer Mutter Eleonore sogar von Vorteil, denn selbstverständlich hatte Margarethe schon von Kindheit an die richtigen Umgangsformen mit dem Hochadel erlernt, auch wenn es sonst an vielem gemangelt hatte. So wurden die herzoglichen Herrschaften mit Hoheit angesprochen, während die unverheirateten Töchter als Prinzessin tituliert und die Söhne als Prinzen angeredet wurden. Sie selbst würde hier, anders als in Holyhead, nicht als Fräulein Margarethe, sondern als Fräulein von Ende geführt werden. Die höfische Etikette war streng und vermutlich das Letzte, was den Adel noch vom reichen Bürgertum unterschied. Herzogin Antoinette von Anhalt war einundvierzig Jahre alt und eine gebürtige Prinzessin von Sachsen-Altenburg, wie Eleonore von Ende ihrer Tochter vor der Abreise noch eingeschärft hatte. Nachdem Margarethes Mutter vom anstehenden Stellungswechsel erfahren hatte, war ihr Ärger bereits am folgenden Tag vollständig verpufft. Vermutlich malte sie sich bereits aus, wie sie mit der neuen Stellung ihrer Tochter beim Kaffeeklatsch mit ihren Freundinnen renommieren könnte.

Trotz aller Konvention war der Empfang durch die Herzogin ausgesprochen warmherzig und freundlich. Sie bat Margarethe, noch bevor ihr ein Zimmer zugewiesen worden war, in ihren Salon.

Margarethe war sich der Ehre, dass die Herzogin sie unmittelbar nach ihrer Ankunft unter vier Augen empfing, bewusst. Doch zugleich erkannte sie, dass es mehr als nur eine Höflichkeit war. Vermutlich wollte die Herzogin ihr persönliche Dinge über die kleine Prinzessin anvertrauen, bevor sie ihr vom Dienstbotenklatsch zugetragen wurden.

»Ich hoffe, es gelingt Ihnen, das Vertrauen meiner Tochter zu gewinnen«, begann die Herzogin, nachdem Margarethe ihr gegenüber auf einem der Polsterstühle hatte Platz nehmen dürfen. »Wissen Sie, Alexandra ist ein sehr zurückhaltendes, ja schüchternes Kind. Sie hatte bislang nicht viel Vergnügen an der freien Natur oder sportlicher Betätigung. Ihr ehemaliges Kindermädchen meinte, sie wäre phlegmatisch und …« Die Herzogin räusperte sich. »… nur wenig intelligent.«

Margarethe sah die Herzogin erstaunt an. Hatte das Kindermädchen wirklich so despektierlich über die kleine Prinzessin gesprochen? Die Herzogin deutete ihren Blick richtig.

»Natürlich hat sie es nicht so unverblümt gesagt, aber doch so, dass es mich mitten ins Mutterherz getroffen hat.« Sie seufzte. »Ich sehe es natürlich ganz anders, ich denke, Alexandra ist ein intelligentes Mädchen, dem bislang nicht die richtige Anleitung zuteilwurde. Deshalb habe ich mich ja auch an Sie gewandt. Sie wurden mir vom ehemaligen Leiter des Lehrerinnenseminars wärmstens empfohlen, weil Sie als mitfühlend und kinderlieb gelten und dort mit Verständnis arbeiten, wo andere Gouvernanten zur Strenge neigen. Strenge verschüchtert meine Tochter nur noch mehr, sie braucht das Gegenteil, weil sie nichts falsch machen möchte, sich aber aus Angst vor Fehlern zu wenig zutraut. Sie muss ermuntert und gefördert werden.«

»Ich bin da ganz Ihrer Meinung, Hoheit.« Margarethe nickte. »Mit Liebe und Verständnis erreichen wir mehr als mit scharfer Zucht und Strafe. Dort, wo die Liebe regiert, genügt bei Missfallen schon ein scharfer Blick, um ein Kind auf den rechten Weg zurückzuführen.«

»Ein scharfer Blick?« Die Herzogin schmunzelte. »Wie sähe denn Ihr strafender Blick aus?«

»Das wäre von der Situation abhängig. Ein kaum merkliches Zucken mit der Augenbraue über ein leises Kopfschütteln bis hin zu einem wirklich verärgerten, scharfen Blick, der Gefühle wortlos zeigt, aber auch ins Herz treffen kann.«

»Mich würde interessieren, ob dieser Blick wohl auch bei einem Lausbuben wirkt.«

»Das hängt von dem Lausbuben ab. Aber die Prinzessin ist ja ein feinfühliges Kind, das, wie Sie sagen, Zuspruch braucht.«

»So ist es. Ich habe Ihnen hier übrigens einen Plan erstellt, wie der Tagesablauf ist. Morgens legen wir Wert auf körperliche Bewegung und Frühsport. In der Familie ist Tennis sehr beliebt. Wir haben einen eigenen Tennisplatz. Ich nehme an, Sie haben damit in England bereits Erfahrungen gemacht?«

»Ja, wir haben es manchmal zum Zeitvertreib gespielt.«

»Dann kennen Sie ja die Regeln. Alexandra ist noch sehr unsicher, auch wenn ihr großer Bruder Aribert sich alle Mühe gibt, sie nicht zu überfordern. Er ist trotz seiner siebzehn Jahre noch mehr ein Junge als ein Mann.« Die Herzogin lächelte so versonnen, dass Margarethe sofort begriff, wer ihr Liebling war.

»Es ist immer schön, wenn große Brüder für die kleinen Schwestern da sind«, erwiderte sie. »Wie wünschen Sie, soll ich die Prinzessin anreden? Soll ich sie vertraulich duzen, wie es bei Kindern üblich ist, oder siezen, wie es einer Prinzessin gebührt? Die Form der Anrede sagt schließlich auch viel über die Vertraulichkeit.«

»Alexandra ist noch ein Kind und sich dessen auch bewusst. Ihr Kindermädchen hat sie auch immer geduzt.«

»Ist ihr Kindermädchen noch hier in Stellung?«

»Nein, sie hat bereits vor zwei Wochen eine neue Stelle angetreten, auch wenn es gewiss von Vorteil gewesen wäre, wenn wir den Übergang fließender gestaltet hätten.«

Margarethe nickte. Das sprach dafür, dass sich das Kindermädchen durch die Einschätzung der Prinzessin bei der Mutter arg in die Nesseln gesetzt hatte. Nun, diesen Fehler würde sie nicht machen. Sie wusste nur zu gut, dass eine kluge Gouvernante auch stets das Wohl der Eltern im Blick hatte und keine Partei ergreifen durfte.

»Da ist noch etwas, Fräulein von Ende. Mir ist bewusst, dass Sie bislang ein sehr selbstständiges Leben geführt haben, aber ich wünsche, dass Sie Ihren persönlichen Verkehr in Ihrer Freizeit auf das Schloss beschränken. Es würde dem Ansehen der Familie schaden, wenn die Erzieherin unserer Tochter allein in der Stadt angetroffen wird. Aber ich denke, Sie werden im Schloss und den angrenzenden Gärten genügend Zerstreuung finden. Zudem steht Ihnen auch unsere umfangreiche Bibliothek zur Verfügung.«

»Selbstverständlich, Hoheit.«

Die Herzogin läutete ein Glöckchen, woraufhin ein Diener erschien, der Margarethe ihr Zimmer zeigte.

Es lag im zweiten Stock, und Margarethe war entzückt, als sie sah, dass der Blick auf die Mulde hinausging, einen kleinen Nebenarm der Elbe.

Das Zimmer selbst war wunderschön eingerichtet, etwas größer als jenes, welches sie in Holyhead bewohnt hatte. Auch hier gab es einen kleinen Schreibtisch, von dem aus sie nach draußen sehen konnte. Und wie in Holyhead stellte sie sich vor, wie es wohl wäre, hier zu sitzen und die Landschaft zu zeichnen. Am anderen Ufer der Mulde machte sie einige Ruderboote aus, die verlassen an einem kleinen Steg lagen. Ob das Rudern hier auch zu den üblichen Freizeitbeschäftigungen gehörte? Nun, sie würde es mit Sicherheit bald erfahren. Aber als Erstes galt es zu ergründen, wie sie Prinzessin Alexandras Herz für sich gewinnen konnte. Vor allem musste sie herausfinden, welche Freizeitbeschäftigungen das Mädchen liebte, denn die Interessen der Kinder zu respektieren führte fast immer zu ihrem Herzen.

Die erste Begegnung mit Prinzessin Alexandra erfolgte kurz vor dem Abendessen, das Margarethe gemeinsam mit der herzoglichen Familie an der Tafel einnahm. Auch das war ein Grund, warum der Hochadel seine Kinder gern Gouvernanten aus dem niederen Adel übergab: Der Etikette wurde Genüge getan, der Adel blieb unter sich, selbst wenn die Gouvernante in Diensten stand, wie Alfred Krupp es so gekonnt definiert hatte.

Die kleine Prinzessin sah in ihrem dunkelblauen Samtkleid, das einen wunderbaren Kontrast zu ihren blonden Zöpfen bildete, herzallerliebst aus. Dennoch konnte Margarethe sofort verstehen, warum unbedarfte Menschen das Kind leicht für phlegmatisch halten konnten. Alexandra wirkte unsicher und sehr langsam, so als müsse sie sich jedes Wort genau überlegen. Margarethe überging die Schüchternheit, indem sie sie unmittelbar nach der förmlichen Begrüßung fragte: »Hast du schon einen besonderen Wunsch, was wir morgen gemeinsam tun können, um uns besser kennenzulernen?«

Die kleine Prinzessin senkte schüchtern den Blick, brachte aber kein Wort heraus.

»Ich sehe schon, du bist so höflich und überlässt die Gestaltung mir. Keine Sorge, ich werde mir etwas Schönes für uns beide ausdenken und bedanke mich für dein Vertrauen.«

Alexandra hob erstaunt den Blick. Mit einer solchen Auslegung ihrer Schüchternheit hatte sie nicht gerechnet, und Margarethe begriff, dass es vermutlich gar nicht so schwer sein würde, das Herz des Kindes mit ein bisschen Freundlichkeit zu gewinnen. Ob das Kindermädchen ihr wohl eingeredet hatte, dass sie dumm sei? Nun, wie auch immer es sein mochte, sie würde schon dafür sorgen, dass die kleine Prinzessin zu einem selbstbewussten Mädchen heranwuchs.

9

Margarethe lebte sich schnell auf dem Schloss ein und hatte keine Schwierigkeiten, die höfischen Hausregeln einzuhalten, zumal die Herzogin ihr nicht nur wohlgesinnt war, sondern ihr auch freie Hand ließ, was den Unterricht der Prinzessin anging. Am ersten Tag ließ Margarethe sich von ihrem Schützling den Schlosspark und die zugehörigen Anlagen zeigen. Sie hatte schon früh die Erfahrung gemacht, dass es schüchternen Kindern guttat, wenn sie Erwachsenen etwas zeigen oder erklären durften, und so war es auch dieses Mal. Alexandra blühte regelrecht auf, als sie ihre neue Gouvernante herumführen durfte, um ihr all das zu zeigen, was ihr wichtig war. Margarethe nutzte indes die Gelegenheit, um spielerisch zu erkunden, wie viel das Mädchen bereits gelernt hatte. Leider war es mit Alexandras Kenntnissen in Pflanzenkunde und Biologie nicht besonders weit her, und auch das Französisch der Prinzessin ließ zu wünschen übrig.

»Ich dachte, dein Kindermädchen hätte mit dir bereits französisch gesprochen?«, fragte sie vorsichtig. Alexandra errötete, als fühle sie sich ertappt. »Sie … hatte nicht viel übrig für die Sprache und meinte, in Deutschland sollten wir lieber deutsch reden. Sie sagte, sie hätte nie verstanden, warum man es für vornehm hielt, die Sprache des Erzfeindes zu sprechen, erst recht, wo wir ihn besiegt haben.«

»Nun, es ist nie verkehrt, andere Sprachen zu lernen, um sich mit den Menschen überall in der Welt unterhalten zu können. Außerdem sind die Franzosen nicht unsere Erzfeinde. Das sind die Gedanken alter, verbitterter Männer, die sich zu oft auf dem Schlachtfeld getroffen haben. Ich wundere mich, dass ein Kindermädchen so denkt.«

Alexandra senkte den Blick. »Ich hätte das nicht sagen dürfen, oder?«

»Doch, es ist in Ordnung. Nun weiß ich ja, dass es nicht deine Schuld ist, wenn du kaum die Möglichkeit hattest, Französisch zu lernen.«

Und so begann sie, mit Alexandra spielerisch die beiden Fächer zu verbinden, benannte mit ihr Bäume und Blüten auf Deutsch und Französisch und animierte das Mädchen dazu, kleine Geschichten zu erzählen, erst auf Deutsch und dann auf Französisch. Außerdem ermunterte sie das Kind zum Malen und Zeichnen und zeigte ihr auch ihre eigene Skizzensammlung aus Holyhead.

»Das Malen und Zeichnen ist eine schöne Möglichkeit, andere an dem teilhaben zu lassen, was wir gesehen haben.«

»Ich glaube nicht, dass ich jemals so gut wie Sie zeichnen kann, Fräulein von Ende.«

»Übung macht den Meister, und das gilt ganz besonders für die Malerei und das Zeichnen«, erwiderte Margarethe. »Als ich in deinem Alter war, glaubte ich auch, dass ich es niemals schaffen würde, die Natur lebensecht abzubilden. Und auch heute habe ich noch Schwierigkeiten, Menschen in ihrer Bewegung so festzuhalten, dass sie lebendig wirken und nicht wie hölzerne Puppen.«

»Sind die Porträts der Ahnen, die in der Halle hängen, deshalb alle im Sitzen oder Stehen dargestellt?«, fragte Alexandra. »Es wäre doch sonst viel interessanter, wenn man sie bei ihren normalen Beschäftigungen sehen könnte.«

»Du meinst, dass die Maler damit ein Problem gehabt hätten?« Margarethe lachte. »Nein, bei den Porträts in der Ahnengalerie geht es darum, dass man seinen Vorfahren Auge in Auge gegenüberstehen und ihnen ins Gesicht blicken soll, um sich ihrer würdig zu erweisen. Sie sollen nicht unserer Unterhaltung dienen, sondern Respekt einflößen.«

»Ach so.« Die Prinzessin ließ kleinlaut den Kopf sinken. »Ich frage immer so dumme Dinge, das tut mir leid.«

»Das waren keine dummen Dinge. Es gibt keine dummen Fragen, Alexandra. Aus jeder Frage geht der Wissensdurst eines Menschen hervor, und Wissensdurst zeichnet uns aus. Nur der, der nichts wissen will, bleibt dumm und in seiner kleingeistigen Welt gefangen. Lass deine Fantasie fliegen, hinterfrage alles und stell mir jede Frage, die du magst. Ich werde sie nach bestem Wissen und Gewissen beantworten, und wenn ich die Antwort nicht kenne, machen wir uns gemeinsam auf die Suche nach ihr. So als wäre das Wissen ein großer Schatz, der gehoben werden muss.«

Alexandras Augen leuchteten voller Dankbarkeit, auch wenn sie noch zu schüchtern war, ihre Gefühle in Worte zu fassen.

Auf diese Weise gewann Margarethe nicht nur Alexandras Zuneigung, sondern auch die ihrer Mutter. Abends bat die Herzogin Margarethe nach dem gemeinsamen Essen regelmäßig in ihren Salon, um sich mit ihr zu unterhalten. Oft hatte Margarethe dabei das Gefühl, die Herzogin halte ihre junge Gouvernante für lebenserfahrener als sich selbst, obwohl sie doch sechzehn Jahre älter war. Ob es an den Reisen lag, die sie allein zurückgelegt hatte? Immerhin war sie trotz adeliger Herkunft die meiste Zeit ihres Lebens dem engen Korsett entronnen, das die Herzogin von Kindheit an getragen hatte. Und während es anfangs eher harmlosere Themen waren, so kam die Herzogin eines Abends auf ihre Schwägerin Maria-Anna von Anhalt-Dessau zu sprechen, die mit dem Generalfeldmarschall Prinz Friedrich Karl von Preußen verheiratet war. Margarethe konnte sich lebhaft vorstellen, wie ihre Mutter, aber auch ihr ältester Bruder Siegfried, der beim Militär Karriere machte, vor Begeisterung die Luft weggeblieben wäre, wenn sie einem so bekannten Mann oder auch nur seiner Gattin begegnet wären. Doch das Geheimnis, das die Herzogin Margarethe nun anvertraute, war auf ganz andere Weise dazu geeignet, einem den Atem zu verschlagen.

»Ich schätze meine Schwägerin sehr«, begann sie. »Allerdings …« Die Herzogin machte eine kurze Pause und schaute beinahe verlegen auf ihre Hände. »Maria-Anna ist etwas eigen in ihrer Art. Und ich wäre Ihnen sehr verbunden, wenn Sie sich auch ein wenig um sie kümmern könnten, ohne sich dabei von ihren Eigenarten abgestoßen zu fühlen.«

Margarethe bekam große Augen. Was für abstoßende Eigenheiten konnte die Schwester der Herzogs schon haben? Sie konnte sich nicht vorstellen, dass sie bei Tisch furzte oder sich betrank und schmutzige Lieder sang. Und über alles andere würde sie diskret hinwegsehen.

»Meine Schwägerin hängt … der Liebe der Sappho an.«

Margarethe runzelte irritiert die Stirn. »Sappho war eine griechische Dichterin, nicht wahr?«

»Ja, gewiss. Auf der Insel Lesbos, wo sie … der gleichgeschlechtlichen Liebe frönte.«

»Ich verstehe nicht ganz …«

»Nun, Maria-Anna bevorzugt Frauen und hat ihren Gatten nur aus Pflichtgefühl um der Familienehre wegen geheiratet. Sie hat die Unart, anderen ihre Umarmungen aufzuzwingen, um zu erkunden, ob sie ebenfalls der Kultur der Lesbierinnen anhängen.«

»Oh.«

»Ja, das habe ich auch gesagt, als ich es das erste Mal hörte. Nun, abgesehen davon ist sie ein liebenswerter Mensch, aber es ist wichtig, diese Eigenheit zu kennen und sie auf Distanz zu halten, denn sonst könnten Sie ihr falsche Hoffnungen machen. Und einen derartigen Skandal können wir hier nicht gebrauchen.«

»Selbstverständlich nicht, Hoheit.«

»Nun, damit wäre das ja geklärt.« Die Herzogin wirkte auf einmal sehr erleichtert. »Ich denke, Sie werden sich gut um meine Schwägerin kümmern, denn im Grunde ihres Herzens ist sie ja selbst noch ein Kind, auch wenn sie bereits vier Kindern das Leben geschenkt hat.«

Margarethe nickte und fragte sich zugleich, wie sie wohl mit der Prinzessin am besten umgehen sollte. Von der Liebe der Frauen auf Lesbos hatte sie noch nie gehört, und sie konnte sich darunter nicht viel vorstellen. Küsste sie lieber Frauen als Männer? Nun, bei dem dichten Bart, den ihr Gatte auf den Gemälden und dem Relief der Siegessäule hatte, als Sieger über die Franzosen, konnte sie das in gewisser Weise sogar nachvollziehen.

Und so war es kein Wunder, dass Margarethe am Tag der Ankunft der Prinzessin Maria-Anna aufgeregter als sonst war. Würde sie mit den seltsamen Ansprüchen der Prinzessin richtig umgehen können? Ihr verdeutlichen, dass sie ihre Neigung nicht teilte, ohne sie zu kränken? Nach allem, was die Herzogin auch durch ihre Blicke und Gesten zwischen den Zeilen hatte verlautbaren lassen, erschien ihr das Thema besonders heikel. Warum sonst hätte man sie so genau darauf vorbereitet? Doch nur, um sie nicht unbedarft in eine diplomatische Falle laufen zu lassen.

Umso überraschter war Margarethe, wie unspektakulär der erste Auftritt der Prinzessin tatsächlich war. Sie begrüßte ihre Schwägerin mit einer zärtlichen Umarmung, wie Margarethe es schon oft bei Begrüßungen von engen Verwandten erlebt hatte. Allerdings hätte sie das Zusammenzucken der Herzogin unter normalen Umständen kaum bemerkt. War es der Ekel vor der Neigung der Prinzessin oder allgemeines Unwohlsein bei engen Begrüßungen? Margarethe war aufgefallen, dass die Herzogin sich auch bei der Begrüßung ihrer Kinder mit Zärtlichkeiten sehr zurückgehalten hatte, aber sie hatte das auf die strenge Etikette geschoben. Nun wandte die Prinzessin sich der kleinen Alexandra zu, die ihre Tante wirklich zu lieben schien, denn sie flog ihr geradezu in die Arme, so als würde sie dort eine Wärme bekommen, die ihre Mutter ihr so offen niemals zeigte. Margarethe warf einen kurzen Blick zur Herzogin. Deren Lippen pressten sich fest zusammen, als befürchte sie, Maria-Anna könne ihr Kind verderben. Und Margarethe ertappte sich dabei, unwillkürlich Partei für die Prinzessin zu ergreifen, obwohl sie sich noch nicht kannten. Diese Frau tat in ihren Augen nichts Verwerfliches.

»Meine liebe Maria-Anna«, sagte die Herzogin nun, »ich möchte dir unsere Gouvernante Fräulein von Ende vorstellen. Sie ist eine sehr gebildete Enkelin des Grafen von Königsdorff und wird dir während deines Aufenthaltes hier, neben ihren Pflichten meiner Tochter gegenüber, Gesellschaft leisten.«

Erst jetzt schien die Prinzessin Margarethe überhaupt wahrzunehmen. »Ich freue mich, Sie kennenzulernen, Fräulein von Ende.«

Margarethe deutete einen Knicks an, so wie es bei der Vorstellung einer höhergestellten Dame üblich war.

»Ach, lassen Sie die Formalitäten, meine Liebe.« Die Prinzessin machte eine wegwischende Handbewegung. »Wir wollen ja nicht den ganzen Tag mit solchen Mätzchen vergeuden, nicht wahr?«

Im Hintergrund räusperte sich die Herzogin und verunsicherte Margarethe dadurch. Es war klar, dass ihr das Verhalten ihrer Schwägerin, das sofort demonstrativ mit jeder Etikette brach, missfiel. Zugleich blieb unklar, wessen Wunsch sie nun erfüllen sollte. Schließlich entschied Margarethe sich dafür, das Räuspern der Herzogin als einen einfachen Frosch im Hals zu deuten und sich nach dem Wunsch des Gastes zu richten. Wenn es ihrer Herrschaft nicht gefiel, würde sie es ihr mit Sicherheit deutlicher kundtun.

»Ich nehme an, der Unterricht meiner Nichte ist für heute bereits beendet?«, fragte Maria-Anna.

»Wir nutzen den Nachmittag regelmäßig, um im Schlosspark

die Tier- und Pflanzenwelt zu studieren«, erwiderte Margarethe vorsichtig.

»Nun, da bin ich doch gern dabei. Ich habe eine Schwäche für die Natur. Ich werde mich nur eben ein wenig frisch machen. Keine Sorge, ich werde Sie schon im Schlosspark finden, ich bin hier schließlich aufgewachsen und habe meiner lieben Nichte schon die eine oder andere versteckte Ecke gezeigt, die ich selbst als Kind geliebt habe.«

Margarethe nickte, und die Prinzessin zog sich in ihr Gästezimmer zurück.

Die Herzogin räusperte sich erneut. »Alexandra, du solltest dir auch die Hände waschen.«

Das Mädchen sah seine Mutter irritiert an, nickte dann aber und ging gehorsam in Richtung Bad.

Nun wandte die Herzogin sich wieder Margarethe zu. »Wie Sie sehen, ist meine Schwägerin etwas eigen.«

»Ich werde mich selbstverständlich an die Anweisungen halten, die Sie mir geben, Hoheit.«

»Sie meinen, wegen des Knicksens? Keine Sorge, halten Sie es so, wie die Prinzessin es von Ihnen fordert, solange es sich um keine offiziellen Empfänge handelt. Ich bin davon überzeugt, dass Sie die Kunst beherrschen, meine Schwägerin mit diplomatischer Freundlichkeit bei Laune zu halten, ohne dass es zu einem Eklat kommt. Sie wissen ja, worauf Sie zu achten haben. Betrachten Sie sie am besten wie einen Mann, und dulden Sie von ihr keine Vertraulichkeiten, die Sie nicht auch von einem Mann dulden würden, dann werden Sie mit ihr keine Probleme haben.« Sie atmete tief durch. »Meine Tochter ahnt selbstverständlich nichts von den … Verirrungen ihrer Tante, und ich wünsche, dass das so bleibt.«

»Selbstverständlich, Hoheit.«

Als Margarethe etwas später mit Alexandra auf Prinzessin Maria-Anna wartete, hatte sie das Gefühl, eine zentnerschwere Last auf ihren Schultern zu spüren. Alles wäre so viel einfacher gewesen, wenn die Herzogin geschwiegen hätte, anstatt ihre Schwägerin auf diese Weise bloßzustellen. Je länger Margarethe darüber nachdachte, umso mehr kam es ihr wie ein aggressiver Akt dieser sonst so warmherzigen Frau vor. Sie nahm ihrer Schwägerin die Entscheidung ab, selbst zu bestimmen, was sie vor einer fremden Person offenbaren wollte. Und sie raubte ihr selbst die Unvoreingenommenheit.

Kurz darauf erschien die Prinzessin.

»Alexandra, mein Schatz, magst du schon vorauslaufen zu der kleinen versteckten Baumhöhle, die ich dir beim letzten Mal gezeigt habe? Oder hast du sie deiner Gouvernante schon gezeigt?«

»Nein, Tante Maria. Das war doch unser Geheimnis.«

»Ja, du hast recht, aber ich erlaube dir, es auch deiner Gouvernante zu zeigen.« Sie strich dem Mädchen liebevoll über den Kopf. Alexandra nickte und flitzte munter voraus.

Sobald sie außer Hörweite war, wandte die Prinzessin sich Margarethe zu.

»Ich nehme an, meine Schwägerin hat Ihnen einige gute Ratschläge im Umgang mit mir gegeben, nicht wahr?«

Margarethe spürte, wie ihr das Blut in die Wangen stieg.

»Meinen Sie damit etwas Bestimmtes?«

»Die Tatsache, dass Sie erröten, ist Antwort genug. Nun, ich will ganz offen sein. Ich habe vor sehr langer Zeit den Fehler begangen, meiner Schwägerin zu vertrauen. Ich habe ihr meine geheimsten Gedanken und Empfindungen anvertraut, weil ich glaubte, sie wäre meine Freundin. Wir haben uns immer gut verstanden. Aber seither … nun, sie hat mich seitdem mit anderen Augen betrachtet, so als hätte ich eine Krankheit, die bei Berührung ansteckend ist.«

»Und was erwarten Sie nun von mir?«

»Nichts, Fräulein von Ende. Nur dass Sie mir so begegnen, wie

Sie es getan hätten, wenn meine Schwägerin die verschwiegene Freundin gewesen wäre, für die ich sie gehalten habe.«

»Selbstverständlich.«

Maria-Anna sah Margarethe aufmerksam an. »Ich sehe Ihnen an, dass Ihnen die Fragen regelrecht auf den Lippen brennen, aber Sie es nicht wagen, sie zu stellen.«

Margarethe räusperte sich. »Sie sind eine scharfe Beobachterin.«

»Das muss eine Frau in meiner Situation stets sein. Ich bin immer für ein offenes Wort zu haben. Fragen Sie mich also, was Sie wissen wollen.«

»Ich muss gestehen, ich weiß eigentlich gar nichts über das, was die Herzogin angedeutet hat. Ich habe davon aus ihrem Mund zum ersten Mal gehört. Ich hatte natürlich schon von Männern gehört, die verbotenen Neigungen mit anderen Männern nachgehen, aber dass es das unter Frauen gibt, wusste ich nicht. Mein Vater war früher der Polizeipräsident von Breslau. Da hatte er ab und zu mit Männern zu tun, die wegen gleichgeschlechtlicher Verfehlungen aufgefallen waren, aber das wurde vor uns Kindern geheim gehalten. Natürlich haben wir trotzdem davon gehört.« Bei der Erinnerung an ihre Kindheit in Breslau musste sie leise lächeln. »Aber dass es auch Frauen betrifft, wussten wir nicht.«

»Es ist ja auch nicht verboten, eine intime Pensionatsfreundschaft zu führen.« Maria-Anna erwiderte Margarethes Lächeln. »Männer haben oft eine falsche Vorstellung von Liebe und Sexualität. In der Berührung einer Frau liegt viel Magie. In der eines Mannes brutale Lust, die vor allem auf seine eigene Befriedigung ausgerichtet ist. Die Frau ist das Gefäß, in das er seinen Samen legt, damit sie ihm Nachwuchs gebärt. Alles andere ist für ihn nicht von Belang.« Die Prinzessin seufzte. »Sie haben die richtige Entscheidung getroffen, indem Sie sich der Ehe durch einen angesehenen Beruf entzogen haben.«

»Das sehen viele anders.«

»Und Sie selbst?«

»Nun, es gibt einen Mann, der um mich wirbt. Allerdings wagt er es nicht, seinen Vater darum zu bitten, mich zu heiraten.«

»Steht er gesellschaftlich so sehr über Ihnen? Sie sind immerhin eine Freiin.«

»Nein, er ist bürgerlich.«

Maria-Anna hob erstaunt die Brauen. »Wir kennen uns zwar noch nicht lange, aber da Sie schon so viel von mir wissen, mögen Sie mir vielleicht von ihm erzählen? Manchmal erleichtert es das Herz, sich auszutauschen.«

»Sehr gern, aber das ist eine längere Geschichte, und die würde ich Ihnen lieber in einem anderen Rahmen erzählen. Alexandra erwartet uns gewiss schon sehnsüchtig in ihrem Versteck.«

»Das verstehe ich. Haben Sie Lust, sich mit mir heute nach dem Abendessen, wenn die kleine Prinzessin im Bett ist, noch in meinem Salon auf einen Plausch zu treffen?«

Auf einmal war die Zentnerlast, die Margarethe zuvor noch auf ihren Schultern gespürt hatte, verschwunden. Maria-Anna war ganz anders, als sie befürchtet hatte, und sie spürte, dass sie die Prinzessin gern als Freundin hätte.

»Sehr gern«, sagte sie also und freute sich sogar schon auf das Gespräch.

10

Maria-Anna erwies sich tatsächlich als die feinfühlige und differenzierte Frau, für die Margarethe sie nach diesem Gespräch hielt. Und so berichtete sie ihr freimütig von ihrer Beziehung zu Fritz Krupp und ihrer Verärgerung, dass er es in den letzten beiden Jahren immer noch nicht gewagt hatte, sich seinem Vater zu offenbaren. Dabei wunderte sie sich ein wenig über sich selbst, weil sie normalerweise nicht so schnell Vertrauen fasste, wenn es um intime Angelegenheiten ging. Aber Maria-Annas Offenheit, die direkte Art, wie sie ohne Scham alle Zweifel ausräumte, die die Herzogin gesät hatte, bahnten der Prinzessin einen direkten Weg in Margarethes Herz. Vielleicht lag es gerade daran, dass sie die Prinzessin noch nicht so lange kannte. Es war so ähnlich wie damals bei Fräulein Germer. Intime Dinge ließen sich leichter vor Fremden, denen man dennoch vertraute, benennen, weil sie nicht die Macht hatten, etwas zu zerreden, so wie es enge Vertraute vermochten.

Oder meine eigene Mutter … durchzuckte es sie.

»Haben Sie ihn denn regelmäßig danach gefragt, wie weit seine Bestrebungen sind?«, riss Maria-Annas Frage sie aus ihren Gedanken.

»Ich wollte nicht zu aufdringlich sein«, erwiderte Margarethe. »Ich weiß ja, wie schwierig es für ihn ist. Sehen Sie, ich hätte ja niemals überhaupt eine Ehe in Erwägung gezogen, weil ich viel zu alt für ihn bin. Was soll die Gesellschaft von einem Mann denken, der jede Frau haben könnte, aber sich für eine alte Jungfer entscheidet?«

»Warum machen Sie sich selbst so klein, Fräulein von Ende? Sie sind nicht zu alt, um dynastischen Pflichten nachkommen zu können. Und falls Sie sich darüber Sorgen machen, wäre das ja gerade ein Argument, ihrem So-gut-wie-Verlobten ein wenig Feuer unter dem Allerwertesten zu machen. Ich kenne Sie ja erst kurz, aber lange genug, um zu erkennen, dass Sie für einen solchen Mann die richtige Frau wären. Ob er der Richtige für Sie ist, ist allerdings eine ganz andere Frage.«

»Wie meinen Sie das?«

»In unserer Gesellschaft verlieren Frauen die Freiheit, wenn sie heiraten. Sie gehen sozusagen in den Besitz des Mannes über, der alles entscheidet. Und wenn ein schwacher Mann falsche Entscheidungen trifft, wird das für eine starke, kluge Frau wie Sie sicher schwer auszuhalten sein.«

»Ach, da mache ich mir keine Sorgen. Fritz ist es gewohnt, sich nach seiner Mutter zu richten, und er hat schon Andeutungen gemacht, dass er sich dasselbe von seiner künftigen Frau wünscht. Ich glaube, es wird viel schwieriger sein, ihn dazu zu bringen, nach außen hin das durchzusetzen, was notwendig ist. Er geht Konflikten gern aus dem Weg.«

Maria-Anna nickte. »Das heißt, er wird sich im Falle eines späteren Konfliktes auf eine lange Reise begeben und hoffen, dass Gras über die Sache gewachsen ist, wenn er zurückkehrt?«

»Das kann durchaus sein.«

»So ähnlich hält mein Gatte es. Seit wir unsere dynastischen Pflichten erfüllt haben, gehen wir uns gepflegt aus dem Weg und treten nur zusammen auf, wenn es für gesellschaftliche Anlässe unumgänglich ist.«

»Oh, das tut mir leid.«

Die Prinzessin lachte. »Das muss Ihnen nicht leidtun. Wir leben nicht im Zwist, wir haben uns mit unseren Eigenarten arrangiert und machen daraus das Beste. Wobei es für ihn natürlich leichter ist, sich entsprechende Zerstreuung zu suchen. Männern steht da die Welt offen, wir Frauen müssen viel vorsichtiger sein. Allerdings kommt mir meine …« Sie legte eine kurze Pause ein und sah Margarethe mit einem koketten Augenaufschlag an. »… Veranlagung zugute. Wer will es einer Frau schon verwehren, sich mit anderen Frauen zu umgeben?«

Margarethe räusperte sich.

»Ist Ihnen dieses Thema so unangenehm? Keine Sorge, ich bin nicht die gierige Wölfin, als die meine Schwägerin mich vermutlich durch die Blume dargestellt hat. Sie hat keine Ahnung von der Natur der sapphischen Liebe. Es geht nicht darum, andere gegen ihren Willen zu verführen, so wie es Männer gern tun. Ich habe nur an Frauen Interesse, die so fühlen und empfinden wie ich.«

»Dann ist es sicher sehr schwer, gleichgesinnte Seelen zu finden.«

Ein leises Lächeln huschte über Maria-Annas Lippen. »Nicht so schwer, wie man denkt. Es gibt viel mehr von uns, als die meisten Menschen glauben. Wir sind allerdings diskreter als die Männer, die der gleichgeschlechtlichen Liebe anhängen. Vermutlich hat die Welt uns deshalb vergessen und traktiert uns nicht mit dem Strafgesetzbuch.«

Margarethe nickte und war sich nicht sicher, ob sie mehr darüber hören oder das Thema lieber wechseln sollte. Über Sexualität sprach man in ihren Kreisen nicht, und erst recht nicht über eine solche Form. Auf der anderen Seite fand sie es faszinierend, mehr über solche Dinge zu erfahren, die ihr sonst vermutlich für immer verborgen geblieben wären. Und so wusste sie auch nicht so recht, ob sie nun erleichtert oder enttäuscht sein sollte, als Maria-Anna sie fragte, ob sie sie an einem der folgenden Tage ins Theater begleiten würde.

»Die Herzogin wünscht, dass ich meinen privaten Verkehr auf das Schloss beschränke.«

»In meiner Begleitung ein Theater zu besuchen ist ja nichts, das dem Ruf des Herzogs und seiner Familie schadet, oder? Keine Sorge, ich werde mit Antoinette sprechen. Sie wird uns ihren Segen geben, schließlich ist sie ja froh, wenn sie mich so wenig wie möglich sieht.«

»Und der Herzog?«

»Mein Bruder? Ach, der hält das alles nur für weibliche Launen und nimmt es nicht ernst. Er hat meiner Schwägerin schon mal vorgeworfen, dass sie sich nicht so anstellen soll. Sie müsse sich ja nicht darum kümmern, mich ständig zu unterhalten, schließlich kenne ich mich hier selbst bestens aus.«

Zu Margarethes Erstaunen hatte die Herzogin gar nichts dagegen, dass sie die Prinzessin ins Theater begleitete, und auch in den folgenden Tagen genoss Margarethe das Beisammensein mit Maria-Anna von Dessau immer mehr. Sie fand eine gebildete, neue Freundin, die nicht nur kulturell sehr interessiert war, sondern auch ihre Leidenschaft für die Malerei teilte. Maria-Annas Veranlagung kam nie wieder zur Sprache und blieb ihr nur durch einige spitze Bemerkungen der Herzogin im Gedächtnis. Und so bedauerte sie es sehr, als die Prinzessin nach einigen Wochen wieder abreiste, und konnte gar nicht verstehen, weshalb die Herzogin darüber so erleichtert war.

Das Leben auf dem Schloss folgte seinem eigenen Rhythmus, und Margarethe war immer dabei, hielt sich aber an die Regel, dass eine Gouvernante nur an den gesellschaftlichen Ereignissen teilnahm, zu denen auch ihr Schützling geladen war. Im Sommer verbrachte die herzogliche Familie viele Wochen auf der Weinburg bei Rorschach am Bodensee.

Margarethe genoss das freiere Sommerleben, denn hier hatte die Herzogin nichts dagegen einzuwenden, wenn ihre Tochter mit der Gouvernante eine Ausfahrt mit der Droschke in die Umgebung unternahm.

Und so verfloss die Zeit. Fritz hatte sich allerdings nach wie vor nicht getraut, seinem Vater seinen Heiratswunsch vorzutragen. Margarethe erwartete jeden seiner zahlreichen Briefe voller Sehnsucht, immer in der Hoffnung, dass er die entscheidende Nachricht enthielt, aber sie blieb aus. Langsam fragte sie sich, ob es nur eine einfache Sommerlaune gewesen war, unbedachte Worte, die der noch unbedachteren Bemerkung eines Kindes geschuldet waren. Vermutlich hatte er sich längst anders entschieden, wagte aber nicht, es ihr offen mitzuteilen, aus Sorge, ihre Freundschaft dann gänzlich zu verlieren. Aber solange er gar nichts dazu schrieb, konnte sie wenigstens noch hoffen. Und so vermied auch Margarethe das Thema und klammerte sich an der Hoffnung fest, dass Abwarten das Beste wäre. Wenn er sie wirklich liebte, würde er schon einen Weg finden, ganz ohne ihren Druck. Und wenn nicht – nun, dann wäre sie vermutlich nicht für die Ehe bestimmt und würde ihr Leben so weiterführen, wie sie es tat.

Es war ja kein schlechtes Leben. Sie lernte am Hof der Herzogin viele interessante Menschen kennen, deren Taten mit Sicherheit von späteren Generationen irgendwann in den Geschichtsbüchern zu finden wären. Und sie war mittendrin, zugleich aber dennoch frei genug, ihr Leben von einem auf den anderen Tag zu ändern, wenn ihr danach wäre. Genügend Geld hatte sie inzwischen angespart, denn die Herzogin zahlte ihr tausendfünfhundert Mark im Jahr. Ein stolzes Gehalt, schließlich brachte es ein einfacher Arbeiter lediglich auf ein Drittel und musste davon auch noch eine Familie ernähren, während sie nur darauf achten musste, dass ihr äußeres Erscheinungsbild angemessen war. Und da sie ansonsten sparsam war, hatte sie bereits einiges zurücklegen können. Was auch immer ihr das Leben bringen würde, sie war bereit, sich allem zu stellen, selbst wenn ihre Träume von einem gemeinsamen Leben mit Fritz sich niemals erfüllen sollten. Sie würde ihm nicht hinterherlaufen, sie würde ihm einfach vertrauen. Er war der Mann, und es war seine Aufgabe, seinen Vater zu überzeugen.

11

Im Sommer 1881 erhielt Margarethe ein Telegramm von ihrer Mutter, die sie bat, dringend Urlaub zu nehmen, da die Familie in Kassel ihre Hilfe brauche. Was genau passiert war, wusste Margarethe nicht, aber sie war zutiefst beunruhigt, als sie der Herzogin das Telegramm zeigte und um Urlaub bat.

»Ich hoffe, es ist kein Unglück geschehen«, sprach die Herzogin Margarethes größte Ängste aus.

»Wenn jemand krank oder verstorben wäre, hätte meine Mutter es mit Sicherheit deutlich benannt«, erwiderte Margarethe. »Aber das Telegramm spricht dafür, dass dennoch etwas Ernstes vorgefallen ist.«

»Ich hoffe, es wird sich alles in Wohlgefallen auflösen, Fräulein von Ende. Selbstverständlich bekommen Sie Urlaub.«

Und so fuhr Margarethe noch am selben Tag mit einem bangen Gefühl und einer hastig zusammengepackten Reisetasche in ihr Elternhaus nach Kassel. Zwei Jahre war es jetzt her, seit sie das letzte Mal zu Hause gewesen war. Zwei Jahre war es außerdem her, seit sie Fritz das letzte Mal gesehen hatte. Die Zeit ist schon eine merkwürdige Sache, dachte sie bei sich, während die Landschaft an ihrem Abteilfenster vorüberrauschte. Früher wären mir zwei Jahre wie eine Ewigkeit vorgekommen, aber jetzt weiß ich kaum, wo sie geblieben sind. Zugleich hatte sie aber gar nicht das Gefühl, Fritz vermisst zu haben, was sicher an der Korrespondenz lag, die ihr auch über die Ferne ein Gefühl der Nähe gegeben hatte. Bei Seelenverwandten war die körperliche Anwesenheit nicht so wichtig wie die geistige.

Ähnlich erging es ihr mit Prinzessin Maria-Anna, mit der sich ebenfalls ein reger Briefwechsel entsponnen hatte und in dem sie sich über viele Themen offen austauschten, von denen die feine Gesellschaft meinte, sie sollten den Männern vorbehalten bleiben. Politik sei nun mal Sache der Männer, nicht der Frauen. Margarethe konnte das ebenso wenig wie Maria-Anna nachvollziehen, schließlich hatte es in der Geschichte einige große Monarchinnen gegeben: Maria-Theresia von Österreich, Katharina die Große von Russland, und in England regierte mit Königin Victoria ebenfalls eine kluge Frau, die der Epoche bereits ihren Namen gegeben hatte. Vielleicht war das der Unterschied: Frauen gaben der kulturellen Epoche ihren Namen, Männer standen meist für Kriege. Wenn man es so betrachtete, sollte man eigentlich vielmehr die Männer aus der Politik verbannen. Margarethe beschloss, sich diesen Gedanken zu merken und bei ihrem nächsten Briefwechsel mit Maria-Anna zu diskutieren.

Am Bahnhof nahm Margarethe sich eine Mietdroschke zu ihrem Elternhaus. Auch wenn sie sich sicher war, dass niemand schwer erkrankt oder gar verstorben war, wuchs ihre Sorge, je näher sie ihrem einstigen Zuhause kam. Anders als beim letzten Mal erwartete sie niemand an der Tür, aber das wunderte Margarethe auch nicht. Beim letzten Mal hatte ihre Mutter schließlich nur verhindern wollen, dass sie den Haupteingang benutzte.

Diesmal trat sie mit ihrer kleinen Reisetasche selbstbewusst die drei Stufen des Eingangsportals hinauf und betätigte den Türklopfer. Sie musste nicht lange warten, bis das Dienstmädchen ihr öffnete und sie in den Salon führte, wo ihre Eltern sie erwarteten. Außerdem saß ihre jüngste Schwester Irene dabei, die ein sehr ernstes Gesicht zog, viel ernster als die theatralisch-sauertöpfische Miene der Mutter, die Margarethe schon lange nicht mehr beeindruckte. Aber auch ihr Vater wirkte auf eine seltsame Weise gebrochen, so als sei er um Jahre gealtert.

Eleonore von Ende erhob sich als Erste und eilte ihrer Tochter entgegen.

»Gut, dass du kommst«, sagte sie und drückte sie entgegen ihrer sonstigen Gewohnheit an sich, was Margarethe noch mehr verunsicherte. Was um alles in der Welt war hier nur vorgefallen?

Sie erwiderte die Umarmung zaghaft, dann fragte sie ganz direkt, was denn passiert sei.

»Ach, es ist einfach so ungerecht«, seufzte Eleonore. »Dein Vater hat sein Leben lang so viel geleistet, aber kaum wagt er es einmal, eine andere Meinung als Fürst Bismarck zu haben, da verliert er alles!«

»Ich verstehe nicht ganz …«

»Setz dich, Kind«, sagte nun ihr Vater. »Du weißt ja, dass ich ein offener Mensch bin, der aus seinem Herzen keine Mördergrube macht. Und deshalb habe ich im Reichstag bei einer der letzten Sitzungen konsequent eine andere Meinung als der Kanzler vertreten. Das ist doch die Aufgabe eines Abgeordneten, der noch dazu Oberpräsident einer Provinz ist, nicht wahr?«

Margarethe nickte. Gern hätte sie gefragt, worum genau es gegangen war, aber sie sah ihrem Vater deutlich an, wie schwer es ihm fiel, überhaupt davon zu sprechen, also wollte sie nicht weiter in ihn dringen. »Nun, und dann hat er mich doch aus lauter Bosheit in den Ruhestand versetzt, damit ich ihm nicht mehr in die Quere kommen kann!«

»Und das hat er ausgerechnet drei Monate vor der anstehenden Beförderung getan!«, rief Eleonore empört dazwischen. »Das heißt, nun bekommt dein Vater nicht die entsprechende Gehaltserhöhung, mit der wir schon so lange gerechnet haben, und auch seine Pension wird deutlich geringer ausfallen. Und diese Demütigung! Wir können dieses Haus nicht mehr halten. Und ich möchte auch gar nicht mehr in einer Stadt leben, in der mein Mann so schrecklich erniedrigt wurde!«

Margarethe fühlte sich wie erschlagen. Gewiss, ihr Vater war schon länger umstritten, er war dafür bekannt, seine eigene Meinung ungeachtet der Konsequenzen zu vertreten. Das war etwas, wofür sie ihn einerseits schätzte, denn in ihren Augen wäre die Welt eine bessere, wenn jeder offen sagte, was er dachte. Aber andererseits hatte sein unzureichendes Gespür für Diplomatie ihn schon oft in arge Bedrängnis gebracht.

»Wir werden ein paar Monate nach Dresden ziehen, vielleicht bleiben wir dort auch für immer«, rissen die Worte ihrer Mutter Margarethe aus ihren Gedanken. »Dein Vater muss sich von dieser Schmach erholen, und zwar dort, wo er nicht ständig mit seinem künftigen Nachfolger zusammentreffen muss.«

Margarethe nickte. Das war nachvollziehbar, aber es begründete noch nicht, warum ihre Mutter ihr dieses Telegramm geschickt hatte. Warum war sie in den Plänen ihrer Eltern so wichtig? All das hätte man ihr auch in einem Brief mitteilen können.

»Wollt ihr, dass ich euch nach Dresden begleite?«, fragte sie vorsichtig.

»Nein, das wird deine Schwester Lollo übernehmen. Du bist ja in deiner Stellung nicht dauerhaft abkömmlich, und ich möchte der kleinen Prinzessin nicht ihre Erzieherin rauben.« Ein versonnenes Lächeln huschte über das Gesicht ihrer Mutter, so als wäre sie tatsächlich stolz auf Margarethe.

»Nein, wir brauchen dich, damit du dich um Irene kümmerst.« Sie wies auf die Jüngste, die nach wie vor mit versteinerter Miene vor sich hin blickte.

»Kommt Irene denn nicht mit?« Margarethe war irritiert.

»Nein, natürlich nicht«, sagte ihre Mutter barsch. »Wir haben im Augenblick nicht die Kraft, uns um die Bedürfnisse eines langsam erblühenden Mädchens und seine zu erwartenden Kapriolen zu kümmern. Deshalb ließen wir dich kommen. Du wirst Irene mitnehmen und dich um sie kümmern.«

»Aber das ist völlig unmöglich!«, rief Margarethe. »Ich kann doch nicht ohne Erlaubnis der Herzogin ein Kind mitbringen und im Schloss wohnen lassen! Du müsstest doch am besten wissen, dass das jeder Etikette widerspricht!«

»Dann bringst du Irene eben in einer Pension unter. Du verdienst schließlich genug Geld.«

»Aber sie ist doch eure Tochter und nicht meine!«, entfuhr es Margarethe.

»Du bist ihre große Schwester, du bist eine erfahrene Gouvernante, da ist es deine Pflicht, dich um sie zu kümmern, wenn deine armen, alten Eltern dazu nicht in der Lage sind. Und das ist mein letztes Wort. Irene hat bereits ihre Sachen gepackt, damit sie dich morgen begleiten kann. Und jetzt lasst uns ein letztes Mal wie eine glückliche Familie gemeinsam zu Abend essen, bevor unser Lebenstraum für immer versiegt.«

Eleonore brach, kaum dass sie die Worte ausgesprochen hatte, in Tränen aus. Doch anstatt Mitleid mit ihrer Mutter zu haben, wurde Margarethe wütend. Am liebsten hätte sie sich umgedreht und das Haus stehenden Fußes verlassen. Allerdings hätte das nichts geändert. Sie war sich ziemlich sicher, dass ihre Mutter Irene dann am folgenden Tag trotzdem in den Zug nach Dessau gesetzt hätte. Ihr Blick wandte sich dem Vater zu, doch der senkte seine Lider. Er war zu schwach, um sich dem Streit mit seiner Frau zu stellen. Schon seltsam, dachte Margarethe. Mit den Großen und Mächtigen legt er sich ohne Rücksicht auf die Konsequenzen an, aber bei seiner Frau fällt es ihm von Jahr zu Jahr schwerer, ein Machtwort zu sprechen. Liegt es daran, dass ihm ihre Launen die Ruhe seiner Seele rauben und er ihr nirgendwo aus dem Weg gehen kann? Unwillkürlich kamen ihr wieder Fräulein Germers Betrachtungen über die Ehe in den Sinn. Was die Ehe ihrer Eltern anging, stimmten diese Einschätzungen haargenau. Am glücklichsten waren die beiden, wenn sie sich aus dem Weg gehen und nebeneinanderher leben konnten.

Während des gemeinsamen Essens sah Irene so unglücklich aus, dass Margarethe sie am liebsten in den Arm genommen hätte. Gleichzeitig wuchs ihr Zorn auf die Mutter. Zu gut erinnerte sie sich daran, wie Eleonore bereits vor ein paar Jahren ihre älteren Töchter aus dem Haus getrieben hatte und nur Irene wegen ihres jungen Alters zähneknirschend bleiben durfte.

»Wie soll es mit Irenes Schulbildung weitergehen?«, fragte Margarethe, um das Thema im Gespräch zu halten.

»Frag die Herzogin, ob Irene am Unterricht teilnehmen darf, den du der Prinzessin Alexandra erteilst«, erwiderte ihre Mutter.

»Aber … ich kann doch nicht einfach meine kleine Schwester mitbringen, wenn ich mich um die Prinzessin kümmern soll. Das verstößt doch gegen alle Regeln.«

»Du bist doch eine kluge Frau«, sagte ihre Mutter ungerührt. »Du wirst schon die rechten Worte finden. Die Mädchen sind gleichaltrig, da wirst du ihr Irene schon als passende Gesellschafterin verkaufen können. Natürlich nur, wenn Irene sich auch anständig zu betragen weiß.« Sie warf dem Mädchen einen strengen Blick zu, und Irene schlug verschämt die Augen nieder. War etwas zwischen Mutter und Tochter vorgefallen, das bislang nicht zur Sprache gekommen war, oder war es nur die ungerechte Launenhaftigkeit der Mutter?

Margarethe wusste, dass sie und Irene keine Möglichkeit hatten, noch irgendetwas zu ändern. Wenn Eleonore von Ende sich etwas in den Kopf gesetzt hatte, dann passierte das auch. Nur ein einziges Mal im Leben hatte sie von ihrem Gatten nicht ihren Wunsch erfüllt bekommen. Das war, als ihr ältester lebender Sohn Siegfried sich 1870 freiwillig zum Militär gemeldet hatte. Eleonore hatte ihren Gatten bekniet, Siegfried zurückzuholen, denn sie hatte Sorge, er könne im deutsch-französischen Krieg fallen. Doch August hatte gesagt, dass er stolz auf seinen Sohn sei. Damals war die Mutter gerade mit Irene schwanger gewesen. Ob es wohl ein Zufall war, dass Irene ihr letztes Kind war? Dieser Gedanke kam Margarethe heute zum ersten Mal. Hatte die Abneigung ihren Töchtern gegenüber etwas damit zu tun, dass Eleonore eifersüchtig auf sie war? Auf die Mädchen, die in keine Ehe und endlose Mutterschaft gedrängt wurden? Ihre Söhne unterstützte die Mutter, wo sie nur konnte, während sie die Töchter mit ebensolcher Vehemenz von sich stieß. Ist das vielleicht der Grund, warum Frauen es so viel schwerer haben?, fragte Margarethe sich, während sie ihre kleine Schwester beim Essen stumm beobachtete. Weil schon die Mütter ihre Töchter benachteiligen und ihnen einreden, sie bräuchten nicht dieselbe Bildung und Aufmerksamkeit wie Söhne?

Sollte Fritz mich jemals heiraten und sollten wir jemals Kinder haben, dann werde ich keinen Unterschied in der Ausbildung zwischen Töchtern und Söhnen machen. Meine Töchter sollen alles erreichen können, was auch ein Sohn erreichen kann!

Irenes Stimmung blieb gedrückt, als sie mit Margarethe am folgenden Tag das Haus verließ und in die Bahn stieg. Früher hatte Irene viel und gern erzählt. Jetzt wirkte sie wie versteinert. Margarethe hatte gehofft, dass ihre kleine Schwester sich durch die Bahnfahrt ablenken lassen würde, immerhin war die Reise auch ein kleines Abenteuer. Aber in Irenes Herz überwog die Trauer.

»Hast du schon jetzt Heimweh?«, fragte Margarethe irgendwann, in der Hoffnung, das Mädchen zum Reden zu bringen.

»Nein«, lautete die leise Antwort.

»Was ist es dann? Du darfst mich alles fragen.«

Irene senkte den Blick. »Was ist falsch an mir?«, fragte sie schließlich.

»An dir ist gar nichts falsch. Wie kommst du darauf?«

»Weil Mama mich nicht lieb hat.«

Margarethe legte einen Arm um Irenes Schultern und war froh, dass sie allein im Abteil saßen.

»Unsere Mutter hatte kein einfaches Leben. So ist sie mit allen ihren Töchtern umgegangen. Sie durfte als junge Frau nie das tun, was sie wollte, musste immer fremden Ansprüchen genügen, und deshalb ist sie nicht bereit, auch noch unsere Erwartungen zu erfüllen. Du hättest nichts ändern können.«

»Und wo werde ich jetzt abbleiben?«

»Ich werde eine schöne Pension für dich suchen, mich darum kümmern, dass du zur Schule gehst, und vielleicht kann ich die Herzogin ja auch davon überzeugen, dass du eine gute Freundin für Prinzessin Alexandra werden könntest. Dann würdest du schon jetzt wichtige Erfahrungen sammeln und lernen, wie das Leben an einem Hof ist. Und du könntest interessante Leute kennenlernen.«

»Vielleicht auch meinen späteren Ehemann?« Auf einmal leuchteten Irenes Augen. Sie ist wirklich noch ein Kind, dachte Margarethe. Ein Kind, das vom Märchenprinzen träumt. Aber wer bin ich schon, dass ich ihr diesen Traum zerstöre?

»Vielleicht auch den«, sagte sie also. »Alles im Leben hat seinen Sinn, und wer weiß, wofür es gut wird.«

Gegenüber der Herzogin war Margarethe diplomatisch genug, den Gesundheitszustand ihrer Eltern vorzuschieben als Erklärung, weshalb sie sich nicht mehr um Irene kümmern konnten. Natürlich bekam Irene kein Zimmer im Schloss, sondern wurde wie geplant in einer Pension untergebracht, aber die dortige Wirtin war Margarethe sehr sympathisch und versprach, sich gut um die kleine Schwester zu kümmern. Außerdem erlaubte die Herzogin, dass Irene Prinzessin Alexandra regelmäßig Gesellschaft leistete und auch an ihrem Unterricht teilnahm. So gewann Irene nicht nur ihre Lebensfreude zurück, sondern fand auch eine neue Freundin fürs Leben.

12

Ostern 1882 wurden Margarethe und Irene von den Eltern in deren neue Villa nach Blasewitz bei Dresden eingeladen. Für Irene bedeutete das den Abschied von Prinzessin Alexandra, denn von nun an sollte sie wieder bei ihren Eltern leben. So ungern, wie sie im Sommer zuvor ihr Elternhaus verlassen hatte, so ungern nahm sie jetzt Abschied von Dessau, denn sie hatte sich hier gut eingelebt.

»Warum können unsere Eltern mich nicht hierlassen?«, fragte sie Margarethe, als sie auf der Fahrt nach Blasewitz waren. »Warum soll ich wieder zu ihnen ziehen?«

»Weil sie sich nun einen schönen Alterssitz geschaffen haben, in dem auch Platz für dich ist. Und ich nehme an, Mama wird jetzt sehr stolz auf dich sein, weil du einige Zeit als Gesellschafterin einer Prinzessin verbracht hast. Sieh es einfach so, als hättest du den nötigen gesellschaftlichen Feinschliff bekommen, den Jungen sonst in einer Kadettenanstalt erhalten.«

»Aber ich wäre lieber bei Alexandra geblieben.«

»Das glaube ich dir, aber wie ich dir schon bei unserer Reise nach Dessau sagte: Man weiß nie, wozu etwas gut ist. Also sieh mit erhobenem Haupt der Zukunft entgegen. Wer weiß, was sie an schönen Überraschungen für dich bereithält.«

Als sie in Blasewitz ankamen, hielt das Schicksal jedoch für Margarethe die größte Überraschung bereit. Sie traf dort nicht nur auf ihre Eltern, die sie und Irene ungewohnt herzlich empfingen, sondern auch auf Fritz Krupp, der angereist war, um sie zu sehen.

Margarethe war erstaunt. Warum hatte er ihr nicht geschrieben, dass er sie hier erwartete? Inzwischen hatte sie sich längst damit abgefunden, dass er niemals den Mut aufbringen würde, seinen Vater zu fragen, ob er sie heiraten dürfe. Er hatte das Thema auch nie wieder in all den Briefen erwähnt, und so war Margarethe davon ausgegangen, dass es ein stillschweigendes Übereinkommen gab, all das, was in Holyhead passiert war, zu vergessen.

»Ist es nicht reizend, dass Herr Krupp vorbeigekommen ist, um uns in unserem Alterssitz die Aufwartung zu machen?« Eleonore von Ende strahlte so sehr, dass Margarethe gar nicht wusste, was sie sagen sollte. Stattdessen begrüßte sie Fritz, mit dem sie doch längst per Du war, indem sie ihm die Hand reichte und sagte: »Ich freue mich auch sehr, Sie hier zu treffen, Herr Krupp.«

Ein kaum merkliches Zwinkern war in Fritz' Augen zu erkennen.

»Ja, ich wollte Sie unbedingt wiedersehen, Fräulein von Ende. Ich habe einige wichtige Dinge mit Ihnen zu besprechen, sobald Sie mir etwas von Ihrer kostbaren Zeit gewähren können.«

»Ich werde mich rasch frisch von der Reise machen, dann gehöre ich ganz Ihnen.«

Vermutlich hatte ihre Mutter gehofft, dass sie gemeinsam im Salon der Villa einen Kaffee trinken würden, aber Fritz bat Margarethe um einen Spaziergang, was ihr verriet, dass er keine ungebetenen Lauscher wollte. Irene war es ganz recht, denn dadurch gehörte ihr die Aufmerksamkeit des Vaters, der sich von seiner Jüngsten erzählen lassen wollte, was sie alles am Hof von Dessau erlebt hatte. Einen Moment lang fragte Margarethe sich, ob das wohl der Grund war, warum ihr Vater nicht darauf bestanden hatte, Irene im Elternhaus zu lassen. Hatte er geahnt, dass sie von diesem Aufenthalt bei der älteren Schwester profitieren und etwas erwachsener werden würde?

Fritz hielt sich zunächst noch zurück. Gemeinsam gingen sie

von der Villa ihrer Eltern in Richtung der nahe gelegenen Elbe, wo die vornehmen Bürger des noblen Viertels um diese Zeit zu flanieren pflegten.

»Hast du bereits von dem Zerwürfnis gehört?«, fragte Fritz schließlich.

»Zerwürfnis?« Sie sah ihn fragend an. »Was ist denn passiert?«

»Nun, meine Mutter hat schon seit Längerem versucht, bei meinem Vater wegen unserer Heirat zu intervenieren. Aber mein Vater … nun ja, er meinte, ich solle mir eine andere suchen, weil du in seinen Augen zu alt wärst und außer einem verarmten Adelstitel nichts mit in die Verbindung bringen würdest. Keine Kontakte, keine Geschäftspartner … Mein Vater mag stolz auf sein Bürgertum sein, aber er handelt wie ein Monarch, wenn es um die Dynastie geht. Meine Mutter hat ihn immer wieder mit Engelszungen bekniet, ihm erklärt, warum du genau die Richtige für mich bist. Als mein Vater unerbittlich blieb, hat sie ihm im letzten Winter ein Ultimatum gestellt. Entweder stimme er der Ehe zu, oder sie würde ihn gemeinsam mit mir verlassen. Mein Vater ist ein sturer Charakter, er hat meiner Mutter daraufhin gesagt, es stünde ihr frei zu gehen. Wir sind dann eine Weile durch Italien gereist, zuletzt war ich in Marokko. Meine Mutter weigert sich, zu ihm zurückzukehren, während er sich weigert, sie darum zu bitten. Er ist sogar so weit gegangen, dass er meinem Cousin Arthur, der gerade geheiratet hat, einen Brief schrieb und ihm eine wohlgeratene Kinderschar wünschte, die er dann in der Erbfolge berücksichtigen könne, sofern sein kränklicher, viel zu gutmütiger Sohn sich nicht vermählen und kinderlos versterben würde.«

»Das ist ja furchtbar!«, rief Margarethe. »Ich wollte nie, dass du dein Erbe wegen mir verlierst.«

»Keine Sorge, mein Cousin hat ganz formidabel reagiert und mir eine Abschrift des Briefes geschickt, den er meinem Vater geschickt hat. Er hat sofort meine Partei ergriffen und meinem Vater klargemacht, was er an mir hat. Das hat den alten Herrn mit großer Scham erfüllt. Zwar ist er nach wie vor nicht bereit, meine Mutter um ihre Rückkehr zu bitten, und sie reist derweil von Kurort zu Kurort, aber er hat mir nicht nur gestattet, dich zu heiraten, sondern auch, ein Studium in Braunschweig aufzunehmen.« Ein Lächeln huschte über Fritz' Miene. »Margarethe von Ende, willst du meine Frau werden?«

»Ja, Fritz! Ja, das will ich!«, rief ihr Mund, noch ehe ihr Verstand begriffen hatte, dass es wirklich passiert war. Nach all den Jahren, in denen sie schon geglaubt hatte, es sei nur eine Laune gewesen, stellte er ihr diese Frage. Nach all den Jahren hatte er den Kampf gewonnen. Doch zugleich tat es Margarethe von Herzen leid, dass seine Mutter dafür den Hügel verlassen hatte. Ob die Hochzeit zu einer Versöhnung führen würde? Sie hoffte es so sehr.

»Da bin ich aber erleichtert, meine liebste Marga. Schließlich habe ich schon heute früh bei deinem Vater um deine Hand angehalten. Sogar deine so standesbewusste Mutter war damit einverstanden, dass du einen Bürgerlichen wie mich heiratest.«

»Deshalb war sie also so freundlich zu dir! Was hast du ihnen denn erzählt?«

»Nun, dass ich auf der Suche nach einer geeigneten Frau bin, dich für genau die richtige Wahl halte und mir sicher bin, dass du mir gewogen bist. Dein Vater war hocherfreut, aber deine Mutter zog ein Gesicht, als hätte ich einen Scherz gemacht. Sie fragte mich, was ich an dir fände, da du doch in ihren Augen nicht besonders hübsch, nicht mehr jung und nicht vermögend bist. Ich habe ihr geantwortet, dass du für mich nicht nur die schönste Frau bist, sondern mein Herz auch mit deiner klugen Seele erfreust, denn Schönheit vergeht irgendwann, aber Klugheit und Witz bleiben uns auf immer erhalten.«

Auf einmal wurde Margarethe unendlich warm ums Herz. Ein Traum, den sie sich schon so lange nicht mehr gestattet hatte, war wahr geworden. Ihr Herz schlug schneller, trug sie mit einer Leichtigkeit davon, gab ihr das Gefühl, alles im Leben schaffen zu können. Wie sehr musste dieser Mann sie lieben, dass er wirklich alles gewagt hatte. Und wie falsch hatte sie sein Zögern eingeschätzt. Er hatte ganz genau gewusst, wie er seinen Vater zu nehmen hatte. Doch zugleich dachte sie daran, was wohl geschehen wäre, wenn sein Cousin Arthur kein so grundehrlicher und anständiger Mensch gewesen wäre. Wenn er auf das unseriöse Angebot eingegangen wäre, um das eigene Vermögen zu mehren, anstatt sich auf die Seite seines Cousins zu schlagen. Das war keine Selbstverständlichkeit, sobald es ums Geld ging.

»Und wie geht es nun weiter?«, fragte Margarethe. »Wenn du schon ohne mein Wissen bei meinen Eltern um meine Hand angehalten hast?«

»Nun, deine Mutter war erstaunlich umtriebig, hat sofort nach ihrem Kalender gerufen und den 6. Mai als Tag unserer Verlobung vorgeschlagen. Es soll eine Feier im kleinsten Familienkreis der von Endes werden, ich werde allein anreisen, ohne familiären Anhang, da meine Mutter noch in Italien weilt und mein Vater kein Interesse daran hat. Deine Mutter war so klug, das Zerwürfnis zu berücksichtigen. Eine stille Verlobung gibt dann keinen Anlass zu Klatsch und Tratsch.«

»Aber es bedeutet auch, dass ich nun meine Stellung am Hofe der Herzogin von Anhalt aufgeben muss.«

»Erst nach unserer Hochzeit«, sagte Fritz. »Und über das Datum hat sich deine Mutter bislang noch keine Gedanken gemacht.« Er lächelte sie liebevoll an. »Ich muss leider morgen bereits wieder abreisen, denn meine Studentenbude in Braunschweig erwartet mich.« Er seufzte, doch es war ein sehr zufriedener, erleichterter Seufzer. »Geduld zahlt sich eben doch immer aus«, sagte er. »Und wenn alles läuft, wie ich es mir wünsche, werden meine Eltern sich spätestens zu unserer Hochzeit wieder versöhnt haben.«

Als sie in die Villa zurückkehrten, erwartete Eleonore von Ende ihre Tochter bereits voller Ungeduld.

»Ich hoffe, ihr hattet einen angenehmen Spaziergang?«

»Ja«, bestätigte Margarethe. »Fritz hat um meine Hand angehalten, und ich habe ihm mein Jawort gegeben. Und wie er mir verriet, wusstet ihr ja schon, was mich hier erwarten würde.«

»Du kannst sehr dankbar sein, dass du in deinem Alter noch einen so guten Mann bekommst«, erwiderte ihre Mutter. »Ich war sehr überrascht.«

Margarethe sah Fritz an, und er lächelte ihr zu. Ihre Mutter hatte keine Ahnung, wie viele Jahre er schon um sie geworben hatte.

Nach den Ostertagen reiste Margarethe allein an den herzoglichen Hof zurück. Als Erstes erzählte sie der Herzogin von Fritz' Antrag und dass die Verlobung am 6. Mai stattfinden würde, sodass sie sich vom 5. bis zum 7. Mai erneut Urlaub erbat.

»Genügt das denn?«, fragte die Herzogin. »Eine rechte Verlobungsfeier sollte doch in einem großen Rahmen erfolgen.«

»Es wird nur eine kleine intime Feier der von Endes.«

»Warum? Sind Ihre Eltern nicht überglücklich, dass Sie so eine unerwartete und gute Partie machen?«

»Die Partie wird ja nicht weniger gut, nur weil die Verlobungsfeier im engsten familiären Kreis stattfindet«, erwiderte Margarethe ausweichend. Die Herzogin nickte nur.

Prinzessin Alexandra war indes voller jugendlichem Überschwang, als sie von Margarethes anstehender Verlobung hörte.

»Wissen Sie schon, was für ein Kleid Sie tragen werden? Und wann wird die Hochzeit sein? Darf ich dabei sein, wenn Sie das Verlobungskleid bestellen?«

Margarethe lächelte über den Eifer der jungen Prinzessin. »Es wird kein märchenhaftes Abendkleid«, sagte sie. »Bei einer Verlobung im kleinen Kreis soll man nicht protzen, sondern es geht um das Versprechen, das man sich gibt.«

»Wie schade. Dann gibt es auch keine Kutsche mit weißen Pferden?«

»Die würde es frühestens bei der Hochzeit geben, nicht wahr?«

»Das stimmt«, gab Alexandra zu. »Wenn ich mal heirate, möchte ich eine Kutsche, die von zwei Schimmeln gezogen wird.«

»Ich glaube, deine Eltern werden das nicht zulassen«, erwiderte Margarethe mit einem Augenzwinkern.

»Warum nicht?«, rief Alexandra empört. »Ich bin doch eine Prinzessin.«

»Eben. Die Kutsche einer Prinzessin wird von mindestens vier Schimmeln gezogen.« Margarethe lachte, und Alexandra stimmte herzlich ein.

Die Tage bis zur Verlobungsfeier waren voller Vorfreude. Natürlich hatte Margarethe es sich nicht nehmen lassen, ein neues Kleid in Auftrag zu geben. Nichts Ausgefallenes, sondern schlichte Eleganz, die sie auch später im Alltag tragen konnte. Aber anspruchsvoll genug für das obligate Verlobungsfoto, das folgen würde. Entsprechend der aktuellen Mode entschied sie sich für ein Kleid mit Tournüre, nachdem die figurbetonten Kürasskleider mehr und mehr aus der Mode gekommen waren. Sie freute sich über den Wechsel der Mode, trotz der Umstände, die die Tournüre mit sich brachte. Sie war nicht dick, aber auch keine grazile Elfe, die mit Wespentaille aufwarten konnte, so wie es die Kürassmode erforderte. Die Tournüre war besser geeignet, weibliche Formen nicht zu kaschieren, sondern vielmehr in übernatürlicher Weise zu betonen. Von der Wespentaille zum Hummelhintern, hatte Maria-Anna es einmal auf die ihr eigene Art in einem ihrer Briefe benannt. Allerdings dauerte das Ankleiden viel länger. Vor allem, wenn man keine Zofe hatte. Auch das Sitzen mit der Tournüre war sehr unbequem, wenngleich auch die Kürasskleider ihre Tücken hatten. Manch eine edle Dame mochte kaum etwas bei den vornehmen Galadiners zu sich nehmen, aus lauter Sorge, das eng auf den Leib genähte Kleid könnte trotz Korsett platzen. Natürlich gehörte das Korsett auch zum Tournürenkleid, aber da musste man es nicht so eng schnüren, dass man daran beinahe erstickte.

Am Tag vor der Verlobung reiste Margarethe mit der Bahn nach Blasewitz zu den Eltern. Fritz war ebenfalls schon da und hatte sich, wie es der Anstand gebot, in einer nahe gelegenen Pension einquartiert. Margarethe bedauerte es, dass weder sein Vater noch seine Mutter anwesend waren. Alfred Krupp schob die Geschäfte vor, und Bertha weilte nach wie vor in Italien. Nach und nach hatte Margarethe erfahren, wie schwerwiegend das Zerwürfnis der Ehegatten war. Obwohl die Krupp'sche Dienerschaft für ihr Stillschweigen bekannt war, hatte Fritz ihr erzählt, dass sich im Hauswesen zwei Parteien gebildet hatten. Jene, die aufseiten Berthas standen und sie als Opfer sahen, und jene, die munkelten, der Hausherr habe sie verstoßen, weil sie in Begleitung des Leibarztes abgereist war, dem sie mehr zugetan wäre, als es der normalen Beziehung zwischen Arzt und Patientin angemessen gewesen wäre. Darüber hatte Fritz sich besonders echauffiert, aber natürlich hatte niemand in seiner Gegenwart etwas derart Despektierliches geäußert. Sein Vater wischte unterdes all das als belanglos fort. Das wiederum ärgerte Fritz umso mehr, als dass er genau wusste, wie sein Vater in anderen Zeiten verfahren wäre. Da hätte es niemand gewagt, so etwas auch nur zu denken, geschweige denn als Gerücht in Umlauf zu bringen. Fakt war jedoch, dass Alfred Krupp sich nach dem Auszug seiner Gattin nicht nur in seinem Stolz gekränkt, sondern auch einsam fühlte. Sein Hausmeister bekam dadurch eine Stellung als engster Vertrauter, die in Fritz' Augen nicht nur unangemessen war, sondern die ihm unterstellte Dienerschaft nahezu unantastbar machte.

»Ich bin so froh, dass ich zurzeit in Braunschweig studiere«, sagte er am Abend vor der Verlobungsfeier zu Margarethe. »Dann muss ich mich wenigstens nicht mit diesen Querelen auseinandersetzen.«

»Aber genau das ist falsch«, entgegnete Margarethe heftig. »Du bist der Sohn des Hausherrn. Du kannst nicht zulassen, dass sich die Dienerschaft dir überlegen fühlt, weil sie sich bei deinem Vater einschmeichelt und deine Mutter schlechtmacht.«

»Und was soll ich dagegen tun?« Da war sie wieder, die weiche Seite seiner Seele, die sie einerseits so anziehend fand, aber die ihr andererseits jedes Mal aufs Neue klarmachte, wie die Rollen in dieser Ehe verteilt sein würden.

»Such dir den Rädelsführer und sag ihm ein paar wohlgesetzte, freundliche, aber unmissverständliche Worte, um das Problem aus der Welt zu schaffen.«

»Ich glaube nicht, dass ein paar Worte dazu geeignet wären, wo mein Vater doch alle Zügel fest in der Hand hält.«

»Dein Vater wird bald siebzig Jahre alt. Es ist höchste Zeit, dass du dich darauf vorbereitest, in seine Fußstapfen zu treten.«

»Das lässt er nicht zu. Er hat mir zwar einen Posten als Geschäftsführer in der Firma gegeben, aber ich habe keinen eigenen Geschäftsbereich. Ich bin für alle nur der junge Chef, den man nicht ernst nehmen muss, weil er keine Entscheidungsgewalt hat.«

Margarethe nickte nur. Ihr wären noch einige Dinge eingefallen, was er hätte tun können, aber dazu war jetzt nicht die rechte Zeit. Darum könnte sie sich kümmern, wenn sie verheiratet wären. Und der Hochzeitstermin stand ja noch nicht einmal fest. Jetzt galt es zuerst, die Verlobung zu feiern, wenngleich es keine wirkliche Feier war, die dem Sohn des »Kanonenkönigs«, wie man Alfred Krupp nannte, angemessen gewesen wäre. Es erinnerte Margarethe viel mehr an ein familiäres Kaffeetrinken und Kuchenessen: Es wurde geplaudert und später gemeinsam diniert. Es gab keinen Tanz, keine geladenen Gäste, im Grunde fühlte es sich wie ein ganz normaler Besuchstag an. Aber sie beklagte sich nicht. Es oblag den Eltern der Braut, die Feierlichkeit auszurichten, und sie wusste um deren schmalen Geldbeutel.

Das Einzige, was den Tag neben dem Verlobungsring zu etwas Besonderem machte, war der geladene Fotograf, der das obligate Verlobungsfoto schoss. Fritz setzte sich dazu auf einen Stuhl, Margarethe blieb neben ihm stehen, etwas seitlich gewandt, sodass ihr Kleid mit der Tournüre gut zur Geltung kam. Am anstrengendsten war das lange Stillstehen mit unbewegter Miene, damit die Fotografie auch scharf wurde. Viel lieber hätte sie gelächelt und aller Welt gezeigt, wie glücklich sie nach all dem Warten war, aber Lächeln auf Fotografien war undenkbar, denn niemand hätte so lange die Lippen verziehen können, ohne dass es wie eine schreckliche Qual ausgesehen hätte. Und eine Qual sollte ihre künftige Ehe auf keinen Fall werden, auch wenn ihr schon jetzt bewusst war, dass sie nicht einfach werden würde. Vor allem galt es, Fritz' Eltern miteinander zu versöhnen.

Bereits am Morgen nach der Feier reisten Fritz und Margarethe wieder ab – er nach Braunschweig und sie nach Dessau. Schon seltsam, dachte Margarethe, als sie am Bahnhof Abschied voneinander nahmen, einfach nur mit Händedruck und ohne Kuss. Es ist, als hätte sich rein gar nichts verändert, dabei sind wir einander versprochen und haben ganz offiziell eine gemeinsame Zukunft.

Auf einmal tat es ihr weh, dass die Verlobungsfeier, auf die sie so lange gewartet hatte, derart unspektakulär verlaufen war. Gewiss, sie war genügsam, eine ehrliche Geste zählte mehr als verlogener Pomp, aber dennoch fühlte es sich falsch an, schließlich war Fritz der reichste Erbe des Landes.

Ich bin ein dummes Huhn, schalt sie sich im Geiste, kaum dass sie diesen Gedanken zugelassen hatte. Was bemitleide ich mich wegen einer kleinen Feier, anstatt froh zu sein, dass wir nun endlich offiziell ein Paar sind? Am Ende bleibt ohnehin nur das Verlobungsfoto, das zählt.

Zurück in Dessau wurde sie natürlich von Prinzessin Alexandra bestürmt, alles über die Feier zu erzählen. Erneut spürte sie den

Stich im Herzen. Was gab es da schon zu erzählen? Jedes Dinner in der herzoglichen Familie war aufregender.

»Es war familiär und intim, ganz im kleinen Kreis«, sagte sie also. »Es ist die Geste, die zählt.« Und dann zeigte sie der Prinzessin ihren Verlobungsring.

Möglicherweise war es ihr dennoch nicht gelungen, ihre Enttäuschung ausreichend zu kaschieren, denn am Abend bat die Herzogin sie zu einer gemeinsamen Plauderei in ihren Salon. Zunächst dachte Margarethe, Herzogin Antoinette wolle von ihr aus erster Hand von der Verlobungsfeier hören, aber stattdessen sagte sie: »Mein liebes Fräulein von Ende, Bescheidenheit ist eine Zier, die Sie ganz vollendet beherrschen. Aber ebenso sollte Großzügigkeit eine Zier für jene sein, die es sich leisten können. Und mir ist es ein ganz tiefes Bedürfnis, dass meine Familie Ihnen und Ihrem künftigen Ehemann eine angemessene Verlobungsfeier in unserer Sommerresidenz in Wörlitz ausrichtet. Ich habe schon mit meinem Mann gesprochen, und der 10. Juni erscheint uns als angemessener Termin. Meinen Sie, dass dies auch im Sinne Ihres Verlobten und Ihrer beider Familien wäre?«

Eine Verlobungsfeier im herzoglichen Sommerschloss mit seinem herrlichen Park, gerade dann, wenn überall die Pfingstrosen und Rhododendren blühten. Was für ein großzügiges Angebot!

»Das klingt wundervoll«, rief Margarethe aus. »Ich weiß gar nicht, wie ich Ihnen dafür danken soll. Ich werde gleich morgen früh Telegramme verschicken, um meinen Verlobten und seine Familie sowie meine Familie zu informieren.«

»Schreiben Sie den Text für die Telegramme vor, das Aufgeben wird unser Hausdiener erledigen.« Die Herzogin lächelte so strahlend, als ginge es um ihre eigene Verlobung.

»Wird Prinzessin Maria-Anna auch kommen?«, fragte Margarethe vorsichtig. Sie wusste ja, dass die Herzogin sich mit ihrer Schwägerin nicht gut verstand, aber ebenso wusste die Herzogin, dass Margarethe inzwischen eine innige Freundschaft mit der Prinzessin verband, und so nickte sie. »Selbstverständlich. Sowohl als Verwandte als auch als Freundin der Braut gehört sie doch auf jeden Fall hierher, nicht wahr?«

Margarethe nickte dankbar.

Die Vorbereitungen gestalteten sich unkomplizierter, als sie erwartet hatte, was vor allem daran lag, dass sie sich um nichts kümmern musste. Es blieb alles in Händen der Herzogin, die es von ihrem gut geschulten Personal planen ließ. Der Termin am 10. Juni war allen Beteiligten genehm, nur Bertha Krupp sagte mit einem liebevollen Brief aus Italien schweren Herzens ab. Sie schob ihre Gesundheit vor, die eine Verlängerung der Kur erforderte, auch wenn es ihr das Herz bräche, aber sie versprach zugleich, bei der Hochzeit anwesend zu sein.

Zu Margarethes großer Überraschung sagte allerdings Fritz' Vater sein Kommen zu. Das war sogar eine eigene Zeitungsnotiz im Lokalanzeiger wert, wo festgehalten wurde, dass der Kanonenkönig Alfred Krupp im *Hotel am Eichenkranz* abgestiegen sei, um der Verlobung des Sohnes mit der Erzieherin der Prinzessin beizuwohnen. Während Margarethe den Artikel las, fragte sie sich, was ihre Mutter darüber wohl denken würde. Erzieherin der Prinzessin, das klang natürlich ganz anders als Gouvernante, auch wenn es nur ein anderes Wort für dieselbe Aufgabe war. Aber Erzieherin hörte sich mächtiger an, sie war nicht nur dazu da, ein Auge auf den Schützling zu haben, sondern ihn zu formen, ihm Manieren beizubringen und ihn all das zu lehren, ohne das eine Prinzessin auf höfischem Parkett verloren wäre.

Erziehung war das, was die Klassen voneinander trennte. Das bemerkte sie vor allem beim vornehmen Galadiner, das die Herzogin zu ihrer Verlobungsfeier ausrichtete. Jeder, der hier bei Tische saß, hatte eine Erziehung genossen. Es war nicht mehr der Stand, der zählte, sondern ob die Familie es sich leisten konnte, die Regeln der feinen Gesellschaft zu erlernen und ihren Kindern bereits in der Wiege zu vermitteln. Wer diese Regeln beherrschte, gehörte dazu, er hatte Macht und Einfluss, und selbst einem Bürgerlichen wurde dann der Titel eines Königs verliehen, und sei es nur der eines Kanonenkönigs.

Ihr Blick fiel auf ihren künftigen Schwiegervater, der hager und würdevoll mit kerzengeradem Rücken an der Tafel saß, unnahbar und Respekt einflößend wie ein Monarch. Und tatsächlich, so durchzuckte es Margarethe, war er vermutlich wirklich der mächtigste Mann dieser Gesellschaft, denn was wäre der Kaiser ohne die Produkte des Kanonenkönigs? Kruppstahl bedeutete viel mehr als reine Waffenproduktion. Stahl war das Herz der deutschen Industrialisierung, und was die deutsche Innovationskraft daraus herstellte, war die Stärke, die dieses Herz zum Schlagen brachte. Mochte man im alten Hierarchiemodell den Kaiser auch als das Haupt des Landes sehen, so wäre dieser Kopf ohne den Körper und ohne das Herz nicht nur hilflos, sondern tot. Genau dieser Macht war sich der bürgerliche König sehr wohl bewusst. Und die Art, wie die aristokratische Gesellschaft sich selbst geadelt fühlte, weil der berühmte Kanonenkönig sich dazu herabgelassen hatte, an ihrer Tafel zu speisen, zeigte Margarethe, wie sehr sich die Zeichen der Zeit umkehrten. Aber änderte sich wirklich die Gesellschaft, oder änderte sich nur die Zusammensetzung der Schichten? Konnte wirklich jeder zum Geldadel gehören oder nur jene, die auch die feinen Manieren beherrschten? Würde der alte Adel einfach nur an politischem Einfluss verlieren, aber mit seinen Sitten weiterhin die Gesellschaft dominieren?

Margarethes Blick fiel auf einen der gut geschulten und ebenso gut bezahlten Diener, der das Privileg genoss, bei Tisch zu servieren. Schon seltsam, dass ein Mann, der nur dafür da war, den Reichen und Mächtigen die Speisen darzureichen, dreimal so viel im Jahr verdiente wie ein Handwerker, der mit der Kraft seiner Hände

Dinge von Dauer schuf. Dinge, ohne die genau diese Gesellschaft nicht überleben könnte. Kein Wunder, dass die Dienerschaft in den vornehmen Häusern sich selbst zur besseren Gesellschaft zählte, denn sie beherrschten die Regeln und konnten sich im Zweifel gekonnt unter die Herrschaft mischen, ohne dass jemandem ihre Herkunft aufgefallen wäre. So mancher erfolgreiche Hochstapler hatte sein Handwerk ursprünglich einmal als Dienstbote gelernt.

Über all das dachte Margarethe nach, und auf einmal kamen ihr die wehmütigen Gedanken, die sie angesichts der kleinen Verlobungsfeier im Haus ihrer Eltern empfunden hatte, kleingeistig vor. Wollte ich den Prunk und Pomp wirklich, den ich nun hier bekomme?, fragte sie sich. Das Einzige, was mir wirklich wichtig gewesen wäre, war die Versöhnung von Fritz' Eltern. Aber immerhin zeigt sein Vater durch seine Anwesenheit, dass er mich als künftige Schwiegertochter willkommen heißt. Und das ist auch schon mehr, als ich mir lange Zeit zu erhoffen wagte.

Umso schöner war das Wiedersehen mit Maria-Anna, die Margarethe herzlich beglückwünschte und sich darüber freute, auch Fritz kennenzulernen.

»Um es mal ganz offen und ohne jedes höfische Pathos zu sagen«, meinte sie mit einem verschmitzten Lächeln, »da haben Sie beide aber einen guten Fang gemacht, auch wenn viele glauben, das beträfe nur Fräulein von Ende.«

Fritz erwiderte das Lächeln. »Ich bin mir sehr bewusst, dass ich der glücklichste Mann der Welt bin, denn ich darf Fräulein von Ende nach all den Jahren des Werbens nun endlich offiziell meine Braut nennen.«

»Und gibt es schon einen Hochzeitstermin?«

»Ja«, erwiderte Margarethe. »Die Hochzeitsfeier wird am 19. August im kleinen Kreis in Blasewitz im Haus meiner Eltern stattfinden.«

»Ah ja, der alte Brauch, dass die Eltern der Braut die Hochzeit ausrichten, weil sie ja künftig an deren Unterhalt sparen, für den ab jetzt der Gatte aufzukommen hat, in dessen Besitz sie übergeht.« In Maria-Annas Lächeln war ein winziger Hauch Süffisanz zu erkennen.

»Wobei ich eher den Eindruck habe, dass ich in Fräulein von Endes Besitz übergehe«, gestand Fritz. »Schließlich bin ich derjenige, der sein Herz verschenkt hat.«

Sie lachten.

Auch wenn es eine vergnügliche Feier war, über die die Zeitungen ausführlich berichteten, und Margarethes Mutter Eleonore vor Stolz glühte, endlich ihrem Stand entsprechend im Mittelpunkt zu stehen, begann am folgenden Tag wieder der normale Alltag. Aber die Zeit, die Margarethe noch als Erzieherin der Prinzessin Alexandra blieb, näherte sich ihrem Ende, und sie beschloss, die letzten Wochen zu genießen. Sie hatte dieses Leben geliebt, und ihr war bewusst, dass sie ihren Schützling vermissen würde. Allerdings war sie sich ebenso sicher, dass Alexandra immer einen Platz in ihrem Herzen behielte und sie sich weiterhin regelmäßig schreiben würden. Dennoch – die Tage der unbeschwerten Jugend und der Freiheit, sich in gewissen Grenzen immer wieder neu erfinden zu können, wären mit der Hochzeit endgültig vorbei. Denn sie heiratete nicht nur den Mann, den sie liebte, sondern sie müsste wie im klassischen Adel auch eine neue Rolle übernehmen, die sie ihr Leben lang nie mehr wechseln konnte.

13

Die Hochzeitsfeier fand wie geplant am 19. August 1882 im Hause der Familie von Ende statt.

Margarethe freute sich sehr, dass ihre künftige Schwiegermutter Bertha ihre Kur in Italien unterbrochen hatte, um der Trauung beizuwohnen. Allerdings hatte Alfred Krupp Geschäfte vorgeschoben und blieb der Feier fern. Hatte er deshalb an der Verlobungsfeier im Haus der Herzogin teilgenommen? Um zu zeigen, dass ihm das Wohl seines Sohnes wichtig war, er aber zugleich seiner Frau bei der Hochzeit aus dem Weg gehen konnte? Zudem hatte Margarethe bemerkt, dass Alfred die Gelegenheit auch genutzt hatte, neue Kontakte zu knüpfen, die der Firma dienlich waren. Im Schloss eines Herzogs gab es wichtige Menschen, und die Familie von Ende war mit Margarethes neun lebenden Geschwistern zwar ausgesprochen zahlreich vertreten, aber sie gehörte nicht zu der Klientel, die Alfred Vorteile brachte, zumal sie nun bald ohnehin zur eigenen Familie zählen würde. Und so konnte Fritz nur mit seiner Mutter aufwarten, und Margarethe wurde bewusst, dass es auch eine Bürde war, das einzige Kind der Eltern zu sein. Geschwister konnten manchmal anstrengend sein, man konnte sich über sie ärgern und sie zum Teufel wünschen, aber wenn es hart auf hart kam, waren sie immer noch die Familie, auf die man sich verlassen konnte.

Die Trauung fand in der Kirche zu Striesen statt. Die kurze und einfache Zeremonie passte zu dem schlichten, aber eleganten Kleid von Margarethe, das so gar nichts von einer Märchenprinzessin an sich hatte. Doch für sie war es angemessen, schließlich war sie kein junges Mädchen mehr, sondern eine gestandene Frau von achtundzwanzig Jahren, ein spätes Mädchen, das Glück hatte, dass sich noch ein Mann seiner erbarmt hatte. Jedenfalls hatte ihre Mutter Eleonore das immer wieder durchblicken lassen, obwohl sie sich andererseits in dem Glanz sonnte, den Margarethe durch diese Eheschließung in ihr Leben brachte.

»Denk dran«, hatte ihre Mutter ihr noch kurz vor der Trauung zugeraunt, »in der Hochzeitsnacht darf dein Mann alles tun, was sonst gegen Anstand und Sitte ist. Wenn es dir zu viel wird, schließ einfach die Augen, es dauert nicht ewig.«

Margarethe sah ihre Mutter erstaunt an. War das Eheleben ihrer Eltern so verlaufen? Oder glaubte sie, ihre Tochter hätte so lange als alte Jungfer gelebt, dass sie nicht mehr in der Lage wäre, den Gepflogenheiten des Ehelebens nachzukommen? Was sollte dieser Hinweis? Sie war schließlich kein kleines Kind mehr, sondern wusste genau, was zwischen Mann und Frau ablief, auch wenn sie noch nicht aus eigener Erfahrung darüber berichten konnte.

Daran musste sie denken, als der Pfarrer sie zu Mann und Frau erklärte und Fritz erlaubte, die Braut zu küssen. Es war ein zärtlicher, sanfter Kuss von warmen, weichen Lippen. Und tatsächlich ihr allererster Kuss. Während sie den kurzen intimen Moment genoss, fragte sie sich, ob sie wohl das einzige Paar auf der Welt waren, das sich vor der Eheschließung niemals diese Freiheit genommen hatte. Und sie fragte sich, ob Fritz wohl in der Zeit des Werbens andere Frauen gehabt hatte. Irgendwie konnte sie es sich beim besten Willen nicht vorstellen. Vermutlich war er genauso unerfahren wie sie selbst.

Anschließend ging es zurück ins Haus der Eltern, wo das Hochzeitsessen serviert wurde.

»Ich bin so froh, dass du nun wirklich meine Tochter bist, mein

Liebling«, flüsterte Bertha. Margarethe spürte eine warme Welle der Zuneigung. Ja, Bertha hatte sie schon immer wie eine Tochter betrachtet und war stets der Meinung gewesen, dass nur sie die Richtige für ihren Sohn wäre. Dafür hatte sie sogar das Zerwürfnis mit Alfred in Kauf genommen. Bei der Erinnerung daran wurde Margarethes Herz schwer.

»Wirst du auf den Hügel zurückkehren?«, fragte sie leise.

Bertha senkte den Blick. »Ich kann den ersten Schritt nicht tun, solange Alfred mich nicht bittet. Ich fürchte, er wird seine Macht auskosten und mir die Tür weisen oder mich aufnehmen, als hätte er mir irgendetwas zu verzeihen. Ich weiß ja, wie die Dienerschaft redet. Sie bringen üble Gerüchte in Umlauf, ich hätte meinen Gatten verlassen, um eine Liebschaft mit unserem Hausarzt zu beginnen.« Berthas Lippen zitterten. »Ich verstehe nicht, wie sie so etwas behaupten können. Doktor Schmidt ist seit mehr als zehn Jahren unser Familienarzt. Und ich bin mit Fritz und ihm gemeinsam abgereist, weil Fritz ja eine schwache Lunge hat. Wie soll ich in ein Haus zurückkehren, ohne dass der Hausherr mich dazu auffordert, wenn all diese infamen Lügen nach wie vor die Runde machen? Ich könnte es nicht ertragen, wenn unser Hausmeister mir auf der Nase herumtanzt und Alfred ihn gewähren lässt.«

»Würde er das wirklich tun?«, fragte Margarethe entsetzt.

»Ich befürchte es. Ich habe mit einem hohen Einsatz gespielt, damit er Fritz die Hochzeit gestattet. Nun haben wir beide verloren, aber das ist nicht schlimm, denn ihr, die jungen Leute, habt im Gegenzug euer Leben gewonnen.« Sie tätschelte liebevoll Margarethes Hand. Diese Selbstlosigkeit rührte Margarethe zutiefst, machte ihr zugleich aber auch das Herz schwer. Sie wollte ihr Glück nicht auf dem Leid der Frau aufbauen, die sie seit Jahren als mütterliche Freundin schätzte.

»Gibt es keine Möglichkeit der Annäherung?«, fragte sie traurig. »Euch verbindet doch so viel. Und mir scheint, Alfred ist sehr einsam, denn er hat uns gebeten, nach der Hochzeitsreise zu ihm auf den Hügel zu ziehen.«

»Wir werden sehen«, erwiderte Bertha. Dann straffte sie ihre Schultern. »Bis dahin werde ich meine Kur in Italien fortsetzen und abwarten, was die Zukunft bringt. Spätestens an der Wiege unseres Enkels sollten wir uns schließlich versöhnen, nicht wahr?«

An der Wiege des Enkels ... Dieser Gedanke ging Margarethe nicht mehr aus dem Kopf, auch nicht, als es schließlich an der Zeit war, sich mit Fritz gemeinsam zurückzuziehen, um die Hochzeitsnacht zu vollziehen. Zu Margarethes Erstaunen war Fritz viel unsicherer als sie selbst.

»Ich ... ähm ...«, er räusperte sich. »Du weißt ja, dass man von einem Mann gewisse Erfahrungen erwartet, aber ich ...« Er räusperte sich abermals.

Margarethe legte ihm sanft die Hände auf die Schultern. »Wir werden schon gemeinsam das Richtige in dieser Nacht tun«, sagte sie mit einem Lächeln. »Das haben schließlich auch alle anderen Paare vor uns bewerkstelligt.«

Ihre lockere Art nahm ihm seine Unsicherheit, und Margarethe dachte bei sich, wie seltsam die Welt doch war: Ein Mann glaubte, sich in der Hochzeitsnacht dafür entschuldigen zu müssen, dass er sich an all das gehalten hatte, was die offizielle Moral von den Menschen forderte, während die Realität einen Mann, der in seinem Alter noch nie mit einer Frau geschlafen hatte, verachtete. Aber sie würde Fritz niemals verachten, ganz im Gegenteil. Sie liebte und sie schätzte ihn. Und auch wenn die Hochzeitsnacht mehr eine mechanische Angelegenheit war, weil ihnen beiden die Erfahrung fehlte, so verstand Margarethe nicht, warum ihre Mutter das Eheleben als so schrecklich dargestellt hatte. Sie war sich sicher, dass auch in dieser Disziplin Übung den Meister machen würde.

14

Das Leben als junges Ehepaar brachte Margarethe und Fritz einander in jeder Beziehung näher, als sie sich je zuvor gewesen waren. Ihre Hochzeitsreise sollte sie durch halb Europa und darüber hinaus führen, und natürlich stand Paris als wichtigstes Etappenziel an erster Stelle, gefolgt von Marokko. Fritz war schon häufiger geschäftlich in dem nordafrikanischen Land gewesen und wollte Margarethe unbedingt den Zauber des Orients zeigen.

Zunächst lernte sie jedoch den Zauber des Wohlstands kennen. Selbstverständlich reisten sie in der ersten Klasse, hatten jeden Luxus, den man sich nur wünschen konnte. Geld spielte keine Rolle, weder im Schlafwagen, der ihnen das Reisen so angenehm wie möglich gestaltete, noch in den teuersten Pariser Hotels.

Margarethe genoss es, mit Fritz über die Prachtboulevards zu flanieren und die Schaufensterauslagen der Geschäfte zu bewundern, aber ohne dass sie es wollte, hatte sie Hemmungen, so viel Geld für Kleider auszugeben. Sie war zeitlebens sparsam gewesen, und auch wenn sie wusste, dass Geld nun keine Rolle mehr spielte, konnte sie nicht so einfach aus ihrer Haut. Fritz amüsierte sich darüber, konnte sie aber gut verstehen, denn er war ebenfalls genügsam. Äußerer Prunk hatte ihn nie interessiert, und er trug das, was seiner Stellung angemessen war.

Natürlich besuchten sie die großen Museen, den Louvre und die Comédie-Française, jenes berühmte Theater, das der Sonnenkönig einst gegründet hatte. Sie besuchten die berühmten Pariser Cafés und hatten Freude daran, bei einem Croissant und einer Tasse Mokka das geschäftige Treiben auf den Straßen zu beobachten. Von den schmuddeligen Nebenstraßen hielten sie sich allerdings lieber fern, nachdem sie mitbekommen hatten, dass es hier an einer geordneten Müllabfuhr, wie man sie aus Deutschland kannte, fehlte.

Margarethe war rundum glücklich, doch es gab etwas, das ihr Glück trübte: Fritz' Gesundheit. Natürlich kannte sie die Geschichten seiner schwächlichen Konstitution, aber wenn er mit ihr zusammen war, hatte sie ihn bislang niemals leidend erlebt. Irgendwann hatte sie die Berichte über seine labile Gesundheit als Übertreibung des Vaters abgetan, dem der Sohn nie etwas recht machen konnte. Dass er seinen Militärdienst nicht beenden konnte, weil er an Masern erkrankt war, hätte schließlich jedem passieren können. Auch unter Berthas besorgten Erzählungen über das Asthma und den Gelenkrheumatismus ihres Sohnes hatte Margarethe sich nie etwas vorstellen können. In ihrer Gegenwart hatte Fritz zwar manchmal über schmerzende Gelenke geklagt, aber das waren stets Erzählungen aus der Vergangenheit gewesen, die er recht lapidar vorgebracht hatte, so als wäre es bedeutungslos.

Doch all das änderte sich, als sie an einem warmen Septembermorgen kurz nach dem Aufstehen in ihrem luxuriösen Pariser Hotel Zeugin eines Asthma-Anfalls wurde. Zunächst hatte sie noch gedacht, Fritz hätte sich verschluckt, aber dann war das Pfeifen und Giemen seiner Bronchien so schrecklich, dass sie um sein Leben fürchtete und umgehend nach einem Arzt schicken ließ. Es war nicht so, dass Fritz keine Luft bekäme, ganz im Gegenteil. Er konnte die eingeatmete Luft nicht mehr loswerden und drohte so zu ersticken. Schweiß stand auf seiner Stirn. Margarethes Angst steigerte sich ins Unermessliche, als sie die Todesangst in seinen Augen sah. Endlich, nach viel zu langer Zeit, eilte der Arzt herbei. Margarethe erhoffte sich eine schnell lindernde Arznei für ihren

Mann, doch stattdessen sprach der Doktor nur beruhigend auf ihn ein und forderte ihn auf, die Luft anzuhalten und sie durch die zusammengepressten Lippen langsam auszustoßen. Tatsächlich zeigte die Anweisung überraschend schnell Erfolg, vielleicht auch deshalb, weil sie von einem Doktor kam. Erst danach gab der Arzt Fritz eine Medizin aus einer unbeschrifteten braunen Flasche, deren Geruch Margarethe an Baldrian erinnerte. War es tatsächlich ein Beruhigungsmittel? Nachdem Fritz es mühsam getrunken hatte, verordnete der Arzt ihm außerdem noch Kaffee, was Margarethe noch mehr verwunderte.

»Der Wirkstoff im Kaffee öffnet die Bronchien«, erklärte der Arzt. »Allerdings ist es dringend erforderlich, dass Sie vor der Fortsetzung Ihrer Reise Ihre Lunge in einem Seebad kräftigen, Herr Krupp. Die frische, salzhaltige Meeresluft ist die beste Therapie.«

Fritz nickte mühsam, noch immer sichtlich abgekämpft, aber der Ausdruck der Todesangst war aus seinem Gesicht verschwunden.

»Ich würde Biarritz vorschlagen«, fuhr der Arzt fort. »Das *Hôtel du Palais* ist auf Kurgäste aus Ihren Kreisen ausgerichtet, Herr Krupp.«

»Ich weiß«, erwiderte Fritz gepresst. »Ich war schon dort.«

»Und hat es dir geholfen?« Margarethe griff ängstlich nach seiner Hand. Er nickte. »Ja, danach ging es mir viele Monate gut. Es tut mir nur leid, dass wir wegen mir unseren Aufenthalt in Paris vorzeitig beenden müssen.«

»Dafür werden wir nun wunderbare Tage am Meer in Biarritz verbringen«, sagte Margarethe. »Wir haben ja schon alle Sehenswürdigkeiten hier gesehen, und ich freue mich darauf, mit dir ans Meer zu reisen.«

»Und wenn ich wieder wohlauf bin, werde ich dir Marokko zeigen.« Er zwang sich zu einem Lächeln und tätschelte seinerseits ihre Hand. Margarethe war zutiefst erleichtert, dass es Fritz langsam besser ging, und sie schwor sich, seine schwächliche Konstitution nie mehr auf die leichte Schulter zu nehmen. Erst jetzt begriff sie wirklich, warum seine Eltern so besorgt um seine Gesundheit waren. Wenn er tatsächlich von Kindheit an mit dieser schrecklichen Atemnot zu kämpfen hatte, die ihn gewiss schon mehrfach an den Rand des Todes gebracht hatte, war es nicht verwunderlich, dass Alfred seinen Sohn für schwach hielt. Nicht schwach im Charakter und Geiste, aber weit entfernt von der körperlichen Stärke, die er selbst mit siebzig Jahren nach wie vor ausstrahlte.

Die Zugfahrt nach Biarritz dauerte viele Stunden, aber im Salonwagen der ersten Klasse fühlte es sich beinahe so an, als wären sie in einer vornehmen Hotellobby, von der aus sie beobachteten, wie die französische Landschaft an ihnen vorbeiglitt. Biarritz selbst war vor einem halben Jahrhundert noch ein kleiner, unbedeutender Fischerort gewesen, bevor die Reichen und Mächtigen dieser Welt ihn zu ihrem Kurort erkoren hatten. Und so war bei ihrer Ankunft auch nichts mehr von einem Fischerdorf zu erkennen. Stattdessen thronte das mächtige *Hôtel du Palais* wahrlich einem Palast gleich direkt am Strand.

Fritz hatte eine große Suite mit Blick aufs Meer reservieren lassen. Margarethe stand verzückt am Fenster und hätte am liebsten sofort zum Zeichenblock gegriffen. Da war zum einen der freie Blick auf die See und auf den kleinen Felsen, auf dem sich einige mutige junge Männer, die auch jetzt noch im Atlantik baden gingen, versammelt hatten, um hinunterzuspringen. Zum anderen waren da auch die vielen kleinen, bunt geringelten Zelte, die als Umkleidekabinen oder Unterschlupf für die Badegäste dienten. Allerdings sah man an diesem Septembertag ausschließlich Männer in Badebekleidung. Die vornehmen Damen promenierten in Kleidern am Strand und hielten es entweder für zu kalt oder für zu gewagt, sich in einem modernen Badeanzug zu zeigen, der einen unverhüllten Blick auf ihre Unterschenkel preisgab. Eine Mode, über die Margarethes Mutter stets die Nase gerümpft hatte. Sie selbst hatte sich darüber nie sonderlich viele Gedanken gemacht. Bis auf ihre Zeit in Holyhead hatte sie nie länger an einem Strand geweilt, und dort war sie ihren Pflichten als Gouvernante nachgekommen, das Tragen eines Badeanzugs wäre undenkbar gewesen. Es war schon verwegen genug, dass sie einmal mit Fritz barfüßig über den Sand gelaufen war.

Fritz schickte indes einen Dienstboten zu einem hier ansässigen Arzt, der ihm schon von seinem letzten Aufenthalt bekannt war. Seit der Hausarzt der Familie durch üble Gerüchte in Ungnade gefallen war und sich darauf beschränkte, Bertha zu begleiten, hatte Fritz auf einen neuen Arzt verzichtet. Vielleicht auch, um sich ein Gefühl von Freiheit und Gesundheit zu bewahren, so als wäre er wie jeder andere, weil er nicht ständig einen persönlichen Arzt um sich haben musste. Er informierte den Doktor darüber, dass er zur Kur in Biarritz weilte und ihn in den nächsten Tagen hinsichtlich der Anwendungen und Therapien konsultieren würde, die er hier durchführen sollte.

»Das ist der Vorteil eines Kurortes«, sagte er zu Margarethe. »Man kann sich hier jederzeit auf die Kompetenz fähiger Ärzte verlassen.«

»Gibt es hier so viele Ärzte?«

»Es gibt einige wenige, deren Namen man sich empfiehlt«, sagte Fritz. »Und die haben sich natürlich längst auf die gut situierten Kunden der feinen Gesellschaft spezialisiert. Oder vielmehr auf die mit dem meisten Geld im Portemonnaie, denn von armem Adel können sie sich ihren eigenen Lebensstil nicht leisten.«

Margarethe nickte.

»Wie fühlst du dich? Traust du es dir zu, mit mir einen Spaziergang an den Strand zu unternehmen?«

»Nun sieh mich nicht so an wie meine Mutter«, sagte er mit einem Lächeln. »Ich bin kein Invalide, und sobald so ein Asthmaanfall vorüber ist, bin ich so belastbar wie immer.«

»Gibt es besondere Umstände, die so etwas auslösen?«, fragte Margarethe, obwohl sie ihm die Frage bereits in Paris gestellt hatte. Damals hatte er sie überhört, und da sie sich nicht sicher gewesen war, ob die frische Erinnerung an die Todesangst ihn einfach darüber hinweggehen ließ oder ob er es wirklich nicht gehört hatte, hatte sie nicht weiter nachgehakt. Aber jetzt sah sie keinen Grund, ihn erneut zu schonen, zumal er ja selbst sagte, dass er genauso belastbar wie immer war.

»Das ist unterschiedlich«, sagte er auch sogleich freimütig. »Manchmal ist es die drückende Luft in sommerheißen Gassen oder stickigen Stuben. Aber auch körperliche Anstrengung kann dazu führen, oder wenn ich mich über irgendetwas aufrege. Dann verschlägt es mir im wahrsten Sinne des Wortes den Atem.«

»Wie häufig sind solche Anfälle?«

»Auf Reisen waren sie selten, zu Hause hatte ich mehr darunter zu leiden. Vor allem, wenn ich mich über meinen Vater geärgert habe.«

»Wenn er dir die Luft zum Atmen nimmt?«

Fritz nickte. »So ungefähr hat es Doktor Schmidt auch einmal ausgedrückt. Bemerkenswerterweise hatte ich während meines Studiums in Braunschweig keinen einzigen Anfall, obwohl meine kleine Studentenbude nicht gerade ein wohlbelüfteter Palast ist.«

Margarethe war überzeugt, dass seine sogenannte Studentenbude mit Sicherheit eine elegante Wohnung war, denn mit weniger hätte sich der Erbe der Kruppdynastie nicht zufriedengeben dürfen, ohne seinen Vater zu verärgern. Aber nachdem sie in diesen ersten Tagen ihrer Ehe begriffen hatte, dass all dies eine Selbstverständlichkeit für ihren Mann war, die er niemals hinterfragte, war sie davon überzeugt, dass er an das, was er da erzählte, selbst glaubte. Und warum auch nicht? Er stammte nun mal aus einem der reichsten Häuser Deutschlands und musste repräsentieren, auch wenn ihm von seiner Persönlichkeit her gar nicht danach war.

»Worüber denkst du nach?« Seine Worte rissen sie aus ihren Gedanken.

»Ich frage mich, wozu diese kleinen bunten Zelte dort am Strand dienen. Sind es reine Umkleidekabinen, oder ruhen sich die Menschen dort auch aus?«

»Lass es uns herausfinden, meine liebste Marga.« Er hielt ihr galant seine Hand entgegen, und sie verließen die Suite, um den Strand zu erkunden.

15

Das Wetter in Biarritz war eine Enttäuschung. Nachdem bei ihrer Anreise noch die Sonne geschienen hatte, zogen bereits in der ersten Nacht dunkle Wolken auf und verwandelten den Kurort dauerhaft in eine triste Regenwelt.

Anfangs versuchte Margarethe, die Schlechtwetterperiode mit dem Schreiben von Briefen an Freunde und Verwandte zu überbrücken. Fritz ergänzte recht lustlos einige wenige Zeilen auf den obligatorischen Briefen an die Familie, um der Pflicht Genüge zu tun. Aber er konnte sich nicht aufraffen, das Hotel zu verlassen, denn er fürchtete, seine Gesundheit im regnerischen Wetter ungebührlich zu strapazieren. Und so verbrachten sie die Tage meist mit dem Dominospiel und die Nächte mit Schlafen. Von wilder Leidenschaft war bei Fritz nichts zu bemerken, ganz im Gegenteil. Zeitweilig schien es Margarethe, als sei er ganz froh, seine Gesundheit vorschieben zu können, um den ehelichen Pflichten zu entgehen. Einerseits hatte sie Verständnis dafür und sagte sich, dass sie beide ja auch schon zuvor ihr ganzes Leben lang ohne ehelichen Verkehr ausgekommen waren. Aber auf der anderen Seite wünschte sie sich Kinder. Sie war schließlich nicht mehr die Jüngste und hatte sich letztendlich auch deshalb für die Ehe entschieden, um eigene Kinder zu bekommen.

Zu gern hätte sie sich mit jemandem darüber ausgetauscht, was in einer Ehe normal war und was nicht, aber all jene, die zu fragen sie sich nicht gescheut hätte, etwa ihre Freundin Fräulein Germer oder aber die unglücklich verheiratete Maria-Anna, hätten ihr diese Frage mangels eigener Erfahrungen in Sachen »normaler Ehe« nicht beantworten können. Und wenn sie sich an die Ratschläge ihrer Mutter vor der Hochzeitsnacht erinnerte, war sie sich sicher, dass sie ihr auch keine zufriedenstellende Antwort geben würde. Fritz selbst wich dem Thema stets aus und meinte, sie hätten ja noch alle Zeit der Welt, wenn es ihm erst etwas besser ginge.

Nachdem sie auf diese Weise einige Wochen im trüben Biarritz verbracht hatten und das Wetter sich von Tag zu Tag immer mehr dem Winter näherte, schlug Margarethe vor, nach Essen zurückzukehren und sich dort auf die Weihnachtszeit vorzubereiten. Sie wünschte sich sehr, endlich ihren eigenen Haushalt zu begründen, schließlich waren sie unmittelbar nach der Hochzeit zu ihrer großen Reise aufgebrochen. Doch aus der Villa Hügel kam enttäuschende Post. Das Logierhaus, in dem das frischgebackene Ehepaar wohnen wollte, stand derzeit nicht zur Verfügung, denn Alfred Krupp war vorübergehend dort eingezogen, da die große Villa von Grund auf modernisiert werden sollte. Die Gasleitungen, die bislang für die Beleuchtung sorgten, waren herausgerissen worden und sollten durch elektrische Verkabelung ersetzt werden. Außerdem stand ein Umbau der Heizungsanlage an. Laut dem, was Fritz' Vater ihnen schrieb, glich die Villa einer riesigen, ungemütlichen Baustelle. Der gesamte Umbau würde längere Zeit in Anspruch nehmen, und so riet Alfred den beiden, ihre Hochzeitsreise weiter auszudehnen.

Margarethe fühlte sich bei dem Gedanken unwohl, auch wenn sie nicht genau begründen konnte, woran das lag. Vielleicht, weil sie an ihre Schwiegermutter denken musste. Bertha war dem Haushalt seit dem Zerwürfnis ferngeblieben, und wenn die Gerüchte stimmten, war es dem Krupp'schen Hausmeister gar nicht recht, wenn allzu bald eine neue Hausherrin einziehen und ihm seinen Einfluss streitig machen würde. Doch als sie Fritz diese Sorgen gestand, wehrte er ab.

»Das ist doch Unsinn. Mein Vater denkt an unser beider Wohl. Du ahnst nicht, wie furchtbar es in diesem Haushalt ist, wenn alles umgeräumt wird. Und wenn ich mir dann vorstelle, dass wir in beengten Verhältnissen mit meinem Vater gemeinsam im Logierhaus leben sollen, wird mir ganz anders.«

»Und was ist mit dem alten Gartenhaus, in dem deine Eltern als frischverheiratetes Ehepaar lebten?«, schlug Margarethe vor.

»Das hat meine Mutter gehasst«, erwiderte Fritz. »Das ist direkt neben der Stahlgießerei, da hört man immer den großen Hammer schlagen, und meine Mutter hatte ständig Kopfschmerzen. Dass mein Vater den Hammer ausgerechnet nach mir Fritz genannt hat, machte es auch nicht besser.«

Er zog ein Gesicht, das Margarethe zum Lachen brachte. Sie liebte seinen Humor, denn er wusste genau, wie sehr sie diese Schnute liebte, diese Mischung aus gespielter Empörung und Irritation.

»Aber wir könnten deinem Vater trotzdem schreiben, dass er uns das Gartenhaus herrichten lässt, wenn wir Weihnachten zu Hause verbringen wollen.«

»Ich würde es vorziehen, Weihnachten auf Reisen zu sein«, erwiderte Fritz. »Es wäre das erste gemeinsame Fest ohne meine Mutter, und es würde die Trennung nur noch mehr zementieren, wenn wir es ohne sie begehen.«

Margarethe nickte, obwohl sie das für eine Ausrede hielt. Seit Bertha ihre Kurreisen beendet und sich eine eigene Wohnung bei Leipzig genommen hatte, war die Trennung vollzogen, auch wenn eine Scheidung nicht möglich war und Alfred natürlich weiterhin für alle Kosten seiner Gattin aufkam. Aber nun konnte man sich nichts mehr schönreden, nichts mehr mit ihrer Gesundheit begründen. Margarethe hatte deshalb den Eindruck, dass etwas anderes hinter Fritz' Wunsch steckte, aber sie wusste beim besten Willen nicht, was es war.

Immerhin beschied Fritz im nächsten Atemzug, dass er sich genügend erholt hatte, um mit ihr von Frankreich weiter nach Spanien reisen zu können und dann von dort aus nach Marokko überzusetzen.

»Ich wollte schon so lange nach Spanien«, rief Margarethe erfreut, auch wenn sie wusste, dass er sie damit nur von den Ereignissen zu Hause ablenken wollte. »Schon seit ich zusammen mit Anni MacKenzie Spanisch gelernt habe. Mal sehen, wie viel davon noch übrig ist.«

»Da fällt mir eine Anekdote ein, die dich gewiss entzücken wird«, erwiderte Fritz. »Mein Vater hat seit einiger Zeit einen italienischen Hausarzt. Weißt du, warum?«

»Weil der ein berühmter Spezialist ist?«

»Nein, weil er sich von ihm Italienisch beibringen lässt.«

Margarethe zog die Brauen hoch. »Von seinem Arzt?«

»Ja, er meint, dann hätte der Arzt keine Zeit, ihm zu viele überflüssige Therapien aufzuschwatzen. Aber eigentlich ist er darauf gekommen, als er zufällig hörte, wie sich zwei seiner Stahlarbeiter auf Italienisch unterhielten. Es behagt ihm so gar nicht, wenn seine Angestellten untereinander in einer Sprache reden, die er nicht versteht. Aber anstatt es ihnen zu untersagen, lernt er lieber selbst die Sprache.«

»Kein Wunder, dass er so ein erfolgreicher Geschäftsmann ist«, sagte Margarethe anerkennend. »Und das in seinem Alter.«

»Ja, sein Alter …« Fritz seufzte. »Manchmal kommt es mir so vor, als wäre ich der Greis und nicht er. Aber genug davon. Wir sind jung, und ich fühle mich wieder kräftig genug, also sollten wir uns daranmachen, die Reise durch Spanien zu planen. Was möchtest du denn auf jeden Fall sehen?«

»Natürlich alles, was man in diesem wunderbaren Land gesehen haben muss«, erwiderte Margarethe. »Aber auf jeden Fall Madrid und Granada mit der berühmten Alhambra.«

»Dann werde ich meinen Privatsekretär umgehend damit beauftragen, eine angemessene Route festzulegen, auf der meiner wunderbaren Ehefrau alle Annehmlichkeiten zuteilwerden.« Er hauchte ihr einen zärtlichen Kuss auf die Wange, zog sich dann aber so schnell von ihr zurück, als fürchte er, sie könne ihn umarmen und damit allein durch diese Geste das einfordern, was sie schon seit so vielen Nächten vergeblich von ihm ersehnte. Und wieder einmal fragte sie sich, ob das wohl normal war, ob es an seiner Erkrankung lag oder gar an ihr. Hatte sie selbst seinen Erwartungen nicht entsprochen, weil sie kein junges Mädchen mehr war, aber auch keine reife, erfahrene Frau? Wenn es doch nur jemanden gegeben hätte, mit dem sie darüber offen hätte sprechen können … Kurz überlegte sie, ob sie seinen Arzt konsultieren sollte, aber selbst das war ihr zu heikel, denn sie fragte sich, was der Arzt wohl von ihr denken würde, zumal doch von Frauen immer weibliche Zurückhaltung gefordert wurde. Nun, vielleicht lag es auch an dem traurigen Wetter in Biarritz, in Paris war es schließlich noch ganz anders gewesen, wenn auch nicht jede Nacht, wie man es von der Stadt der Liebe erwartet hätte, sondern allenfalls zweimal in der Woche. Und so hoffte sie auf Spanien, das auch im Herbst deutlich wärmer als Deutschland war, und vielleicht auch auf Marokko, denn Afrika war ja für sein angenehmes Klima im Winter weltbekannt.

Obwohl Reisen eigentlich eine beschwerliche Angelegenheit war, genoss Margarethe die Fahrt nach Spanien. Das lag vor allem daran, dass Fritz' Sekretär ganze Arbeit geleistet hatte. Sie mussten sich um nichts kümmern, überall dort, wo sie nicht mit der Bahn in der ersten Klasse reisen konnten, warteten die bequemsten Kutschen auf sie. Für alles war gesorgt und das Dienstpersonal gut geschult. Es hatte seine Vorteile, dem Geldadel anzugehören.

Doch obwohl das Wetter in Spanien besser war und sie in den vornehmsten Hotels logierten, hatte Margarethe immer häufiger das Gefühl, Fritz wäre ihr Bruder, nicht ihr Ehemann. Sie lagen im gleichen Bett, doch immer wieder war sie es, die versuchte, ihn zu jenen Handlungen zu verführen, die zwingend notwendig waren, um eine Schwangerschaft herbeizuführen. Bis auf wenige Ausnahmen schob Fritz immer wieder seine Konstitution vor und vertröstete sie auf Marokko. Margarethe seufzte dann jedes Mal schicksalsergeben und versuchte sich wenigstens am Tage durch die Sehenswürdigkeiten abzulenken. Ihr Skizzenblock war immer dabei, und für alle, die nicht wussten, wie frustrierend die Nächte für sie waren, erschien sie wie die glücklichste Frau der Welt, die einen reizenden, rücksichtsvollen Gatten an ihrer Seite hatte. Eine Rücksicht, die Maria-Anna bei ihrer Veranlagung gewiss sehr zu schätzen gewusst hätte.

So ist das Schicksal nun mal, dachte Margarethe bei sich. Ich sollte froh sein mit dem, was mir geschenkt ist. Doch zugleich machte sie sich auch Sorgen, dass man ihr im Hause Krupp eine ausbleibende Schwangerschaft anlasten könnte. Schließlich war der Hausherr lange Zeit gegen ihre Eheschließung gewesen, und ihr Alter war einer der Gründe. Ein Alter, in dem die Fruchtbarkeit einer Frau laut den Aussagen der gelehrten Doktoren immer mehr zurückging. Natürlich musste Margarethe sich nur ihre Mutter ansehen, die mit neununddreißig Jahren ihr letztes Kind bekommen hatte, um zu wissen, dass das Unsinn war. Aber wie sollte sie offen dazu stehen, dass sie ihren Mann nicht dazu bringen konnte, die ehelichen Pflichten wenigstens oft genug zu erfüllen, um einen Erben zu zeugen? Im Zweifelsfall würde man es immer der Frau anlasten.

In Marokko blühte Fritz deutlich auf. Vielleicht lag es auch daran, dass er in Tanger im Namen seines Vaters einige Geschäftspartner traf, während Margarethe die Gelegenheit nutzte, die Stadt zu besichtigen und ihr Skizzenbuch um etliche Bilder zu bereichern. In den Nächten war Fritz nun deutlich zugewandter, was Margarethe scherzhaft den Zauber des Orients nannte. Aber vielleicht lag es tatsächlich am Klima, auch wenn es doch für gewöhnlich hieß, dass kalte Nächte Ehepaare einander näher brachten. Dennoch waren diese zärtlichen Nächte immer noch eine Rarität, und so konnte Margarethe auch bei ihrer Rückkehr nach Deutschland weiterhin nur von einer Schwangerschaft träumen …

16

Das Leben als junges Ehepaar in Essen gestaltete sich schwierig. Obwohl sie nun zu einer der reichsten Familien des Landes gehörte, hatte Margarethe das Gefühl, alles mühselig erkämpfen zu müssen. Ihr Schwiegervater hatte sich lange sehr zurückhaltend gegeben, als sie darauf bestand, das Gartenhaus mit Fritz beziehen zu dürfen, solange er selbst noch im Logierhaus lebte. Und Fritz war ihr keine große Hilfe. Gutmütig und pragmatisch verbrachte er viel Zeit auf Reisen, vor allem in Braunschweig, um sein Studium abzuschließen, während sie versuchte, ihnen hier ein Heim zu schaffen.

Zehn Dienstboten standen ihr im Gartenhaus zur Verfügung. Eine stolze Anzahl, aber nichts im Vergleich zu dem Betrieb, der in der Villa Hügel herrschte. Zudem musste Margarethe feststellen, dass die Gerüchte über den Hausmeister der Wahrheit entsprachen. Er hatte es sich als Vertrauter des Hausherrn gemütlich gemacht und führte sich auf, als sei er Alfred Krupps Sprachrohr. Oft hatte Margarethe das Gefühl, er tue alles, um sie aus dem Haus zu ekeln, obwohl sie doch gar nicht in der Villa selbst logierten. Es waren nur kleine Spitzen, nichts, das man wirklich als echte Schikane hätte benennen können. Mal waren bestimmte Gemüsesorten nicht vorrätig, obwohl sie sie rechtzeitig bestellt hatte, mal war die Wäsche nicht fertig, weil die Villa angeblich Vorrang hatte. Eine Zeit lang sah Margarethe sich das abwartend an, zumal sie von Fritz keine Unterstützung bekam. Sie wusste nicht, ob es ihm schlichtweg egal war oder ob er gar fürchtete, gegen den Hausmeister, der ja der Herr über die gesamte Dienerschaft war, den Kürzeren zu ziehen. Auf jeden Fall konnte es so nicht weitergehen. Fritz riet ihr, sie solle sich an seinen Vater wenden, doch darin hätte Margarethe ein Zeichen der Schwäche gesehen, und sie wusste, dass Alfred es ebenso betrachtet hätte. Eine Schwiegertochter sollte sich nicht ausweinen, sondern ihren rechtmäßigen Platz einnehmen.

Und so bestellte Margarethe sich den großspurigen Hausmeister ins Gartenhaus ein. Mochte er sich auch wie der kleine Hausherr fühlen, einer offiziellen Vorladung der jungen Frau Krupp konnte er sich nicht entziehen. Margarethe empfing ihn im Büro ihres Gatten, hinter dem Schreibtisch sitzend, und sie hatte dafür gesorgt, dass weit und breit kein zweiter Stuhl stand, sodass er stehen musste und gar nicht erst in die Versuchung kam, sich wie ein Gleichgestellter zu setzen. Zwar wäre das ein Affront gewesen, aber Margarethe wollte kein Risiko eingehen, dazu kannte sie diesen Mann zu wenig, und das wenige, das sie selbst erlebt hatte, genügte ihr.

»Sie wollten mich sprechen, Frau Krupp?«, fragte der Hausmeister, während er mit durchgedrücktem Rücken und soldatischer Haltung vor ihr stand. Nie zuvor hatte sie die Gelegenheit gehabt, ihn so genau zu betrachten. Ein Mann von Mitte vierzig, dem es gelungen war, sich aus einer armen Familie durch Fleiß und ein gewisses Maß an Bauernschläue und der Fähigkeit zu Intrigen hochzuarbeiten. Eigentlich etwas, das sie bewundert hätte, wenn er sich ihr gegenüber loyal gezeigt hätte, anstatt einen unerfreulichen Kleinkrieg zu beginnen. Was mochte er wohl von ihr denken, dass sie hier hinter dem Schreibtisch ihres Mannes saß? Hielt er es für anmaßend, oder verwirrte es ihn? Seiner Miene war nichts anzusehen, sie war unbeweglich wie die eines Kriegsherrn bei Verhandlungen mit dem Feind.

»So ist es. Ich denke, es ist wichtig, einige Dinge klarzustellen.« Sie vermied es, ihn beim Namen zu nennen. Im Geiste war er immer »der Hausmeister« gewesen, und sie sah keinen Grund, das zu ändern.

»Mir ist aufgefallen, dass Sie Ihre Arbeit nicht mit der Sorgfalt ausüben, die in einem großen Haushalt wie dem unsrigen zu erwarten wäre«, fuhr sie fort. »Als Hausmeister ist es Ihre Aufgabe, dafür zu sorgen, dass alles reibungslos abläuft. Ich habe hier eine Liste anfertigen lassen, auf der alle Fehler der letzten Wochen aufgeführt sind.« Sie reichte ihm das Blatt. »Ich erwarte, dass so etwas künftig nicht mehr passiert und Sie sich darum persönlich kümmern.«

»Mit Verlaub, dafür ist Ihr Personal verantwortlich, Frau Krupp. Ich bin für die Villa Hügel zuständig.«

»Sie stehen an der Spitze der Hierarchie des Personals und erhalten dafür ein Gehalt, das dem eines Generaldirektors in nichts nachsteht. Sie tragen die Verantwortung für das gesamte Hauswesen. Bitte schieben Sie nicht Untergebene vor.«

»Ich unterstehe Herrn Krupp persönlich.«

»Sie unterstehen dem Haushalt der Familie Krupp«, verbesserte Margarethe ihn. »Und ich glaube nicht, dass mein Schwiegervater darüber erfreut ist, wenn sein Hausmeister seine Arbeit nicht auch zur Zufriedenheit seiner Schwiegertochter erledigt. Sie wissen sehr gut, dass Sie als Angestellter des Hauses Krupp besonderen Ansprüchen zu genügen haben. Genau das erwarte ich von Ihnen.«

»Ich werde mit Herrn Krupp darüber sprechen.«

»Sie werden umgehend tun, was ich Ihnen gesagt habe, anstatt den Herrn Direktor mit solchen Lappalien zu belasten!« Margarethe schlug mit der flachen Hand auf den Schreibtisch. Der Hausmeister zuckte zusammen. »Und sollten Sie sich dieser freundlichen Anweisung verweigern, sind Sie nicht der geeignete Mann für die Position des Hausmeisters.«

»Darüber entscheidet der Herr Direktor«, versuchte der Hausmeister es ein letztes Mal.

»Sehr richtig. Und er wird immer im Sinne des Ansehens seines Hauses entscheiden, das Sie mit Füßen treten, wenn Sie sich aufspielen, als stünden Sie über mir. Merken Sie sich das. Ich erwarte von Ihnen ab sofort uneingeschränkte Loyalität und sofortiges Umsetzen meiner Anordnungen. Sollte das nicht der Fall sein und sollten Sie weiter versuchen, mit Unachtsamkeit oder Vorsatz für Unruhe in meinem Haushalt zu sorgen, dann verspreche ich Ihnen, dass Sie hier die längste Zeit der Hausmeister waren. Es liegt ganz an Ihnen, ob wir beide in Zukunft gut miteinander auskommen und Sie auch noch nach dem Generationenwechsel in diesem Haus tätig sein dürfen oder ob Sie Ihr Blatt überreizen. Da ich weiß, dass Sie liebend gern abends einen guten Skat spielen, bin ich mir sicher, dass Sie mich verstanden haben.«

Die Mundwinkel des Hausmeisters zitterten. Es war nur eine kurze Regung, er hatte sich sofort wieder im Griff, aber Margarethe wusste, dass sie gewonnen hatte und dass sein kurz darauf zackig hervorgebrachtes »Jawohl, Frau Krupp« ernst gemeint war.

»Vielen Dank, das war es. Sie dürfen sich wieder an Ihre Arbeit machen.«

Als er aus der Tür war, atmete Margarethe tief durch. Liebenswürdigkeit mochte für Frauen eine Tugend und eine Zier sein, aber Strenge an der rechten Stelle machte eine gute Familienmutter aus. Sie legte eine Hand auf ihren flachen Bauch. Ach, wenn es doch nur bald so weit wäre, dass sie ein eigenes Kind erwarten durfte. Zu schade, dass Strenge bei einem Ehemann wie Fritz genauso wenig wie liebevolle Zuneigung bewirkte. Was das intime Eheleben anging, blieb ihr Mann ihr ein Rätsel.

Dafür lernte sie ihren Schwiegervater in dieser Zeit deutlich besser kennen. Insgeheim hoffte sie noch immer, sie könnte eine Versöhnung zwischen ihm und Bertha vermitteln, aber nachdem er ihr einmal recht harsch zu verstehen gegeben hatte, dass er Berthas

Namen nicht mehr in seinem Haus hören wolle, hatte sie nachgegeben. Es brachte nichts, sich ihm im offenen Kampf entgegenzustellen. Das hatte Bertha schließlich versucht und war kläglich gescheitert. Nein, wenn sie die richtige Art finden wollte, wie sie Alfred Krupp zu nehmen hatte, war es wichtig, ihn erst einmal besser kennenzulernen. Und am einfachsten war es, über seine Ahnenreihe ins Gespräch zu kommen. Bereits als Gouvernante der Prinzessin Alexandra hatte Margarethe gelernt, wie wichtig es für die Kinder des Hochadels war, alles über ihre Vorfahren zu wissen. Und da Alfred Krupp der mächtigste Vertreter des Geldadels war, konnte es nicht schaden, bestimmte Umgangsformen einfach zu übertragen.

Tatsächlich schien er sich über Margarethes Interesse sehr zu freuen und erzählte stolz von seinem Vater, der die Firma gegründet hatte, mit nichts in der Tasche als einem Traum von einem besonders gehärteten Stahl. »Natürlich hatte er das Glück, dass seine Familie einiges an Kapital besaß«, sagte er. »Allerdings war das sehr schnell aufgebraucht. Ein schwächerer Mann hätte womöglich lamentiert und darüber geklagt, dass sein Lebenswerk verloren sei, aber mein Vater war findig genug, neue Geldgeber aufzutun und sich seinen Traum zu erfüllen. Auch wenn es nicht immer leicht war und sein viel zu früher Tod und unzuverlässige Geschäftspartner mir am Ende ein sehr schmales Erbe hinterließen.«

»Du warst erst vierzehn Jahre alt, als er starb«, ergänzte Margarethe und kam sich ein wenig so vor, als stünde sie im Examen. »Und deine Mutter Therese hat die Firma dann bis 1848 fortgeführt und am Leben erhalten, denn als dein Vater starb, hatte sie nur noch vier Mitarbeiter und zehntausend Taler Schulden.«

»Ich sehe schon, du hast dich wirklich mit unserer Familiengeschichte beschäftigt.« Alfred lächelte sie wohlwollend an. Das Lächeln nahm seinem sonst so ernsten, weißbärtigen Gesicht etwas die Strenge. In diesem Moment konnte Margarethe sich sogar vorstellen, dass dieser häufig so unnahbar erscheinende Mann ein guter Großvater sein könnte. Ja, wenn sie denn endlich schwanger würde … hastig verdrängte sie den Gedanken.

»Ich versuche, mich der Familie würdig zu erweisen, so wie die Ehefrauen der Krupps in den früheren Jahren«, erwiderte Margarethe sein Lächeln. »Deine Urgroßmutter Amalie Krupp übernahm das Kolonialwarengeschäft nach dem frühen Tod ihres Mannes und ermöglichte deinem Vater dadurch den Besuch einer höheren Schule und auch das Startkapital für sein Unternehmen. Wegen der napoleonischen Kriege gab es eine Ausfuhrsperre von englischem Gussstahl, und dein Vater träumte davon, selbst solchen Stahl herzustellen. Doch als es ihm endlich gelungen war, war die Kontinentalsperre bereits aufgehoben, und die guten Geschäfte blieben aus.«

»Genau so war es. Meine Mutter war ebenfalls eine tatkräftige Frau, und ohne sie hätte ich als Vierzehnjähriger das Erbe nicht antreten können. Dennoch habe ich mir schon früh Gedanken gemacht, welche Produkte aus deutschem Stahl wohl am nutzbringendsten für unser Volk wären. Und den Grundstein legten nicht die Waffen, das kam erst später. Aber ich nehme an, du weißt auch, was mein erster Erfolg war, oder?« Sein Lächeln erinnerte sie ein wenig an Fritz, wenngleich Alfred immer die ihm eigene, strenge Würde ausstrahlte. Ob er diese Unnahbarkeit auch ohne den auffälligen weißen Bart vermittelt hätte? Hätte er dann mehr wie Fritz ausgesehen, etwas verträumter und zugänglicher? Seine Augen ließen zumindest darauf schließen.

»Es waren nahtlose Radreifen für den Ausbau der Eisenbahn«, beantwortete sie die Frage. »Sie waren allen anderen Produkten in der Qualität überlegen, und das war der Grundstein für den späteren Erfolg.«

»Genau«, bestätigte Alfred zufrieden. »Ein Familienbetrieb wie der unsrige ist mehr als eine Firma. Es ist ein Lebenstraum über mehrere Generationen. Wir stellen nicht nur Stahl her, wir bieten dem Käufer auch gleich die Produkte an, die aus unserem Stahl entstehen können. Das Beispiel meines Vaters diente mir stets als Mahnung. Er hatte einen Traum, aber er kam nicht über Schneidwerkzeuge hinaus und wollte lediglich den englischen Stahl ersetzen. Das Ende der Blockade versetzte seinen Plänen den Todesstoß. Möglicherweise hätte er sich aufgerappelt, wenn er nicht so früh verstorben wäre. Denn der wahre Reichtum unserer Familie liegt in unserem Erfindergeist.«

»Und darin, dass die Krupp'schen Männer meist Frauen geheiratet haben, die bereit waren, selbst Verantwortung zu übernehmen«, gab Margarethe keck zurück. Alfred runzelte die Stirn, und schon fürchtete sie, es übertrieben zu haben, doch dann lachte er. »Vielleicht hätte ich nicht so lange mit meiner Einwilligung in diese Ehe warten sollen«, sagte er. »Du scheinst mir tatsächlich den rechten Geist mitzubringen. Aber eigentlich wusste ich das schon, als du allein gegen den Willen deiner Mutter nach England aufgebrochen bist, um dort Gouvernante zu werden.«

»Als du mir den Unterschied zwischen einem Dienstboten und jemandem, der in Diensten steht, erklärt hast«, erinnerte sie an das Gespräch. Er nickte, sagte aber nichts. Ob er wohl an seine Frau dachte? Daran, dass sie von Anfang an so gedacht hatte? Am liebsten hätte Margarethe ihn gefragt, aber zu sehr erinnerte sie sich an seine barsche Ansage, niemals wieder ihren Namen auszusprechen. Und so schwieg sie, um kein Öl ins Feuer zu gießen. Er war ein intelligenter Mann, vielleicht kam er irgendwann selbst darauf. Zumindest hoffte sie das sehr.

Obwohl Margarethe sich darum bemühte, ihrem Schwiegervater näherzukommen, und das Gefühl hatte, sich langsam seinen Respekt zu verdienen, blieb er ihr ein Mysterium. Zweifelsohne war er genial, was die Innovationen seiner Fabrik anging, und er hatte nach wie vor ein Händchen dafür, die wichtigsten europäischen

Persönlichkeiten um sich zu versammeln, Könige und Fürsten, die mit dem Hause Krupp Handel treiben wollten.

Einer der ersten fürstlichen Besuche, die Margarethe im Hause miterlebte, war der Besuch des Kronprinzen von Portugal, kurz nachdem die Umbauarbeiten in der Villa Hügel abgeschlossen waren. Da Fritz in Braunschweig weilte, hatte Margarethe als Schwiegertochter die Rolle der Gastgeberin neben dem Hausherrn übernommen. Alle hatten sich in angemessener Kleidung im Salon versammelt, um den hohen Gast zu empfangen. Alfred hatte sogar seinen Frack angelegt, obwohl er oft über die Unbequemlichkeit dieses Kleidungsstückes klagte. Doch er wusste, was von ihm erwartet wurde.

Dann betrat der portugiesische Kronprinz den Saal, und Margarethe bemerkte, noch ehe sie den jungen Mann richtig gemustert hatte, wie die Miene ihres Schwiegervaters gefror. Was missfiel ihm? Sie betrachtete den königlichen Gast genauer. Dom Carlos war gerade zwanzig Jahre alt und wirkte weniger wie ein feuriger Südländer, sondern mit seinem dunkelblonden Haar und dem Schnurrbart vielmehr wie ein Deutscher, der dem deutschen Kronprinzen glich. Doch das war es nicht, was Alfred so erschütterte, denn er wusste ja, dass die portugiesische Königsfamilie deutsche Wurzeln hatte. Vielmehr wirkte der junge Mann, als sei er geradewegs vom Reitplatz gekommen, mit schmutzigen Stiefeln und einer staubigen Jacke. Alfreds eisiger Blick, der ihn demonstrativ einmal von oben nach unten und dann von unten nach oben musterte, zeigte Wirkung. Der Kronprinz senkte verlegen die Lider. »Ich dachte, es sei ein zwangloses Abendessen«, sagte er. »Deshalb habe ich bequeme Kleidung vorgezogen.«

»Nun, dann wollen wir es uns auch bequem machen«, erwiderte Alfred. »Bitte entschuldigen Sie mich einen Moment, Hoheit. Meine Schwiegertochter wird Sie zu Tisch geleiten.«

Margarethe sah ihren Schwiegervater irritiert an, war sich dann aber sofort wieder ihrer Pflichten als Gastgeberin bewusst. Der Kronprinz kam ihr reichlich ungeschliffen vor, und sie fragte sich, wie die Erziehung am portugiesischen Königshof wohl aussah. Oder glaubte er gar, bei Bürgerlichen könne er sich gehen lassen?

»Habe ich einen schlechten Eindruck gemacht?«, raunte er ihr verlegen zu. Sein Deutsch war ausgezeichnet.

»Mein Schwiegervater ist in seinem Metier ein Genie, und die Wege eines Genies sind unergründlich«, erwiderte Margarethe ausweichend. Kurz darauf kehrte Alfred in seinem Morgenrock zurück und nahm am Tisch Platz.

»Ich bin ein alter Mann«, sagte er. »Ich habe es gern bequem, und Sie haben mich gerade daran erinnert, dass es ja ein zwangloses Abendessen sein soll, nicht wahr?«

Margarethe verschlug es beinahe den Atem! Im Morgenrock zu einem formellen Abendessen als Antwort auf die staubige Kleidung seines Gastes. Auch der Kronprinz wirkte irritiert, ja sogar ein wenig verärgert. Kein Wunder, dachte Margarethe. Er hat ihn bloßgestellt, ohne ein Wort zu seiner Aufmachung zu verlieren.

Während das Essen serviert wurde, herrschte zunächst eine bleierne Stille. Der junge Mann aus königlichem Hause wusste nicht so recht, wie er sie überspielen sollte, und Alfred hatte nicht das geringste Interesse daran, ihm irgendwie entgegenzukommen. Schließlich wollte der König von Portugal etwas von ihm, und wenn er ihm seinen ungeschlachten Sohn vorbeischickte, war das ebenfalls ein Affront.

»Ich bewundere Sie, Hoheit, ebenso wie meinen Schwiegervater«, brach Margarethe schließlich das Schweigen. »Sie beherrschen beide perfekt die Kunst, in einem formellen Abendessen so etwas wie familiäre Vertraulichkeit aufkommen zu lassen. Ganz so wie der Sohn, der erhitzt von der Jagd kommt, seinem Großvater, der es sich im Morgenrock bequem gemacht hat, Gesellschaft leistet.«

»Ich pflichte meiner Schwiegertochter bei«, sagte Alfred. »Aber ich hoffe, Sie werden darauf verzichten, mich Großvater zu nennen, Hoheit. Ich bleibe Herr Krupp für Sie.«

Der Kronprinz stutzte kurz, wusste nicht so recht, wie er darauf reagieren sollte, doch dann fing er Margarethes stummes Lächeln auf und lachte seinerseits. »Ich schätze Ihren Humor«, sagte er. »Und ich möchte nochmals um Verzeihung für meinen ungebührlichen Auftritt bitten. Ich werde mein Personal instruieren, mich künftig besser auf derartige Begegnungen vorzubereiten.«

»Das wäre wünschenswert«, erwiderte Alfred, und damit war der Affront offiziell vergessen, auch wenn die Geschichte durch das anwesende Personal heimlich weitergetragen und auch später immer wieder als Anekdote zum Besten gegeben wurde.

17

Mit dem abgeschlossenen Umbau der Villa Hügel und Alfreds Rückkehr in seine privaten Gemächer endete auch die Zeit von Fritz und Margarethe im Gartenhaus. Sie bezogen nun das Kleine Haus, wie das Logierhaus auch genannt wurde. Klein war es allerdings nur im Vergleich zur Villa Hügel, die es mit jedem königlichen Palast aufnehmen konnte. Die Zahl der Dienerschaft erhöhte sich, was nicht nur mehr Komfort, sondern auch mehr Arbeit mit sich brachte, das Hauswesen im Blick zu behalten. Glücklicherweise hatte sich der Hausmeister ihre Worte zu Herzen genommen und den Kleinkrieg beendet. Erst jetzt begriff Margarethe, was ihr Schwiegervater an diesem Mann schätzte, denn er war tatsächlich in der Lage, den Überblick über Hunderte von Dienstboten aller Art zu bewahren. Alles musste wie am Schnürchen laufen, und dafür war ein tüchtiger Hausmeister notwendig, bei dem all diese Schnürchen zusammenliefen, um sie bei Bedarf ziehen zu können. Margarethe war klug genug, das Ende des Kleinkriegs mit Wohlwollen und kleinen Gratifikationen zu belohnen und sich in der gleichen Weise wie ihr Schwiegervater Respekt zu verschaffen. Denn das beherrschte Alfred meisterlich: die rechte Mischung aus Strenge und Fürsorge. Manchmal hatte sie den Eindruck, er könne sich besser in seine Stahlarbeiter hineinversetzen als in den eigenen Sohn.

Nach Abschluss seines Studiums war Fritz nun wieder häufiger auf dem Hügel. Aber glücklich war er nicht. Immer noch galt er für die übrigen Geschäftsführer als der junge Chef ohne eigenen Geschäftsbereich. Margarethe riet ihm, sich nicht darüber zu grämen, sondern lieber die Freiheit zu nutzen, die sich ihm bot, um Projekte voranzutreiben, die ihm am Herzen lagen. Und so ließ Fritz ein zweites Labor unter der Leitung eines seiner Braunschweiger Professoren errichten, um mit verschiedenen Stahllegierungen zu arbeiten. Welchen Einfluss hatte beispielsweise der Zusatz von Wolfram oder Nickel? Wie veränderte sich der Stahl? Welchen Unterschied machten unterschiedliche Mischungsverhältnisse? Wenn Fritz mit seinen wissenschaftlichen Mitarbeitern diskutierte, war er ganz in seinem Element. Margarethe freute sich, wenn er ihr mit leuchtenden Augen von seinen neuen Ergebnissen berichtete. Dies war vermutlich der richtige Weg, seine Stärken zu fördern, und sie fragte sich, ob genau das auch der Grund gewesen war, warum sein Vater ihn zu einem Geschäftsführer ohne eigenes Ressort gemacht hatte.

Je länger sie mit Fritz verheiratet war, umso weniger Illusionen machte sie sich über ihn. Sie ertappte sich sogar immer wieder dabei, die Skepsis seines Vaters zu verstehen, auch wenn sie ihm das nie verraten hätte. Fritz war ein liebenswürdiger und intelligenter Mensch. Die Gespräche mit ihm waren stets erfrischend, und sie schätzte seine Gegenwart. Aber zugleich wich er Problemen im Privatleben gern aus. Konnte er sich auch stundenlang in seinem Labor aufhalten, um an einem Experiment zu feilen, so mied er private Aussprachen, deren Ausgang er fürchtete. Seinem Vater ging er so aus dem Weg und mittlerweile auch Margarethe, sobald sie das Thema Kinder ansprach. Sie kannte seine Ausflüchte inzwischen zur Genüge. Seine Gesundheit, die Arbeit oder irgendein wichtiger Termin. Er war ausgesprochen findig, dem Ehebett zu entfliehen. Obwohl Margarethe Diskretion bewahrte, ließ sich nicht viel in einem Haushalt mit großem Personal verbergen, und so kam eines Tages der Zeitpunkt, als Alfred seine Schwiegertochter in einem ihrer persönlichen Gespräche recht direkt nach dem Projekt Firmenerbe befragte.

»Der beste Stahlofen kann nichts produzieren, wenn der Stahlwerksarbeiter ihn nicht regelmäßig beschickt«, gab sie lapidar zurück, auch wenn ihr das Thema entsetzlich peinlich war.

Alfred seufzte. »Nun ja, da kommt er wohl in vielerlei Hinsicht nach seiner Mutter.« Es war das erste Mal, dass Alfred Bertha erwähnte. Margarethe überlegte, ob sie das in irgendeiner Weise nutzen konnte, um im Gespräch über seine Ehe zu bleiben, aber schon sein nächster Satz verriet ihr, dass es zwecklos war. »Manche Menschen sind so liebenswert und verzaubern uns so sehr, dass wir ihnen ihre Fehler nachsehen, bis es beim besten Willen nicht mehr geht. Wo wahre Stärke fehlt, wird mit Liebesentzug gedroht, anstatt Positionen auszukämpfen, wie es gestandene Persönlichkeiten tun.«

Margarethe fiel auf, dass er vom Neutrum sprach, nicht von Männern oder Frauen im Allgemeinen, und da begriff sie, was er sowohl ihrer Schwiegermutter als auch seinem Sohn vorwarf. Auch Bertha war oft leidend gewesen, das war unbestreitbar. Ebenso wie Fritz' gesundheitliche Probleme, die ihn in lebensbedrohliche Zustände bringen konnten. Aber auch in guten Zeiten nutzte er die Macht der Krankheit, denn wer würde einem Leidenden schon etwas zumuten, das seinem Zustand abträglich war? Hatte Bertha ihrem Gatten gegenüber genauso gehandelt? Es hieß immer, ihr Gesundheitszustand sei schuld daran, dass sie nur einen Sohn hatten. War es tatsächlich die Gesundheit, oder hatte das Ausbleiben weiterer Schwangerschaften bei Bertha die gleichen Ursachen wie bei ihr? Nur mit dem Unterschied, dass Bertha dem Ehebett mit Hinweis auf ihre schwache Konstitution ebenso häufig ferngeblieben war wie Fritz?

Auf einmal erschienen ihr die Vorgänge im Hause Krupp deutlich komplexer. Hatte sie sich anfangs noch vollständig mit ihrer

Freundin Bertha solidarisiert, die alles in die Waagschale geworfen hatte, um ihrem Sohn die Ehe mit ihr zu ermöglichen, so sah sie Berthas Auszug nun in einem etwas anderen Licht. Vermutlich war die Ehe längst zerrüttet gewesen. Bertha hatte sich oft beklagt, dass Alfred mehr Zeit mit seiner Firma verbrachte als mit ihr. Aber vielleicht war er auch nur demütigenden Zurückweisungen auf anderer Ebene aus dem Weg gegangen.

Auch Fritz' langjähriges Werben bekam nun eine andere Qualität. Sie hatte sich anfangs geschmeichelt gefühlt, dass ihr Seelengefährte so sehr um sie kämpfte. Aber vielleicht hatte er gar nicht um sie gekämpft, sondern nur versucht, den gesellschaftlichen Anforderungen durch die für ihn angenehmste Ehe nachzukommen – durch die Ehe mit einer Frau, die schon als alte Jungfer galt und ihn deshalb sexuell nicht überfordern würde. Ja, die ihn womöglich gar nicht fordern würde. Zu dumm nur, dass es keine unbefleckte Empfängnis im normalen Alltag gab.

»Kannst du mir einen Rat geben?«, fragte Margarethe schließlich. »Denn ich wünsche mir nichts mehr als Kinder. Das war immerhin auch der Grund, warum ich mein selbstständiges Leben aufgegeben habe.«

»Ich dachte, das wäre die Liebe zu Fritz gewesen. So hat er es immer dargestellt.«

»Die Liebe zu Fritz war der Grund, dass ich ihn geheiratet habe«, erwiderte Margarethe. »Aber die Tatsache, dass ich überhaupt eine Ehe eingegangen bin, lag darin begründet, dass nur eine Ehefrau auf ehrbarem Weg Mutter werden kann. Ich musste mir überlegen, ob ich dauerhaft für die Kinder anderer Familien sorgen will oder irgendwann eigene haben möchte. Ich habe mich für das Zweite entschieden.«

»Dann solltest du darum kämpfen, so wie du um diese Ehe gekämpft hast, ehe sie geschlossen wurde.«

»Aber wie, ohne den Boden der Schicklichkeit zu verlassen?«, fragte sie und wunderte sich zugleich, dass sie es wagte, derart heikle Themen mit ihrem Schwiegervater zu diskutieren. Und doch kam es ihr wie das Normalste von der Welt vor, zumal Alfred auch keinen Anstoß daran nahm.

»Mit Beharrlichkeit«, erwiderte er. »Wenn die Flucht anstrengender wird, als sich den Pflichten zu ergeben, wird Fritz sich seinem Schicksal fügen. So war das schon immer.«

Über diese Worte musste Margarethe noch lange nachdenken, denn sie verrieten viel sowohl über den Charakter ihres Mannes als auch den seines Vaters. Alfred erlebte alles, was sein Sohn an eigenständigen Ideen hatte, als Flucht vor der Verantwortung. War er deshalb so sehr gegen sein Studium gewesen? Weil er befürchtete, es ginge dem Sohn nicht ums Lernen, sondern um die Flucht vor der Verantwortung? Damit tat er Fritz mit Sicherheit unrecht, denn gerade das, was er in Braunschweig gelernt hatte, setzte er jetzt gekonnt zum Wohl der Firma ein. Dennoch passte das Bild von der Flucht, denn Fritz floh tatsächlich regelmäßig vor allem, was ihn seelisch belastete. Mathematische oder physikalische Fragestellungen konnte er mit Leichtigkeit lösen, aber er wollte sich nicht mit menschlichen Problemen auseinandersetzen, die man nicht durch einen kurzen Griff zum Scheckbuch beseitigen konnte.

Sie seufzte. Eine Lösung, wie sie ihn häufiger in ihr Bett bekommen könnte, hatte sie leider noch immer nicht gefunden.

Und so verging die Zeit im täglichen Einerlei. Margarethe gewöhnte sich an ihre Rolle im Krupp'schen Haushalt, gestaltete ihrem Mann ein schönes Heim und nutzte die vielfältigen Möglichkeiten, die der große Besitz bot. Sie spielte Tennis, unternahm Ausfahrten mit der Droschke, und sie lud ihre Geschwister regelmäßig ein, damit sie ihr Gesellschaft leisteten. Besonders gern hatte sie ihren zwei Jahre jüngeren Bruder Felix um sich, der sich als Maler mittlerweile einen guten Ruf erarbeitet hatte und von seiner Kunst leben konnte. Er kam gern zum Malen vorbei, und auch

Fritz schätzte den Schwager, der zu jedem der zahlreichen Gesprächsthemen etwas Intelligentes beitragen konnte. An den Abenden, die sie gemeinsam im Kleinen Haus mit Felix verbrachten, fühlte Margarethe sich rundum glücklich und vergaß für eine Weile auch den Kummer um die ausbleibende Mutterschaft.

18

Im Herbst 1885 stellte Margarethe fest, dass sie endlich schwanger war. Fritz war so stolz, als wäre er schon Vater, und Alfred überglücklich, dass er nun bald einen Erben zu erwarten hatte.

»Und wenn es eine Tochter wird?«, fragte Margarethe vorsichtig.

»Ein männlicher Nachfolger wäre mir zwar lieber«, erwiderte der werdende Großvater, »aber das Bürgertum hat im Gegensatz zum Hochadel die Möglichkeit, auch eine Frau ohne größere Probleme als Haupterbin einzusetzen, wenn sich kein weiterer Sohn einstellt. Allerdings hätte sie es weitaus schwerer als ein Mann.«

»Tatsächlich?« Margarethe sah ihren Schwiegervater mit einem kecken Augenaufschlag an. »Die Krupp'schen Frauen haben schon oft ihre Stärke bewiesen. Insofern kann es nur gut werden, ganz gleich, welches Geschlecht das Kind hat.«

Alfred zog die Brauen hoch, sagte aber nichts. Und Margarethe wusste, dass er trotz allem auf einen Sohn hoffte, denn nur ein Sohn konnte den Familiennamen Krupp weitergeben, der ihm so wichtig war.

Das Weihnachtsfest stand in diesem Jahr ganz unter dem Einfluss von Margarethes Schwangerschaft. Sie bekam wieder Besuch von ihren Geschwistern und viele Geschenke für den zu erwartenden Nachwuchs. Nur ein Wermutstropfen hing über der ansonsten wunderbaren Feier: Ihre Schwiegermutter Bertha war nach wie vor unerwünscht. Margarethe fragte sich, ob es wohl anders gewesen wäre, wenn sie unmittelbar nach ihrer Hochzeit schwanger geworden wäre. Damals, als die Wunden noch frisch waren und ein solches Ereignis wie eine lindernde Salbe gewirkt hätte. Inzwischen brachte bereits die bloße Erwähnung des Namens Bertha ihren Schwiegervater zum Stirnrunzeln, ganz so, wie ein Witterungsumschwung alte Kriegswunden schmerzen lässt.

Als Margarethes Schwangerschaft sich im März ihrem Ende näherte, erhielt sie unerwarteten Besuch von ihrer Mutter. Eleonore erklärte, sie wolle ihrer Tochter in der schweren Zeit beistehen. Margarethe war unsicher, was sie davon halten sollte. Es wäre ihr viel lieber gewesen, wenn ihre Schwiegermutter angereist wäre, aber Bertha hatte keine Kraft mehr zum Kämpfen. In einem ihrer letzten Briefe hatte sie ihr anvertraut, dass sie unter einer schweren Nierenerkrankung litt und der Arzt daraufhin strikte Ruhe verordnet hätte. Als Margarethe mit Fritz darüber sprach, war der zwar besorgt um seine Mutter, aber er wagte es nicht, das Thema dem Vater gegenüber zu erwähnen.

»Ich will keinen Zank im Haus, so kurz vor deiner Niederkunft«, sagte er. »Das könnte unserem Kind schaden.«

Margarethe nickte, obwohl sie es als eine seiner üblichen Ausreden erkannte, um einem Konflikt mit seinem Vater aus dem Weg zu gehen.

»Dafür musst du mir etwas versprechen, Fritz. Falls es ein Mädchen wird, möchte ich sie nach deiner Mutter benennen. Ganz gleich, was dein Vater dazu sagt.«

Er sah sie unsicher an. »Du weißt, dass er den Namen Bertha nicht mehr in seinem Haushalt hören will.«

»Und du weißt, dass es in eurer Familie üblich ist, die Kinder nach ihren nächsten Angehörigen zu benennen. Du trägst ja sogar die Namen deines Großvaters und deines Vaters, Friedrich Alfred.« Sie betonte jede Silbe seines vollen Namens und sah ihn trotzig an. »Wenn es ein Mädchen wird, dann wird es Bertha heißen.«

»Aber wenn es ein Sohn wird, nennen wir ihn Alfred«, erwiderte

Fritz. Margarethe durchschaute sofort, was er damit bezweckte. Natürlich würde er seinem Vater nur erzählen, dass sie ihren Sohn nach ihm benennen würden und darüber hinweg die Wahl des Mädchennamens verschweigen.

»Dann ist es abgemacht? Du sagst es deinem Vater?«

»Wir müssen ihm die Wahl des Mädchennamens ja erst offenbaren, wenn es wirklich ein Mädchen wird«, sagte Fritz.

Margarethe unterdrückte einen Seufzer. Sie kannte Fritz wirklich viel zu gut.

»Ja, machen wir es so«, gab sie nach.

Fritz nickte erleichtert, während Margarethe kaum merklich den Kopf schüttelte. Ihr Mann hatte das Sprichwort »Der Klügere gibt nach« so sehr verinnerlicht, dass er vermutlich der weiseste Mann auf dem ganzen Planeten war.

Insgeheim befürchtete Margarethe bei der Ankunft ihrer Mutter, sie würde sie mit Vorhaltungen und ungebetenen Ratschlägen überfluten, so wie es ihre Art war, aber zu ihrem größten Erstaunen war das Gegenteil der Fall.

»Die Geburt eines Kindes ist schwer«, sagte Eleonore, als sie mit ihrer Tochter gemeinsam im Salon bei einer Tasse Tee saß. Angesichts der fortgeschrittenen Schwangerschaft verzichtete Margarethe auf Kaffee, und ihre Mutter zeigte sich solidarisch in der Wahl ihrer Erfrischung. Noch etwas, das Margarethe neu war. »Aber es gibt nichts, was eine Frau nicht bewältigen kann«, fuhr ihre Mutter fort. »Jeder Schmerz ist vergessen, wenn man ein gesundes Kind im Arm hält, es zum ersten Mal lächeln sieht. Man will dann alles für dieses Wesen tun, es nie mehr loslassen.« Sie senkte den Blick. »Meine Mutter hat mich damals gewarnt, mich nicht zu sehr in das Kleine zu verlieben, denn oft genug nimmt der Herr sie wieder mit sich. Und so war es auch bei deinen beiden ältesten Geschwistern.« Margarethe sah die tiefe Traurigkeit in den Augen ihrer Mutter.

»Willst du mir den gleichen Rat geben?«, fragte sie unsicher.

»Nein, mein Schatz.« Ihre Mutter ergriff ihre Hände. »Du bist eine starke, reife Frau. Du wirst ein gesundes Kind zur Welt bringen, und es wird leben. Aus all meinen Kindern, die ich in meinen Zwanzigern zur Welt gebracht habe, ist etwas geworden. Siegfried ist ein erfolgreicher Offizier, du hast eine ausgezeichnete Partie gemacht, die dir erlaubt, dich selbst so zu entfalten, wie es deinem Geist entspricht. Felix ist ein anerkannter Maler, und deine Schwestern haben entweder gut geheiratet oder gute Stellungen.«

»Dann weißt du mittlerweile auch den Wert deiner Töchter zu schätzen und nicht nur den der Söhne?«, fragte Margarethe scherzhaft ihre Mutter, während sie ihre Hände auf ihrem riesigen Leib ruhen ließ.

»Ihr habt es mir nicht immer leicht gemacht«, erwiderte Eleonore. Sie griff nach ihrer Teetasse und rührte darin. »Siehst du, in den Söhnen, da kann sich eine Mutter selbst verwirklichen, sie kann stolz auf sie sein, denn das, was die Söhne erreichen, fällt letztendlich auf sie zurück. Die Töchter hingegen verlassen entweder das Haus und gehören dann zur Familie ihres Gemahls, oder sie enden als alte Jungfern, die sich als Dienstbotinnen oder exzentrische Weltreisende durchschlagen.«

Margarethe hob die Brauen. Ihre Mutter hatte eine seltsame Vorstellung vom Leben unverheirateter Frauen.

»Du meinst also, was eine Mutter in eine Tochter investiert, wird ihr nicht zurückgegeben, so wie es bei den Söhnen der Fall ist, die ihre Mutter vergöttern?« Ihr war bewusst, wie provokant ihr Ton war, aber sie konnte nicht anders.

»Nein«, widersprach Eleonore erstaunlich gelassen. »Es ist schwer für eine Mutter, die ihr Leben lang selbst in eine Rolle gepresst wurde, die Möglichkeiten zu sehen, die ihren Töchtern bleiben. Ihr seid allesamt in die Welt hinaus gereist, wurdet von eurem Vater vergöttert und durftet tun, was ihr wolltet. Für mich blieb kein Raum mehr, um selbst noch Luft zum Atmen zu finden. Also dachte ich mir, es sei das Richtige, wenn ihr auch die Konsequenzen tragt. Ihr wolltet selbstständig leben, dann aber auch ohne den Schutz der Glucke, die euch wärmt. Eine Frau muss immer in der Lage sein, alle Konsequenzen ihrer Entscheidung selbst zu tragen. Männer haben es da leichter. Im Zweifelsfall können sie nicht nur auf die Bande der Familie zählen, weil man ihnen mehr zutraut, sondern sie können auch eine starke Frau heiraten, die ihnen den Rücken freihält. Frauen sind in vielerlei Hinsicht das stärkere Geschlecht. Sie haben gelernt, sich zu zügeln und duldsam zu sein, aber die wichtigste Aufgabe der Menschheit obliegt ihnen – das Gebären der Kinder. Aber anstatt ihnen dafür die Anerkennung zu zollen, die sie verdienen, nutzen die Männer die Schwäche aus, die eine schwangere Frau auszeichnet. Sie geben sich nach außen hin als Beschützer, aber es geht ihnen in den seltensten Fällen um die Frau. Sie haben sie zu ihrem Brutkasten degradiert.«

Margarethe war erstaunt. Derartige Gedanken hätte sie von ihrer Mutter nicht erwartet, die nach außen hin immer so auf die Etikette und Würde achtete. Allerdings war ihre Mutter auch schon oft genug ins Fettnäpfchen getreten, sodass die feine Gesellschaft wiederholt über sie getuschelt hatte. Auf einmal begriff Margarethe, dass ihre Mutter nie wirklich irgendwo angekommen war. Geboren als Gräfin von Königsdorff war sie durch ihre Ehe mit dem Freiherrn August von Ende in der Adelshierarchie abgestiegen. Aber das hatte ihr keine Freiheit gebracht, sondern nur eine große Kinderschar. Was hätte aus dieser Frau mit ihrer künstlerischen Ader wohl alles werden können, wenn man sie nicht als Siebzehnjährige verheiratet und zur fortwährenden Mutterschaft bestimmt hätte?

»Bei dir und deinen Schwestern war ich stets hin- und hergerissen«, fuhr Eleonore fort. »Einerseits wollte ich euch alles geben, was ich nicht hatte, aber andererseits hatte ich immer wieder das Gefühl, ihr wüsstet die Güte nicht zu schätzen und ich hätte euch damit verdorben, dass ich euch nicht mit mehr Macht und Nachdruck passende Ehemänner gesucht habe, sondern euch erlaubte, eigene Wege zu gehen. Und dann dachte ich mir, gut, wenn sie es so wollen, dann sollen sie es auch allein durchstehen.« Sie atmete schwer. »Aber ich habe euch immer geliebt, auch wenn ich es euch auf eine andere Weise zeigte als meinen Söhnen. Denn die Liebe einer Mutter zu ihren Söhnen darf offen gezeigt werden, das ist die Übereinkunft. Vermutlich, weil die Männer es so wollen. Alle Frauen sollen immer nur für sie da sein, und eine gute Ehefrau ist auch immer eine Mutter für den Mann. Vermutlich suchen sich deshalb so viele Männer Geliebte, mit denen sie dann das ausleben können, was sie ihrer Mutter nicht zumuten mögen.«

Margarethes Erstaunen wuchs und wuchs. Hier offenbarten sich ja ganz neue Seiten ihrer Mutter, tiefe, ja nahezu ketzerische Einsichten.

»Ich wollte, dass du das weißt, Marga. Jetzt, wo du selbst zum ersten Mal Mutter wirst. Mir ist das erst viel zu spät bewusst geworden. Aber wenn du dir über diese Dinge von vornherein im Klaren bist, kannst du auch eine Tochter so erziehen, wie du es sonst nur einem Sohn angedeihen lassen würdest. Ihren Intellekt schulen und sie zu logischem Denken anhalten.«

»Das hatte ich ohnehin vor«, erwiderte Margarethe. »Dann glaubst du, es wird ein Mädchen?« Sie strich über ihren Leib und spürte einen festen Tritt in ihre Handfläche. Ein Lächeln huschte über ihre Lippen. Sie liebte es, ihr Kind auf diese Weise zu fühlen.

»Hat es sich bewegt?«, fragte Eleonore. Margarethe nickte, ergriff die Hand ihrer Mutter und legte sie auf die Stelle. »Das ist dein Enkelkind«, sagte sie dabei. Wie zur Begrüßung trat das Kind noch einmal, und über Eleonores Gesicht legte sich das gleiche selige Lächeln. »Weißt du, dass ich dich sehr lieb habe, Marga?«, sagte sie dabei. »Ich bin für dich da.«

Eine Welle der Wärme und Zuneigung durchfloss Margarethe.

Vielleicht würde die Geburt ihres Kindes ja auch das Wunder ermöglichen, dass sich Alfred und Bertha versöhnten.

Am 29. März 1886 brachte Margarethe ihr erstes Kind zur Welt. Die Zeit der Wehen und des Erwartens war qualvoll, aber sie hatte niemals das Gefühl, dass sie es nicht schaffen könnte. Neben der Hebamme war auch ihre Mutter bei ihr, und das gab ihr ein neues Gefühl der Verbundenheit. Dies war die Welt der Frauen, und ebenso, wie die Männer die Frauen oft aus ihrer Welt ausschlossen, mussten sie hier vor der Tür abwarten, bis das große Mysterium des Lebens seinen Abschluss gefunden hatte.

Margarethe schrie während der Presswehen, aber es waren keine Schmerzensschreie, sondern Schreie der Kraft und Anstrengung, so wie sie auch von Schwerstarbeitern ausgestoßen wurden. Der Schmerz wurde zu ihrem Verbündeten, verriet ihr, wann sie pressen musste und wann ihr die Zeit zum Atemholen blieb.

Dann war es geschafft.

»Ist es ein Junge?«, fragte Margarethe erschöpft, aber doch voller innerer Kraft.

»Es ist ein wunderschönes Mädchen«, sagte die Hebamme und zeigte ihr das Kind, bevor sie es wusch und wickelte.

»Ein Mädchen«, flüsterte Margarethe. Alfred würde vermutlich enttäuscht sein, und Fritz wird sich unwohl fühlen, wenn er dem Vater die Namenswahl verkündete. Aber all das war ihr in diesem Moment egal. Sie fühlte nur den unbändigen Stolz, das Glück, endlich das erreicht zu haben, wonach sie sich seit dem Tag der Hochzeit gesehnt hatte. Sie war Mutter! Sie hatte eine Tochter! Und vielleicht war es Schicksal, denn nun konnte sie an diesem Kind all das verwirklichen, was sie sich selbst als Tochter einer guten Familie gewünscht hätte. Selbst wenn sie später noch einem Sohn das Leben schenken sollte, so schwor sie sich, dass ihre Tochter niemals im Leben zurückstehen sollte, nur weil sie als Mädchen geboren worden war.

Zu ihrer Überraschung war Fritz kein bisschen enttäuscht, sondern voller Stolz, ganz so, als hätte die Vaterschaft ihm neue Kraft verliehen. Er nahm seine Tochter in die Arme und verkündete seinem eigenen Vater voller Stolz: »Das ist deine Enkeltochter Bertha.«

Alfred zuckte mit keiner Wimper, sondern nickte. Vermutlich hatte ihn der Anblick seiner entzückenden kleinen Enkelin milde gestimmt. Margarethe, die im Wochenbett lag, überlegte, ob dies der rechte Zeitpunkt wäre, auch ihre Namenspatin zu erwähnen, doch auch hier kam Fritz ihr zuvor. »Ich habe Mutter bereits telegrafiert«, sagte er im Beisein seines Vaters. »Allerdings ist sie derzeit zu krank, um zu kommen.«

Alfred deutete erneut ein Nicken an, sagte aber nichts. Und Margarethe fragte sich, ob er besorgt oder erleichtert war, dass seine Frau nicht kommen konnte.

Mit der Geburt der kleinen Bertha änderte sich Margarethes Leben von Grund auf. Sie erfreute sich an ihrem Kind, wenngleich sie etwas traurig war, dass sie nicht genügend Milch für das Kind hatte und eine Amme genommen werden musste.

Als Taufpatin wünschte Margarethe sich Herzogin Antoinette, die auch bereitwillig zusagte, die Patenschaft zu übernehmen, allerdings konnte sie aufgrund eines Trauerfalls nicht selbst an der Zeremonie teilnehmen. Stattdessen schickte sie Margarethes Schwester Martha, die ihr inzwischen als Zofe diente, als Stellvertreterin.

»Es ist doch wirklich erstaunlich, wie viel Zeit man mit so einem kleinen Wesen verbringen kann, obwohl es fast den ganzen Tag schläft«, sagte Margarethe nach der Zeremonie zu Martha.

»Ich kann es so gut verstehen«, erwiderte ihre Schwester. »Sie ist so goldig.« Sie strich dem Säugling über das Pausbäckchen. »Und sie war so brav und hat nicht einmal geweint.«

»Warum sollte sie? Es war ja nur ein bisschen Wasser. Davon hat sie jeden Abend viel mehr, wenn sie gebadet wird.«

Die Schwestern lachten gemeinsam und betrachteten die Kleine, die friedlich auf ihrem Taufkissen schlief. Ein Blick auf ihr süßes Kind genügte, um alle Sorgen zu vergessen.

Die ersten Frühsommertage verbrachte Margarethe gern mit dem Kinderwagen in Begleitung ihres neuen Kindermädchens Anneken Groshag im Park der Villa Hügel. Auch ihr Schwiegervater hatte einen Narren an seinem ersten Enkelkind gefressen, obwohl es ein Mädchen war und noch dazu den Namen Bertha trug.

»Sie ist eine wahre Schönheit«, sagte er immer wieder. »Wenn sie sechzehn wird, gilt es aufzupassen, dann kommen die ganzen Kavaliere, um ihr den Kopf zu verdrehen.«

»Wir werden schon darauf achten, dass sie sich den Richtigen aussucht«, erwiderte Margarethe.

»Das will ich hoffen. Für meine Enkelin soll nur der Beste gut genug sein. Und falls sie sich von einem Halunken verführen lässt, suche ich den als Geist heim, das kannst du später jedem potenziellen Freier sagen.«

»Lieber nicht, sonst traut sich keiner mehr, und Bertha wird eine alte Jungfer«, gab Margarethe lachend zurück. Sie freute sich, als Alfred in ihr Lachen einstimmte.

Fritz war von Anfang an ein strahlender Vater, aber das hinderte ihn nicht daran, auf ein Angebot des Fürsten Bismarck einzugehen, der ihn bedrängte, sich als Abgeordneten für den Reichstag aufstellen zu lassen.

»Bedeutet das, dass du noch häufiger auf Geschäftsreisen gehen musst?« Margarethe sah ihn zweifelnd an. Es war ein so friedliches, liebevolles Bild, wenn er seine kleine Tochter in den Armen wiegte. Warum konnte er diese Zeit nicht einfach genießen? Er war auch so schon oft genug auf Geschäftsreisen.

»Nun ja, das wird man sehen«, lautete seine ausweichende Antwort.

»Und was sagt dein Vater dazu?« Das war ihr letzter Trumpf,

denn sie wusste, dass Alfred nichts davon hielt, wenn sich Geschäftsleute in der Politik versuchten.

»Nun ja, er ist dagegen, aber ich denke, es ist für das Geschäft gut. Ich werde dort viele Kontakte knüpfen und große Aufträge an Land ziehen, gerade jetzt, wo die Marine so stark ausgebaut werden soll.«

»Und was hat Bismarck davon, wenn du im Reichstag sitzt?«

Fritz runzelte die Stirn.

»Was meinst du damit?«

»Will er deine Gefolgschaft, oder will er dich als Vorzeigekapitalisten gegen die Sozialdemokraten aufstellen, die ihm immer mehr Probleme bereiten?«

»Ich verstehe nicht ganz, was du mir damit sagen willst.«

»Tatsächlich nicht? Nun, dann solltest du dir wirklich überlegen, ob du in der Schlangengrube der Berliner Politik richtig aufgehoben bist. Bismarck hat es immer wieder bei deinem Vater versucht, aber der hatte gute Gründe, sich aus allem rauszuhalten.«

»Ich bin aber nicht mein Vater«, gab er zurück. »Du hast mir doch immer wieder gesagt, ich solle mich von ihm lösen und eigene Entscheidungen treffen. Und das ist meine Entscheidung, da kann mein Vater sagen, was er will.«

In seinem Blick war so viel Entschlossenheit, dass Margarethe nicht wusste, ob sie stolz auf ihn sein oder es beklagen sollte, dass er nun so wenig Zeit mit seiner kleinen Familie verbringen würde. Andererseits war ihr Vater auch als Reichstagsabgeordneter in Berlin gewesen, aber das hatte ihn nicht daran gehindert, so oft wie möglich bei der Familie zu sein. Möglicherweise könnte Fritz die Zeit der Abwesenheit auch mit anderen Geschäftsreisen verbinden, sodass es ihr kaum auffiel. Wenn es ihr zu einsam wurde, konnte sie immer noch ihre Geschwister einladen. Außerdem war sie froh, dass seine Gesundheit sich in den letzten Monaten so sehr stabilisiert hatte. Das lag unter anderem an seinem neuen Arzt Professor

Schweninger, der nichts davon hielt, Kranke zu verhätscheln, sondern sie auch bei schlechtem Wetter zu Bewegung an der frischen Luft anhielt.

Schon seltsam, dachte sie bei sich. Was wäre wohl aus ihm geworden, wenn er diesen Arzt schon als Knabe gehabt hätte? Hing sein neues Selbstvertrauen nicht nur mit seiner Rolle als Vater zusammen, sondern auch mit der verbesserten Gesundheit und dass er nun sogar ärztlicherseits dazu genötigt wurde, regelmäßig am Leben teilzunehmen? Sogar ihr intimes Eheleben nahmen sie bald nach Berthas Geburt wieder auf, und das ganz ohne den Zwang, einen Erben zeugen zu müssen, schließlich hatten sie eine kerngesunde Tochter, die Gnade vor den Augen des gestrengen Großvaters gefunden hatte.

Der einzige Wermutstropfen lag darin, dass ihre Schwiegermutter nach wie vor allein in Leipzig residierte und ihre schwere Nierenerkrankung vorschob, um keinen Zwist in die Familie zu tragen. Lieber hielt sie sich zurück und verzichtete auf das Kennenlernen ihrer Enkelin, als dass sie Margarethe gedrängt hätte, sich für sie zu verwenden. Auch einen Besuch Margarethes mit dem Kind wies sie mit Hinweis auf ihre Gesundheit, die dem Besuch nicht gerecht werden könnte, zurück. Zu dieser Zeit fragte Margarethe sich, ob Fritz diese weiche, ausweichende Art wohl von seiner Mutter geerbt hatte. Sie hatte Bertha früher nie so wahrgenommen, aber jetzt erkannte sie immer mehr Gemeinsamkeiten zwischen ihr und Fritz. Vor allem in Zeiten der Krankheit. Beiden wurde eine schwächliche Konstitution nachgesagt, die sie immer wieder stark einschränkte. Aber zugleich erschien es Margarethe, als hätten sie daraus auch die Stärke gezogen, ebendiese Krankheiten als Waffen zu nutzen, um eigene Standpunkte zu unterstreichen. Auf Leidende musste man Rücksicht nehmen, wenn man ihr Leiden nicht verschlimmern wollte. Auf Leidende durfte man nicht wütend sein, denn sie konnten ja nichts für ihre Einschränkungen. So gesehen, hatten Leidende eine ganz eigene Macht über Menschen, die sie liebten.

Allerdings hatte es zuletzt bei ihrem Schwiegervater nicht mehr verfangen. Möglicherweise lag es daran, dass Alfred mit sich selbst auch kein Mitleid kannte, wenn es ihm körperlich schlecht ging.

Und so blieb Margarethe mit diesem Zwiespalt zurück, und ihre Hoffnung, dass sich die Schwiegereltern an der Wiege des Enkelkindes versöhnen würden, zerbrach für immer …

19

Anfang 1887 bemerkte Margarethe, dass sie erneut schwanger war. Einerseits freute sie sich, dass Fritz' Zärtlichkeiten diesmal so schnell Früchte getragen hatten, andererseits fiel ihr diese zweite Schwangerschaft deutlich schwerer. Erst jetzt konnte sie vollständig die Leistung ihrer Mutter erfassen, die zwischen ihrem achtzehnten und neununddreißigsten Lebensjahr fast ständig schwanger gewesen war

Die Zeit der Erwartung wurde zudem getrübt, da Fritz viel auf Reisen war. So hatte er sich gegen den ausdrücklichen Rat seines Vaters als Reichstagsabgeordneter in Berlin aufstellen lassen. Margarethe war immer noch hin- und hergerissen zwischen dem Stolz auf ihren Mann, weil er sich endlich einmal durchgesetzt hatte, und der Skepsis, weil sie gerade in diesem Punkt ihrem Schwiegervater recht gab. Es war schon seltsam: Je länger sie mit Alfred Krupp unter einem Dach lebte, umso mehr konnte sie seine Sichtweise verstehen, auch wenn sie bei Weitem nicht immer seiner Meinung war und seine herrischen Ausbrüche verabscheute. Aber sie ließ sich niemals einschüchtern, hielt stets auf freundliche, diplomatische Weise gegen, weil sie gelernt hatte, dass dies am besten wirkte. Man musste Alfred nur mit vernünftigen Argumenten kommen. So galt es, sich in Alfreds Position hineinzuversetzen und dann zu erklären, warum etwas in seinem Sinne oder zum Nutzen der Firma notwendig war. Leider wurde der alte Mann immer launenhafter, je mehr sich Margarethes Schwangerschaft ihrem Ende näherte. Das Urgestein der Familie war nämlich ernsthaft erkrankt.

Als der unorthodoxe Professor Schweninger dem bettlägerigen Patriarchen recht energisch in Margarethes Beisein sagte, er solle sich zusammenreißen und aufstehen, erwiderte Alfred verärgert: »Wenn ich aufstehen könnte, dann würde ich nicht im Bett liegen!«

Der Arzt warf Margarethe einen irritierten Blick zu, doch sie senkte nur die Lider, um ein Nicken anzudeuten. Alfred war das Gegenteil seines Sohnes, er schonte sich wahrlich nicht.

»Dieser vermaledeite Quacksalber«, murmelte Alfred, nachdem der Professor gegangen war. »Hält mich für einen Simulanten, was für eine Frechheit!«

»Er hat es nicht so gemeint«, versuchte Margarethe ihren Schwiegervater zu beschwichtigen.

»Natürlich hat er das. Er denkt wohl, hier im Haus wären alle wehleidige Kranke. Aber nicht mit mir! Wenn ich nicht aufstehen kann, dann muss eben das Bett mobil werden.«

Margarethe räusperte sich, aber Alfred beachtete sie nicht weiter, sondern klingelte nach seinem Leibdiener.

»Ich verlange, dass Sie mir umgehend ein Bett auf Rollen anfertigen lassen!«

Der Diener starrte seinen Herrn irritiert an.

»Ein Bett … auf Rollen?«

»Ja, auf Rollen. Glauben Sie etwa, ich will hier nur so herumliegen? Ich will so ein Bett wie in den Hospitälern, mit denen sie die Patienten herumfahren können. Das werden Sie doch hoffentlich hinkriegen, oder muss ich mir einen pfiffigeren Diener suchen?«

»Nein, natürlich nicht, Herr Krupp. Ich werde mich umgehend darum kümmern.«

»Na bitte, geht doch.«

Das gewünschte Bett stand am folgenden Tag bereit, und Margarethe war beeindruckt und zugleich gerührt, wie ihr Schwiegervater bis zuletzt um seine Selbstständigkeit kämpfte und fuchsteufelswild werden konnte, wenn etwas nicht nach seinem Gusto lief.

In diesem Frühling und Sommer war Margarethe viel mit Alfred allein und kam ihm menschlich viel näher als je zuvor. Gleichzeitig hatte sie den Eindruck, Fritz würde seinen sterbenskranken Vater meiden. Zum ersten Mal gestand sie sich den Ärger auf ihren Mann ein, ohne im Geiste Entschuldigungen für sein Verhalten zu finden. Erklärungen, ja, aber nichts entschuldigte einen Mann, der seine schwangere Frau und seinen sterbenskranken Vater allein ließ, um selbst zur Kur zu fahren.

Immerhin war ihr Bruder Felix ihr in dieser Zeit eine große Stütze. Als aufstrebender Kunstmaler, der immer noch sehr mit dem Geld haushalten musste, kam es ihm gelegen, auf dem Hügel bei seiner Schwester Zeit zu verbringen. Zudem verstand er sich gut mit Alfred, auch wenn er einer Passion nachging, die der alte Herr bei seinem eigenen Sohn als Flausen bezeichnet hätte.

Am 13. Juli 1887 war Margarethe im siebten Monat und litt ebenso unter ihrem Leibesumfang wie unter der Sommerhitze. Auch Alfred war sehr geschwächt, hatte aber nach wie vor seine Freude daran, abends mit ihr Domino zu spielen. Trotz seiner Schwäche war er ein sehr geschickter Spieler, und es kostete Margarethe alle Aufmerksamkeit, um gegen ihn bestehen zu können. Sie hatte gerade einen Zug getan, als Alfred auf einmal aufkeuchte.

»Ist alles in Ordnung?«, fragte Margarethe unsicher.

»Ich … mir ist unwohl.« Er würgte, als müsse er sich übergeben, dann sank er kraftlos mit offenem Mund in sein Bett zurück und rührte sich nicht mehr.

»Soll ich den Arzt rufen lassen?«, fragte Margarethe unsicher. Alfred antwortete nicht. Sie berührte ihn, erst sanft, dann fester, doch er zeigte keine Regung. Nur sein Atem durch den geöffneten Mund verriet, dass er noch in der Welt der Lebenden weilte. Sie spürte, wie ihr die kalte Angst in die Eingeweide kroch, dann klingelte sie nach einem Dienstboten, um nach dem Arzt zu schicken. Sie wollte nichts unversucht lassen, auch wenn die Ärzte schon vor einiger Zeit gesagt hatten, dass ihm nur noch wenige Wochen blieben. War es wirklich heute schon so weit? Ausgerechnet heute, wo nur sie und ihr Bruder Felix im Haus weilten und Fritz zur Kur gefahren war?

Soll ich ihm ein Telegramm schicken?, schoss es ihr durch den Kopf. Nein, ich werde erst einmal abwarten, was der Arzt sagt.

Es kam ihr vor wie eine Ewigkeit, bis der Hausarzt erschien. Er untersuchte den Bewusstlosen kurz, dann schüttelte er den Kopf. »Ich glaube nicht, dass er das Bewusstsein noch einmal wiedererlangen wird. Es geht zu Ende mit dem großen alten Herrn.«

Margarethe lief ein kalter Schauer über den Rücken. Sie konnte ihn jetzt unmöglich allein lassen, aber sie hatte auch nicht die Kraft, allein am Bett des Sterbenden zu wachen. Wie gern hätte sie Fritz nun an ihrer Seite gehabt, aber der ahnte ja noch nicht einmal, was geschehen war. Und selbst mit einem Telegramm würde er vermutlich nicht rechtzeitig eintreffen. Sie atmete tief durch, dann ließ sie nach ihrem Bruder schicken. Felix kam sofort, stellte keine Fragen, sondern ergriff schweigend ihre Hand.

Die folgenden Stunden wachten sie gemeinsam an Alfreds Bett, doch als Margarethe immer wieder einnickte, strich Felix ihr sanft über die Schultern und meinte: »Du brauchst deinen Schlaf, nicht nur für dich, sondern auch für dein Kind. Ich werde hier weiter wachen und dich sofort holen lassen, wenn es zu Ende geht. Das Leben ist zäh, es wird noch lange dauern.«

»Ich bin dir so unendlich dankbar, Felix. Allein dafür, dass du da bist.« Sie drückte ihn fest an sich.

»In einer Familie müssen wir zusammenhalten. Und ich bin für dich da, große Schwester.« Er lächelte sie liebevoll an.

Große Schwester … dabei überragte er sie längst. Aber zwei

Jahre Altersunterschied hatten die Rollen für alle Ewigkeiten festgelegt.

In dieser Nacht wurde Margarethe von unruhigen Traumgebilden heimgesucht, an die sie sich am folgenden Tag nicht mehr erinnern konnte. Als sie erwachte, stand die Sonne bereits hoch am Himmel. Felix hatte sie schlafen lassen. Hastig fuhr sie im Bett hoch und spürte dabei eine Kindsbewegung, dann läutete sie nach dem Zimmermädchen, um als Erstes Nachricht über Alfreds Zustand zu erhalten. Zu ihrer Erleichterung lebte er noch, sie hatte es nicht verschlafen, im entscheidenden Moment an seiner Seite zu verweilen.

Hastig erledigte sie ihre Morgentoilette, um dann wieder an Alfreds Seite zu wachen. Felix hatte sich nicht vom Fleck gerührt. Fritz war inzwischen per Telegramm informiert worden und wollte seine Kur unterbrechen. Bei Alfred hatte die Schnappatmung eingesetzt. Der Arzt erklärte, dass der Sterbende darunter nicht litt, dies sei aber ein untrügliches Zeichen, dass der Sterbeprozess unumkehrbar begonnen hatte.

Es war eine schwere Bürde, die ganze Zeit bei ihm zu sitzen und zugleich zu wissen, dass sein Sohn vermutlich nicht mehr rechtzeitig kommen würde. Immerhin blieb Felix treu an ihrer Seite, obwohl er schon die ganze Nacht gewacht hatte.

»Ich hatte eine wilde Jugend«, sagte er scherzhaft. »Wenn man nächtelang mit seinen Freunden die Kneipen unsicher machen kann, wird es wohl auch noch reichen, um einem Menschen bis zum letzten Atemzug beizustehen.«

Am späten Nachmittag wurde der Atem immer flacher, und gegen sechs Uhr abends endete der Kampf des großen alten Patriarchen. Ein wenig erinnerte es Margarethe daran, wie alle auf die Ankunft ihres Kindes gewartet hatten, während sie in den Wehen lag. War es beim Sterben ähnlich? Erwarteten die längst verstorbenen Angehörigen einen Sterbenden auf der anderen Seite ebenso ungeduldig, wie man hier eine Geburt herbeisehnte? Unwillkürlich strich sie sich über den schwangeren Leib.

Als der Arzt Alfreds Tod offiziell festgestellt hatte, dachte Margarethe bei sich, welch eine Gnade es sei, dass er kaum gelitten hatte. Er war einfach immer schwächer geworden, so wie es bei Altersschwäche zu erwarten war. Sein Leben war vollendet, und nun lag es an seinem Sohn, sein Erbe fortzuführen.

Und vermutlich auch an mir, dachte sie zugleich, denn sie hatte längst aufgehört, sich Illusionen über Fritz zu machen. Er war ein kluger Kopf, er hatte Ideen und würde die Firma gewiss mit vielen Innovationen vorantreiben. Aber er brauchte sie in seinem Rücken, damit sie ihn stärkte, sein Rückgrat durchdrückte, um zu verhindern, dass er vor der Riege der alten Geschäftsführer einknickte, die ihn bis heute nicht ernst nahmen. Obwohl Fritz der unumstrittene Erbe und damit auch der Chef des Unternehmens war, wusste Margarethe, welch große Herausforderung vor ihrem Gatten lag, die Lücke auszufüllen, die Alfred nun hinterlassen hatte.

Margarethe trauerte in den folgenden Tagen aufrichtig um Alfred, der ihr in ihrer zweiten Schwangerschaft eine größere Stütze als Fritz gewesen war. Aber neben all dem Schmerz, der mit dem Verlust verbunden war, war ihr Schwiegervater auch eine Person des öffentlichen Lebens. Der »Kanonenkönig« verdiente ein angemessenes Begräbnis.

Für Margarethe war es eine Herzensangelegenheit, dass seine Witwe Bertha nun endlich auf den Hügel zurückkehrte, um wenigstens an seinem Begräbnis teilzuhaben. Diesmal stimmte Bertha zu, aber als Margarethe ihre mittlerweile sechsundfünfzigjährige Schwiegermutter zum ersten Mal seit Jahren wiedersah, war sie erschüttert. Bertha saß im Rollstuhl, wirkte blass, verhärmt und deutlich vorgealtert, so als wäre sie nicht neunzehn Jahre jünger als ihr verstorbener Gatte, sondern in seinem Alter.

Hatte sie ihr unrecht getan, als sie vermutet hatte, Bertha verstecke sich nur hinter ihrer Erkrankung? Weil sie genau das in letzter Zeit immer wieder über Fritz dachte?

Vermutlich sind es die Schwangerschaften, die mich in den letzten beiden Jahren so launisch gemacht haben, dass mir mein altes Mitgefühl abhandengekommen scheint, dachte sie bei sich und fühlte eine gewisse Scham aufsteigen. Ob das auch der Grund für das Verhalten ihrer eigenen Mutter gewesen war? Zugleich fühlte sie sich einsamer als zuvor, denn Fritz war weiterhin viel unterwegs und zudem mit den Belangen der Firma befasst. Aber vielleicht sollte sie nicht ganz so trübe in die Zukunft blicken. In zwei Monaten stand ihre Niederkunft an, wenn alles gut verlief, und dann hätte sie zwei kleine Kinder, die ihrer Fürsorge bedurften, auch wenn die kleine Bertha von ihrem Kindermädchen liebevoll versorgt wurde. Außerdem würde sie alles dafür tun, dass ihre Schwiegermutter nun bei ihr blieb. Gerade weil sie so krank und alt erschien. Sie brauchte ein ruhiges Heim, wo man sich um sie kümmerte.

Die Trauerfeierlichkeiten fanden an einem Sonntag statt. Der ganze Garten der Villa Hügel war voller Gäste, die sich an den dargebotenen Erfrischungen labten. Margarethe stellte überrascht fest, dass sie die meisten gar nicht kannte. So ähnlich musste es wohl bei einem Staatsbegräbnis sein, dachte sie bei sich und strich sich die schwarze Seide über ihrem schwangeren Leib glatt. Die ganze Beisetzung folgte einem strengen Protokoll. Bereits in der Nacht zuvor war der Sarg von Fritz und einigen Freunden und Vertrauten in das Ahnenhaus der Fabrik getragen worden, genau so, wie der Verstorbene es sich gewünscht hatte. Allerdings war der Sarg zu groß, sodass sie zunächst noch das Fenster neben der Tür durchbrechen mussten, um den Sarg in das Zimmer zu bekommen. Trotz allem erlebte Margarethe die Nacht als feierlich. Die Männer sangen gemeinsam einen Choral, während der Sarg in das Zimmer gebracht wurde. Dort blieb er aufgebahrt, damit ihm jeder persönlich die letzte Ehre erweisen konnte.

Obgleich die Menschen alle Trauerkleidung trugen, schienen die meisten das Ereignis mehr als eine gesellschaftliche Zusammenkunft zu empfinden. Ganz so, als wäre es schick, auf Alfred Krupps Trauerfeier gesehen zu werden. Eigentlich hätte Margarethe darüber entrüstet sein müssen, aber sie ertappte sich immer wieder dabei, wie ihre Trauer in den Hintergrund trat, wenn sie Anekdoten oder Geschichten lauschte. Ja, sie konnte sich bei manchen der Geschichten, die gar nichts mit dem Verstorbenen zu tun hatten, nicht einmal das Lächeln verkneifen. Hinterher schämte sie sich. So sollte eine Trauerfeier nicht ablaufen, das war pietätlos. Andererseits hatte sie in den Tagen zuvor für sich allein schon so viel getrauert, dass ihr Geist geradezu nach fröhlichen Gedanken lechzte. Ob das der eigentliche Zweck einer Trauerfeier war? Nicht nur zu weinen und zu lamentieren, sondern zugleich das Leben zu feiern, indem man dem Verstorbenen die letzte Ehre erwies? Alfred Krupp war immerhin fünfundsiebzig Jahre alt geworden, ein stolzes Alter, um das ihn die meisten anderen nur beneiden konnten. Und er hatte erst ganz zum Schluss seines Lebens das Bett nicht mehr verlassen können. Er war ein starker Charakter gewesen, der nicht nur seine Firma, sondern auch die ganze Stadt Essen geprägt hatte.

Am Abend zog Margarethe sich recht früh zurück und schob ihre Schwangerschaft vor, um aus diesem Zwiespalt zu entkommen. Sie war sehr froh, dass die eigentliche Beisetzung, die am folgenden Montag auf dem Friedhof am Kettwiger Tor erfolgen sollte, nicht wieder von gesellschaftlichen Verpflichtungen erfüllt war. Natürlich würde sie nicht in aller Stille erfolgen, denn es war ein großer Leichenzug von der Fabrik durch die Stadt bis zum Friedhof geplant. Auch war genau vorherbestimmt, welche Arbeiter der Fabrik Palmen und Blumen tragen sollten, während die riesige Belegschaft dem Trauerzug zu folgen hatte.

Kurz nachdem sie sich zurückgezogen hatte, kam Fritz ihr nach.

»Ich bin so froh, wenn die Beisetzung morgen Vormittag vorüber ist«, sagte er und setzte sich seufzend neben Margarethe auf das Bett.

»Willst du nicht noch die Gäste unterhalten?«

»Ja, ich werde meinen Pflichten gleich wieder nachkommen. Aber ich wollte zuvor nach dir sehen. Wie geht es dir, Marga?« Er strich ihr liebevoll über das Gesicht. »Du hast so viel allein getragen in den letzten Wochen und das trotz deines Zustandes. Ich hätte viel mehr bei dir sein müssen.«

Sie sah ihn schweigend an. Was erwartete er? Dass sie einfach Ja sagte oder dass sie ihm Verständnis zeigte? War es nur eine dieser Feststellungen, auf die niemand eine Antwort erwartete?

»Wir haben beide unsere Pflichten, und die werden wir stets erfüllen«, sagte sie daher.

»Ich danke dir.« Er küsste sie zärtlich auf die Stirn. »Dafür, dass du immer für mich da bist. Ich liebe dich, Marga.«

Da war sie wieder, diese fürsorgliche, liebevolle Seite, die sie von Anfang an so sehr an ihm geschätzt hatte, die all den Ärger, den sie in den Tagen seiner Abwesenheit in sich hineingefressen hatte, zerschmelzen ließ. Er hatte es auch nicht leicht, er war kein perfekter Mann, aber er war doch trotz allem ein Mann, der sich Mühe gab, ihr ein guter Ehemann zu sein. Und er war mit Sicherheit besser als die meisten anderen. Mochte ihr Fritz' Gutmütigkeit oft genug Kopfschmerzen bereiten, wenn sie von den falschen Menschen ausgenutzt wurde, so war er ihr gegenüber immer liebevoll und fürsorglich, genau wie zu ihrer kleinen Tochter Bertha, die er über alles liebte.

»Ich bin froh, dass ich den weiten Weg morgen nicht zu Fuß gehen muss«, sagte Margarethe, denn sie würde dem Zug gemeinsam mit ihrer Schwiegermutter Bertha mit der Droschke folgen.

»Ja, ein wenig graut mir auch vor dem Weg.« Fritz lächelte wie ein kleiner Junge. »Aber ich weiß um die Symbolik. Mein Vater ließ sich absichtlich in der Fabrik aufbahren, denn eigentlich war er die Fabrik.«

»Frei nach dem Zitat von Ludwig XIV. von Frankreich?« Margarethe erwiderte sein Lächeln.

»Genau. Die Fabrik bin ich.«

»Und was wird dein Zitat sein? Wirst du auch die Fabrik sein?« Sie musterte ihn aufmerksam.

»Nein, ich bin der Inhaber und Direktor der Fabrik. Aber die Fabrik wird nicht mein Leben beherrschen, sondern ich werde sie zum Nutzen des Volkes und der Menschen einsetzen. Ich habe bereits ein paar lukrative Aufträge für die Reichsmarine an Land gezogen.« Er lachte über sein Wortspiel. »Und sobald die Beisetzung erfolgt ist, werde ich mich darum kümmern, dass die Fabrik künftig in meinem Sinne arbeitet. Ich habe schon viel zu lange darauf gewartet, all diese Ideen umzusetzen.«

Margarethe sah das Strahlen in seinen Augen, die Vorfreude auf die gewaltige Aufgabe, und sie fragte sich, ob Fritz daran tatsächlich wachsen oder ob er sich übernehmen würde. Zugleich schämte sie sich für diesen Gedanken. Eine Frau sollte schließlich immer an ihren Mann glauben und daran, dass er alles schaffen konnte, was er sich vorgenommen hatte.

20

Nach Alfreds Tod änderte sich viel in Margarethes und Fritz' Leben. Gleich am Dienstag nach der Beisetzung seines Vaters ließ Fritz den Geheimrat Hanns Jencke, den Leiter der Prokura, zu sich kommen.

»Was glaubst du, wie er reagieren wird?«, hatte Margarethe Fritz am Abend zuvor gefragt. »Ich erinnere mich noch gut daran, wie du dich immer über ihn geärgert hast, weil er dich als Geschäftsführer ohne Geschäftsbereich nie ernst genommen hat.«

Ein selbstsicheres Lächeln huschte über Fritz' Lippen. »Ich werde ihm freundlich, aber bestimmt zeigen, wo sein Platz ist. Ich werde mich für seine treuen Dienste bedanken und ihn dann darauf hinweisen, dass ich dem Willen meines Vaters nachkomme, der immer wollte, dass die Firma vom Inhaber und nicht einer Riege angestellter Geschäftsführer geführt wird.«

»Also willst du ihm seine Macht beschneiden? Hast du keine Sorge, dass er dir alle möglichen Steine in den Weg legen wird?«

»Warum sollte er?«, fragte Fritz. »Wenn er mir keine guten Dienste leistet, riskiert er, dass ich ihn entlasse.«

»Oder er stellt eine Situation her, in der er dir das Gefühl vermittelt, die Firma könne ohne ihn nicht laufen, um selbst die Zügel in der Hand zu behalten. Ich würde etwas anders vorgehen.«

»Und wie?« Er sah sie aufrichtig interessiert an. Es war eine seiner guten Eigenschaften, dass er sich nicht scheute, auf den Rat seiner Frau zu hören, anstatt wie andere Männer zu verlangen, sie solle sich aus seinen Angelegenheiten heraushalten.

»Nun, du gibst zu verstehen, dass du mit den Leistungen der Geschäftsführung zufrieden bist, aber anders als dein Vater erwartest du, dass man dir alle wesentlichen Beschlüsse vorlegt und sich darauf einstellt, dass du eventuell noch Änderungswünsche hast. Die Prokura darf arbeiten wie gewohnt, aber du bist die letzte Instanz, ohne dich gibt es keine Freigabe. Dann müssen sie sich ins Zeug legen, um dir alles recht zu machen. Sie müssen sich dein Vertrauen erst verdienen. Das sagst du ihnen natürlich nicht, sondern zeigst es ihnen durch diese Anordnung.«

Fritz nickte. »Das ist ein guter Gedanke.«

Tatsächlich verlief das Gespräch mit dem Leiter der Prokura genau so, wie Margarethe es Fritz vorgeschlagen hatte, und damit war der erste Schritt getan, um als Inhaber ernst genommen zu werden. Natürlich gab es bitteres Zähneknirschen, wie Fritz ihr am Abend leicht belustigt erzählte, aber wirklichen Widerstand hatte es nicht gegeben.

»Die Machtverhältnisse haben sich schlagartig geändert«, sagte er. »Jetzt gibt es keinen alten Patriarchen mehr, den sie hinter meinem Rücken aufsuchen können, wenn ihnen meine Ideen nicht gefallen. Jetzt hängt ihr Wohl und Wehe ganz von mir ab.«

Margarethe war stolz darauf, dass Fritz sich so schnell durchgesetzt hatte. Aber auch sie selbst bekam nun neue Aufgaben, die ihren ganzen Einsatz verlangten. Sie war nun offiziell die Hausherrin auf dem Hügel und musste dafür sorgen, dass das zahlreiche Personal seine Aufgaben gewissenhaft erfüllte. Auch wenn sie dem alten Hausmeister schon vor Jahren deutlich gemacht hatte, dass alles nach ihrem Willen zu verlaufen hätte, hatte sich dennoch ein gewisser Schlendrian etabliert. Um sich einen Überblick zu verschaffen, forderte Margarethe die dicke Akte mit dem Titel »Grundlegende Regelung zu den inneren Verhältnissen auf dem Hügel«

an. Darin hatte Alfred kurz nach Vollendung der Villa Hügel offiziell festlegen lassen, wie die Aufgabengebiete und Hierarchien des Personals von der geringsten Küchenmagd bis hin zum allmächtigen Hausmeister, ohne dessen Entscheidungsgewalt nichts möglich war, verteilt waren. Darüber hinaus enthielt das Regelwerk auch noch Anweisungen über die Bestellung und Verteilung auf den Gütern, die zum Komplex der Villa Hügel gehörten.

Margarethe seufzte hörbar, als sie die Akte vor sich liegen sah, aber sie machte sich voller Selbstdisziplin daran, sie sorgfältig zu studieren. Je mehr sie sich vertiefte, umso deutlicher wurden ihr die Ähnlichkeiten zum Haushalt der Herzogin Antoinette. Auch bei Hof wurde streng auf die Etikette geachtet, die alles umfasste, sowohl den gesellschaftlichen Umgang der adeligen Familie als auch das Verhalten des Dienstpersonals. In Alfred Krupps Regelwerk ging es zwar nur um die Pflichten und Rechte des Personals, aber Margarethe beschloss, es zu ihrer verlässlichen Leitschnur zu machen. Von nun an hatte jeder strikt auf deren Einhaltung zu achten. Denn sie wollte niemals wieder Zustände erleben wie kurz nach ihrem Einzug ins Gartenhaus.

Um sich einen detaillierten Überblick zu verschaffen und das Personal innerhalb der Villa Hügel besser kennenzulernen, ging sie am Nachmittag in die große Küche im Souterrain des Hauses. Schon in ihrer Kindheit hatte sie die Küche in ihrem Elternhaus geliebt. Sie hatte sich gern dort aufgehalten, auch wenn meist nur eine Köchin und eine Küchenmagd dort tätig waren und vieles auf die zahlreichen Kinder im Haushalt der von Endes abgewälzt wurde. Dennoch zählten die Tage, an denen sie als Kind und junges Mädchen mit ihren Schwestern in der Küche gesessen und beim Bohnenabfasern geholfen hatte, zu ihren schönsten Erinnerungen. Sie vermittelten ihr stets ein Gefühl von Heimat und Zusammenhalt. Während sie die Stufen zur Küche hinunterstieg, spürte sie beinahe schon wieder den Geschmack der frischen Bohnen im

Mund, die sie als Kind immer wieder gekostet hatte, wenn sie die frisch geernteten zarten Hülsenfrüchte aus den Schoten befreit hatte.

Die Küche in der Villa Hügel war im Vergleich zu den Küchen ihrer Kindheit riesig. Es handelte sich eigentlich um einen ganzen Küchentrakt. In der Hauptküche gab es neben dem Herd auch große Grills mit verschiedenen Spießen vom Geflügel bis zum Rind. Natürlich gab es auch eine Fleischkammer und einen Gemüsekeller, aber daneben auch einen Fischkeller, eine Teekammer, eine Konservenkammer und ein Kühlhaus. Zudem lag direkt neben der Hauptküche die Kaffeeküche, in der ausschließlich der Kaffee bereitet wurde. Margarethe bewunderte die silbernen Kaffeemaschinen, die ihren Eindruck von einem Gastronomiebetrieb noch verstärkten. Diese Küche hätte jedem Hotel alle Ehre gemacht.

Sie war gerade mit ihrem Rundgang fertig, als der Gärtner lauter frische Bohnen hereinbrachte. Margarethes Herz schlug vor Freude schneller. Genau wie in ihrer Kindheit. Doch eine der Küchenmägde stöhnte bei dem Anblick hörbar auf.

»Mögen Sie etwa keine Bohnen?«, fragte Margarethe.

»Sie machen so viel Arbeit«, sagte das Mädchen leise.

»Arbeit ist der schönste Sport«, erwiderte Margarethe und zog sich einen Stuhl heran. »Ich habe das als Kind oft stundenlang gemacht. Mal sehen, ob ich es noch beherrsche.« Und schon griff sie zur Überraschung des Personals nach den Bohnen und begann mit dem Abfasern.

Die Köchin runzelte die Stirn, sagte aber nichts, als die Hausherrin nun hochschwanger zwischen den Mägden saß.

»Möchten Sie mir etwas sagen?«, fragte Margarethe, der dieser missbilligende Blick nicht entgangen war.

»Das steht mir nicht zu«, erwiderte die Köchin.

»Dann ersparen Sie mir bitte diese sauertöpfische Miene. Für ein offenes Wort bin ich immer zu haben. Sie werden sich damit abfinden müssen, mich häufiger hier in der Küche anzutreffen. Ich bin Arbeit gewohnt, in meiner Jugend ist nicht alles golden gewesen. Wir waren damals noch acht Kinder, die tüchtig mithelfen mussten und oft genug nur mit trockenen Semmeln zur Schule geschickt wurden.«

Die Köchin senkte die Lider und wendete sich wieder ihren Töpfen zu, während die Mägde Margarethe mit stummer Bewunderung ansahen. Und Margarethe begriff, dass sie den ersten Schritt getan hatte, sich den Respekt des Hauswesens zu verdienen. Denn auch das wusste sie – die Macht, Menschen entlassen zu können, brachte ihr Autorität ein, aber Respekt erntete sie ausschließlich für ihre Taten.

Und so machte sie es sich zur Gewohnheit, jeden Morgen in die Küche zu kommen und mit der Köchin zu besprechen, wie der Tagesplan aussah, welche Menüs auf dem Speiseplan standen und was wann serviert werden sollte. Die Küche der Villa war nicht umsonst so groß, schließlich waren mehr als siebzig festangestellte Bedienstete und unzählige Tagelöhner in der Villa und ihrem Umfeld beschäftigt, die neben den Gästen und der Familie verköstigt werden mussten.

Margarethe war froh, dass Bertha seit Alfreds Beisetzung wieder bei ihnen lebte. Zwar war sie durch ihre Erkrankung sehr geschwächt, aber sie gab Margarethe gute Ratschläge, worauf zu achten wäre.

»Ich weiß nicht, wo das alles noch enden soll«, sagte ihre Schwiegermutter eines Abends. »Die Zahl des Personals wird immer größer, und wenn das so weitergeht, haben wir bald über hundert Angestellte nur für das Hauswesen.«

»Wie kommst du darauf, dass die Zahl steigen wird?«

»Weil ich es selbst erlebt habe. Als Alfred diese Villa baute, hat er sie so konzipiert, dass er Könige und Kaiser stilecht bewirten kann, weil er wusste, wie wichtig sie für das Geschäft sind. Und ich nehme an, dass Fritz es genauso halten wird. Ich denke, das war auch einer der Gründe, warum er nach Berlin gegangen ist. Um näher beim Kaiserhof zu sein.«

Margarethe nickte und dachte an das bislang einzige Mal, als sie hier einen königlichen Empfang miterlebt hatte.

»Worüber lächelst du so?«, fragte Bertha.

»Ich dachte gerade daran, wie es war, als der Kronprinz von Portugal mit uns zu Abend aß.« Und dann erzählte sie die Anekdote, woraufhin Bertha herzlich lachte.

Wie schön, sie wieder bei mir zu haben, dachte Margarethe. Es nahm ihr tatsächlich etwas von der Einsamkeit, aber vieles hatte sich verändert. Berthas Krankheit erlaubte ihr nicht mehr viele Freuden, und anders als Alfred, der sich kurzerhand sein Bett auf Räder stellen ließ, nahm Bertha ihr leidendes Schicksal duldsam an und erfüllte die Rolle, die man von einer Kranken erwartete.

Neben all ihren Verpflichtungen als Frau des Hauses kümmerte Margarethe sich auch um die Neugestaltung der Inneneinrichtung. Sie wollte der Villa Hügel ein wenig frischen Wind verleihen und das Mobiliar ihrem persönlichen Geschmack anpassen. Fritz ließ ihr dabei vollständig freie Hand, und so verbrachte sie viel Zeit damit, die einschlägigen Möbeljournale zu durchblättern und aus der Villa ein bequemes Nest für ihre kleine Tochter Bertha und das bald zu erwartende Geschwisterchen zu machen. Sie hoffte sehr, dass die Schwangerschaft bald ihr Ende fände, denn sie wurde immer unbeweglicher und kurzatmiger.

Am 25. September 1887 setzten endlich die Wehen ein. Und obwohl die Schwangerschaft anstrengender war als die erste, so war die Geburt diesmal sehr viel leichter, und nur sechs Stunden nach den ersten Wehen waren sie und Fritz Eltern einer zweiten Tochter, die auf den Namen Barbara getauft wurde. Fritz war wie bereits bei Berthas Geburt ein stolzer junger Vater, und es störte ihn nicht im Geringsten, dass auch das zweite Kind ein Mädchen war. Auch seine Mutter Bertha freute sich von Herzen über das neugeborene Enkelkind, wenngleich die Freude durch ihren eigenen schlechten Gesundheitszustand sehr getrübt war. Obwohl Margarethe allen Grund gehabt hätte, glücklich über die Geburt ihrer gesunden Tochter zu sein, fühlte sie sich auf eine seltsame Weise niedergeschlagen, die sie sich nicht erklären konnte. Erneut stürzte sie sich auf die Möbeljournale, um die Einrichtung des Hauses nach ihrem Geschmack zu vollenden. Sie tat alles, um weitere düstere Gedanken fernzuhalten.

In dieser Zeit schrieb sie viel mit ihrer Mutter und auch ihrer Freundin Maria-Anna, die immerhin vier Kindern das Leben geschenkt hatte. Bei ihrer Mutter hatte sie niemals diese Schwermut wahrgenommen, die sie jetzt immer wieder zu bekämpfen hatte und die ihrem Wesen so völlig fremd war, aber Maria-Anna schrieb ihr, dass dies in den ersten Monaten nach der Entbindung durchaus vorkommen konnte und sie schon alles richtig mache, indem sie sich mit schönen Dingen ablenke.

»Die Mutterschaft ist schließlich nicht nur eine Freude, selbst wenn wir uns glücklich schätzen können, dass wir mit Personal umgeben sind, das uns die lieben Kleinen auch mal abnimmt, wenn sie sich uns als kleine Teufel offenbaren. Natürlich darf eine liebende Mutter dies niemals so offen sagen, aber ich bin mir sicher, dass jede Frau in deiner Situation schon einmal so gedacht hat. Kinder sind entzückend und liebreizend, aber sie sind wahrlich keine Engel. Natürlich meinen sie es nicht böse, wenn sie erwarten, dass sich stets alles um sie dreht. Wir sind schließlich ihre ganze Welt, aber das kann für eine Frau allein oft schon zu viel sein, vor allem, wenn sie nebenher, so wie du, meine liebste Freundin, noch einen riesigen Haushalt zu leiten hat, der eher an eine Kaserne erinnert. Und deren Offizier bist du.«

Die Tatsache, dass Maria-Anna ihre Gefühle nicht nur verstand, sondern auch für völlig normal hielt, beruhigte Margarethe. Meist bereiteten ihr die beiden kleinen Töchter ja auch große Freude. Der erste Gang morgens führte stets in die Kinderstube, und sofern es das Wetter zuließ, war sie mit den beiden Kleinen und deren Kinderfrauen im Park der Villa an der frischen Luft. Nichts vertrieb finstere Gedanken besser als die frische Luft.

Doch je mehr Margarethe sich von der Geburt erholte und wieder zu ihrer alten Kraft zurückfand, umso mehr zog sich Fritz wieder von ihr zurück. Kurz nach Weihnachten litt er an einem schlimmen Anfall von Gelenkrheumatismus, der ihn dazu bewog, erneut zur Kur in wärmere Gefilde zu reisen. Margarethe konnte ihn nicht begleiten, nicht nur wegen der beiden kleinen Kinder, sondern auch, weil sich der Gesundheitszustand seiner Mutter Bertha massiv verschlechtert hatte, sodass ihr Leibarzt bereits befürchtete, es könne in absehbarer Zeit mit ihr zu Ende gehen.

Diese Erkenntnis traf Margarethe wie ein Schock. Zu allem Überfluss hatte Bertha sie inständig darum gebeten, Fritz nichts davon zu sagen, damit er sich ungestört auf seiner Kur erholen konnte.

Margarethe war hin- und hergerissen. Natürlich konnte sie Berthas Wunsch gut verstehen, und ihr lag ja selbst das Wohl ihres Mannes sehr am Herzen. Zugleich fühlte es sich so an, als würde die ältere Generation nun für ihre Kinder den Platz in dieser Welt räumen, anstatt ihnen noch lange Jahre Großeltern zu sein. Und damit ruhte alle Last auf Margarethes Schultern. Sie musste immer stark sein, für ihre Schwiegermutter, für ihren Mann, für ihre Kinder. Wo um alles in der Welt war die Schulter, an die sie sich lehnen konnte? Ihre Gedanken wanderten zurück zu ihrem Schwiegervater. In dieser Situation hätte sie sich gern mit ihm unterhalten, denn auch wenn sie nicht immer einer Meinung waren, so war er doch stets der starke Fels in der Familie gewesen. Gut, Alfred war ein alter Mann gewesen, aber Bertha war erst siebenundfünfzig, im gleichen Alter wie ihre Mutter Eleonore. Schon seltsam, dachte Margarethe, wie unterschiedlich die Gaben verteilt sind. Meine Mutter ist noch immer agil und voller Leben, aber sie hat sich ihre Freiräume auch nicht durch Krankheit, sondern durch Widerspruchsgeist ertrotzt. Wie oft haben wir uns über ihre Launen geärgert. Vermutlich ist das ihre eigene Stärke. Bertha ist so ein warmherziger, liebevoller Mensch, der den offenen Konflikt scheut. Und das einzige Mal, dass sie es wagte aufzubegehren, um Fritz und mir die Heirat zu ermöglichen, scheint alle ihre Lebenskraft aufgefressen zu haben.

Diese Erkenntnis erschreckte Margarethe, denn wieder einmal machte sie ihr die Parallelen zwischen Fritz und seiner Mutter bewusst. Nahm er sich womöglich selbst zu viel vor? Sein Rheumatismus mit den Fieberschüben war nicht eingebildet, die waren ebenso echt wie seine Asthmaanfälle. Aber sie hatte längst einen Zusammenhang zwischen äußeren Belastungen und seiner Gesundheit erkannt. Immer, wenn ihm etwas zu viel wurde, sagte der Körper für ihn Nein, wo es der Mund nicht vermochte. War es ihm zu viel, abermals Leben und Tod so nahe beieinander zu erleben, sodass er jetzt erneut zur Kur fuhr? Andererseits erinnerte sie sich daran, wie sehr er darunter gelitten hatte, die letzten Atemzüge seines Vaters verpasst zu haben. Auch wenn er seinen Vater nicht in dem Maße geliebt hatte, wie sie ihren eigenen liebte, so hatte er ihm doch Respekt und Zuneigung entgegengebracht. Davon zeugte auch die Bronzebüste seines Vaters, die nun auf seinem Schreibtisch stand, nachdem er Alfreds altes Arbeitszimmer übernommen und nach seinen Wünschen umgestaltet hatte.

Immerhin blieb Berthas Zustand stabil, und als Fritz von seiner Kur zurückkehrte, war sie zwar noch immer leidend, aber dem Tod noch einmal von der Schippe gesprungen. Und so erlebte Bertha noch einen Sommer in der Villa Hügel im Kreise ihrer Kinder, wie sie Margarethe und Fritz so gern nannte, und erfreute sich an ihren

Enkeltöchtern, auch wenn sie das Bett kaum noch verließ. Kurz vor Barbaras erstem Geburtstag verließ sie die Lebenskraft jedoch endgültig. Am 4. September 1888 starb Bertha im Beisein von Margarethe und Fritz.

Während Fritz unendlich um seine Mutter trauerte, mischte sich in Margarethes Trauer auch ein Gefühl der Erleichterung. Zwar wusste sie, dass sie Bertha schmerzlich vermissen würde, und sie trauerte um die Frau, die sie einst gewesen war, die ihr so viel Freundschaft, Stütze und Liebe entgegengebracht hatte. Aber sie sah auch die Erlösung, denn die letzten Wochen hatte Bertha sie immer mehr an eine verwelkende Blume erinnert, die so gern noch geblüht hätte, aber unter ihrer Schwäche litt. Die Lebenskraft war aufgebraucht, der Körper nicht länger das angemessene Zuhause für ihre liebevolle Seele. Und so konnte Margarethe loslassen und den Tod nicht nur als Feind, sondern auch als Erlöser begreifen.

Sie erinnerte sich an eine alte Redewendung, in der es hieß, was der Arzt nicht heilt, das heilt der Tod. Als sie den Spruch als Kind zum ersten Mal gehört hatte, war er ihr wie eine Drohung vorgekommen, schließlich heilte der Tod nichts, sondern er raubte einem all die Menschen, die man liebte. Doch jetzt erkannte sie die tiefere Wahrheit darin. Wenn keine Medizin mehr Linderung brachte und absehbar war, dass sich der Zustand immer mehr verschlechterte, dann war der Tod tatsächlich die Erlösung. Der Tod, das große Mysterium, das selbst die Frömmsten mit Angst erfüllte. Aber in Berthas letzten Atemzügen lag so viel Ruhe und Entspannung, ganz anders als bei Alfred, dessen Körper bis zuletzt gekämpft hatte. Alfred wollte leben, Bertha hatte sich hingegen mit ihrem Los abgefunden, und diese Duldsamkeit kam ihr jetzt zugute, um das anzunehmen, was unabwendbar war. Allein das war ein großer Trost für Margarethe, denn es nahm ihr auf eine wundersame Weise die Furcht vor ihrem eigenen Tod, weil sie ihn zum ersten Mal als Freund denn als Feind erlebt hatte …

21

Die vielen Veränderungen in so kurzer Zeit belasteten Fritz mehr, als er nach außen hin zugeben wollte. Nicht nur der Tod seiner geliebten Mutter überschattete das Jahr, sondern auch gesellschaftliche Verpflichtungen. Das Jahr 1888 ging als Dreikaiserjahr in die Geschichte ein. Anlässlich des Todes von Kaiser Wilhelm I. am 9. März hatte es zahlreiche Trauerempfänge gegeben, an denen Fritz in Berlin teilnehmen musste. Die Feierlichkeiten zur Thronbesteigung seines schwer kranken Sohnes Friedrich, der nur neunundneunzig Tage lang regierte, ehe er an Kehlkopfkrebs starb, waren deutlich moderater. Aber dann kam am 15. Juni 1888 dessen Sohn als Kaiser Wilhelm II. auf den Thron, ein junger Mann von neunundzwanzig Jahren und mit hochfliegenden Träumen, die gute Geschäfte für die Firma Krupp bedeuteten. Hin- und hergerissen zwischen Aufenthalten in Berlin, auf Kuren oder an der Seite seiner sterbenden Mutter bemühte Fritz sich nach Kräften, allem gerecht zu werden. Um sich selbst und seiner Frau einen angenehmen Ausgleich zu gönnen, plante er, über Weihnachten eine große Reise zu unternehmen. Über Athen sollte es nach Kairo gehen und von dort aus auf einem eigens gecharterten Schiff auf eine Nilkreuzfahrt bis zu den Katarakten.

Margarethe freute sich unendlich über diese wunderbare Idee, doch sie machte sich sofort Gedanken um ihre beiden kleinen Kinder.

»Die können wir natürlich nicht mitnehmen«, beschied Fritz.

»Sie sind noch viel zu klein. Aber sie werden uns nicht vermissen. Du weißt ja selbst, wie sehr sie ihre Kindermädchen lieben. Und sie sind zu klein, um zu viel nach uns zu fragen.«

Margarethe war hin- und hergerissen. Als junge Mutter fiel ihr dieser Gedanke sehr schwer, aber es gab gute Gründe, die dafürsprachen. Sie fühlte sich selbst immer noch sehr erschöpft und überlastet und wusste, dass sie auch dringend einer neuen Kraftquelle bedurfte. Außerdem hatte Fritz recht: Sie hatten große Sorgfalt bei der Auswahl der Kindermädchen walten lassen und vertrauten ihnen blind. Die Mädchen würden nichts vermissen, und vermutlich war es das Beste für die Kinder, wenn ihre Eltern eine Weile auf einer solchen Reise Kraft tankten, um anschließend, wenn das Erinnerungsvermögen der Kinder überhaupt erst einsetzte, wieder völlig für sie da zu sein. Zudem wäre es eine große Entlastung, einmal die ganze Verantwortung für den großen Haushalt abgeben zu können, nur an sich zu denken und vielleicht noch einmal den Zauber der ersten Verliebtheit zu erfahren. Auch wenn Margarethe wusste, dass Fritz kein besonders sinnlich veranlagter Mann war.

Allerdings plante Fritz keine kleine intime romantische Reise, sondern ging das Projekt der Ägyptenreise beinahe wie einen Staatsakt an. Er engagierte einen sogenannten »Reisemarschall«, der die Reiseroute zu planen und sich unterwegs um alles zu kümmern hatte. Außerdem sollte ein Sekretär Fritz begleiten, da er die Reise natürlich auch für Geschäftstreffen zu nutzen gedachte. Damit Margarethe sich nicht zu einsam fühlte, wurde auch ihr Lieblingsbruder Felix eingeladen, der sich sehr darüber freute, die exotische Kulisse als Landschaftsmaler festzuhalten. Zu guter Letzt meldete sich auch noch Fritz' Cousin Arthur, der von der Unternehmung gehört hatte, und fragte, ob er und seine Frau Margreth ebenfalls mitkommen dürften. Da Fritz ein sehr gutes Verhältnis zu seinem Cousin hatte und ihm nach wie vor dankbar dafür war, dass der ihm vor Jahren nicht in den Rücken gefallen war, sagte er sofort zu. Margarethe bekam langsam das Gefühl, einen großen Haushalt gegen den nächsten eingetauscht zu haben, denn natürlich musste eine so große Reisegruppe auch von einer ebenso großen Gruppe Hauspersonal begleitet werden. Zugleich ertappte sie sich bei dem Gedanken, dass es vielleicht auch Absicht war. Je mehr Menschen gemeinsam reisten, umso leichter konnte Fritz den ehelichen Pflichten aus dem Weg gehen. Nun gut, sie war bereit, das hinzunehmen. Sie hatten zwei Kinder, und die zweite Schwangerschaft hatte sie als so beschwerlich in Erinnerung, dass sie sogar erleichtert war, wenn die Gefahr einer dritten vorläufig nicht bestand. Und anders als der Hochadel konnte Fritz selbstverständlich seine Töchter als Universalerbinnen einsetzen.

Deshalb beschloss sie, nur noch die angenehmen Seiten dieser großen Reise, die über Monate dauern sollte, wahrzunehmen und sich darüber zu freuen, dass ihr Bruder Felix sie begleitete, wenn der Gatte sich mit anderen Dingen zu befassen hatte. Zu ihrer Fast-Namensschwester Margreth hatte sie ein gutes Verhältnis, und sie war mit Sicherheit eine angenehme Reisegefährtin. Was Fritz' Cousin Arthur anging, war sie sich nicht so sicher, denn er war ein begeisterter Jäger, der gern auf alles schoss, was ihm vor die Flinte kam, und bereits von der Nilpferdjagd schwärmte, als sie gerade erst in Athen angekommen waren.

Margarethe hatte sich sehr auf Athen gefreut, aber die griechische Kulturmetropole empfing sie mit kaltem, regnerischem Wetter.

»Man könnte meinen, hier herrscht der Monsun«, meinte sie abends, als sie alle in dem vornehmen Hotel beieinandersaßen. »Ich hätte so gern einen Ausflug zur Akropolis gemacht.«

»Es werden noch bessere Tage kommen«, tröstete Fritz sie. »Wir werden ja noch ein paar Tage bleiben, bis ich mich mit allen Geschäftspartnern getroffen habe.«

Margarethe nickte und hatte das Gefühl, das schlechte Wetter sollte Fritz den Arbeitsaufenthalt in seinem stillen Kämmerlein versüßen, anstatt ihn nach draußen zu ziehen. So war sie noch glücklicher, ihren Bruder an ihrer Seite zu haben, denn während die übrigen Reisebegleiter sich lieber im Hotel aufhielten, war er bereit, sie zur Akropolis zu begleiten, obwohl der Regen viel zu stark war, als dass es sich gelohnt hätte, seine Staffelei mitzunehmen. Selbst für Zeichnungen im Skizzenblock war es zu nass, und so hatte Felix es gar nicht erst versucht, sondern sich damit begnügt, alles mit den Augen zu erfassen und sich im Gedächtnis einzubrennen.

»Irgendwann müssen wir noch mal hierherkommen«, sagte er, nachdem sie von ihrem einsamen Ausflug zurückgekehrt waren. »Falls nicht ohnehin die Sintflut ansteht. Immerhin habe ich niemanden gesehen, der eine Arche baut.«

»Ja, es wäre ein wunderbares Motiv gewesen.« Margarethe lachte und reichte ihren Regenschirm einem der Bediensteten. Trotz Schirm war sie völlig durchnässt, aber sie war stolz darauf, dass sie die Akropolis ungeachtet der Witterung bestiegen und von oben auf die verregnete griechische Hauptstadt hinabgeblickt hatte.

»Ich werde mich jetzt umziehen und so, wie du aussiehst, kannst du auch einen frischen Anzug gebrauchen.«

Da der Regen in den folgenden Tagen anhielt, blieb es ihr einziger Ausflug auf den Spuren der alten Griechen. Daher freute sich Margarethe erst recht auf die Überfahrt nach Alexandria, in der Hoffnung, dort auf besseres Klima zu treffen. Sie erinnerte sich noch gut an die angenehmen Temperaturen auf ihrer Hochzeitsreise in Marokko.

Doch das Wetter blieb wechselhaft, und die Fahrt über das Mittelmeer war so stürmisch, dass die meisten ihrer Reisegefährten mit der Seekrankheit zu kämpfen hatten. Arthurs Frau Margreth hatte sogar Sorge, das Schiff könne untergehen, und versteckte sich die ganze Zeit wimmernd in ihrer Kabine. Nur Felix ging regelmäßig an Deck und betrachtete das tobende Meer. Margarethe leistete ihm oft Gesellschaft. Sie wusste, dass er sich hier Inspirationen für neue Bilder holte. Gern unterhielten sie sich über die Malerei, vor allem darüber, wie man wildes Wasser wohl am besten auf Gemälden festhalten konnte.

»Das Aquarell ist für sanfte Seen und Teiche«, meinte Felix. »Es gibt keine harten Kanten. Aber das schroffe Meer, das kann man nur in Öl darstellen, wenn die Farben harte Schichten übereinander bilden, um das düstere Wasser mit seinen Schaumkronen perfekt nachzubilden.«

»Ja«, bestätigte Margarethe, die eine Vorliebe für Aquarellbilder hatte. Vielleicht gerade, weil sie so viel weicher und zarter waren als Ölgemälde. »Es ist ohnehin faszinierend, wie viele Farben man braucht, um etwas zu malen, das eigentlich durchsichtig ist, nicht wahr?«

Felix nickte. »Genau das ist ja auch die Kunst, wenn man Glas darstellt. Die Reflexionen, die den Mut erfordern, an gewissen Stellen mit weißer Farbe zu arbeiten und an anderen vor dem tiefsten Schwarz nicht zurückzuschrecken. Eigentlich bedeutet Malerei, den Mut zum Außergewöhnlichen zu haben. Dinge zu tun, die dem gesunden Menschenverstand widersprechen, um ein realistisches oder zumindest anschauliches Ergebnis zu haben.«

»Wobei du ja nicht unbedingt ein Vertreter des Realismus bist.«

»Nein, ich möchte Dinge so abbilden, wie ich sie fühle. Für den Realismus gibt es schließlich die moderne Fotografie.«

»Der jedoch die Farbe fehlt.«

»Weshalb sich kolorierte Fotografien als Postkarten immer größerer Beliebtheit erfreuen«, sagte Felix und zwinkerte ihr zu, weil sie sich bereits in Athen mit einer großen Menge an Postkarten eingedeckt hatte, die sie an ihre Lieben daheim verschickte, damit auch sie ein wenig Anteil an dieser großen Reise nehmen konnten.

In Alexandria hielten sie sich nicht lange auf, sondern reisten kurz nach ihrer Ankunft bereits nach Kairo, wo Fritz im Hotel *Nil* mehrere Zimmerfluchten gemietet hatte. Er war nicht das erste Mal hier, sondern ein gern gesehener Gast, der hier häufig Geschäftsfreunde traf. Margarethe wunderte sich deshalb nicht, dass alles genau auf ihre Ansprüche ausgelegt war. Sie bedauerte es nur ein wenig, dass sie wegen der anstehenden Geschäfte in Kairo nicht länger in Alexandria verweilen konnten. Sie hätte zu gern die antiken Stätten besucht. Aber natürlich wog Kairo alles auf. Diese berauschende Stadt, in der sich Antike, Orient und westlicher Lebensstil auf eine unbeschreibliche Weise trafen und vermischten.

Margarethe liebte den prächtigen Garten des Hotels, in dem majestätische Palmen und exotische Blumen wuchsen, die sie bislang nur als Zeichnungen aus dem Naturkundebuch kannte. Überall luden Korbsessel zum Verweilen ein. Gern saß sie hier und beobachtete die kleinen Vögel, aber leider war das Klima auch in Kairo kälter als gewöhnlich, wie ihr das Hotelpersonal mit einem leisen Bedauern verriet. Schon bald kämpften die meisten Reisegäste mit Erkältungen. Felix witzelte, dass allein die Zahl ihrer feinen Stofftaschentücher dafür sorgte, dass die Reinigungen in der Stadt genügend zu tun hätten.

Neben seinen Geschäften kümmerte Fritz sich auch darum, dass die klassische Nilbarke, die er von der Firma Cook für die Nilkreuzfahrt gemietet hatte, seinen Wünschen entsprechend umgebaut wurde. Margarethe war fasziniert, wie luxuriös das Schiff war. Es gab Schlafzimmer für sie und Fritz sowie seinen Cousin Arthur und dessen Frau, außerdem Speisezimmer, Geschäftsräume und ein Bad. Für ihren Bruder Felix, den Reisemarschall und das Personal, das sie nicht zu ihrer steten Bedienung auf der Barke brauchten, wurde ein kleiner Schleppdampfer angemietet, der ihnen nicht nur als Wohnung diente, sondern die große Segelbarke auch bei Flaute ziehen sollte.

Während Fritz noch mit seinen Geschäftstreffen befasst war, nutzte Margarethe die Zeit, um mit ihrem Bruder und Arthurs Frau Margreth die Sehenswürdigkeiten Kairos zu besuchen. Vieles kannte sie schon aus dem Reiseführer, aber es in der Realität zu sehen, übertraf ihre Vorstellungen. Schon die Kasr-el-Nil-Brücke mit ihren beiden prächtigen Löwenstatuen beeindruckte sie, auch wenn es ein modernes Bauwerk war. Aber die zahlreichen Einheimischen, die dort in traditionellen Gewändern verkehrten und aussahen, als wären sie direkt der biblischen Geschichte entsprungen, gaben dem Anblick etwas Magisches. Überall hörte man Händler rufen, sah junge Männer, die den Touristen Esel zum Reiten anboten, und natürlich den Nil, die blaue Lebensader des Landes, über die sie schon so viel gelesen hatte. Der Fluss, der die Hochkultur der alten Ägypter erst ermöglicht hatte. Wie sehr sehnte sie sich danach, endlich mit der großen Nilkreuzfahrt zu beginnen. Doch noch war es nicht so weit, das Weihnachtsfest würden sie noch in Kairo begehen, aber immerhin schon auf der Barke.

Zuvor besuchten sie jedoch noch die großen Pyramiden von Gizeh und die Sphinx. Diesmal war die Reisegruppe gemeinsam unterwegs, denn für dieses Ereignis hatte sich auch Fritz freigenommen, obwohl er die Pyramiden bereits kannte. Margarethe freute sich indes vor allem auf ihren ersten Kamelritt.

Die Pyramiden waren beeindruckend, auch wenn Margarethe nicht erwartet hatte, dass sie so nah am Stadtrand lagen. Sämtliche Bilder und Fotografien, die sie zuvor gesehen hatte, hatten in ihr stets den Eindruck erzeugt, man müsse lange durch die Wüste reiten. Tatsächlich hätten sie den Weg auch gut zu Fuß zurücklegen können. Dennoch genoss sie es, ein Kamel zu besteigen, die Besonderheiten des Dromedars zu erfahren, das sich zuerst mit den Hinterbeinen aufrichtete, wie der Kamelführer erklärte und ihr dann zeigte, wie sie sich verhalten musste, um sicher im Sattel zu sitzen. Das war etwas ganz anderes als der Ritt auf einem Pferd, und sie beschloss, es bei nächster Gelegenheit auf ihrer Reise erneut zu versuchen.

Felix musterte sie mit einem Lächeln und meinte, bei nächster Gelegenheit würde er sie hoch zu Dromedar zeichnen. Einige der Touristen kletterten sogar an den großen Quadern der Cheopspyramide nach oben. Lediglich die vielen Händler, die sich hier versammelt hatten, trübten den würdevollen Eindruck. Zwar passten sie gut als Statisten in das Bild, aber anders als Statisten begnügten sie sich nicht damit, ein Teil der Landschaft zu sein, sondern legten eine bemerkenswerte Aufdringlichkeit an den Tag, die Fritz scherzhaft mit einem Moskitoschwarm verglich, der sich über sie hermachen wollte. Amüsiert nahm Margarethe zur Kenntnis, wie ihr einheimischer Führer die lästige Konkurrenz vertrieb, damit sie seine Gäste nicht belästigten. Allerdings führte er sie im Anschluss an die Besichtigung der Pyramiden noch zum großen Basar und empfahl sie seinerseits einem Bekannten, dem er wohl ein gutes Geschäft zukommen lassen wollte.

Margarethe liebte das Treiben auf dem Basar. Felix warnte sie jedoch, gut auf ihr Handtäschchen zu achten, da man sich hier nie sicher sein konnte, ob sich nicht kleine, diebische Finger hineinverirrten.

»Wenn dem so ist, braucht es der kleine Dieb gewiss dringender als ich«, sagte Margarethe und gab einigen der mageren, ärmlich gekleideten Kinder ein paar Münzen. Felix und der einheimische Führer runzelten die Stirn, denn auf einmal folgten ihnen mehr Kinder als dem legendären Rattenfänger von Hameln. Immerhin hielten sie nach einigen scharfen ägyptischen Worten des Reiseführers, die Margarethe zu ihrem großen Bedauern nicht verstand, respektvollen Abstand. Als sie den Mann fragte, was er gesagt hätte, meinte er: »Nichts, das ich vor einer feinen Dame wie Ihnen wiederholen würde.«

Felix lachte, während nun Margarethe die Stirn runzelte. Sie hätte diesen armen Kindern gern viel mehr gegeben, denn sie war sich sicher, dass deren Familien ein ganzes Jahr von dem leben könnten, was sie hier an nur einem Tag verbrauchten.

Das Weihnachtsfest auf der Barke, die den Namen *Alma* trug, war ganz in deutscher Tradition gehalten. Fritz hatte einen Tannenbaum schmücken lassen, sie sangen Weihnachtslieder, trugen Gedichte vor und tauschten Geschenke aus. Sie hatte Fritz einen kostbaren Bildband mit Fotografien und Zeichnungen der ägyptischen Bauwerke, die sie auf ihrer Reise sehen würden, geschenkt. Er überreichte ihr ein kleines Kästchen, in dem eine goldene Figur der Göttin Hathor sorgsam auf Samt gebettet war. Laut Zertifikat sollte sie aus dem Grab eines Wesirs der 17. Dynastie stammen. Margarethe freute sich sehr darüber, aber am meisten freute sie sich über den neuen Skizzenblock und die Pastellkreiden von ihrem Bruder Felix. Es war wunderbar, ihn hier zu haben, zumal Fritz auch auf der Nilbarke täglich mehrere Stunden in seinem Arbeitszimmer verbrachte, um die Geschäftskorrespondenz zu bearbeiten, die er sich aus Deutschland nachschicken ließ.

Die Nilkreuzfahrt wurde zu einem wunderbaren Erlebnis. Margarethe genoss es, an Deck zu sitzen und die ägyptische Landschaft an sich vorbeiziehen zu lassen. Jedes Mal, wenn sie irgendwo anlegten, wurden sie sofort von einer großen Gruppe Einheimischer mit fröhlichem Winken begrüßt, die ihnen ihre Dienste anbieten wollten. Einmal wurde Fritz sogar direkt vom Dorfvorsteher empfangen. Der »Beduinenscheich«, wie Fritz ihn scherzhaft nannte, wollte unbedingt einem der beiden bekanntesten Deutschen die Hand schütteln. Zu Margarethes Amüsement teilte sich Fritz diesen Ruf nur mit Bismarck, nicht aber mit dem jungen Kaiser Wilhelm II., der gerade erst nach dem tragischen Tod seines Vaters den Thron bestiegen hatte. Und obwohl der Titel »Kanonenkönig« eigentlich Alfred gegolten hatte, wurde auch Fritz von den Einheimischen so genannt.

Schon seltsam, dachte Margarethe amüsiert. Niemand nannte ihn zu Alfreds Lebzeiten Kanonenprinz, aber jetzt scheint es selbstverständlich, dass er der neue Kanonenkönig ist. Hoffentlich nennt mich niemand die Kanonenkönigin.

»Worüber schmunzelst du so?« Fritz war soeben von der Begrüßung durch die Einheimischen zurück auf die Barke gekommen.

»Ich dachte gerade darüber nach, welch großes Ansehen du als neuer Kanonenkönig genießt, und war froh, dass mich bislang niemand Kanonenkönigin nennt.«

Fritz lachte. »Warum nicht? Ist das kein schöner Titel? Oder würdest du die englische Variante *cannon queen* bevorzugen?«

»Ich bevorzuge aus dem Mund meiner Liebsten Marga, aus dem meiner Kinder Mama, und für alle anderen bin ich Frau Krupp.«

»Und dieser energischen Ansage sollte am besten auch keiner widersprechen, Queen Marga.«

Nun musste auch Margarethe lachen. Das waren die Momente, in denen sie sich Fritz so nahe fühlte wie zu Beginn ihrer Romanze. Unwillkürlich schweiften ihre Erinnerungen zurück an den Strand von Holyhead, wo er sie besucht und ihr seine Liebe gestanden hatte. Es war wie ein Märchen gewesen, auch die lange Zeit der Werbung, bis sie endlich hatten heiraten dürfen. Nun hatten sie alles erreicht. Sie hatten zwei gesunde, schöne Töchter, sie waren reich und reisten auf den Spuren einer alten Hochkultur auf einer eigenen Barke über den Nil, so wie einst Kleopatra erst mit Cäsar und später mit Antonius. Alles hätte so perfekt sein können. Doch gerade dieser kurze Anflug von Nähe machte Margarethe wieder bewusst, wie weit sie sich inzwischen voneinander entfernt hatten. Zwar hatten sie hier auf der Barke ein gemeinsames Schlafzimmer, aber das wurde tatsächlich nur zum Schlafen genutzt. Wie anders ist da doch die englische Sprache, dachte Margarethe. Dort sagt man *bedroom*. Ein Raum mit einem Bett. Und ein Bett muss ja nicht nur zum Schlafen sein. Aber wir sind nun mal treue deutsche

Staatsbürger, also nutzen wir das Schlafzimmer vorschriftsmäßig. Diesmal wirkte ihr Lächeln bitter, doch Fritz bemerkte es nicht.

Die Fahrt auf dem Nil blieb ein wunderbares Abenteuer, trotz der verstummten Leidenschaft in ihrem Schlafzimmer. Wobei Margarethe sich immer wieder fragte, ob die Leidenschaft tatsächlich verstummt war. Besonders heftig war sie niemals in Erscheinung getreten, mehr wie eine eheliche Pflicht, die Fritz vermutlich mit der Geburt seiner beiden Töchter als ausreichend erfüllt erachtete. Nun gut, dachte sie bei sich. Manche Menschen sind eben nicht sonderlich sinnlich veranlagt, und vielleicht ist das ja auch ganz gut so, wenn er seine Kraft aus der Leidenschaft des Geistes zieht. Die Stahlfabrik lief besser als je zuvor, die Laboratorien arbeiteten an zahlreichen Innovationen, und Fritz fühlte sich mehr als bestätigt. Abends erzählte er Margarethe lieber von den Nachrichten aus Deutschland, anstatt ihr zärtliche Worte ins Ohr zu flüstern. Sie hörte interessiert zu und dachte bei sich, vielleicht ist das ja das Leben, das man führen sollte. Jedenfalls ist es das, was die Weltreligionen predigen.

Ein Wehmutstropfen war Fritz' Cousin Arthur. Es kostete Margarethe einige Mühe, stets freundlich zu ihm zu sein, denn seine Obsession für die Jagd fing an, ihr die Reise zu verleiden. Oft wurden sie frühmorgens von Gewehrsalven geweckt, weil Arthur wieder einmal auf alles schoss, was er sehen konnte. Da war es ihm egal, ob es Enten, Reiher, Pelikane, Seeadler oder Krähen waren.

Als er wieder einmal einen Pelikan von Bord aus geschossen und dann achtlos am Nilufer hatte liegen lassen, fragte Margarethe ihn, warum er so wenig Ehrfurcht vor dem Leben hätte.

»Wie kommst du darauf, dass ich keine Ehrfurcht hätte?«, fragte er erstaunt zurück.

»Weil du diese Tiere nur zum Vergnügen schießt. Wenn unsere Jäger daheim schießen gehen, wird das Fleisch hinterher verzehrt, sei es von uns oder von den armen Menschen, denen wir es schenken. Aber du schießt Vögel, die nicht zum Verzehr bestimmt sind und nun als Aas in der Gegend herumliegen.«

»Es werden sich schon genügend andere Tiere finden, die sich über das Aas freuen«, sagte Arthur leichthin.

»Und warum schießt du dann ständig auf alles, was sich bewegt?«

»Weil ich es kann«, lautete seine Antwort. Margarethe seufzte. Sie wollte Fritz' Cousin nicht in die Schranken weisen und damit einen Streit heraufbeschwören, aber sie war dennoch erleichtert, als er und seine Frau die Reisegesellschaft im Februar verließen, weil sie in der Heimat dringliche Geschäfte zu erledigen hatten.

Margarethe und Fritz reisten mit Felix und dem Reisemarschall noch weiter bis nach Luxor und zu den Katarakten des Nils. Es waren ruhige und entspannte Tage, die Margarethe nun, da sie nicht mehr regelmäßig durch Gewehrschüsse aufgeschreckt wurde, umso mehr genießen konnte. Sie machte an den historischen Stätten viele Kohlezeichnungen, während ihr Bruder tatsächlich ein Aquarell mit ihr auf dem Dromedar vor den Ufern des Nils aus seiner Erinnerung malte, das als Deckblatt ihres Reiseberichts dienen sollte.

Von Assuan reisten sie schließlich mit der Bahn zurück nach Kairo und dann nach Italien. Fritz hatte während ihrer Ägyptenreise weder an Asthma noch an Rheumatismus gelitten und vorgeschlagen, dass sie nun den Rest der kalten Jahreszeit im sonnigen Italien abwarten sollten. Margarethe dachte über das Für und Wider nach. Einerseits freute sie sich darüber, wie gut das warme Wetter Fritz' Gesundheit tat, aber sie hatte zugleich Sehnsucht nach ihren Kindern.

Bevor sie sich jedoch zu einer Entscheidung aufraffen konnte, entschied das Schicksal für sie: Es kam ein Telegramm von ihrer Mutter, dass es ihrem Vater August sehr schlecht ginge und man das Schlimmste befürchte. Margarethe blieb fast das Herz stehen. Erst Alfred, dann Bertha und jetzt gar ihr Vater? Gewiss, er stand kurz vor seinem vierundsiebzigsten Geburtstag, ein stolzes Alter, in dem man jederzeit damit zu rechnen hatte. Aber sie hatte ihn als einen so lebenskräftigen, unerschütterlichen Felsen in Erinnerung, dem sie ein Alter wie Methusalem zugetraut hätte.

Gemeinsam mit ihrem Bruder machte sie sich auf die Reise in ihr Elternhaus, während Fritz in Italien blieb. Felix war ebenso erschüttert wie sie selbst. Auch wenn er der Liebling der Mutter war, die so viel von sich selbst in ihrem künstlerisch begabten Sohn wiedererkannt hatte, galt der ruhige, ausgleichende Vater doch als die Person, der sich alle Geschwister stets mit ihren Sorgen anvertraut hatten.

Bei ihrer Ankunft in Dresden waren sie beide entsetzt, wie alt und gebrechlich der Vater geworden war. Es schien Margarethe, als wäre seit ihrem letzten Besuch für ihn ein Jahrzehnt vergangen, während ihre Mutter immer noch unverändert wirkte, obgleich die Sorge um den Ehemann auch in ihrem Gesicht dunkle Schatten hinterlassen hatte. Immerhin stand es noch nicht ganz so schlimm um ihn, wie sie aufgrund des Telegramms befürchtet hatten, und so blieben August von Ende noch ein paar schöne Monate.

Die ganze Familie bemühte sich, dem Vater den letzten Sommer seines Lebens so angenehm wie möglich zu gestalten und sich langsam mit dem Unausweichlichen abzufinden. Dennoch war Margarethes Trauer unendlich, als ihr Vater am 28. August 1889 für immer die Augen schloss. Und auch wenn Margarethe noch immer ihre Mutter hatte, so begriff sie, dass sich ein Teil ihres Lebens mit dem Tod des Vaters für immer verändert hatte.

Noch trauriger sah es allerdings für ihre Schwester Irene aus, die nach wie vor bei den Eltern lebte. Ihre Mutter meinte, sie hätte nun keine Kraft mehr, sich um die Heranwachsende zu kümmern, die mit ihren neunzehn Jahren schon längst verheiratet sein sollte. Margarethe hatte es lange aufgegeben, über derartige Dinge mit ihrer Mutter zu streiten, und bot von sich aus an, dass Irene so lange bei ihr auf dem Hügel bleiben könnte, wie es ihr beliebte.

»Nun, vielleicht findet sie bei einer eurer Gesellschaften ja auch einen passenden Mann«, meinte Eleonore. »Bei dir hat es ja auch sehr lange gedauert, bis du endlich die passende Partie gefunden hattest.«

Margarethe wusste, dass ihre Mutter es nicht böse meinte, aber diese pragmatische Art, mit der sie ihre Jüngste erneut von sich stieß, nachdem sie gerade den Vater verloren hatte, um dessen Pflege sie sich in den letzten Monaten so aufopferungsvoll gekümmert hatte, versetzte ihr dennoch einen Stich. Irene selbst sagte nichts. Sie hatte gelernt, ihre Gefühle hinter einer Maske aus Gleichgültigkeit zu verbergen. Immerhin kannte sie den Hügel gut, weil sie Margarethe dort in den vergangenen Jahren des Öfteren besucht hatte. Bei den zahlreichen Zimmerfluchten wäre es ein Leichtes, Irene dort ein dauerhaftes Zuhause zu geben. Und vielleicht, so dachte Margarethe bei sich, findet Irene dort wirklich irgendwann ihren Märchenprinzen. Verdient hätte sie es, endlich von einer Person so sehr geliebt zu werden, die sie nie mehr loslassen würde.

TEIL 2

SOMMER 1894

22

Die große Reise nach Ägypten und der darauffolgende Tod des Vaters waren Wendepunkte in Margarethes Leben. Nach außen hin veränderte sich nichts, aber in ihrem Inneren war sie nicht nur reifer geworden, sondern hatte auch viele Illusionen verloren. Nach wie vor war sie dankbar für alles, was das Leben ihr geschenkt hatte, aber sie hatte gelernt, dass nichts von Dauer war. Auf alle schönen Dinge, die einem das Leben schenkte, folgte unweigerlich ein Tiefschlag. Das Einzige, was sie tun konnte, war, das Beste aus allem zu machen.

Fritz war nach wie vor viel mehr mit seiner Firma als mit ihr beschäftigt, aber Margarethe hatte sich daran gewöhnt, dass ihre Ehe sich zu einem freundschaftlichen Zweckbündnis entwickelt hatte. Im Grunde ihres Herzens hatte sie es von Anfang an gewusst. Kein Mann, in dessen Herzen die Leidenschaft brannte, hätte so lange um sie werben können. Ihre Beziehung war schon immer eine geistige, diese Seelenverwandtschaft, die sie von Anfang an verspürt hatte. Aber sie hatte noch eine Erfahrung machen müssen: Fritz war zwar bereit, auf ihren Rat zu hören, aber nur dann, wenn er von sich aus zu ihr kam. Er schätzte es nicht, wenn sie selbst mit Mitgliedern der Prokura sprach, und sei es noch so unverfänglich. Nun gut, sie war bereit, auch das zu akzeptieren, schließlich kannte sie den Platz, den eine Frau in dieser Gesellschaft einzunehmen hatte, aber es schmerzte sie dennoch, denn es war das erste Mal, dass Fritz sie zurückgewiesen hatte. Und so tat sie das, was von ihr in ihrer Stellung erwartet wurde: Sie kümmerte sich um das Hauswesen und die Erziehung ihrer Töchter. Ihre Schwester Irene stand ihr dabei stets zur Seite.

Als die Mädchen älter wurden, stellte Margarethe Fräulein Brandt ein, die sowohl ihrer Schwester Irene als Gesellschafterin als auch den Kindern als Gouvernante dienen sollte. Das Kindermädchen und die Amme blieben ebenfalls auf dem Hügel, auch wenn ihre Dienste längst nicht mehr gebraucht wurden. Margarethe wollte aber, dass ihre Kinder weiterhin regelmäßigen Kontakt zu ihren ersten Bezugspersonen pflegen konnten. Für den Ehemann der Amme, der seine Arbeit verloren hatte, schuf sie sogar eine eigene Stelle als Aufseher über das Hühnerhaus.

»Jetzt kümmert sich also der Ammerich um die Eier«, sagte Fritz in seiner humorvollen Art, als er es erfuhr.

»Der Ammerich?« Margarethe sah ihn erstaunt an.

»Ist das nicht die korrekte Bezeichnung für den Mann einer Amme? Oder meinst du, man nennt so einen Mann, der die Arbeit einer Amme übernimmt?«, fragte Fritz mit todernster Miene zurück.

Margarethe lachte. »Solange du ihn nicht ›Herr Ammerich‹ nennst, wenn du ihn triffst, kannst du ihn bezeichnen, wie du willst.«

»Weißt du, wie stolz ich auf dich bin, Marga?«, sagte er da. »Du tust so viel für die Menschen hier, du bist die gute Seele des Hauses und der ganzen Stadt. Überall preisen sie dich dafür, dass du dich nicht scheust, die Arbeiter in ihren Häusern zu besuchen und Geschenke mitzubringen.«

»Bis auf die Familie Ramm.« Margarethe seufzte. »Bei denen war ich gestern und wunderte mich, dass auf ihren Strohsäcken nur alte Pferdedecken lagen. Dabei hatte ich ihnen erst letzte Woche so schöne Federbetten geschenkt. Aber die haben sie gleich ins Pfandhaus getragen und sich dafür Schnaps gekauft.«

»Und was hast du daraufhin getan?«

»So böse geguckt, dass sie beinahe im Erdboden versunken sind. Das wird allerdings auch nichts ändern.«

»Das stimmt«, sagte Fritz. »Man kann nicht alle retten. Aber das wird dich nicht daran hindern, weiterhin Gutes zu tun.«

Margarethe nickte. Ihre Gedanken schweiften zurück zu dem Sommer, in dem ihr Vater gestorben war. Damals hatte Fritz eine Statue für seinen Vater errichten lassen. Sie hatte ihm geraten, zugleich eine Stiftung für versehrte Arbeiter im Namen seines Vaters ins Leben zu rufen, und so hatte er ein großes Haus in Auftrag gegeben, in dem jene, die nicht mehr in der Lage waren, für sich selbst zu sorgen, kostenlos in schön eingerichteten Zimmern leben konnten.

Auch für ihr Hauspersonal sorgte Margarethe. Jedes junge Mädchen, das in ihre Dienste trat, ganz gleich ob Küchenmagd oder Stubenmädchen, bekam eine Aussteuertruhe und regelmäßig zu den Feiertagen Wolle und Stoffe, um daraus die Aussteuer zu nähen. Sie selbst liebte es, an kalten Wintertagen mit den jungen Mädchen zusammenzusitzen und Handarbeiten zu machen. Ebenso wie das Abziehen der Bohnen erinnerten sie diese einfachen Tätigkeiten an ihre längst vergangene Kindheit. Durch ihre Erfahrungen als Gouvernante hatte sie Einblicke in die Welt des Hauspersonals gewonnen, die anderen Frauen ihrer Herkunft für immer verwehrt blieben. Sie wusste, wie das Hauspersonal dachte, wovor man sich als Herrschaft hüten musste und wann man mit strenger, aber gerechter Hand zu urteilen hatte. Für vieles brachte sie Verständnis auf, aber sie duldete keinen Klatsch und keine Nachlässigkeit, denn beides waren Grundübel, die die Harmonie des Hauses zerstörten. Inzwischen hatte sie auch einen neuen, jungen Hausmeister eingestellt, der ihr treu ergeben war und seine Erfahrung in der Leitung eines großen Haushaltes in einem Hotel erlernt hatte. Tatsächlich erinnerte ihr Haushalt in den folgenden Jahren immer mehr an ein großes Hotel, denn Fritz hatte oft Gäste. Zudem waren große Soireen mit mehr als zweihundert Geladenen keine Seltenheit.

Einerseits genoss Margarethe den Trubel, der damit verbunden war, und erfreute sich an geistreichen Gesprächen mit interessanten Gästen. Manche blieben sogar gleich monatelang auf dem Hügel, was oft bereichernd, aber manchmal einfach nur anstrengend war. Zum Glück nannte man sie nicht Kanonenkönigin, doch ihr Haushalt war genauso umfangreich wie der eines Königs. Dennoch fand Margarethe nach wie vor die Zeit, mindestens eine Stunde täglich zu reiten und Tennis zu spielen.

Auch ihre Töchter erblühten und waren ihre ganze Freude. Bertha, die ältere, war stets auf ihr Auftreten bedacht. Sie hasste es, sich schmutzig zu machen, und kam von jedem ihrer Ausritte so sauber zurück, als wäre sie gerade erst der Kleiderkammer entstiegen. Ganz anders war da ihre jüngere Schwester Barbara. Zwar ritt sie auch standesgemäß im Damensattel, war aber ein rechter Wildfang und bestand statt des eleganten Hütchens auf einer Mütze, wie sie die Jockeys auf den großen Rennbahnen trugen. Sie scheute keinen noch so schnellen Galopp, tollte gern herum und achtete kaum auf ihre Kleidung.

Die beiden Mädchen hatten auch zwei Foxterrier, Fix und Fox. Während Bertha ihrem Fix stets seinen Willen ließ, war die jüngere Barbara schnell dabei, ihren Hund zu erziehen, sodass er ihr gehorchte.

»Bist du dir sicher, dass wir uns nach ihrer Geburt nicht verschaut haben und Barbara doch ein Junge ist?«, fragte Fritz manchmal mit einem nicht zu verkennenden Stolz, wenn Barbara wieder einmal durch lausbubenhafte Eskapaden aufgefallen war.

»Nein«, sagte Margarethe dann immer. »Mädchen können alles erreichen, was auch Buben erreichen können, wenn man sie nur lässt. Es liegt in ihrem Charakter. Nur leider werden Mädchen allzu oft in Richtungen gedrängt, die ihnen nicht die Entfaltungsmöglichkeiten geben, die sie benötigen.«

Fritz nickte. »Das habe ich schon gemerkt, wenn ich die beiden mit ins Laboratorium genommen habe. Die sind genauso interessiert an der Technik wie die Buben. Wenn sie etwas älter sind, werde ich dafür sorgen, dass sie auch technischen Unterricht erhalten.«

Margarethe nickte, denn das war ganz in ihrem Sinne. Aber natürlich wurden die Mädchen auch in all den Dingen unterrichtet, die für ihr Geschlecht typisch waren, denn unnützes Wissen gab es in Margarethes Augen nicht.

Anfangs, als die Mädchen gerade ihren Kindermädchen entwachsen waren, erfolgte der Unterricht ausschließlich durch Fräulein Brandt, die wie einst Margarethe selbst das Lehrerinnenseminar abgeschlossen hatte. Margarethe nahm zunächst selbst am Unterricht teil, um zu sehen, ob die junge Frau auch alles in ihrem Sinne lehrte. Und wie sie es gewohnt war, fuhr sie dann gern mal dazwischen, wenn sie glaubte, die junge Frau verbessern zu müssen. Fräulein Brandt war dann jedes Mal sehr verunsichert, vor allem, wenn Barbara kicherte.

Margarethe war dann diejenige, die Barbara zur Ordnung rief, dachte bei sich aber, dass dies doch eigentlich die Aufgabe der jungen Frau sei. Nun ja, vielleicht ist sie recht verschüchtert, dachte sie. Das wird sich hoffentlich noch legen. Umso erstaunter war sie, als Fräulein Brandt sie kurz nach dem Ende des Unterrichts um ein Gespräch bat.

»Liebe Frau Krupp, ich weiß nicht so recht, wie ich beginnen soll, und deshalb möchte ich Ihnen als Erstes meinen tiefsten Respekt bekunden«, sagte sie.

»Was liegt Ihnen denn auf dem Herzen, Fräulein Brandt?«

»Nun, Sie haben selbst viele Jahre als Gouvernante und Lehrerin Ihrer Schützlinge gearbeitet. Wie ist es Ihnen dabei ergangen, wenn deren Mutter mit all ihrer Lebenserfahrung stets dabeisitzt und ebendiese Erfahrung zum Besten gibt?«

Margarethe zog erstaunt die Brauen hoch. Sollte das gar ein zaghafter Versuch der Kritik sein? Sie musste sich unwillkürlich eingestehen, dass sie selbst nie in einer solchen Situation gewesen war. Alle Herrschaften hatten ihr stets freie Hand gelassen und sich niemals eingemischt.

»Sie fühlen sich durch meine Anwesenheit gehemmt?«, fragte sie daher.

»Nun, das ist ein hartes Wort, aber wie soll ich den Respekt meiner Schutzbefohlenen verdienen, wenn sie sehen, dass ihre Mutter mir nicht vertraut und mich regelmäßig verbessert? Und dann nicht einmal inhaltlich, sondern nur in der Form, wie ich meinen Unterricht gestalte. Ich weiß, wie glücklich ich mich schätzen kann, bei Ihnen in Diensten zu stehen, Frau Krupp, aber ich bin hier als Gouvernante Ihrer Kinder angestellt und nicht als ältere Schwester, die ebenfalls noch erzogen werden muss.«

Schüchtern ist sie ganz gewiss nicht, dachte Margarethe. Es gehört Mut dazu, so etwas offen anzusprechen, und vermutlich war sie im Unterricht so zurückhaltend, weil sie keinen Konflikt vor den Kindern riskieren wollte. Vielleicht bin ich doch zu weit gegangen. Noch während sie nachdachte, bemerkte sie, wie ihr Schweigen Fräulein Brandt verunsicherte, die sich gewiss fragte, ob sie gerade ihre Stellung auf dem Hügel unwiederbringlich verspielt hatte.

»Sie haben recht«, sagte Margarethe schließlich. »Vermutlich fehlte mir die notwendige Distanz, weil ich mich in Ihnen ein wenig wiedererkannt habe. Ich wollte Sie und Ihre Unterrichtsmethoden damit nicht diskreditieren, sondern habe mich ein wenig in die Vergangenheit zurückversetzt gefühlt. Ich denke, es ist an der Zeit, dass Sie allein den Unterricht für die Mädchen gestalten. Ich stehe Ihnen selbstverständlich weiterhin gern mit Rat und Tat zur Verfügung, aber ich bin gewillt, Ihnen von nun an vollständig freie Hand zu lassen, so wie ich es früher an Ihrer Stelle auch durfte.«

Der unsichere Zug im Gesicht des Fräuleins verwandelte sich in ein dankbares Lächeln. »Vielen Dank, Frau Krupp. Ich werde Sie gewiss nicht enttäuschen.«

Auch wenn Fritz nach wie vor viel arbeitete, so las er seinen Töchtern doch jeden Wunsch von den Augen ab. Als die Mädchen sich ein eigenes Haus zum Spielen wünschten, ließ der Vater sich nicht lange bitten, sondern veranstaltete an Berthas achtem Geburtstag feierlich eine Grundsteinlegung für das »Spatzenhaus«. Es war eine Feier wie bei einem großen Haus, die Dienstboten traten an, der ganze Bereich um die künftige Baustelle war mit Girlanden geschmückt, und die Mädchen hatten die Ehrenplätze, da es ja um ihr Haus ging. Sogar ein Fotograf nahm die feierliche Zeremonie auf.

Margarethe wusste nicht, ob sie sich darüber freuen oder es etwas übertrieben finden sollte, schließlich lehrte sie ihre Töchter auch Wohltätigkeit und Bescheidenheit, und dieser Prunk passte ganz und gar nicht dazu. Aber Fritz meinte, es sei eine Generalprobe, schließlich müssten die Mädchen schon früh das Repräsentieren lernen, und da wäre es doch am besten, wenn sie diese Pflicht für immer mit einem wunderbaren Erlebnis in ihrer Kindheit verbinden würden.

Als das Spatzenhaus schließlich fertig war, umfasste es zwei Stockwerke. Im Erdgeschoss hatten die Mädchen eine Puppenküche, in der richtig gekocht werden konnte, und im Obergeschoss standen die Puppenbetten. Alles war so zierlich und klein, dass die Erwachsenen im oberen Stockwerk nur gebückt stehen konnten. Aber es war ein richtiges, massives Haus. Sogar einen eigenen Telefonanschluss hatte Fritz legen lassen, damit die Kinder vom Haupthaus aus erreichbar waren. Dieses Kinderhaus war bei vielen Gästen der Villa Hügel eine kleine Sehenswürdigkeit, auch wenn die Kinder selbst entschieden, wer ihr Reich betreten durfte.

Indes wuchs die Besucherschar in den kommenden Jahren immer weiter und wurde exotischer als je zuvor. Wenn Margarethe jetzt an die Anekdote mit dem Kronprinzen von Portugal zurückdachte, wurde ihr bewusst, dass es mittlerweile keiner ihrer internationalen Gäste mehr wagen würde, dem Hügel in unangemessener Kleidung die Aufwartung zu machen. Aus ganz Europa kamen Firmenchefs, aber auch Staatsoberhäupter und hohe militärische Würdenträger, um sich die Fabrik zeigen zu lassen und Bestellungen aufzugeben, die nicht nur den Ruhm des Hauses Krupp mehrten, sondern auch sein Vermögen. Während Fritz die Fabrik repräsentierte, oblag diese Aufgabe Margarethe in der Villa Hügel, die immer mehr zu einem Palast mutierte, obgleich sie den bescheidenen Namen Hügel behielt. Fritz war ebenso wie schon sein Vater stolz auf seine bürgerliche Herkunft und lehnte jeden Adelstitel ab.

Während es Margarethe leichtfiel, europäische Offiziersgattinnen zu unterhalten, deren Männer mit Fritz die Fabrik besichtigten, stellten sie die exotischeren Gäste vor einige Herausforderungen.

Der chinesische General Li Hongzhang, der zugleich Vizekönig der chinesischen Provinz Zhili war, gehörte zu den schillerndsten Besuchern in der Villa Hügel. Im Jahr 1896 unternahm er eine diplomatische Weltreise und besuchte selbstverständlich auch das Deutsche Reich. Neben dem Kaiser und Fürst Bismarck hatte er auch auf der Villa Hügel seinen Besuch angekündigt, um beim Kanonenkönig neue Waffen in Auftrag zu geben.

Normalerweise war Margarethes geschultes Personal nicht so leicht aus der Ruhe zu bringen, aber die Vorstellung, einen chinesischen Vizekönig zu bewirten, bereitete der obersten Köchin arge Sorgen.

»Ich habe gehört, die essen nur Reis und faule Eier und Vogelnester«, lamentierte sie, nachdem sie von Margarethe über den geplanten Besuch in Kenntnis gesetzt worden war. »Ob ich das aufbieten kann? Und müssen wir noch Stäbchen bestellen? O lieber Herrgott im Himmel, wie soll ich das alles nur bewältigen?« Sie setzte an, sich die Haare zu raufen, hielt dann jedoch in der Bewegung inne und strich stattdessen lieber ihr strahlend weißes Häubchen glatt.

»Nun reden Sie doch nicht so einen Unsinn«, erwiderte Margarethe. »Ich hätte nicht gedacht, dass Sie derartige Ammenmärchen glauben. Die chinesische Küche ist vielfältig und bekömmlich, man isst Reis und Fleisch aller Art, allerdings wird es im Gegensatz zu unserem Geschmack klein geschnitten und ähnlich wie Gulasch serviert.«

»Ach, tatsächlich?« Die Köchin sah Margarethe erstaunt an. »Waren Sie schon mal in China?«

»Nein. Aber das ist auch nicht nötig, da genügt die Lektüre vernünftiger Literatur. Ich habe im Übrigen schon dafür gesorgt, dass uns über das chinesische Konsulat eine Liste mit den Vorlieben des Vizekönigs zugestellt wird. Ich erwarte, dass wir ihm dann eine Mischung aus dem bieten, was er gewohnt ist, aber auch etwas von der deutschen Esskultur zeigen. Ich verlasse mich ganz auf Ihr Geschick. Sie werden unsere übliche Speisenfolge sicher auch für einen chinesischen Staatsgast bekömmlich gestalten.«

»Ach Herrgott, das wird ja eine Herausforderung, wie ich sie mein Lebtag noch nicht gesehen habe.«

»Keine Sorge, Sie werden mit Ihren Aufgaben wachsen«, erwiderte Margarethe, die sehr gut zu unterscheiden wusste, wann das Gejammer der Köchin nur Theater war und wann sie sich wirklich überfordert fühlte.

Während also im Haus alles vorbereitet wurde, damit General Li Hongzhang sich wohlfühlte, wurden im Garten und in der Fabrik überall Drachenwimpel zu seinen Ehren angehängt.

»Dürfen wir Lui Chang auch sehen?«, fragte Barbara am Abend

vor dem lang geplanten Besuch beim gemeinsamen Abendessen der Familie.

»Der Herr heißt Li Hongzhang«, verbesserte Margarethe ihre Jüngste.

»Ach, lass sie doch«, meinte Fritz lachend. »Ich finde, Lui Chang passt viel besser. Außerdem hast du den Namen auch nicht richtig ausgesprochen. Er heißt Li Hong Chang.«

»Aber auf der Ankündigung stand Hongzhang.«

»Das war die englische Transkription, die deutsche wäre korrekt Li Hong Tschang.«

»Also doch Lui Chang«, wiederholte Barbara. Bertha kicherte über den Eifer ihrer jüngeren Schwester und fragte dann: »Kann er Deutsch oder Englisch? Oder nur Chinesisch?«

»Er ist ein sehr gebildeter Mann und spricht ausgezeichnet Englisch und ein wenig Deutsch«, erwiderte ihr Vater. »Aber ihr werdet mit ihm nicht sprechen, ihr werdet ihm nur vorgestellt, so wie es sich gehört.«

»Immerhin sehen wir ihn dann«, sagte Barbara. »Das ist dann fast so, als wenn man den Kaiser von China sieht.«

Wie nicht anders zu erwarten, verlief der Besuch des hohen Würdenträgers reibungslos. Die fernöstlichen Besucher waren allesamt in die traditionellen chinesischen Gewänder gehüllt, so wie Margarethe es von den Kupferstichen und Fotografien aus den Reiseführern und Bildbänden in ihrer umfangreichen Bibliothek kannte. General Li Hongzhang trug ein dunkelblaues, hemdartiges Gewand, darunter Stiefel, die aber nicht viel mit der Form deutscher Soldatenstiefel gemein hatten, sondern durch ihre hohen Plateau-Sohlen auffielen. Ob er damit wohl seine Körpergröße ausgleichen wollte, die im Vergleich zu den Europäern eher klein war, fragte Margarethe sich. Wenn sie nicht gewusst hätte, dass dieser alte Mann mit dem gütigen Gesicht ein berühmter General war, hätte sie ihn eher für ein Abbild des Konfuzius gehalten. Dieser

Mann war wirklich das Gegenteil eines europäischen Generals, aber seine militärischen Erfolge waren unbestritten. Margarethe konnte gut verstehen, warum ihre Töchter so beeindruckt waren. Der chinesische Besuch verkörperte eine ganz andere Welt, so als würde sich ein märchenhafter Glanz über den Hügel legen.

An der Begrüßung nahmen die Kinder artig teil, dann wurden sie wieder in die Obhut von Fräulein Brandt gegeben, während Li Hongzhang und seine engsten Vertrauten Fritz in die Fabrik begleiteten und sein chinesisches Hauspersonal von Margarethes Bediensteten eingewiesen wurde.

Das gemeinsame Essen war ein voller Erfolg, die chinesischen Gäste lobten das gute deutsche Essen und hatten selbstverständlich keine Probleme, mit Messern und Gabeln zu essen. Margarethe dachte bei sich, sie wäre dankbar, wenn sie, sollte es sie einmal nach China verschlagen, genauso gut mit Stäbchen hantieren könnte.

Kurz nachdem die chinesischen Gäste wieder abgereist waren, natürlich nicht, ohne das Krupp'sche Auftragsbuch mit zahlreichen Bestellungen gefüllt zu haben, meinte Barbara: »Mama, wusstest du, dass unser Hausmeister in China ein Eunuch wäre?«

Margarethe sah ihre Tochter irritiert an. »Weißt du überhaupt, was ein Eunuch ist?«

Fräulein Brandt, die hinter Barbara stand, hüstelte verlegen. »Fräulein Barbara hat gestern die Bekanntschaft eines der älteren Diener gemacht«, erklärte sie. »Der erzählte ihr, dass er früher als Eunuch am Hof des Kaisers war, bevor er in General Li Hongzhangs Dienste getreten ist.«

»Ja, und da wollte ich natürlich wissen, was ein Eunuch macht«, ergänzte Barbara heftig nickend. »Er war da für den ganzen Haushalt verantwortlich, so wie unser Hausmeister. In China heißen Hausmeister Eunuchen.«

Margarethe räusperte sich. »Nicht ganz, mein Schatz. Nur die, die beim Kaiser arbeiten. Alle anderen sind keine Eunuchen.«

»Aber warum nennt er sich dann noch so?«

»Weil … ein Eunuch bleibt dann auch ein Eunuch, wenn er später nicht mehr beim Kaiser arbeitet.«

»Ach so, das ist dann so ein Titel wie Hoflieferant?«

»Ja, so ungefähr. Und deshalb darfst du andere Männer auch nicht Eunuchen nennen. Das gehört sich nicht.«

Barbara nickte, während Fräulein Brandt erleichtert aufatmete und Margarethe sich schon darauf freute, diese Anekdote mit Fritz zu teilen.

23

Der Besuch des chinesischen Vizekönigs mochte das exotischste Ereignis sein, aber es war nicht der Besuch, der Margarethe am meisten abverlangte. Wenn irgendetwas schiefgegangen wäre, so wäre es dem weit gereisten Gast mit Sicherheit nicht aufgefallen und er hätte es vermutlich für eine deutsche Eigenheit gehalten.

Doch als sich der junge Kaiser Wilhelm für einen Besuch auf dem Hügel ankündigte und das bürgerliche Haus damit mehr adelte, als es ein echter Adelstitel vermocht hätte, fühlte Margarethe sich unsicherer als je zuvor. Das Wohlwollen des Kaisers war das Wichtigste überhaupt für ihre Firma, und nichts, aber auch rein gar nichts durfte bei diesem wichtigen Anlass schiefgehen.

Und so erwartete Margarethe von jedem Mitglied ihres Haushalts absolute Perfektion. Die Küche musste stundenlang gescheuert und geschrubbt werden. Als Margarethe bei einem ihrer Inspektionsbesuche hörte, wie eines der Mädchen einem anderen zuraunte, der Kaiser würde doch wohl kaum die Küche betreten, hielt sie inne.

»Meine Liebe«, sagte sie streng, »es ist vollkommen gleichgültig, ob der Kaiser die Küche betreten will oder nicht. Sollte er den Wunsch hegen, sie zu besichtigen, dann muss sie auch angemessen glänzen. Ist das klar?«

»Jawohl«, erwiderte das Mädchen mit hochrotem Kopf und senkte beschämt den Blick.

Die Vorbereitungen für den Besuch des allerhöchsten Landesherrn bezogen selbst den Bahnhof mit ein. Fritz hatte bereits einige Jahre zuvor seinen Einfluss genutzt, um bei der Reichsbahn den Bau eines weiteren Bahnhofs direkt vor dem Park der Villa Hügel durchzusetzen, der im Jahr 1890 feierlich eröffnet worden war. Da der Kaiser in seinem Salonwagen anreiste, war der Bahnhof der Villa Hügel an diesem Tag für den normalen Personenverkehr geschlossen. Stattdessen wurden vom Bahnsteig bis zur Terrasse der Villa meterlange rote Teppiche verlegt, damit der Kaiser den Weg ins Haus angemessen beschreiten konnte. Die örtliche Feuerwehr war zudem angetreten, Spalier zu stehen. Margarethe hätte gern gesehen, wie der Kaiser auf die Ausstattung am Bahnhof reagierte, aber natürlich war es ihre Pflicht, ihn gemeinsam mit ihrer Familie im Haus zu begrüßen. Noch einmal kontrollierte sie, ob die Zimmermädchen wirklich überall ordentlich Staub gewischt hatten, und ließ die Diener mit einem Zerstäuber im Foyer und in den Gästezimmern zarten Blumenduft verteilen. Natürlich nicht so stark wie das billige Parfüm alter Frauen, sondern nur ein feiner Hauch, so als wäre es der natürliche Duft des Gartens, der sich in der Villa ausgebreitet hatte.

Endlich war der große Moment gekommen. Während Bertha still stand, ganz wie eine feine Dame, tippelte Barbara ungeduldig von einem Fuß auf den anderen und hörte erst damit auf, als ihr Vater ihr sanft eine Hand auf die Schulter legte.

Der Kaiser trat mit stolzen Schritten ein, wischte sich einmal demonstrativ den nicht vorhandenen Staub mit einer eleganten Handbewegung von der Uniform und nahm dann huldvoll die Begrüßung der Familie entgegen. Danach wurde im Speisesaal Tee getrunken und exquisites Gebäck gereicht. Margarethe ertappte sich dabei, wie ihr Blick immer wieder unauffällig den linken Arm des Kaisers streifte. Sie kannte die Gerüchte: Seine Mutter, eine Tochter von Queen Victoria, hatte eine schwere Geburt gehabt, und dabei waren die Nerven des linken Arms des Säuglings geschädigt worden. Der Arm war verkümmert und kürzer. Allerdings beherrschte der Kaiser die Kunst, den Arm geschickt so gebeugt zu halten, dass es nicht sofort auffiel. Einzig beim Ergreifen der Teetasse konnte man seine Behinderung erahnen.

Nach dem Tee ging es für die Herren auf zur Fabrik, ein Besuch, den Fritz gemeinsam mit dem Oberhofmarschall des Kaisers genau geplant hatte, schließlich ging es nicht nur um das Zeremoniell, das einzuhalten war, sondern auch um die Sicherheit des obersten Landesherrn.

Obwohl der Kaiser nur eine Nacht blieb, war sein Gepäck immens. Nicht nur, dass er zahlreiche Schrankkoffer mit sich führte und sein eigenes Hauspersonal, er hatte auch noch einen Reisekorb mit seinen Lieblingsdackeln dabei, die stets bei ihm im Zimmer schliefen. Als Barbara die kleinen Hunde sah, fragte sie den Offizier, der für die Hunde zuständig war, ob sie sie einmal streicheln dürfte, was ihr mit einem freundlichen Lächeln gewährt wurde.

»Darum haben schon die Damen in der Küche gebeten«, sagte der Offizier. »Ich war vorhin dort und habe darauf hingewiesen, dass sie heute noch kein Futter hatten.«

»O ja, das glaube ich gern, dass alle diese lieben Hunde streicheln wollen«, sagte Barbara. »Ich habe auch einen Hund, den Fox, und meiner Schwester gehört sein Bruder Fix. Aber Fox gehorcht viel besser.«

Margarethe lächelte über den Eifer ihrer Jüngsten, der man ihre Jugend noch nachsah. Bertha hingegen verstand schon jetzt, würdevoll zu repräsentieren.

Am Abend, nachdem Fritz mit dem Kaiser und dessen Gefolge aus der Fabrik zurückgekehrt war, fand ein vornehmes Diner statt, zu dem es nur die besten Speisen gab. Margarethe hatte selbst mit der Köchin die Speisenfolge abgestimmt und den besten Wein ausgesucht. Außerdem musste die Sitzordnung an der Tafel festgelegt werden, wobei sie selbst die Tischdame des Kaisers zur Rechten an der langen Seite war, während Fritz gegenübersaß, damit er dem Kaiser von Angesicht zu Angesicht zuhören konnte. Tatsächlich schätzte Fritz den jungen Kaiser für seine Redegewandtheit und seinen Esprit, auch wenn Margarethe bei sich dachte, dass dessen Großvater, Wilhelm I., die besseren Reden gehalten hatte. Aber wichtig war nur, dass Fritz sich gut mit dem Kaiser verstand. Und der konnte in der Tat unterhaltsame Anekdoten zum Besten geben.

»Ich werde ja oft gefragt, woran ich merke, dass meine Reden gesessen haben«, sagte er, während er sich beherzt ein Stück Wild vorlegen ließ. »Immer dann, wenn die Zeitungen am nächsten Tag furchtbar darüber schimpfen, dann war sie gut.« Er lachte so ansteckend, dass es niemanden Mühe kostete einzustimmen.

»Nur ein großer Mann zieht seine Stärke daraus, wenn andere über seine Worte schimpfen«, sagte Fritz.

»Das liegt daran, dass ich durch und durch Deutscher bin. Ich mag keine Schmeichelei, mir ist der Neid lieber, den muss man sich hart erarbeiten.« Wieder stimmte die Tischgesellschaft in das fröhliche Lachen ein, und als die Tafel sehr viel später aufgehoben wurde, wusste Margarethe, dass dieser Antrittsbesuch des Kaisers ein voller Erfolg gewesen war, zumal er ankündigte, diesen Besuch bei sich bietender Gelegenheit liebend gern wiederholen zu wollen.

Spät am Abend meinte Fritz: »Ich glaube, es wird mir nicht schwerfallen, zu unserem Kaiser ein ebenso gutes Verhältnis aufzubauen, wie mein Vater es zu seinem Großvater hatte.«

»Er ist dir sehr sympathisch, nicht wahr?«

»Ja, ich wünschte, ich könnte so gut wie er reden.«

»Er mag vielleicht besser reden können als du, aber er ist auf deinen Geist angewiesen, mit dem du die wichtigste Firma des Reiches führst. Hat er schon Andeutungen über die Bestellungen gemacht?«

»Ja, er will viel in die Kriegsmarine investieren. Wenn auf seine Worte die ersten Verträge folgen, sind wir für das ganze Jahr ausgebucht. Ich bin schon am Überlegen, einige weitere Fabriken hinzuzukaufen, damit wir auch unsere anderen Kunden weiter zufriedenstellen können. Und ich schätze, wir müssen unseren Hausstand noch etwas erweitern. Er war übrigens nicht nur von der Fabrik beeindruckt, sondern auch von unseren Stallungen. Ich habe gehört, wie er den Oberhofmarschall aufforderte, sich die Pläne geben zu lassen, weil er einige unserer Innovationen gern selbst übernehmen würde.« Der Stolz darüber ließ Fritz' Gesicht strahlen, und Margarethe fühlte sich trotz all der Anstrengungen, die dieser Besuch mit sich gebracht hatte, glücklich. So zufrieden hatte Fritz schon lange nicht mehr ausgesehen.

Am folgenden Morgen frühstückte der Kaiser auf der Terrasse, wo extra für ihn eine Musikkapelle seine Lieblingslieder spielte. Nach dem Frühstück wurden noch einige Artigkeiten ausgetauscht und ein reichliches Trinkgeld für das Personal des Hügels hinterlassen. Dann kehrte der Kaiser mit seinem Gefolge zurück zum Bahnhof, wo der Salonwagen bereits auf ihn wartete.

In den folgenden Jahren war der Kaiser ein häufiger Besucher auf dem Hügel, blieb aber nie länger als eine Nacht, worüber Margarethe insgeheim froh war. Denn auch wenn ihr vornehmer Haushalt mit den meisten königlichen Palästen mithalten konnte, war es doch immer ein Balanceakt, den Kaiser bei Laune zu halten, auch wenn er sich Fritz gegenüber freundlich und jovial gab. Nichtsdestotrotz blieb Margarethe vorsichtig, vor allem, weil sie die Art nicht mochte, in der Kaiser Wilhelm von seiner englischen Mutter Victoria sprach. Eine seiner Bemerkungen, die bei einem seiner späteren Besuche als Anekdote verkleidet gewesen war, hatte sie nachhaltig erschüttert, auch wenn sie von dem Vertrauen kündete, das er Fritz entgegenbrachte. Er hatte gesagt: »Ein englischer Arzt tötete meinen Vater, ein englischer Arzt verkrüppelte meinen Arm, und das ist die Schuld meiner Mutter, die keine Deutschen um sich duldete.«

»Das tut mir sehr leid«, sagte Fritz, und Margarethe hatte es gleich ganz die Sprache verschlagen. Gewiss, bei der Geburt des Kaisers hatte die junge Kronprinzessin Victoria auf einen englischen Arzt bestanden, aber der Tod seines Vaters Friedrich, der selbst keine hundert Tage auf dem Kaiserthron überstanden hatte, war einer schweren Krebserkrankung geschuldet, die kein Arzt, gleich welcher Nationalität, hätte behandeln können. Margarethe betrachtete mit Sorge die seltsame Aversion, die Wilhelm mit dem Erbe seiner Mutter verband. Offiziell rühmte er sich gern, der Lieblingsenkel von Queen Victoria zu sein, andererseits hatte er ein wahres Wettrüsten mit dem Vereinigten Königreich begonnen. Fritz sah das eher von der unternehmerischen Seite, denn der Kaiser war dadurch sein bester Kunde. Sowohl für die Kriegsmarine als auch für die zivile Industrialisierung, die Kaiser Wilhelm vorantrieb, benötigte er die Erzeugnisse aus dem Hause Krupp.

Obwohl Fritz stolz auf seine Leistungen war, merkte Margarethe bald, dass sein Nervenkostüm angegriffen war. Vor allem, wenn sie gemeinsam in Berlin weilten, wo Fritz seinen Pflichten als Reichstagsabgeordneter nachkam. Margarethe hatte aus ihrer Jugend gute Erinnerungen an Berlin, denn sie hatte als junges Mädchen einige wunderschöne Monate in der Hauptstadt verbracht. Damals hatte Berlin für sie einen Hauch von Freiheit verströmt, den sie bis dahin niemals gekannt hatte. Doch als sie Fritz nun erneut in die Hauptstadt begleitete, war der Zauber verflogen. Das lag natürlich auch daran, dass sie kein junges Mädchen mehr war, das sein Leben ohne größere Verantwortung genießen durfte. Auch in Berlin hielten sie einen großen Haushalt und empfingen wichtige Gäste, sodass sie nicht weniger Arbeit als auf dem Hügel hatte. Hinzu kam, dass Fritz sich oft ungerecht von den sozialdemokratischen Abgeordneten angegangen fühlte. Er wurde als Kapitalist beschimpft, und all die Wohltätigkeiten, die er seinen Arbeitern entgegenbrachte, wurden mit einer lauen Handbewegung weggewischt. Er war das

Feindbild, und niemand seiner politischen Gegner machte Unterschiede zwischen einem guten Arbeitgeber, dem auch das Wohl der Arbeiter am Herzen lag, und einem Sklavenhalter.

Als Fritz kurz vor einem Nervenzusammenbruch stand, sich weinend in seinem Arbeitszimmer in Berlin einschloss und nicht einmal seiner Frau die Tür öffnete, reichte es Margarethe. Sie veranlasste einen Kuraufenthalt in Florenz.

Fritz willigte ein, denn wenn es um seine Gesundheit ging, war er schnell nachgiebig. Doch während Margarethe von einer kulturellen Reise ins sonnige Italien geträumt hatte, machte ihr nun Fritz' körperlicher Zustand erneut einen Strich durch die Rechnung. Kaum waren sie in Florenz angekommen, erkrankte er an einer schweren Grippe und brauchte mehrere Wochen, bis er wieder auf die Beine kam. Damit er sich nicht sofort wieder in die Arbeit stürzte, war es Margarethe recht, dass Professor Schweninger ihm eine Kur in Baden-Baden empfahl. Hauptsache, er blieb sowohl Berlin als auch der Firma eine Weile fern und erholte sich sowohl körperlich als auch geistig.

In Baden-Baden fiel Margarethe während eines Spaziergangs eine wunderschöne Villa mit einem Kuppeldach auf, die so zauberhaft war, dass sie sich sogleich in dieses wunderschöne Gebäude verliebte und beschloss, es zu zeichnen. Als sie Fritz davon erzählte und ihm das Bild zeigte, war auch er fasziniert von dem Bauwerk, das mehr wie ein Schloss als eine Villa wirkte. Und plötzlich war seine alte Tatkraft wieder da. Er wies seinen Sekretär an, sich zu erkundigen, wem diese Villa gehörte und ob es wohl möglich wäre, sie auch mal von innen zu besichtigen. Die Villa gehörte dem Grafen Lanckoronski, und der gestattete ihnen nicht nur die Besichtigung, sondern zeigte sich sogar bereit, sie zu verkaufen.

Margarethe war sich zunächst unsicher, doch als sie die Villa dann das erste Mal betrat, war sie von der inneren Aufteilung und der Gestaltung verzaubert. Dies wäre der ideale Ort, an dem die Familie sich von allem Trubel erholen könnte. Die Kuppel selbst enthielt ein großes Oberlicht, das eine prachtvolle Halle erleuchtete, die das Zentrum der Villa bildete, beinahe so wie die orientalischen Paläste auf ihren Illustrationen aus Tausendundeiner Nacht. Von dieser Halle aus gelangte man nicht nur in alle Zimmer, sondern auch auf eine große Terrasse, von der aus man einen wunderbaren Blick über die wunderschöne Landschaft hatte.

»Genauso hätte die Villa Hügel sein sollen«, sagte Margarethe zu Fritz. »So wollte ich schon immer leben.«

»Dann soll ich sie kaufen?« Er lächelte sie liebevoll an, und Margarethes Herz schlug schneller. Gewiss, er war nicht immer der Ehemann, den sie sich gewünscht hatte, aber gerade in solchen Momenten wurde seine weiche, gutmütige Seite zu seiner großen Stärke.

»Das würdest du tun?«

»Natürlich«, sagte er. »Wir können es uns leisten. Und ich möchte, dass du glücklich bist.«

»Ich werde hier glücklich sein, denn diese wunderbare Villa wird auch deiner Gesundheit guttun, und das ist alles, was ich will.«

Da war er wieder, dieser Funke der Seelenverwandtschaft, der sie über all die Jahre begleitet hatte und der niemals ganz erloschen war, selbst wenn er in all der Arbeit zeitweilig nur noch ein schwaches Glimmen gewesen war.

Und so kam es, dass Fritz die Villa kaufte, die von der Familie Krupp den Namen Villa Meineck erhielt und ihnen als Urlaubsdomizil dienen sollte. Natürlich war ein solches Palais dazu geeignet, auch im Urlaub viele Gäste zu empfangen. Aber diesmal lud Margarethe nicht nur Personen ein, die für das Fortbestehen der Firma wichtig waren, sondern überwiegend Menschen aus ihrem privaten Umfeld. Neben ihrer Freundin Prinzessin Maria-Anna und ihren Geschwistern hatte Margarethe auch ihrer Freundin Anni Moore geschrieben. Die älteste Tochter der Familie MacKenzie, mit der sie in ihrer Gouvernantenzeit gemeinsam Spanisch gelernt hatte, war längst selbst verheiratet und hatte zwei Töchter, Alice und Olive, die im Alter von Margarethes Kindern waren. Über Ostern sollten die Moores nach Meineck kommen, wo die Mädchen miteinander spielen konnten. Für Bertha und Barbara war es ein großer Spaß, sich als Gastgeberinnen zu profilieren, ihr Englisch zu verbessern und zugleich Alice und Olive dabei zu helfen, ihre Deutschkenntnisse zu erproben. Es wurde ein wunderbarer Frühling, und sogar Margarethes Mutter Eleonore konnte sich während ihres Besuchs mit der einstigen Gouvernantentätigkeit ihrer Tochter in Holyhead aussöhnen.

»Man weiß oft erst Jahrzehnte später, wozu etwas gut war«, sagte sie. »Auf jeden Fall tut es meinen Enkelinnen gut, so reizende englische Spielgefährtinnen zu haben.«

»Ja, die modernen Zeiten haben durchaus ihre Vorteile«, erwiderte Margarethe. »Ich lebe gern in Zeiten, in denen jeder die Möglichkeit hat, durch eigenen Fleiß und Mut aufzusteigen und nicht für immer an die Fesseln der Geburt gebunden zu sein.«

»Wobei auch die alten Zeiten ihr Gutes hatten«, erwiderte Eleonore, während sie auf der Terrasse der Villa Meineck an ihrer Kaffeetasse nippte und dem Spiel der Kinder zusah. »Diese Sozialdemokraten sind eine wahre Pest. Ich sehe doch, wie sehr sie deinem Mann zusetzen.«

Margarethe nickte. »Mein Schwiegervater hat das vorausgesehen und ihm abgeraten, in die Politik zu gehen. Ich sah das ähnlich, aber leider hat Fritz nicht auf uns gehört. Wenn man nur begrenzte Kräfte hat, muss man sich entscheiden: Entweder man leitet eine große Firma oder möchte etwas in der Politik bewegen.«

»Und für die harte Welt der Politik ist dein Fritz ja nun wirklich zu gutmütig«, bestätigte ihre Mutter. »Aber die Männer wollen ja nicht hören, sie müssen erst über ihre eigenen Füße stürzen, ehe sie begreifen, dass sie sich übernommen haben. Dein Vater war genauso.«

»Allerdings war er nur in der Politik tätig und hatte keine Firma«, erwiderte Margarethe. »Nun, ich hoffe, Fritz wird sich von nun an möglichst oft in unserer neuen Villa aufhalten, um seine Gesundheit zu schonen und seine verbliebenen Kräfte ganz in die Firma zu stecken.«

»Ich hoffe mit dir«, sagte ihre Mutter. »Denn ich fürchte, mit dieser Politik in Berlin nimmt es kein gutes Ende. Diese Sozialisten sind doch außer Rand und Band, dem sollte der Kaiser möglichst schnell einen Riegel vorschieben.«

»Das hat Bismarck mit den Sozialistengesetzen bereits erfolglos versucht«, sagte Margarethe.

»Diese Verbote waren schon ganz richtig«, widersprach ihre Mutter. »Das Problem besteht darin, dass sie aufgehoben wurden.«

»Sie waren nicht länger aufrechtzuerhalten«, sagte Margarethe. »Die Mehrheit des Reichstags hat dagegen gestimmt, weil die Sozialdemokraten sich nicht an die Verbote hielten und weiterhin im Untergrund ihre Forderungen unter die Leute brachten. Es war besser, sich politisch mit ihnen auseinanderzusetzen. Zudem hat der Kaiser die Gelegenheit gleich genutzt, Bismarck loszuwerden, dem er die ganze Schuld zuschieben konnte.«

Eleonore nickte. »Und genau das war ein großer Fehler«, sagte sie. »Ich kann Bismarck nicht verzeihen, was er deinem Vater angetan hat, aber ausgerechnet die Aufhebung der Sozialistengesetze dazu zu nutzen, einen Patrioten, der noch auf Recht und Anstand setzte, davonzujagen, war falsch. Und das wird sich irgendwann rächen.«

Margarethe nickte, allerdings sah sie den Fehler nicht darin, auf welche Weise der Kaiser Bismarck entlassen hatte, sondern dass er sich überhaupt von ihm getrennt hatte. Sie kannte den Kaiser inzwischen gut genug, um zu wissen, dass er sein Herz auf der Zunge trug, sagte, was er dachte, und auf Diplomatie nichts gab. Er war der Kaiser, er entschied und musste sich nicht um schöne Worte bemühen, solange er um die Macht seiner Kanonen wusste. Und die bezog er von ihrer Familie. Als Margarethe dieser Gedanke durch den Kopf schoss, fragte sie sich, ob es wirklich so gut war, dass Fritz' Auftragsbücher so voll waren. Denn wer konnte schon in die Zukunft blicken? Kaiser Wilhelm liebte seine Großmutter Queen Victoria, aber mit ihrem ältesten Sohn, dem Thronfolger Albert, verband ihn eine gefährliche Rivalität. Hinzu kam, dass die Queen ihrem ältesten Sohn wegen seines lockeren Lebenswandels die Schuld am Tod ihres Gatten gab und das Verhältnis als zerrüttet galt. Für Kaiser Wilhelm die ideale Gelegenheit, sich die Liebe der Großmutter auf Kosten des Onkels zu erhalten und in ihr Horn zu stoßen. Wie mochte es mit so einem undiplomatischen Kaiser wohl weitergehen, wenn die greise Victoria irgendwann ihre letzte Reise antreten würde? Darüber mochte Margarethe gar nicht nachdenken. Und das war auch etwas, über das sie mit Fritz nicht reden konnte, denn der verehrte den Kaiser und ließ nichts auf ihn kommen. Und das nicht nur wegen der vollen Auftragsbücher, sondern vor allem, weil Wilhelm ihn stets als seinen Freund bezeichnete und sich ihm gegenüber auch so verhielt. Und Freunden musste man so manche Unart nachsehen. Erst recht dann, wenn sie Kaiser des eigenen Landes waren.

24

Margarethe war erleichtert, als Fritz in der nächsten Legislaturperiode nicht mehr in den Reichstag gewählt wurde. Sie hoffte, dass diese Entlastung seiner Gesundheit guttun und ihn aus der Schusslinie der Sozialdemokraten nehmen würde. Endlich hatte er wieder mehr Zeit, sich um seine naturkundliche Sammlung zu kümmern und die Kontakte zur Zoologischen Station Neapel zu vertiefen, die er bereits seit vielen Jahren unterstützte. Der Gründer dieser Station war der deutsche Zoologe Anton Dohrn. Er hatte nicht nur viele bekannte Wissenschaftler um sich versammelt, die sich der Erforschung der Tiefseefauna verschrieben hatten, sondern auch zahlreiche Gönner, die dieses Projekt allein mit ihren Spenden trugen. Anfang der Siebzigerjahre hatte Dohrn auch Alfred Krupp angeschrieben, aber der hatte die Erforschung der Meerestiere für überflüssig erachtet und finanzielle Unterstützungen abgelehnt. Als Fritz von dem brüsken Brief seines Vaters erfahren hatte, war er zutiefst beschämt und hatte seinerseits Kontakt zu Anton Dohrn aufgenommen und ihm, soweit es ihm damals möglich war, geholfen. Daraus war eine Freundschaft erwachsen, die allerdings in den Jahren nach Alfreds Tod und mit den vielen anderen Verpflichtungen beinahe geruht hatte. Fritz hegte in all der Zeit den Wunsch, sich viel mehr um die Erforschung der Meeresbiologie zu kümmern.

Nun tat sich endlich eine Möglichkeit auf, und er hatte große Pläne: Er wollte eigene Tiefseeforschungen im Golf von Neapel in Zusammenarbeit mit der Station betreiben.

»Das Klima in Neapel bekommt mir im Winter viel besser als das in Essen«, sagte er mit leuchtenden Augen zu seiner Frau. »So könnte ich sowohl etwas für meine Gesundheit tun als auch für die Wissenschaft.«

Seine Begeisterung war ansteckend und vermittelte auch Margarethe ein Hochgefühl. Endlich hatte Fritz die depressiven Gedanken überwunden, vorbei war die Zeit, als sie ständig gebangt hatte, er könne wieder einen Nervenzusammenbruch erleiden und sich wie ein weinendes Häufchen Elend zurückziehen. Unmännlich und eines Firmenchefs nicht würdig, was zudem dringend vor der Gesellschaft verborgen werden musste, denn jemanden mit flatterhaften Nerven würden sowohl der Vorstand als auch die wohlhabenden Kunden über den Tisch ziehen. Aber mit dem neuen Plan von der Erforschung der Meere waren diese Sorgen endgültig weggespült. Als Naturforscher konnte Fritz sich einen viel besseren Namen machen als in der Politik.

Um seine Träume standesgemäß auszuleben, hatte Fritz eine luxuriöse Dampfjacht erworben, die den Namen *Christabel* trug. Und er wollte die Insel Capri besuchen, von der er schon so viel gehört hatte. Der Rückzugsort der römischen Kaiser erschien auch ihm als eine angemessene Residenz voller Historie und Kultur, in angenehmem Klima und außerdem ganz in der Nähe der Forschungsstation im Golf von Neapel.

Die Kinder freuten sich ebenfalls auf die Überfahrt, sie liebten die See und das Leben an Bord. Fritz fühlte sich als Kapitän seiner Jacht, obwohl er selbstverständlich ausreichend Personal an Bord hatte, das sich um alles kümmerte. Er brauchte nur zu sagen, wohin er wollte.

Margarethe verbrachte die Zeit gern auf dem Liegestuhl an Deck. In jungen Jahren hatten ihr die stürmischen Überfahrten nichts ausgemacht, aber im Frühjahr 1898, als sie zum ersten Mal gemeinsam nach Capri reisten, verspürte sie trotz des moderaten Seegangs Unwohlsein.

»Du wirst doch nicht etwa seekrank?«, neckte Fritz sie, der wie das blühende Leben aussah. Und er wirkt etliche Jahre jünger als ich, dachte sie bei sich. In der Hinsicht ist das Leben ungerecht. Männern sagt man nach, sie würden reifer, uns Frauen, dass wir verdorren.

»Ich weiß nicht recht«, erwiderte sie. »Vielleicht ist die Jacht zu klein. Auf großen Schiffen wurde mir nie übel, aber als wir damals den Kaiser bei der Eröffnung des Kaiser-Wilhelm-Kanals begleitet haben, fühlte ich mich auch nicht wohl.«

Fritz nickte nur. Ein wenig gleichgültig, befand Margarethe, sagte aber nichts. Vielleicht waren es ja auch die Unpässlichkeiten, die das fortgeschrittene Alter einer Frau mit sich brachte, und hatte gar nichts mit dem Seegang zu tun. Schon seltsam, dachte sie, je lebendiger Fritz wird, umso erschöpfter fühle ich mich. Aber vielleicht ist es ja auch nur die Erleichterung, dass ich nun auch endlich Ruhe finden kann und nicht mehr ständig alles zusammenhalten muss.

Tatsächlich war sie froh, dem Essener Trubel für den Winter entkommen zu sein. Die Arbeitsteilung, die besagte, dass Fritz für die Firma zuständig war und sie für die Hofhaltung auf dem Hügel, forderte ihr alles ab. Die hohen Gäste gaben sich mittlerweile die Klinke in die Hand, ständig fand irgendeine Gesellschaft statt. Ein Hotel hätte nicht größer sein können. Die Zahl des Personals hatte sich seit den Anfängen fast verzehnfacht, sodass mittlerweile rund sechshundert Bedienstete dafür sorgten, dass in der Villa mit ihren zweihundertneunundsechzig Zimmern und den dazugehörigen Häusern auf dem großen Gut alles reibungslos verlief. Stets war Margarethes ganze Aufmerksamkeit gefragt. Sie musste immer wachsam bleiben, dass sich nicht irgendwo der Schlendrian einschlich. Fritz suchte sich die Anlässe heraus, die ihm gefielen, und sie hielt den Rest zusammen, wie man es von einer guten Ehefrau erwartete. Sie war immer da, gesund und robust, erfüllte ihre

Pflicht. Und natürlich nahm sie dabei immer auch Rücksicht auf Fritz' Befinden.

Was wäre wohl, wenn meine Gesundheit genauso zerbrechlich wäre wie die seiner Mutter?, dachte sie bei sich. Würde er sich dann mehr zurücknehmen, weil ich nicht sofort in alle Lücken springen würde, die seine zahlreichen Krankheiten in seine überschießenden Pläne reißen? Ich habe mir schon so oft Sorgen um ihn gemacht, aber er nickt nur gleichmütig, wenn es mir nicht gut geht, weil er weiß, dass ich mich immer wieder aufrapple. Sie seufzte, hütete sich aber, ihre Gedanken auszusprechen, sondern schaute zu, wie ihr Mann mit seinen beiden Töchtern begeistert an der Reling stand und mit ihnen beobachtete, wie sie sich Capri immer weiter näherten.

Die Ankunft einer so großen, prächtigen Jacht wurde von zahlreichen Schaulustigen am Hafen begleitet. Nun erhob sich auch Margarethe aus ihrem Liegestuhl und gesellte sich zu Mann und Töchtern. Was für ein malerischer Anblick! Am liebsten hätte sie gleich ihren Zeichenblock gezückt. Sie sah einfache Arbeiter und Frauen in bunten Kleidern, die man in Deutschland als viel zu grell bezeichnet hätte, die hier aber einen angenehmen Kontrast zu den weiß gekalkten Hauswänden boten. Im Hintergrund standen besser gekleidete Leute, vielleicht Sommergäste, die gerade am Hafen promeniert waren und sich nun auch über das Schauspiel eines Anlegemanövers freuten. Barfüßige Kinder in zerrissenen Hosen und schmuddeligen Röcken drängten sich zwischen den Erwachsenen nach vorn, um ja nichts zu verpassen. Und vermutlich ein paar Münzen zu erbetteln, dachte Margarethe, die bei diesem Anblick sofort an die Kinder auf dem ägyptischen Basar erinnert wurde. Zehn Jahre lagen zwischen diesen beiden Reisen, doch es kam ihr viel länger vor. Damals hatte sie sich jung und kräftig gefühlt und nicht wie eine alte Frau. Ob ich wohl auch langsam melancholisch werde? Sie wischte dieses Gefühl weg und beschloss, sich ganz dem Zauber dieser Insel hinzugeben.

Die *Christabel* wurde vertäut und der Steg zum Landgang ausgezogen, dann verließ die Reisegesellschaft die Jacht, um in die wartenden offenen Droschken zu steigen, die sie zum Hotel *Quisisana* bringen sollten, dem ersten Haus am Platz.

Die Pferde trabten gemächlich, und so hatte Margarethe genügend Gelegenheit, die Umgebung zu betrachten und im Geiste bereits Skizzen anzufertigen. Der Eindruck einer zauberhaften Bilderbuchwelt blieb jedoch nur auf die Entfernung erhalten, denn je näher sie an den scheinbar so sauberen weißen Häusern vorüberkamen, desto mehr erkannte sie den Schmutz in den Straßen, der sie bereits in Neapel abgeschreckt hatte.

Fritz, der neben ihr saß, folgte ihrem Blick. »Woran denkst du?«, fragte er.

»Dass die Warnungen stimmten«, sagte sie und nickte in Richtung eines Haufens Unrat, um den zahlreiche Fliegen schwirrten.

Fritz lachte. »Das ist die gute italienische Luft. Wusstest du, dass das Hotel *Quisisana* früher eine Lungenklinik war?«

»Nein«, gestand Margarethe.

»Du wirst es mögen, ich habe Erkundigungen eingezogen. Dort herrscht die gleiche Sauberkeit, wie sie in dem damaligen Krankenhaus üblich war, obwohl es längst ein feudales Hotel ist. *Quisisana* heißt ja nicht umsonst auf Deutsch *Hier wird man gesund.*«

»Dann hoffe ich mal, dass es dort nicht nach Carbolsäure riecht.«

»Du kommst mir heute recht missmutig vor, meine liebste Marga. Ist dir eine Laus über die Leber gelaufen?«

Sie atmete schwer. »Ich bin einfach nur müde.«

»Dann wirst du dich hier gut erholen. Ich habe Zimmerfluchten mit eigener Terrasse gebucht, von der aus du einen wunderbaren Ausblick auf das Meer hast. Weitab von jedem Unrat, sodass du ganz unbesorgt vom Paradies träumen kannst.« Er griff zärtlich nach ihrer Hand, was sie verwunderte. Körperlichkeit hatte es schon lange keine mehr zwischen ihnen gegeben, nicht einmal sanfte, belanglose Berührungen.

Vor dem Hotel wurden sie bereits vom Direktor höchstpersönlich erwartet, der auch sein Personal in Aufstellung gebracht hatte. Unwillkürlich fühlte Margarethe sich an die Empfänge zu Hause erinnert, da war ihr eigenes Personal immer genauso angetreten. Es war schön, endlich wieder die andere Seite zu erfahren. Andererseits wäre es ihr lieber gewesen, wenn der Direktor ein etwas weniger redseliger Mann gewesen wäre und nicht alle ihre Vorurteile vom sprudelnden Redefluss der Italiener erfüllt hätte.

Während Fritz sich daran erfreute, nutzte Margarethe zum ersten Mal in ihrem Leben die Ausrede, sie fühle sich nicht ganz wohl, um dem Geschwätz zu entgehen und sich ihr Zimmer zeigen zu lassen. Es hatte durchaus seine Vorteile, eine angeschlagene Konstitution zu haben.

In den nächsten Tagen erkundete die Familie gemeinsam die Insel Capri. Den Strand, die Gärten des Tiberius und natürlich auch die legendäre Blaue Grotte. Deren Besuch war besonders aufregend, denn Fritz hatte für die Familie ein Ruderboot samt Führer gemietet. Es ging um die Mittagszeit los, denn nur bei Sonnenlicht konnte die Grotte ihre Schönheit entfalten.

»Ich bin froh, dass das Meer heute so ruhig ist«, sagte Margarethe, als sie einstiegen.

»Das Meer muss ruhig sein, sonst können wir die Grotte nicht befahren«, erklärte Fritz. »Der Zugang ist sehr niedrig und wird bei rauer See von den Wellen überspült.«

»Wurde die Grotte von Fischern entdeckt?«, fragte Bertha.

»Vielleicht haben da ja auch Schmuggler ihre Waren versteckt«, meinte Barbara.

»Weder noch«, erwiderte ihr Vater. »Schon Kaiser Tiberius soll in der Grotte regelmäßig gebadet haben. Plinius der Ältere beschreibt, dass damals alles mit schönen Statuen ausgestattet gewesen wäre.«

»Aber warum hat der Kaiser sein Schwimmbad in einer so unzugänglichen Grotte gehabt?«, fragte Barbara. »Wollte er nicht gestört werden?«

»Vermutlich nicht.« Fritz lachte. »Aber zu Zeiten der alten Römer lag der Meeresspiegel noch viel tiefer. Das ist auch das Geheimnis, warum die Grotte jetzt blau ist.«

»Und warum ist das so?«

Noch bevor Fritz seiner Tochter antworten konnte, hatte das Boot den Zugang in die Grotte erreicht. Kein Wunder, dass man sie nur bei sanftem Seegang befahren konnte: Der Zugang war höchstens anderthalb Meter hoch. Obwohl Margarethe wusste, was sie erwartete, schließlich hatte sie schon einige einschlägige Reiseführer und erbauliche Literatur genossen, war sie doch erstaunt, wie hell es durch das blaue Licht war, das aus dem Wasser an die Oberfläche strahlte.

»Papa, das ist ja wunderschön!«, rief Barbara. »Woher kommt dieses Licht?«

»Das hängt mit Kaiser Tiberius und seiner Vorliebe fürs Schwimmen zusammen«, nahm Fritz den Faden seiner Erzählung wieder auf. »Dieser Zugang war früher nur das Oberlicht. Tief unter uns ist der eigentliche Zugang zur Grotte aus der Römerzeit. Durch diesen Zugang wird das Sonnenlicht von draußen in die Grotte reflektiert, und deshalb leuchtet das Wasser blau. Wenn jetzt ein paar neugierige Taucher den Zugang verstopfen würden, wäre das ganze schöne Licht weg.«

Der Führer ruderte sie einmal im Bogen durch die ganze Grotte. Barbara beugte sich über die Reling des Ruderbootes und tauchte ihre Hände in das Wasser.

»Pass auf, dass du nicht reinfällst«, sagte Margarethe.

»Ich kann doch schwimmen, und das Wasser ist ganz warm.«

Nun fühlte Fritz seinerseits ins Wasser. »Na ja, nicht unbedingt warm, aber ich kann verstehen, warum der römische Kaiser die Abkühlung hier genossen hat.«

»Wenn du auch reinfällst, musst du dich nicht wundern, wenn du es wieder auf der Lunge bekommst«, mahnte Margarethe ihn.

»Ach was, hier auf Capri kann ich endlich wieder frei atmen. Sogar in einer feuchten Grotte.« Er lächelte sie liebevoll an. Ihm war anzusehen, dass er von der Schönheit der Insel noch immer ganz verzaubert war.

»Buchstäblich oder auch im übertragenen Sinne?«, fragte Margarethe.

»Beides«, sagte er. »Diese Luft verspricht Freiheit. Ich kann so gut verstehen, warum bereits die römischen Kaiser dieses Eiland zu ihrer Sommerfrische machten.«

Margarethe nickte. Auch sie selbst spürte, wie langsam die Anspannung von ihr abfiel, all die Last der letzten Jahre. »Du hast recht«, sagte sie. »Dieser Ort ist voller Zauber und Magie, die sich erst nach und nach erschließen.«

Viel zu schnell war der Ausflug in die Blaue Grotte wieder vorbei, und sie verließen trockenen Fußes das Ruderboot, auch wenn sich Barbara recht undamenhaft an ihrem Vater ein Beispiel genommen hatte, der seine nassen Hände einfach an seinen Beinkleidern trocken gerieben hatte. Doch Margarethe war im Augenblick viel zu glücklich, um ihre Tochter dafür zu tadeln, dass sie sich die Hände am Rock abtrocknete. Die Elfjährige war nun mal ein Wildfang und genoss es, bei gesellschaftlichen Anlässen stets im Schatten der gesitteten älteren Schwester zu stehen. Sie sah es nicht als Zurücksetzung, sondern als Freiheit. Und das war gut so, denn Margarethe wollte auf jeden Fall Neid und Zwist zwischen ihren Kindern vermeiden.

Hier auf Capri gab es auch für sie selbst keinerlei Verpflichtungen, denn den deutschen Touristen konnte man gut aus dem Weg gehen, wenn man ihre einschlägigen Treffpunkte mied, wie das Hotel *Pagano*, das vor allem deutsche Künstler anzog und von deutschen Schriftstellern gern zum Handlungsort ihrer Romane gemacht wurde.

Einerseits war Margarethe neugierig auf diese deutsche Enklave im Besitz einer italienischen Familie, andererseits befürchtete sie, bei einem Besuch von anderen Deutschen erkannt zu werden, und dann wäre es mit der Ruhe und dem Frieden vorbei. Es war ja schon schwierig genug, den servilen Hoteldirektor im *Quisisana* loszuwerden, der glaubte, seine ständige Präsenz würde von der Familie besonders goutiert werden.

Durch den Ruderausflug in die Blaue Grotte fand Fritz Gefallen daran, auch selbst zu rudern. Margarethe amüsierte sich darüber, dass er es stehend versuchte, so wie es unter den Fischern auf Capri Sitte war, aber er machte mit aufgekrempelten Hemdsärmeln und Strohhut tatsächlich eine gute Figur. Wenn Fritz gerade nicht ruderte, war er gern mit seinen Töchtern am Strand unterwegs, erklärte ihnen die Tiefseefauna, die er erforschte, oder sah den Fischern zu.

»Manchmal frage ich mich, ob die Fischer hier nicht viel glücklicher sind als wir«, sagte er eines Abends zu Margarethe. »Sie haben nicht viel Geld, aber sie haben ihr Auskommen, und sie leben am schönsten Ort der Welt.«

»Ich glaube, du machst dir da eine sehr romantische Vorstellung«, entgegnete sie. »Wenn man seine Kinder nicht anständig kleiden kann und hungern muss, wenn nicht genügend Fische ins Netz gehen, kann man auch am schönsten Ort der Welt nicht glücklich werden. Ich habe gehört, dass es gerade auf Capri besonders viele Auswanderer gibt, die in Amerika ihr Glück machen wollen.«

Fritz senkte den Blick, als sei er bei einer Träumerei ertappt worden. »Ja, vermutlich betrachte ich es alles durch die Brille eines

Mannes, der niemals Not leiden musste und sich immer alle materiellen Wünsche erfüllen konnte. Da wird vieles so selbstverständlich, dass man überall nur noch die Schönheit sieht.«

»Außer bei den Unrathaufen. Die hast du auch gesehen und gerochen.«

Fritz lachte.

Während Fritz mit den Mädchen unterwegs war, verbrachte Margarethe ihre Zeit mit ausgedehnten Spaziergängen und ihrem Skizzenblock. Abends im Hotel schrieb sie Briefe an die Verwandtschaft, denen sie oft kleine Bildchen beilegte, um einen Eindruck von der Schönheit der Insel zu vermitteln. Natürlich störte sie sich nach wie vor an den schmutzigen Ecken der Insel, war andererseits aber auch gewillt, darüber hinwegzusehen, denn möglicherweise war Capri mit all seinen schönen und schmutzigen Ecken genau der Dünger, den ihr Fritz brauchte, um neu zu erblühen. Und wenn er aufblühte, dann würde er neue Kraft tanken und somit nicht mehr so viel Last auf ihren Schultern liegen.

Bereits am Tag ihrer Abreise machte Fritz schon neue Pläne, bald zurückzukommen. Er wollte Capri zum Mittelpunkt seiner zoologischen Forschungen machen, traf sich mit Anton Dohrn und besprach mit ihm, welche Mittel und insbesondere Forschungsschiffe die Zoologische Station in Neapel noch benötigte.

»Du gehst an die Sache heran, als wärst du selbst ein Forscher«, sagte Margarethe amüsiert, als er ihr in Neapel von seinen Plänen erzählte.

»Genau das bin ich«, erwiderte er. »Ich möchte nicht als der reiche, aber unwissende Spender in Erinnerung bleiben, ich möchte selbst wissenschaftliche Erkenntnisse beitragen, und Anton meint, ich habe das Zeug dazu.«

Margarethe nickte, hütete sich aber, das zu sagen, was ihr gerade durch den Kopf ging: Einem reichen Spender würde man selbstverständlich immer das sagen, was er hören wollte. Wenn jemand sich durch Spenden in ein Forschungsprojekt einkaufte, galt das immer als Makel an der eigenen wissenschaftlichen Reputation. Andererseits tat es Fritz gut, sich mit der Meeresforschung zu befassen. Und warum sollte sie ihm mit diesen negativen Gedanken den Spaß verderben? So lächelte sie lieber und beschloss, sich an seiner Freude ebenfalls zu laben. Wer wirklich liebte, wollte den anderen glücklich sehen, koste es, was es wolle. Und Margarethe liebte Fritz nach wie vor, obwohl sie sich bisweilen über ihn ärgerte und sich das auch immer häufiger eingestand.

25

Von nun an verbrachte Fritz die Winter regelmäßig auf Capri und entwickelte sich zu einem leidenschaftlichen Meeresbiologen. Auf der Insel war er ein anderer Mensch, vital und nur selten krank. Margarethe hatte entschieden, sich an seiner neuen Leidenschaft zu erfreuen, doch ihre Hoffnung, dass er sie mit neuer Kraft entlasten könnte, wurde bitterlich enttäuscht. Nun oblag ihr während seiner winterlichen Abwesenheit nicht nur die Aufgabe, den großen Haushalt auf der Villa Hügel zu leiten, sondern sie kümmerte sich auch darum, dass die Prokura ihn regelmäßig auf dem Laufenden hielt. Außerdem hatte sie weiterhin mit den großen Empfängen von wichtigen Gästen zu tun, die auch kamen, wenn Fritz auf Capri weilte, und sie dann als vorrangige Ansprechpartnerin nutzten. Zehn Jahre zuvor hatte sie sich gewünscht, dass er ihr mehr Einsicht in die Fabrik gewährte, aber damals hatte er eifersüchtig über dieses Refugium gewacht, ganz so, als fürchte er, sie könne dort das Regiment übernehmen. Jetzt war es ihm ganz recht, dass er sich in jeder Hinsicht auf sie verlassen konnte, weil er etwas gefunden hatte, das ihm wichtiger war.

Was würde er wohl sagen, wenn ich den Winter gleichfalls nutzte, um eine Reise durch Europa zu unternehmen?, dachte sie immer häufiger im Stillen. Natürlich würde sie das nicht tun. Sie wusste ja, welche Verantwortung auf ihren Schultern lastete. Aber es fiel ihr immer schwerer, sich an Fritz' meeresbiologischen Erfolgen auf Capri zu erfreuen, wenn er ihr mal wieder Berichte von seiner Arbeit schickte. Nun verstand sie endlich, warum ihre Mutter Eleonore in ihrem Alter verkündet hatte, sie würde sich von nun an nur noch um ihre eigenen Belange kümmern, sie hätte im Leben genug getan. Zwar waren die Aufgaben ihrer Mutter nicht so umfassend gewesen wie ihre eigenen, aber dafür hatte sie dreizehn Kinder auf die Welt gebracht. Manchmal muss man erst selbst in das Alter der eigenen Eltern kommen, um sie wirklich zu verstehen, dachte Margarethe bei sich. Und insgeheim beneidete sie ihre Mutter darum, dass die sich – ähnlich wie auch Fritz – eine eigene Nische fernab jeder Verantwortung gesucht hatte.

Als Fritz ihr erklärte, dass er sich den großen Neujahrsempfängen zum Jahrhundertwechsel entziehen wollte, um stattdessen auf Capri zu weilen, reichte es Margarethe allerdings endgültig.

»Da du nicht über die Feiertage heimkommen willst, kommen wir zu dir«, telegrafierte sie ihm. Sie hatte lange über die Wortwahl des Telegramms nachgedacht. Zunächst hatte sie *Wenn du nicht kommst, dann kommen wir* schreiben wollen, aber das hätte wie eine Drohung, ja gar ein Ultimatum geklungen. Nein, Fritz hatte sich entschieden, auf Capri zu feiern, das respektierte sie. Und da er diese Insel so sehr liebte, sollte er es als Geschenk betrachten, wenn seine Familie zu ihm käme.

Tatsächlich ließ Fritz ihr noch am selben Abend zurücktelegrafieren, dass er sich auf sie und die Kinder freue und die *Christabel* sie in Neapel zur Überfahrt erwarten würde.

Barbara freute sich sehr auf Capri, denn wie ihr Vater liebte sie die Natur dort. Die ältere Bertha wirkte nicht so fröhlich.

»Was ist los? Freust du dich nicht, wenn wir mit Papa auf Capri feiern?«

»Ich werde in meinem Leben nur einmal einen Jahrhundertwechsel erleben«, sagte Bertha leise. »Den hätte ich gern mit einem rauschenden Ball gefeiert, so wie es alle anderen tun. Auf Capri in die Sterne schauen kann man auch an jedem anderen Tag im Leben.«

Margarethe seufzte. Sie hätte nicht gedacht, dass ihre kleine Tochter, die sie noch immer als Kind betrachtete, mit vierzehneinhalb Jahren von einem Silvesterball träumte.

»Du wirst in deinem Leben noch eine Menge Silvesterbälle erleben. Aber den Jahrhundertwechsel, den wirst du an einem ganz besonderen Ort feiern, gerade weil es etwas so Besonderes ist«, erwiderte Margarethe. »Glaub mir, es wird dir auch Freude machen.«

»Aber auf Capri gibt es keine Gesellschaften, da beschränkt sich doch alles auf das *Zum Kater Hiddigeigei,* und da gehen wir nie hin, weil ihr die Deutschen auf Capri meidet.«

Margarethe seufzte. »Das *Hiddigeigei* ist ohnehin kein passender Umgang«, sagte sie. »Der Besitzer ist ein Sozialist und bewirtet dort überwiegend deutsche Touristen, die mit den Ideen des Sozialismus sympathisieren und entsprechende Umgangsformen haben. Leute wie wir gehören da nicht hin.«

»Warum ist Papa dann so gern auf der Insel, wenn das geselligste Lokal seine Feinde anzieht?«

Diese Frage bewies Margarethe, dass Bertha längst kein kleines Mädchen mehr war.

»Feinde ist ein zu hoch gegriffenes Wort«, sagte sie. »Die Grundidee des Sozialismus ist voller Idealismus, aber sie berücksichtigt nicht die wahre Natur des Menschen. Weißt du, es gibt fleißige und faule Menschen. Die Sozialisten wollen aber, dass alle Menschen dasselbe bekommen, weil sie glauben, Besitz ist ungerecht. Sie übersehen, dass die Menschen für ihren Besitz hart arbeiten und dass es noch ungerechter wäre, wenn man den Faulen den Besitz der Fleißigen gäbe. Die Faulen würden alles verkommen lassen und den Fleißigen die Lust am Arbeiten nehmen. Wozu sollen sie schließlich noch etwas tun, wenn es ihnen dann weggenommen wird? Deshalb ist der Sozialismus zum Scheitern verurteilt. Jeder muss seinen Platz in der Gesellschaft kennen. Besitz bringt nämlich Verantwortung mit sich. Wer etwas hat, der muss dafür sorgen, dass die Arbeiter, die den Wohlstand erwirtschaften, auch gut behandelt und gut bezahlt werden. So arbeiten sie umso fleißiger, weil sie den Lohn für ihre Arbeit sehen. Aus diesem Grund haben wir ja auch das Altenhaus gebaut, in dem versehrte Arbeiter umsonst wohnen können, wenn sie nicht mehr arbeiten können. Zudem spenden wir regelmäßig. Aber auch das Spenden muss nach einem Plan verlaufen. Wir können nicht jedem, der kommt und sagt, er sei bedürftig, etwas geben. Wir müssen genau schauen, was die Menschen wirklich brauchen. Sonst ist es wie mit der Familie Ramm, die ihre teuren Federbetten ins Pfandhaus getragen hat, um davon Schnaps zu kaufen. Weißt du, Bertha, ein altes chinesisches Sprichwort sagt: Gibst du einem Hungrigen einen Fisch, dann sättigst du ihn für einen Tag. Gibst du ihm eine Angel und lehrst ihn Fischen, dann sättigst du ihn für den Rest des Lebens. Leider sind die Sozialisten in diesem Bild zu faul, um das Angeln zu lernen. Sie erwarten, dass man ihnen täglich einen Fisch gibt.«

»Und deshalb schreiben sie über unsere Familie so schlechte Dinge in der Zeitung?«

»Was meinst du?«

»Du hast zu Papa kurz vor seiner Abreise gesagt, dass er sich nicht so aufregen soll. Sein Vater hätte darüber nur gelacht, wenn die Zeitungen ihn einen Kapitalisten und Wucherer nannten, der zu hohe Preise nimmt und das Volk ausbeutet.«

»Genauso ist es. Aus solchen Worten spricht der Neid. Die sozialistischen Zeitungen suchen immer nach Skandalen, die sie denen anhängen können, die mehr haben als sie selbst. Denn das will ihr Publikum lesen, das verkauft sich gut. Im Grunde sind sie selbst Kapitalisten, weil sie den Markt bedienen. Aber wenn man ihnen das sagt, werden sie fuchsteufelswild. Mit radikalen Sozialisten kann man nicht diskutieren, aber die gemäßigten erkennen, was wir Gutes für die Arbeiter tun. Ein guter Firmenchef sollte immer auch wie ein Vater für seine Arbeiter sein, die fleißigen Kinder belohnen und die faulen tadeln.«

»Oder sie entlassen, so wie den Diener Jaschek«, fiel es Bertha ein.

»Ach ja, der.« Margarethe seufzte. »Der hat seine Arbeit mehr schlecht als recht gemacht. Darüber hätte ich ja noch ein Auge zugedrückt, wenn er nicht gegen die wichtigste Statute unseres Hauses verstoßen hätte. Du weißt, welche das ist?«

Bertha nickte eifrig. »Kein Klatsch und Tratsch, sondern strikte Diskretion.«

»Ganz genau«, bestätigte Margarethe. »Nichts schadet einem Haushalt mehr als eine klatschsüchtige Dienerschaft, die üble Gerüchte verbreitet oder sich womöglich von sozialistischen Schmierblättern kaufen lässt. Da heißt es stets: Wehret den Anfängen.«

Nach diesem Gespräch fühlte Bertha sich deutlich wohler mit dem Gedanken, nach Capri zu reisen, und zugleich auch viel erwachsener. Margarethe war amüsiert, als sie unbemerkt mit anhörte, wie Bertha ihrer jüngeren Schwester erzählte, die Mutter hätte mit ihr wie mit einer erwachsenen Frau über politische Dinge gesprochen. Dabei hatte sie nur auf ihre alte Erziehungsmethode zurückgegriffen, Kindern Dinge zu erklären, anstatt ausschließlich mit Verboten und Geboten zu arbeiten.

Als sie fünf Tage vor Weihnachten Neapel erreichten, zeigte Italien sich nicht gerade von seiner sonnigen Seite, sondern erinnerte eher an einen verregneten Novembertag in Deutschland. Es ist wirklich bemerkenswert, dachte Margarethe, als sie an Bord der *Christabel* gingen. Hier ist das Wetter auch nicht besser als in Deutschland, aber Fritz meint, es diene seiner Gesundheit. Ob es daran liegt, dass es ihm hier leichter fällt, Professor Schweningers Ratschlägen zu folgen und auch bei turbulentem Wetter raus in die Natur zu gehen? Wenn er nicht ständig befürchten muss, auf seinem Spaziergang alle naselang Bekannte zu treffen und im Gespräch aufgehalten zu werden?

Die Überfahrt war stürmisch, und wieder musste Margarethe mit Übelkeit kämpfen, was so gar nicht zu ihr passte. Mit Wehmut dachte sie an ihre erste Seereise zurück, die stürmische Überfahrt nach England, als sie Fräulein Germer kennengelernt hatte. Damals war ihr Seekrankheit fremd gewesen. Vielleicht war sie aber auch jetzt gar nicht seekrank. War ihr unwohl, weil sie sich vor der Ankunft auf Capri fürchtete?

Warum sollte ich mich fürchten? Fritz hat mir ja geschrieben, wir wären ihm hier willkommen. Dennoch blieb ein gewisses Unbehagen. Es war von ihr ausgegangen, dass die Familie auf Capri gemeinsam feiern würde, nicht von Fritz. Und allein das gab ihr zu denken.

Als sie schließlich das Hotel *Quisisana* erreichten, wo Fritz für sie wieder Zimmer gemietet hatte, wurden sie von ihm liebevoll mit Umarmungen empfangen. Die Freude war ihm deutlich anzusehen und spülte Margarethes Zweifel restlos weg.

Fritz erzählte ihnen begeistert von seiner Arbeit. Die Mädchen hingen an seinen Lippen und betrachteten interessiert die Zeichnungen und Fotografien, während Margarethe stattdessen ihre Familie betrachtete. Fritz war noch immer ein schöner Mann und liebevoller Vater. Und es stimmte, Capri tat ihm gut. Er war viel lebendiger, die innere Anspannung, die ihn auf dem Hügel stets umfangen hielt, war völlig von ihm abgefallen.

Er hatte auch alles für Weihnachten vorbereitet.

»Hast du dich inzwischen besser mit dem redseligen Hoteldirektor abgefunden?«, fragte sie scherzhaft.

»Ja, wir sind mittlerweile gute Freunde geworden«, erwiderte Fritz mit einem Lächeln. »Weißt du, Herr Serena ist inzwischen Bürgermeister geworden und hat deshalb auch nicht mehr so viel Zeit, um mich herumzuscharwenzeln, was unserer Beziehung gutgetan hat. Außerdem hat er mir Doktor Cuomo vorgestellt, ein sehr gebildeter Arzt, der neben Italienisch auch fließend

Deutsch, Englisch und Französisch spricht. Ein ganz fabelhafter Mann, der mich wiederum in seinen eigenen Freundeskreis aus Gelehrten eingeführt hat. Wir sind eine bunt gemischte Truppe aus Italienern und Deutschen, die ganz zwanglos miteinander diskutiert.«

Margarethe lernte Doktor Cuomo bereits einen Tag später kennen, als Fritz den Arzt und seine Familie zum gemeinsamen Abendessen im Hotel einlud.

»Die Vorweihnachtszeit muss man mit den Menschen genießen, die einem am Herzen liegen«, sagte Fritz in seiner kurzen Tischansprache. »Und ich bin so dankbar, dass ich hier auf Capri so viele neue Freunde und eine zweite Heimat gefunden habe. Ich hoffe, das neue Jahrhundert wird als Jahrhundert der Forschungen und Entdeckungen in die Geschichte eingehen.«

»Und wir auf Capri fühlen uns geehrt, dass wir in Ihnen einen so guten Freund gefunden haben, Herr Krupp«, erwiderte Doktor Cuomo. Dann wandte er sich Margarethe zu. »Haben Sie schon von den Plänen für die neue Straße gehört?«

»Das sollte eine Überraschung sein«, kam Fritz ihrer Antwort zuvor.

»Was für eine Straße?«

»Nun, du kennst ja die schroffen Felsen von Capri. Wenn man von den Gärten des Augustus zum Strand gehen will, muss man weite Umwege in Kauf nehmen. Ich habe mit einem Architekten gesprochen, und es ist möglich, in den Felsen einen Serpentinenpfad zu schlagen, der die natürlichen Gegebenheiten nutzt und sich in die Natur einschmiegt. So kann man dann bequem zu Fuß bis an den Strand gehen. Wir wollen mit dem Bau im neuen Jahr beginnen.«

»Herr Krupp hat sich großzügig bereit erklärt, neunzig Prozent der Kosten für den Straßenbau zu übernehmen«, fügte Doktor Cuomo hinzu.

»Ja, und ich habe vor, dort an den Hängen weitere Häuser und Tennisplätze zu errichten. Aber natürlich muss die Straße erst einmal fertig werden.«

»Zeigst du uns die Straße, Papa?«, fragte Barbara aufgeregt.

»Ich kann euch gern die Stelle zeigen, wo sie im nächsten Jahr entstehen soll, aber noch könnt ihr da nur die Felsen sehen.«

Es wurde ein sehr schöner Abend, und Margarethe freute sich, dass Fritz hier so nette Gesellschaft gefunden hatte. Sie wusste ja selbst, wie wichtig es war, vertraute Freunde zu haben. Sie hatte ihre wichtigen Freundschaften schon geschlossen, bevor sie die reiche Industriellengattin geworden war, und deshalb wusste sie um deren Beständigkeit. Fritz hatte in Essen niemals diese Möglichkeiten gehabt, er war von Anfang an der Sohn des Kanonenkönigs gewesen, der stets auf der Hut sein musste, ob die Freundschaft echt oder vorgetäuscht war. Vermutlich liebte er Capri gerade deshalb so sehr, weil er hier die Menschen in Ruhe kennenlernte, bevor sie wussten, wer er war.

In den folgenden Tagen ließ Fritz seine Familie an seinem Leben teilhaben, zeigte ihnen die geplante Baustelle und seine Lieblingsorte auf Capri und stellte sie weiteren Freunden vor. Nur vom Café *Zum Kater Hiddigeigei* hielten sie sich fern. Fritz scheute nicht nur die Begegnung mit den deutschen Landsleuten, sondern auch den Besitzer des Lokals.

»Der ist ein Sozialist und außerdem der Konkurrent von Bürgermeister Serena. Ich will mich nicht in diesen Zwist einmischen, sondern einfach nur wie ein ganz normaler Gast im Hotel *Quisisana* leben.«

»Hast du nie darüber nachgedacht, hier eine Villa zu kaufen, wenn du sogar schon eine Straße baust?«

»Nein, wozu? Das *Quisisana* entspricht vollständig meinen Ansprüchen. Vielleicht werde ich mich anders entscheiden, wenn die Straße fertig ist, denn ich habe da schon einiges an Grund und Boden gekauft, aber in den nächsten Jahren plane ich nichts dergleichen.«

Die Weihnachtsfeiertage kamen und wurden in klassischer deutscher Tradition unter dem Weihnachtsbaum begangen. Margarethe dachte zurück an das Weihnachtsfest auf der ägyptischen Barke *Alma*. Fritz verstand es nach wie vor, überall eine familiäre Häuslichkeit zu erzeugen. Sie sangen Weihnachtslieder, sagten die altbekannten Gedichte auf, die die Mädchen längst nicht mehr auswendig lernen mussten, weil sie sie bereits seit Jahren kannten, und verteilten die Geschenke. Margarethe hatte für Fritz einen Kupferstich der Villa Hügel dabei. »Damit du an dein Zuhause denkst, auch wenn du hier bist«, sagte sie mit einem Augenzwinkern. Fritz schenkte ihr ein wunderschönes goldenes Collier mit Brillanten, das gewiss ein Vermögen gekostet hatte. Und obwohl ihre Töchter, die vom Vater ebenfalls Schmuck bekommen hatten, es sehr bewunderten, hatte Margarethe das Gefühl, Fritz habe schnell beim teuersten Juwelier der Umgebung etwas ausgesucht, als er von ihrer nahenden Ankunft hörte. Es war ganz anders als die kleine Statuette in Ägypten, die etwas Persönliches war, das ihre Interessen verband. Dieser Schmuck war zwar wunderschön, aber gleichzeitig auch kalt. Und doch wusste sie, dass niemand ihre Gedanken nachvollziehen könnte, denn nach außen hin war Fritz ja ein großzügiger, liebender Ehemann, auch wenn weniger in diesem Falle mehr gewesen wäre.

Der Jahrhundertwechsel wurde groß gefeiert, und zu diesem Anlass trug Margarethe selbstverständlich das neue Collier. Auch wenn es keinen rauschenden Ball gab, so wurde Bertha doch durch das große Feuerwerk entschädigt, das ihr Vater zur Freude aller Bewohner Capris veranstaltete.

»Das alte Jahrhundert geht zu Ende«, sagte Fritz, während er mit einem Sektglas in der Hand neben Margarethe auf der Terrasse des Hotels stand und das Feuerwerk verfolgte. »Es war erfolgreich, denn wir haben uns gefunden und zwei wunderbare Töchter bekommen.« Er nickte in die Richtung, wo Barbara und Bertha standen, die anlässlich dieser Feier ebenfalls ein Glas Sekt bekommen hatten und mit leuchtenden Augen in den Himmel schauten.

»Ich erhebe mein Glas auf das neue Jahrhundert, auf dass es uns in unserer zweiten Lebenshälfte genauso zusammenschweißt wie bisher und wir gemeinsam alle Stürme des Lebens bewältigen.«

»Darauf stoße ich sehr gern mit dir an«, erwiderte Margarethe strahlend. Vorbei waren die Zweifel wegen des Colliers. In diesem Moment wusste sie, dass es die richtige Entscheidung gewesen war, Fritz auf Capri zu besuchen. Vielleicht war es auch der Sekt, der ihr ein wenig zu Kopf gestiegen war, aber in diesem Moment war sie sich sicher, dass Fritz in Zukunft stets mit aller Kraft an ihrer Seite stehen würde.

26

Nach ihrer Rückkehr von Capri blieb der Zauber der Feiertage noch eine Weile Margarethes Begleiter. Sie war sich sicher, dass künftig alles besser werden würde. Selbstverständlich war Fritz nach ihrer Abreise auf Capri geblieben, um sich weiter der Meeresbiologie zu widmen, aber sobald er zurückkehrte, würde er sie ganz bestimmt entlasten. Hatte sie es nicht als Versprechen in seinen Augen gesehen?

Als Fritz im Mai tatsächlich in die Villa Hügel zurückkehrte, blieb er allerdings nur wenige Tage dort. Seine Geschäftsreisen führten ihn erst nach Kiel und später nach England, wo er sich vor allem um Aufträge für Werften kümmerte. Margarethe spürte ein unwirsches Grummeln im Magen, sagte aber nichts, denn Geschäftsreisen waren wichtig. Gerade seine Ambitionen in Kiel wurden jedoch von der sozialistischen Presse zerrissen, und es gab so viele schmutzige Artikel im sozialdemokratischen Blatt *Vorwärts*, dass Margarethe diese Zeitung in ihrem Hause verbot. Sie wollte nicht, dass ihre Töchter mit den Schmähungen belastet wurden, die man dort gegen den Namen Krupp verbreitete. Manchmal hatte Margarethe das Gefühl, Fritz fliehe immer häufiger vor der schlechten Presse zu Hause, indem er ständig in aller Welt herumreiste, wohl wissend, dass seine starke Frau hier die Stellung hielt.

Ihr selbst blieb als einziger Erholungsort die Villa Meineck in Baden-Baden. Das ging natürlich nur im Sommer, wenn Fritz in Essen weilte und sich selbst um die Fabrik kümmerte. In dieser

Zeit kamen ihr die Worte ihrer alten Freundin, der Gouvernante Henriette Germer, in den Sinn. Die glücklichsten Ehen seien jene, in denen sich die Eheleute aus dem Weg gingen. War ihre Ehe glücklicher geworden, seit Fritz sein Paradies auf Capri gefunden hatte und noch mehr unterwegs war als kurz nach ihrer Hochzeit? Fräulein Germer hatte die Suche nach dem Seelenverwandten für ein Märchen gehalten, aber sie selbst hatte stets das Gefühl gehabt, mit Fritz diese besondere Verbindung zu haben. Doch seit er Capri und die Meeresbiologie für sich entdeckt hatte, schien es ihr, als sei das Band, das sie bis dahin stets verbunden hatte, zerrissen.

Natürlich war Fritz freundlich zu ihr, wenn sie einander begegneten, aber diese Begegnungen wurden immer seltener. Hatte er früher nur ihr Bett gemieden, so schien es ihr, als meide er sie nun auch immer häufiger als Person. Zugleich war sie aber auch unsicher, ob sie sich das nicht nur einbildete. Ihr Gatte war ihr fremd geworden, sie konnte nicht mehr so wie früher alle seine Handlungen sofort erklären. Unwillkürlich dachte sie an die Worte ihrer Schwiegermutter Bertha, die ihr vor so vielen Jahren gesagt hatte, Alfred wäre mehr mit seiner Firma verheiratet als mit ihr. Fritz hatte nun in der Tat eine Geliebte, aber das war keine Frau, sondern eine Insel. Dort, im Kreis seiner Freunde, konnte er glauben, er wäre einer von ihnen. Er war glücklich, wenn er tagsüber auf den Forschungsschiffen war und sich abends in geselliger Runde mit seinen Freunden traf, gemeinsam diskutierte oder wenn der Alkohol schon etwas reichlicher geflossen war, auch lustige Trinklieder sang. Er hielt nichts vor ihr geheim, sie hatte seine Freunde ja kennengelernt und konnte gut verstehen, dass er sich in diesem Kreis wohlfühlte. Beinahe erschien es ihr, als würde er seine Jugend nachholen, die er so niemals hatte erleben dürfen.

Sie wusste auch, dass sie jederzeit auf Capri willkommen war, das hatte er ihr oft genug gesagt. Aber natürlich wusste Fritz, dass sie nur selten kommen würde, weil sie im Winter pflichtschuldig die Stellung auf dem Hügel hielt. Ob sie auf Capri wohl auch so willkommen gewesen wäre, wenn sie ihn beim Wort genommen und den ganzen Winter an seiner Seite verbracht hätte? Sie bezweifelte es, wagte jedoch nicht, dieses heikle Thema anzusprechen, um sich wenigstens noch eine kleine Illusion zu bewahren. Fritz blühte immer mehr auf, während sie selbst das Gefühl hatte, langsam zu verwelken.

Nach außen hin bemerkte niemand ihren Kummer, nicht einmal Fritz. Im Gegenteil, sie wurde von der Gesellschaft glühend um ihr Leben beneidet. Vor allem, als Kaiserin Auguste ihr die Ehre angedeihen ließ, die Villa Meineck im Frühjahr 1901 zu besuchen. Die Kaiserin hielt das Krupp'sche Palais für angemessen, um dort mit ihren Kindern eine Kur in Baden-Baden zu machen. Margarethe wusste, welch großes Privileg es war, Mitglieder der kaiserlichen Familie zu beherbergen, erst recht für einen bürgerlichen Haushalt. Sogar ihre Mutter beneidete sie darum und schrieb ihr, wie sehr sich die Zeiten doch geändert hätten, wenn sogar die Kaiserin auf sie zukäme. Allerdings hätte Margarethe auf derartige Ehrbezeugungen gern verzichtet. Dieser Besuch bedeutete nicht nur sehr viel Arbeit, sondern nahm ihr auch den letzten Rückzugsort. Natürlich lächelte sie nach außen hin, sprach überall von der großen Freude, die sie anlässlich dieses geplanten Besuches empfände. Einzig ihrer Freundin Prinzessin Maria-Anna, die sie in dieser Zeit auf dem Hügel besuchte, vertraute sie ihre wahren Gefühle an.

»Ich fühle mich mehr enteignet als geehrt. Ich weiß, das klingt undankbar, denn es ist ja eine Auszeichnung, und das Wohlwollen der kaiserlichen Familie ist unser wichtigstes Kapital. Aber ich wünschte trotzdem, sie würde woanders zur Kur fahren.«

»Das ist nicht undankbar, sondern einfach nur ehrlich«, erwiderte Maria-Anna. »Vielleicht hilft es dir, wenn du es mal aus Sicht der Kaiserin siehst. Sie lebt ja noch viel mehr im Mittelpunkt als du. Sie kennt die kräftezehrenden Mühen, die eine Hofhaltung mit sich bringt, und braucht für sich ebenfalls einen sicheren Ort zur Entspannung. Also hat sie geschaut, bei wem sie sich wohl sicher und geborgen fühlen könnte. Gerade vor diesem Hintergrund ist es eine besondere Ehre, dass sie dabei an dich dachte, weil du sie nicht ständig belästigen wirst, so wie der aufdringliche Hotelbesitzer auf Capri, von dem du mir so viel erzählt hast.«

»Ach, den hat Fritz inzwischen ganz gut im Griff«, erwiderte Margarethe. »Sonst hätte er sich doch längst eine eigene Villa gekauft.«

Maria-Anna lachte und fuhr dann fort: »Wenn du es geschickt anfängst, kannst du die Kaiserin zu deiner wahren Freundin machen und dauerhaft in ihrer Gunst stehen.«

Margarethe sah ihre Freundin interessiert an. »Und wie stellst du dir das vor?«

»Bereite ihr alles so, wie du es selbst gern hättest. Denken darfst du, was du willst, aber überlasse ihr die Villa für die gewünschten vier Wochen in der Art, wie es einer Kaiserin angemessen ist. Dein Hausmeister soll sich erkundigen, welche Möbel sie bevorzugt, und dann lass alles entsprechend umbauen. Die Möbel kannst du ja auch mieten und später zurückgeben. Der Vorteil liegt darin, dass du nicht dein eigenes Nest fortgibst, sondern der Kaiserin ein neues baust, aber gleichzeitig deine Großzügigkeit zeigst. Ihr könnt euch das ja leisten. Nach ihrer Abreise wird dann wieder alles für dich selbst hergerichtet. Und mal ehrlich, du hast doch nichts mit den Vorbereitungen in Meineck zu tun, das erledigt alles dein Personal. Du dirigierst es von hier aus, während wir beide die Zeit auf dem Hügel genießen.« Sie tätschelte Margarethe sanft die Hand.

Zu Beginn ihrer Freundschaft war Margarethe bei solchen Berührungen stets verunsichert gewesen, hatte eine Verführung befürchtet, denn die üble Nachrede der Herzogin Antoinette hatte sich trotz allem tief in ihr Herz gegraben. Inzwischen aber wusste sie, dass Maria-Anna kein sinnliches Interesse an ihr hatte, da sie ihre Neigung nicht teilte. Es war eine rein freundschaftliche, ja beinahe tröstliche Berührung. Und so ließ Margarethe auch sogleich ihren Hausmeister Herms antreten, noch während sie mit Maria-Anna auf der Terrasse saß, damit er die Anreise der Kaiserin entsprechend vorbereitete.

Es war schon seltsam, wie viel dieser kleine Vorschlag ihrer Freundin bewirkte. Sie hatte auf einmal nicht mehr das Gefühl, enteignet zu werden, wenn sie die Villa für die Kaiserin umgestaltete. Maria-Annas Vorschlag, sich hier auf dem Hügel schöne Tage zu machen, hatte etwas für sich, schließlich gab es keine Empfänge, wenn die Kaiserin in der Villa Meineck weilte. Sie könnte endlich einmal wieder mit ihrer Freundin Ausfahrten unternehmen, reiten und Tennis spielen. Wenn die Kaiserin später abgereist war, könnte sie selbst noch ein paar Wochen auf Meineck verbringen, mit der Begründung, sie müsse sich selbst überzeugen, dass alles wieder so sei, wie ihre Familie es gewohnt war.

»Es ist gut, in schwierigen Zeiten eine gute Freundin an der Seite zu haben«, sagte sie erleichtert.

»Dazu sind Freundinnen da.« Maria-Anna lächelte, doch dann wurde ihr Blick ernst. »Mein Neffe hat mir einige Dinge aus Berlin erzählt. Ich weiß nicht, ob sie dir auch schon zu Ohren gekommen sind.«

»Etwas Unangenehmes?«

»Wie man es nimmt. Wusstest du, dass dein Mann ein paar Musiker aus Capri im Hotel *Bristol* einquartiert hat, damit sie ihn unterhalten können, wenn er in der Hauptstadt weilt?«

»Fritz hat eine Schwäche für diese Musik. Er hat auch schon hier auf dem Hügel Musiker von der Insel einquartiert, damit sie für uns bei besonderen Anlässen aufspielen. Wenn es ihn glücklich macht, soll er es gern tun.«

»Nun, die Musiker im Hotel *Bristol* haben sich derart danebenbenommen, dass man sie des Hotels verweisen wollte. Sie haben jedoch mit ihrem Einfluss als Krupp'sche Protegés gedroht. Das war dem Hoteldirektor allerdings gleichgültig, denn ihr Gebaren war so geschäftsschädigend, dass er sich direkt an deinen Mann gewandt hat, damit er sie dort entfernt. Das ist dann auch geschehen.«

»Was um Himmels willen haben sie denn angestellt?«

»Nun, genaue Details weiß ich nicht, aber mein Neffe sagte, sie hätten sich schlimmer als in einem billigen Freudenhaus betragen, und zahlreiche Gäste hätten sich beschwert, wie das erste Haus am Platze so etwas dulden könne.«

Margarethe wusste nicht, was sie sagen sollte. Früher hatte Fritz ihr alles erzählt, was geeignet gewesen wäre, den Ruf der Familie zu untergraben, damit sie es nicht aus zweiter Hand erfuhr und entsprechend darauf vorbereitet war. Andererseits konnte sie sich gut vorstellen, dass er sie nicht damit belasten wollte, schließlich hatte sie schon genug um die Ohren.

Maria-Anna kannte ihre Freundin sehr gut und deutete deren Gesichtsausdruck richtig. »Er hat dir nichts davon erzählt?«

»Vermutlich, weil es ihm unangenehm war«, erwiderte Margarethe.

»Ja, das kann ich mir denken. Und wenn es nur respektlose Musiker wären, wäre es das eine. Tatsächlich brodeln aber seither die Gerüchte in Berlin.«

»Was für Gerüchte?«

»Über den lockeren Lebenswandel deines Gatten, den er auf Capri pflegt, denn sonst würde er solche … unsittlichen Menschen doch nicht in seiner Nähe dulden.«

»Das ist doch Unsinn!«, rief Margarethe. »Jeder, der ihn kennt, weiß, dass er sich mit Herz und Seele der Meeresbiologie verschrieben hat. Er ist gerade dabei, herauszufinden, wo die Aale laichen, denn ihnen ist auf einer ihrer Fahrten eine Aallarve ins Netz gegangen.«

»Weichst du mir gerade mit dieser Geschichte aus?« Maria-Anna lächelte gutmütig, doch Margarethe war verärgert. Sie hatte keineswegs vorgehabt, der Freundin auszuweichen, sie hatte ihr nur von Fritz' bedeutendem Fang erzählen wollen, der ihm tatsächlich zum ersten Mal in der Fachwelt die Anerkennung gebracht hatte, die er sich so sehr wünschte. Wie konnte jemand, der in Fachzeitschriften Erwähnung fand und damit seine ernsten Motivationen bewies, ein Lotterleben führen?

»Bin ich dir auf die Füße getreten, oder warum sagst du nichts?«, hakte Maria-Anna nach.

Margarethe atmete tief durch. »Weißt du, man kann über Fritz sagen, was man will, aber er ist der anständigste Mann, den ich kenne. Der würde niemals Dinge tun, für die ein Mann sich schämen muss.«

Maria-Anna nickte. »Das wollte ich damit auch keinesfalls andeuten. Ich wollte dich nur vor dem Geschwätz warnen. Du weißt ja, wie schnell Neider und Missgünstige reichen und einflussreichen Leuten etwas am Zeug flicken wollen. Wir beide können vermutlich gar nicht so böse denken wie dieses Pack.«

Margarethe nickte, und damit war das Thema erledigt. In den nächsten Tagen kümmerten die beiden Frauen sich nur noch um die angenehmen Dinge des Lebens und nahmen sich gemeinsam die Auszeit, nach der Margarethe sich so sehr sehnte. Als Fritz einige Wochen später zurückkam, überlegte sie kurz, ob sie ihn nach den unbotmäßigen Musikern im Hotel *Bristol* fragen sollte, aber er hatte so gute Laune und genoss die warmen Maitage, dass sie davon absah. Warum sich unnötig mit Dingen belasten, die längst erledigt sind? Und dummes Geschwätz gab es schon immer. Mit einem reinen Gewissen konnte man das alles aussitzen.

Ende Mai hatte Kaiserin Auguste ihre Kur beendet und schickte Margarethe ein warmes Dankesschreiben, das sie mit den Worten schloss: »Ich füge diesem Brief als Andenken an diese Zeit ein Armband und meine Bilder bei und hoffe, Sie werden es oft tragen. Ihre freundlich ergebene Auguste Viktoria.«

Margarethe blieb fast der Atem weg, als sie das mit Brillanten besetzte goldene Armband sah, das gewiss ein Vermögen wert war, nicht nur materiell, sondern vor allem ideell.

»Jetzt hast du bei Ihrer Majestät vermutlich einen größeren Stein im Brett als ich bei Seiner Majestät«, sagte Fritz schmunzelnd, als er sie mit diesem Armband sah. »Weißt du, wie stolz ich auf dich bin, Marga?«

Sie lächelte nur.

»Und bist du gar nicht stolz auf mich?«, fragte er mit einem neckischen Augenaufschlag zurück und erinnerte dabei an einen verliebten Pennäler. Margarethe war erstaunt. So hatte er sie seit Jahren nicht mehr angesehen.

»Gibt es etwas Besonderes, auf das ich stolz sein sollte?«

»Ich arbeite an einem zoologischen Wörterbuch. Daran mangelt es uns noch.«

»Über die Meeresfauna oder ganz allgemein?«

»Natürlich über das Meer. Den meisten Menschen ist zeit ihres Lebens nicht klar, wie vielfältig diese Welt ist. Alles Leben entstammt dem Wasser. Aber die meisten Menschen sehen in den Fischen nur Nahrungsmittel.«

»Und was siehst du in ihnen?«

»Den Ausdruck göttlicher Allmacht. Im Meer ist vieles von den Zeiten der Schöpfung an unveränderlich erhalten. Wenn man sich die paläontologischen Funde ansieht und sie mit den noch lebenden Tieren vergleicht, erkennt man nicht nur, dass Darwin recht hatte, man erkennt auch, wo er unrecht hatte. Nicht jeder Organismus unterliegt dem Anpassungsdruck. Manches war schon von Anfang an perfekt, so wie die Haie. Ich habe lebende Arten mit Fossilien verglichen, die sich bis heute kaum verändert haben. Das Meer ist Perfektion. Und Menschen, die am Meer leben, so wie meine geliebten Capresen, stellen die Sorte Mensch dar, die sich Gott im Paradies vorgestellt hat. Weißt du, sie sind so einfach und ehrlich, kein bisschen arglistig. Nirgendwo sonst habe ich mich jemals so willkommen gefühlt. Sie neiden mir den Reichtum nicht, weil ich ihn gern mit ihnen teile.«

Margarethe horchte auf. »Was meinst du damit?«

»Wenn jemand etwas braucht, dann bin ich bereit. So wie ich dem kleinen Alfredo seine Operation bezahlt und seine Familie damit glücklich gemacht habe.«

»Wer ist Alfredo?«

»Der achtjährige Sohn eines Fischers. Er hatte einen schweren Unfall, bei dem sein Gesicht so schlimm verletzt wurde, dass er seinen Mund nicht mehr schließen konnte. Das Kind war wirklich grauenhaft entstellt. Doktor Cuomo ist gleich auf mich zugekommen, weil ihm das Kind so leidgetan hat. Ich habe dann die Spitalkosten bei einem Spezialisten in Neapel übernommen, denn es waren mehrere komplizierte Operationen nötig, damit der Junge wieder menschenwürdig aussah. Die arme Familie hätte sich das niemals leisten können.«

»Da hast du wirklich eine gute Tat vollbracht«, sagte Margarethe.

»Ja, und ich bin wirklich froh, dass Doktor Cuomo und Bürgermeister Serena so gute Freunde sind und mir stets Bericht erstatten, wenn irgendwo meine Hilfe gebraucht wird.«

Obwohl Margarethe gern spendete, wurde sie auf einmal hellhörig. »Du kümmerst dich um alles selbst, wenn die beiden auf dich zukommen? Warum überlässt du es nicht deinem Sekretär, damit er die Anliegen gemäß unseren Statuten prüfen kann?«

»Doch, natürlich, ich lass das alles den Marotz erledigen, und er ist darin sehr zuverlässig.«

»Das will ich hoffen, du weißt schließlich, dass man Spenden nur nach sorgfältiger Prüfung gewähren sollte, um Schindluder zu verhindern.«

»Keine Sorge, du kennst Doktor Cuomo doch. Der ist ein herzensguter Mensch. Weißt du, dass der kleine Alfredo in seinem Zimmer sogar ein Bild von mir aufgestellt hat, vor dem er aus Dankbarkeit nun täglich einen Strauß frisch gepflückter Feldblumen aufstellt?«

Margarethe wusste nicht, was sie dazu sagen sollte. Es mochte eine reizende Geste eines armen Kindes sein, das nicht anders in der Lage war, seine Dankbarkeit zu zeigen, aber es blieb ein gewisses Unbehagen, denn es erinnerte auch an Götzendienst. Andererseits war sie sich sicher, dass Privatsekretär Marotz in der Lage war, echte Bedürftige von Schmeichlern zu unterscheiden. Und diesem armen Kind hätte sie selbstverständlich auch geholfen.

27

Am 23. März 1902 herrschte wieder einmal viel Trubel in der Villa Hügel, doch diesmal war es einem frohen Familienfest geschuldet, denn Bertha und ihre Schwester Barbara sollten gemeinsam konfirmiert werden. Zu diesem besonderen Ereignis war Fritz deutlich früher als geplant von Capri zurückgekommen. Da die beiden Mädchen nahezu gleich alt waren, hatte die Familie beschlossen, die Feier für beide gemeinsam auszurichten und die Verbundenheit der Schwestern damit zum Ausdruck zu bringen.

Die ganze Verwandtschaft war angereist und logierte für die nächsten Tage in der Villa Hügel. Beide Mädchen sahen in ihren schwarzen Seidenkleidern entzückend aus, beinahe wie Zwillinge. Am Morgen ging es mit einem großen Tross aus zahlreichen Kutschen zur evangelischen Kirche in Werden. Margarethe sah, wie Barbara in der Kutsche hoch konzentriert mit den Lippen lautlos Worte formte, ohne dass sie wusste, was ihre Tochter im Stillen immer wieder rezitierte, während Bertha völlig gelassen wirkte.

Sie ist die geborene Repräsentantin, dachte Margarethe. Stark genug, eines Tages das Imperium zu übernehmen, auch wenn sie als Mädchen geboren wurde. Ich werde nur darauf achten müssen, dass sie bei der Wahl ihres Gatten sorgfältig Obacht gibt und nicht auf irgendeinen Blender hereinfällt.

Der Konfirmationsgottesdienst begann mit dem feierlichen Einzug der Konfirmandinnen und Konfirmanden aus der ganzen Umgebung. Margarethe war stolz auf ihre Töchter und warf Fritz einen kurzen Blick zu. In dessen Augen leuchtete der Vaterstolz. Immerhin das ist uns geblieben, dachte sie bei sich, der gemeinsame Stolz auf unsere Kinder. Ob Fritz überhaupt merkt, wie sehr wir uns durch Capri entfremdet haben? Oder sieht er mich so sehr als Selbstverständlichkeit, dass er für meine Gefühle gar keinen Blick mehr hat?

Es folgten das Eingangslied und anschließend der Gottesdienst, dessen Abschluss die feierliche Konfirmationssegnung bildete. Margarethe fiel auf, dass Fritz sein Gesangbuch während des gesamten Gottesdienstes offen auf dem Schoß liegen hatte und darin vertieft schien. Als sie einen näheren Blick hineinwarf, sah sie, dass er in Wirklichkeit einen Brief las.

Sie stieß ihn verärgert mit dem Fuß an und warf ihm einen strengen Blick zu. Sofort schloss Fritz das Buch mit einem verlegenen Räuspern.

Nachdem der feierliche Auszug der Konfirmanden erfolgt und der Gottesdienst beendet war, raunte Margarethe ihm zu: »Was hast du denn da gelesen, das es wert war, deine Aufmerksamkeit vom großen Tag unserer Töchter abzulenken?«

»Ein Brief aus Neapel. Die *Puritan* ist fertiggestellt, und sie erwarten mich zu ihrer ersten Ausfahrt.«

Margarethe seufzte. »Du hättest damit warten können, bis der Gottesdienst vorbei ist.«

»Es hat doch keiner gemerkt.«

»Ich habe es gemerkt«, tadelte Margarethe. »Warum hast du diesen Brief überhaupt mitgenommen?«

»Ich dachte, es wäre etwas Wichtiges, weil Marotz ihn mir sofort gegeben hat«, lautete die schwache Ausrede. Margarethe seufzte. Es brachte nichts, ihm Vorhaltungen zu machen. Wenn es um Capri ging, war er wie ein Kind und vergaß all die Selbstdisziplin, die ihn normalerweise auszeichnete. Sie wusste, wie sehr er sich auf sein neues Forschungsschiff *Puritan* freute. Es bot ihm so viele neue

Möglichkeiten, aber trotzdem! Die Mädchen wurden nur einmal im Leben konfirmiert. Er hätte doch wenigstens darauf Rücksicht nehmen können.

Während des anschließenden Festessens vergaß Margarethe ihren Ärger schnell wieder, denn Fritz bemühte sich, ein charmanter Gastgeber und stolzer Vater zu sein. Vermutlich hatte er selbst eingesehen, dass er unangemessen gehandelt hatte, und zum Glück war es niemandem außer ihr aufgefallen.

Nach dem gemeinsamen Essen, als die Gäste sich im Salon in kleinen Grüppchen zusammenfanden, um zwanglos miteinander zu plaudern, kam Maria-Anna auf Margarethe zu.

»Hast du einen Augenblick Zeit?«, fragte sie die Freundin. Margarethe nickte, war aber zugleich beunruhigt, als sie Maria-Annas ernste Miene sah.

»Ist etwas passiert?«

Maria-Anna holte tief Luft. »Ich habe lange überlegt, ob ich es dir schon während eurer schönen Feier erzählen soll. Ich denke, es ist so wichtig, dass du direkt mit Fritz sprechen solltest. Können wir in deinem Privatsalon ungestört reden?«

Margarethe sah sich kurz um, ob sie jemand als Gastgeberin vermissen würde, aber alle waren gut versorgt und amüsierten sich. Also nickte sie abermals und geleitete Maria-Anna in ihren Salon.

Nachdem sie dort Platz genommen hatten, kam ihre Freundin gleich zur Sache: »Ich hatte dir doch im letzten Frühling von dem kleinen Skandal um die Musiker im Hotel *Bristol* berichtet. Du erinnerst dich gewiss daran.«

»Ja. Aber das hat Fritz doch damals geregelt.«

»Das hat er, allerdings gab es vielerlei Anlass zu schmutzigen Gerüchten. Und die sind längst nicht verstummt, ganz im Gegenteil. Vor allem, seit die Baronesse Deichmann auf Capri war und behauptet, Fritz wäre verrückt geworden.«

Margarethe zuckte unwillkürlich zusammen. »Wie kommt diese Person zu solch absurden Unterstellungen?«

Maria-Anna räusperte sich. »Mein Neffe war so freundlich, mir einen Brief zu schreiben, in dem er festgehalten hat, was die Baronesse ihm bei ihrem Besuch vor zwei Wochen erzählt hat. Sie behauptet, Fritz residiere nicht standesgemäß, sondern wohne in zwei einfachen Zimmern des Hotel *Quisisana*, weil er glaube, er lebe inkognito auf Capri und nur seine ausgewählten Freunde wüssten, wer er wirklich ist. Zudem glaube er, die Capresen wären allesamt gutmütige, naive Fischer und sähen ihn als einen der Ihren. Sie beschreibt weiter, er habe auf eigene Kosten eine teure Straße aus steilen Serpentinen vom Hotel bis zu einer verruchten Grotte am Strand bauen lassen, damit er es leichter habe, sich dort unbemerkt mit seinen Freunden zu treffen. Niemand wisse so genau, was sie dort treiben.«

»Aber das ist doch Unsinn«, widersprach Margarethe energisch. »Diese Grotte gibt es wirklich, aber sie wurde zufällig beim Bau der Straße entdeckt, die Fritz in Auftrag gegeben hat, damit er schneller am Strand ist. Er hat die Straße auch nicht vollständig bezahlt, sondern in Absprache mit dem Bürgermeister einen großen Teil der Kosten übernommen. Fritz hat mir erzählt, dass diese Grotte früher eine Eremitenklause war, aber dann in Vergessenheit geriet. Als sie sie beim Straßenbau wiederentdeckten, kam ihm die Idee, sie auszubauen und eine Terrasse anzufügen, um dort abends mit Blick aufs Meer gemeinsam mit seinen Freunden zu sitzen. Ich kenne seine Freunde, das sind allesamt ordentliche Männer, da ist nichts Unanständiges. Und Fritz ist nicht so naiv, wie die Baronesse behauptet. Er hat mir selbst erzählt, dass er gern spendet und den Menschen hilft. Gewiss genießt er auf Capri eine andere Anonymität als hier in Essen, aber die Capresen kennen ihn natürlich. Ich gebe zu, er hat eine sehr romantische Vorstellung vom Leben der Capri-Fischer, ich habe über seine Schwärmerei auch schon den

Kopf geschüttelt, aber er weiß selbstverständlich, dass das nur sein Ideal vom Paradies ist, von dem er gern erzählt, ohne die Realität zu verdrängen. Sonst würde er für die armen Menschen nicht so viel spenden. Wer im Paradies lebt, braucht kein Geld. Die Baronesse sollte lieber ihre Zunge hüten, anstatt meinen Gatten zu verleumden. Sonst werden wir ernste Schritte einleiten müssen.«

»Nun, sie hat es nicht öffentlich getan, es ist der übliche Klatsch und Tratsch, deshalb kannst du dagegen nicht vorgehen«, erwiderte Maria-Anna. »Aber das Problem ist viel tiefgehender. Diese Geschichte hat sich herumgesprochen, und in Verbindung mit den Ausschreitungen seiner Musiker im letzten Jahr in Berlin brodelt die Gerüchteküche. Weißt du, mein Neffe hat seine Ohren überall, er weiß, wie wichtig es ist, auch auf das scheinbar harmloseste Geschwätz zu hören. Nachdem die Baronesse von dieser Grotte erzählte, kamen immer mehr Gerüchte auf. Angeblich gäbe es schon Anzeigen in Berlin gegen deinen Gatten wegen Homosexualität. Euer ehemaliger Diener Jaschek hat deinen Mann angeblich nach Bekanntwerden der Gerüchte wegen solcher Übergriffe angezeigt. Die Gerüchteküche sagt, der Polizeipräsident sehe wegen des Einflusses deiner Familie keinen Grund, jeder Verleumdung eines unzufriedenen Dienstboten nachzugehen.«

Margarethe blieb fast die Luft weg. »Wie können die es wagen, so etwas über einen ehrbaren Familienvater und treuen Ehemann zu verbreiten? Und der Jaschek ist schon vor drei Jahren wegen Lästerei und Faulheit von mir entlassen worden. Wenn es da wirklich etwas gegeben hätte, dann hätte er das längst zur Anzeige gebracht und würde nicht auf diesen Zug aufspringen, um sich nun eine billige Rache zu holen!«

»Ich weiß, aber der fehlende Wahrheitsgehalt hat die Gesellschaft noch nie daran gehindert, Klatschgeschichten zu verbreiten. Es ist in letzter Zeit Mode geworden, allen möglichen Mitgliedern der feinen Gesellschaft homosexuelle Triebe zu unterstellen, um sie zu diskreditieren. Und ein Mann, der so vermögend wie Fritz ist, muss deshalb mehr als alle anderen auf seinen Ruf achten.«

Margarethes Herz schlug schneller, und auf einmal kam ihr ein schrecklicher Verdacht. »Aber du glaubst das doch hoffentlich nicht, oder?«

»Nein, natürlich nicht. Weißt du, ich bewege mich ja selbst in dieser Welt, dir kann ich es ja verraten. Vor allem seit dem Tod meines Gatten bin ich viel freier, denn eine ehrbare Witwe in meinem Alter, die zugleich vier Kinder hat, verdächtigt niemand. Ich kenne Männer, die wirklich homosexuell sind, und die haben ein völlig anderes Auftreten, sobald solche Gerüchte aufkommen. Je reicher sie sind, umso vorsichtiger sind sie. Und sie sind sehr schnell mit Schweigegeld dabei. Gerade Fritz' Unbedarftheit spricht ja dafür, dass an diesen Gerüchten nichts dran ist, aber das wird seine Feinde kaum interessieren.«

»Welche Feinde meinst du? Die Sozialisten?«

»Nicht nur die Sozialisten. Ich denke, da gibt es noch viel mehr. Jeder Mensch, der so weit oben steht, hat unzählige Feinde, auch wenn sie sich nicht immer zeigen, sondern ihre Ambitionen oft verstecken. Wer weiß, was die Baronesse Deichmann zu ihrer Nachrede bewogen hat. Vielleicht ist es nur ihre Naivität, aber vielleicht steckt auch mehr dahinter. Mir ist es nur wichtig, dass du weißt, wie sich die Dinge im Augenblick entwickeln. Falls Fritz es nicht ohnehin schon weiß und dich nur schonen wollte, sollte er es auf jeden Fall erfahren und auf Capri ein bisschen mehr auf die gesellschaftlichen Konventionen achten.«

»Wie soll er das machen, wenn er gegen keine Konvention verstößt, sondern man ihm das nur nachredet?«

»Er sollte auf seinen Umgang auf Capri einen Blick haben. Die Baronesse Deichmann muss diese Geschichten ja von irgendwem gehört haben. Und die Quelle dieses Tratsches, die gilt es genauer in Augenschein zu nehmen.«

Margarethe atmete erneut tief durch.

»Ich danke dir für deine Offenheit. Ich werde mit Fritz bei nächster Gelegenheit darüber sprechen. Aber jetzt sollten wir uns wieder unter die Gäste mischen und den Mädchen nicht ihre Konfirmationsfeier verderben.«

»Selbstverständlich.« Maria-Anna erhob sich, dann verloren sie beide kein Wort mehr über dieses heikle Thema.

Es war eine schöne Feier, und Bertha und Barbara freuten sich sehr über die Aufmerksamkeit und die vielen Geschenke. Die geladenen Gäste, die von weit her angereist waren, würden ein paar Tage bleiben, aber es war ein Trubel, den Margarethe schätzte, denn es ging nur um ihre Kinder, nicht um das Geschäft. Dennoch konnte sie es kaum erwarten, bis sich alle zur Nachtruhe begeben hatten, um in Ruhe mit Fritz zu sprechen.

Er war bester Laune, als sie ihn in seinem Schlafzimmer aufsuchte. Doch als er ihr ernstes Gesicht sah, war er verunsichert. »Bist du noch immer böse, dass ich den Brief in der Kirche gelesen habe?«, fragte er vorsichtig.

»Nein, ich habe dir meine Meinung dazu gesagt, und damit ist die Sache für mich erledigt. Allerdings hat Maria-Anna mir einige Dinge anvertraut, über die wir beide dringend sprechen müssen.«

»Hat sie wieder Klatschgeschichten von ihrem Neffen gehört?«

Margarethe horchte auf. »Du kennst ihren Neffen?«

»Nun, über den jungen Mann gibt es ja auch einige Gerüchte. Aber erzähl du zuerst. Womit hat sie dich so aus der Reserve gelockt?«

Sie fasste kurz den Inhalt des Gesprächs zusammen.

»Was für ein Unsinn«, sagte Fritz leichthin. »Es stimmt, der Polizeipräsident hat mir von haltlosen Anschuldigungen erzählt, allerdings ist es nicht bewiesen, dass es Jaschek war. Es war eine anonyme Anzeige, und wir vermuten, dass es ehemalige politische Gegner aus den Reihen der Sozialdemokraten sind, die sich nicht vorstellen können, dass ein reicher Mann hart arbeitet, sondern ihm nur das Schlechteste unterstellen.«

»Und was gedenkst du dagegen zu tun?«

»Nichts, denn ich habe mir nichts zuschulden kommen lassen. Bei Maria-Annas Neffen sieht es natürlich anders aus. Der teilt wirklich diese Neigung und bewegt sich in den einschlägigen Kreisen, das ist allgemein bekannt. Vermutlich ist er deshalb so übervorsichtig. Aber er kann sich natürlich nicht mit mir vergleichen, denn es gibt nichts, was man mir vorwerfen könnte.«

»Und die Grotte in Capri?«

Fritz runzelte die Stirn. »Ist es nicht egal, ob Männer in einer Lokalität feiern oder gesellig am Strand sitzen, mit dem Blick über das wunderbare Meer? Wir haben da keine losen Frauenzimmer, sondern nur unsere Bruderschaft.«

Margarethe horchte auf. »Was für eine Bruderschaft?«

»Ach, das war ein Scherz von Doktor Cuomo. Die Grotte war ja ursprünglich eine Eremitenklause des Fra Felice, und da meinte der Doktor, wir müssten nun in Gedenken an den heiligen Mann, der hier einst lebte, eine Bruderschaft gründen.« Er lachte. »Doktor Cuomo ist seither unser Prior, ich bin Fra Federico. Er hat uns auch eine sehr erheiternde Liste von Ordensregeln gegeben, über die wir alle herzlich gelacht haben. Die Grotte dient nun unseren artistisch-maccaronistischen Zusammenkünften.«

Margarethe runzelte die Stirn. »Und was heißt das?«

»Wir haben einfach ein bisschen Spaß und tragen bei unseren Sitzungen Kutten wie die alten Mönche, damit es keine Unterschiede gibt.«

»Das mit den Kutten ist mir neu.«

»Wir sind ja auch erst seit Kurzem eine Bruderschaft.«

»Und was besagen eure Ordensregeln?«

»Wir sind kein enthaltsamer Schweigeorden. Bei uns soll gelacht und gescherzt, gesprochen und diskutiert werden. Und wir huldigen dem Geist des Weines. All solche lustigen Regeln, Doktor Cuomo hat einen goldigen Humor. Dadurch, dass wir nun alle Brüder sind, fällt auch die strenge Etikette weg, und wir sprechen uns alle mit Bruder an, wo jeder offen das Wort führen darf. Außerdem haben wir gern Künstler zu Gast und mögen Makkaroni.«

Fritz erzählte es ihr mit so treuherzigem Blick, so voller Lebensfreude, dass sie sich unwillkürlich an ihre Kinder erinnert fühlte, als sie ihr Spatzenhaus in Besitz nehmen durften. Sie hegte ja schon seit längerer Zeit die Vermutung, er wolle auf der Insel seine Jugend nachholen.

»Und sind die Männer in deinem Alter oder jünger?«

»Das ist uns nicht wichtig. Jeder ist willkommen, der zu uns passt und unsere Ordensregeln einzuhalten gedenkt.« Er schmunzelte. »Das macht das Leben dort ja gerade so bunt und interessant. Weißt du, ich war nie lebendiger, nie glücklicher als dort, wo ich endlich echte, wahre Männerfreundschaft gefunden habe. Davon habe ich schon als Junge geträumt, wenn andere von ihrer Militärzeit und der Kameradschaft dort geschwärmt haben, während ich immer nur der Einzelgänger blieb, der kränkliche Sohn vom Kanonenkönig. Jetzt darf ich endlich ganz ich selbst sein. Ich bin der glücklichste Mann der Welt, dass es mir vergönnt ist, in zwei Welten zu leben. Hier, wo ich mit deiner Hilfe das große Erbe unserer Dynastie aufrechterhalte, und auf Capri, wo ich mich der Erforschung der Tiefsee widmen kann und in meinen Brüdern eine zweite Familie gefunden habe.«

Margarethe senkte den Blick. »Ich kann dich gut verstehen«, sagte sie. »Ich freue mich, dass du dein Glück gefunden hast.« Eigentlich lag ihr noch viel mehr auf der Zunge. Wie gern hätte sie hinzugefügt, dass sie ihn hier brauchte, dass ihr alles langsam zu viel wurde. Aber zugleich fürchtete sie, dass dieser Ruf verhallen und er ihr nur vorschlagen würde, zur Kur zu fahren und einige Zeit in Baden-Baden in ihrer geliebten Villa Meineck zu verbringen. Sie konnte ihm einfach nicht verständlich machen, dass Meineck und Capri nicht dasselbe waren. Und sosehr sie sich mit ihm freute, dass er so glücklich auf Capri im Kreis seiner Freunde war, machte es ihr die eigene Einsamkeit gleichzeitig nur noch stärker bewusst. Gewiss, sie hatte ihre Geschwister und ihre Freundin Maria-Anna, aber Maria-Anna war nicht mehr die Jüngste, sie war derselbe Jahrgang wie ihre eigene Mutter und stand im fünfundsechzigsten Lebensjahr. In diesem Alter konnte es manchmal schnell gehen, auch wenn die Prinzessin nach wie vor viel Rüstigkeit ausstrahlte. Auch Margarethe selbst kam sich mit ihren achtundvierzig Jahren wie eine alte Frau vor. Wie gern hätte sie manches Mal mit Fritz getauscht und auch so ein fröhliches, geselliges Leben als Gleiche unter Gleichen geführt. Da sie es ihm gönnte und ihn zugleich auch ein wenig darum beneidete, schwieg sie von ihrem eigenen Leid.

Fritz hingegen blieb auch in den kommenden Tagen guter Dinge. Kurz bevor er Anfang April erneut nach Capri abreiste, um sein neues Forschungsschiff zu besteigen, erhielt er noch die Ehrenbürgerschaft der Insel. Stolz zeigte er Margarethe das gesiegelte Pergament.

»Das ist der Dank meiner Capresen für meinen Einsatz beim Straßenbau«, sagte er. »Du siehst, all diese Nachreden von kleinen Baronessen sind hinfällig. Einem Verrückten würde man nicht die Ehrenbürgerschaft verleihen.«

Diese Worte beruhigten Margarethe, und so sah sie seine Abreise etwas gelassener, wenngleich ihre Trauer über die eigene Einsamkeit unausgesprochen in ihrem Herzen blieb. Sie war nie eifersüchtig gewesen, aber in diesen Tagen beneidete sie ihn um sein Leben, das so viel bunter und reichhaltiger schien als ihr eigenes.

28

Im Mai kehrte Fritz wie üblich aus Italien zurück. Doch anders als gewöhnlich sprach er am Tag seiner Ankunft nicht voller Lebensfreude von seiner Zeit auf Capri, sondern wirkte bedrückt und einsilbig.

»Ist etwas passiert?«, fragte Margarethe am Abend, nachdem die Töchter bereits im Bett waren.

»Ich werde für eine Weile nicht mehr nach Capri reisen«, sagte er leise. Die Traurigkeit in seiner Stimme war unüberhörbar. Es war nicht seine eigene Entscheidung gewesen, das wusste sie sofort.

»Warum nicht?«

Er atmete tief durch. »Ach, Marga, ich will jetzt nicht darüber sprechen.«

Sie ließ sich nicht abwimmeln, sondern setzte sich demonstrativ auf einen der Sessel in seinem Schlafzimmer. »Wann habe ich dein Vertrauen verloren?«, fragte sie. »Früher hast du mir alles anvertraut. Damals, vor Capri. Was ist dort vorgefallen, dass du deiner geliebten Insel entsagen willst?«

Ein weiterer tiefer Atemzug. »Also schön«, begann er. »Weißt du, ich wollte immer nur als Privatmann auf Capri leben. Ich liebe diese Insel, ihre Schönheit und die Menschen. So habe ich mir immer das Paradies vorgestellt. Aber dann musste ich feststellen, dass Paradies und Hölle Tür an Tür wohnen.« Er hielt inne, wartete vermutlich auf ihre Fragen, aber sie sah ihn schweigend an, bis er weitersprach.

»Du weißt, dass ich mit Bürgermeister Serena befreundet bin. Er gehört einer Partei an, die mit unserem Zentrum vergleichbar ist. Im Juli sind Bürgermeisterwahlen, und sein politischer Gegner ist der Besitzer vom *Hiddigeigei*. Der Sozialist.« Fritz stieß das Wort verbittert aus. »Er ist natürlich nicht so beliebt wie Serena, und deshalb versucht er alles, um ihn zu diskreditieren. Und da Serena immer wieder die Wohltaten unserer Freundschaft erwähnt, hat sich der Sozialist darangemacht, meinen Ruf zu untergraben. Er behauptet, unsere fröhliche Bruderschaft in der Grotte würde die Kirche mit ihren Ordensregeln ins Lächerliche ziehen. Außerdem würden dort unanständige Dinge passieren. Er bezeichnet mich als einen verdorbenen Kapitalisten, der die Ehrenbürgerwürde nicht verdiene. Das sagt er nur, weil Serena sich für diese Ehre eingesetzt hat.« Fritz holte tief Luft. »Nun ja, ich habe mit Doktor Cuomo darüber gesprochen, und der meinte, ich solle einfach die Wahlen abwarten. Serena wird gewinnen, und dann wird bald Gras über die Sache wachsen. Aber ich sollte vielleicht mal ein Jahr lang der Insel fernbleiben, damit die Sozialisten sich nicht weiter auf mich einschießen können und durch meine Abwesenheit merken, wie viel ich für die Insel und ihre Bewohner getan habe. Und er meinte, es wäre gut, wenn ich vielleicht eine eigene Villa auf der Insel erwerben würde, um nicht nur im *Quisisana* zu logieren. Dabei fühle ich mich dort so wohl.« Noch ein Seufzer. »Marotz ist noch auf Capri geblieben, und ich habe ihn darum gebeten, sich mal umzuhören, ob irgendwo ein passendes Haus zum Verkauf steht.«

»Und wenn du neu baust?«, schlug Margarethe vor. Gewiss, sie war lange Zeit eifersüchtig auf seine Liebe zu dieser Insel gewesen, doch das hatte Fritz bei Weitem nicht verdient. Das ist mal wieder typisch für die Sozialisten, dachte sie bei sich. Wer selbst nichts zuwege bringt, will sich dadurch erhöhen, indem er andere in den Dreck zieht.

Es erinnerte alles sehr an die Schmutzkampagnen, die sie aus

Berlin kannte, als Fritz noch Abgeordneter im Reichstag gewesen war. Als sie das erwähnte, meinte er: »Ja, so ging es mir auch. Und da das Ganze womöglich weitere Kreise ziehen könnte, habe ich Seine Majestät informiert, damit er die Geschichte aus meinem Munde kennt. Man weiß ja nie, ob die italienischen Konsulatsmitarbeiter nicht auch dem Klatsch ergeben sind. Seine Majestät hat mir sogar schon geantwortet.«

»Und?«

»Ich solle es aufrecht hinnehmen, er wisse selbst sehr gut, wie es sich anfühle, da ihn die Sozialistenpresse ebenfalls oft verreiße. Aber eine deutsche Eiche schere sich nicht um die Wildsau, die sich an ihr scheuert. Er wolle sich etwas überlegen, um aller Welt zu zeigen, wie sehr er meine Freundschaft schätzt.«

»Wer weiß, wozu das alles am Ende gut war«, sagte Margarethe erleichtert. »Der Rückhalt des Kaisers ist mehr wert als die Intrigen eines italienischen Sozialisten. Niemand wird es wagen, einen Freund des Kaisers zu brüskieren.«

Der Kaiser hielt Wort, und das Zeichen der Verbundenheit, das er seinem Freund bot, war tatsächlich geeignet, die Freundschaft aller Welt zweifelsfrei zu beweisen: Der Kaiser kündigte für den Juni einen mehrtägigen Besuch gemeinsam mit seiner Frau und den Kindern an. Die ganze kaiserliche Familie! Margarethe wusste nicht, ob sie sich freuen oder laut aufstöhnen sollte. Niemand sonst hatte in den vergangenen Jahren eine derartige Ehrbezeugung durch die kaiserliche Familie erhalten, geschweige denn ein bürgerlicher Haushalt. Aber die Vorbereitungen waren enorm, trotz ihres großen Hausstandes von fast sechshundert Angestellten.

Die kaiserliche Suite musste vorbereitet und um einige Zimmer für die kaiserliche Familie erweitert werden. Die ganze Villa hatte bis in den letzten Winkel vor Sauberkeit zu strahlen, ganz gleich, wie sehr die Dienstmädchen heimlich darüber stöhnten, wenn sie zum wiederholten Mal dieselbe Stelle nachputzen mussten. Da kannte Margarethe kein Pardon, alles musste perfekt sein. Im Stall wurden die besten Boxen für die kaiserlichen Lieblingspferde bereitgestellt, und schon Wochen vorher arbeitete Margarethe mit der Köchin an der Menüfolge für die zahlreichen großen Diners und kleineren Mahlzeiten. Zudem musste man sich sehr genau überlegen, wen man zur Unterhaltung der kaiserlichen Familie einlud. Es durfte kein allzu großer Empfang sein, denn schließlich sollte alles den Anstrich eines Familienbesuchs haben. Fritz ließ es sich nicht nehmen, auch Musiker aus Capri einzuladen, selbstverständlich nicht jene, die damals so großes Aufsehen im Hotel *Bristol* erregt hatten.

»Keine Sorge, das sind alles Männer aus den besten Kreisen«, beschwichtigte er sofort, als er Margarethes Stirnrunzeln sah. »Damals hatte ich talentierte Fischer, die in ihrer Freizeit sehr gut musizieren, nach Berlin eingeladen. Das war ein Fehler. Jetzt sind es ausschließlich Berufsmusiker.«

»Das will ich hoffen«, sagte Margarethe. Dass es sich um Fischer gehandelt hatte, die zufällig auch ein Instrument passabel beherrschten, hörte sie heute zum ersten Mal. Unwillkürlich kamen ihr die üblen Nachreden der Baronesse Deichmann in den Sinn. Wenn sie auf Capri auch solche Geschichten gehört hatte, musste man sich nicht wundern, dass sie an Fritz' Verstand gezweifelt hatte, auch wenn ihr das selbstverständlich nicht zustand.

Neben den Musikern aus Capri ließ Margarethe auch eine bekannte Opernsängerin einladen, die ihre besten Arien im Kreis der beiden Familien zum Besten geben sollte. Fritz' Vorschlag, auch ein paar Varietékünstler zu engagieren, lehnte sie dagegen ab.

»Wir sind ein Haus von Rang und Namen, da muss die Kultur im Mittelpunkt stehen. Der Kaiser will gewiss keine Varietéveranstaltung sehen.«

»Vielleicht ja doch«, entgegnete Fritz. »Wenn alle so denken wie du, muss er sich ja ständig der hohen Kultur ergeben. Manchmal brauchen Männer aber lustigere Entspannung. Sogar der Kaiser.«

»Gut, dann wirst du die männliche Unterhaltung organisieren, und ich kümmere mich darum, dass Ihre Majestät samt den Kindern ein auf die Familie zugeschnittenes Unterhaltungsprogramm bekommt.«

Fritz zog die Brauen hoch. »Aber du kümmerst dich doch immer um die Vorbereitungen unserer Empfänge. Ich habe keine Zeit dazu, um Unterhaltungen für den Kaiser zu ersinnen.«

»Dann halte dich auch ganz aus den Vorbereitungen raus, oder lass es von deinen Sekretären vorbereiten. Solange die für Seine Majestät keinen frivolen Junggesellenabend organisieren, kann ja nicht viel passieren.«

»Möglicherweise wäre das genau das, was Seine Majestät sich wünscht«, murmelte Fritz vor sich hin.

»Das habe ich gehört«, sagte Margarethe streng. »Und nein, mein Haus wird zu keiner Räuberhöhle. Merk dir das.«

Fritz seufzte und ließ Margarethe dann allein. Jetzt war es an ihr zu seufzen. In letzter Zeit benahm Fritz sich immer häufiger wie ein kleiner Junge, wenn es um sein Vergnügen ging. War das die viel gefürchtete zweite Jugend, die sich manche Männer in seinem Alter gönnten?

Die Tage bis zur Ankunft der kaiserlichen Familie vergingen viel zu schnell. Fritz hatte sich schließlich entschieden, einen Jagdausflug mit dem Kaiser auf seinen Ländereien zu planen und anschließend ein geselliges Beisammensein unter Männern in einer eigens errichteten Jagdhütte. Wie genau dieses Beisammensein dann aussehen sollte, behielt er für sich. Vielleicht wollte er den Kaiser ja auch in die lustigen Ordensregeln seiner Bruderschaft einweihen. Margarethe war froh, dass er sich selbst um diesen heiklen Teil kümmerte, zumal sie sich sehr auf das Wiedersehen mit Kaiserin Auguste freute.

Wie üblich bei kaiserlichen Besuchen wurde der Bahnhof Hügel für den Publikumsverkehr gesperrt und der meterlange rote Teppich bis zur Villa ausgelegt, bevor der Salonwagen der kaiserlichen Familie dort einfuhr.

Margarethe hatte sich auch darum gekümmert, Absperrungen zu errichten, um die kaiserliche Familie vor den allzu aufdringlichen Fotografen zu schützen, die überall mit ihren Stativen herumliefen und nach dem besten Blick auf den Bahnsteig suchten. Zwar wären Fotos durchaus im Interesse der Familie, um die Ehre des Besuchs zu unterstreichen, aber Margarethe war sich sicher, dass man viel mehr über diesen Besuch reden und spekulieren würde, wenn möglichst wenig an die Öffentlichkeit drang.

Der Kaiser trug wie immer seine Paradeuniform und machte einen strahlenden Eindruck, wie er Seite an Seite mit Kaiserin Auguste schritt, die ein elegantes blaues Reisekleid trug. Direkt hinter ihnen gingen die Kinder: der zwanzigjährige Kronprinz Wilhelm, sein um ein Jahr jüngerer Bruder Eitel Friedrich, dann der achtzehnjährige Adalbert, der fünfzehnjährige August-Wilhelm, der vierzehnjährige Oskar, der zwölfjährige Joachim und das zehnjährige Nesthäkchen Viktoria-Louise. Sie trug ein bezauberndes Matrosenkleidchen, während ihre Brüder ungeachtet ihres Alters allesamt wie der Vater in Uniform auftraten.

Die Begrüßung des Kaisers war inzwischen schon fast zur Routine geworden, es folgten Verbeugungen und Hofknickse, Gunstbezeugungen und freundliche Worte der Begrüßung, dann wurde die kaiserliche Familie zu einem ersten Empfang in den Salon geleitet.

Während die Herrschaften nun mit Tee, Kaffee, Kakao und verschiedensten Gebäckkreationen versorgt wurden, kümmerte sich das Personal der Villa Hügel um den Empfang des kaiserlichen Personals, das eingewiesen wurde, wo die zahlreichen Gepäckstücke untergebracht werden konnten. Natürlich hatte der Kaiser auch wieder seine Lieblingshunde dabei, die in Begleitung des für sie zuständigen Hundewärters erst einmal nach der langen Zeit im Zug Gassi geführt wurden.

Margarethe bemerkte, wie Barbara immer wieder zum Fenster schaute, denn das Getümmel dort draußen interessierte sie weitaus mehr als der kaiserliche Besuch.

Sie kommt schon sehr nach ihrem Vater, dachte sie. Die Dinge, die ihr Interesse wecken, kann sie nur schwer ruhen lassen. Ganz anders Bertha, die mit ihren sechzehn Jahren bereits wie eine vollendete Dame mit den Söhnen des Kaisers parliert. Sie vereint das Beste aus Fritz und mir, sie ist intelligent, liebenswert und charmant, aber auch voller Selbstdisziplin.

»Meine liebe Frau Krupp«, wurde sie in ihren Beobachtungen von Kaiserin Auguste unterbrochen. »Ich freue mich so sehr, dass wir hier nun einige Tage gemeinsam verbringen können. Und wie ich sehe, halten Sie mein Geschenk in Ehren.« Ihr Blick wanderte zu dem kostbaren Armband um Margarethes Handgelenk.

»Ich trage es fast immer, Eure Majestät. Und jedes Mal, wenn mein Blick darüber streift, fühle ich mich an Euch und Eure liebenswürdige Großzügigkeit erinnert.«

»Sie beherrschen die höfische Zunge so formvollendet. Aber Sie müssen sich nicht des steifen Ihr bedienen, das normale Sie reicht völlig aus.«

»Wie Sie wünschen, Eure Majestät.«

»Ich denke oft an die Zeit vor einem Jahr zurück, als ich die Freude hatte, die Villa Meineck mit meinen Kindern bewohnen zu dürfen. Wenn ich jetzt die Villa Hügel sehe, verstehe ich, warum Sie Meineck als Ihr kleines Refugium bezeichnen. Ich freue mich schon sehr auf eine Führung durch die Villa Hügel und die Umgebung, meine liebe Frau Krupp.«

»Jederzeit, wenn Sie es wünschen, Eure Majestät.«

Die Kaiserin ließ ihren Blick durch den Salon schweifen und

sah, dass alle Anwesenden, sogar die Kinder, gut beschäftigt waren.

»Wäre es ungehörig, wenn ich Sie jetzt darum bitten würde, Frau Krupp? Ich glaube, es schadet nichts, wenn wir uns ein wenig zurückziehen und den Männern und Kindern ihren Spaß lassen, ohne dass sie das stete strenge Auge der Mutter und Gattin befürchten müssen.«

»Sehr gern«, erwiderte Margarethe. Sie wusste nicht so recht, ob sie sich darüber freuen sollte, der steifen Etikette durch eine private Führung durch das Haus zu entkommen, oder ob sie lieber vor Ort geblieben wäre. Andererseits war ihr Personal erfahren genug, dass auch alles zu ihrer Zufriedenheit verlaufen würde, wenn sie nicht ständig danebenstünde. Und so führte sie die Kaiserin durch die prunkvollen Säle mit den holzvertäfelten Decken und den Familiengemälden an den Wänden, durch die Bibliothek und auch die naturkundliche Sammlung und den Wintergarten. Die Kaiserin sah sich alles sehr interessiert an.

»Villa ist eigentlich untertrieben«, sagte sie. »Dieses Bauwerk ist ein Schloss. Es hat alles, was auch unsere eigenen Residenzen bieten, und in mancher Hinsicht ist es sogar deutlich moderner, weil es nicht auf eine jahrhundertelange Geschichte zurückblickt.«

»Ja, aber für eine bürgerliche Familie ziemt es sich nicht, in einem Schloss zu wohnen. Deshalb prägte bereits mein Schwiegervater den Begriff ›Hügel‹. Wir leben auf dem Hügel, das klingt nicht so vermessen, aber jeder weiß, was sich dahinter verbirgt. Möchten Sie jetzt auch gern mein privates Arbeitszimmer sehen, Eure Majestät?«

»Sehr gern.«

Margarethe ging mit der Kaiserin so intim durch das Haus, als wären sie alte Schulfreundinnen, die sich in einer ruhigen Minute über die alten Zeiten unterhalten wollten.

»Es ist nicht besonders groß«, sagte Margarethe, während sie der

Kaiserin die Tür öffnete. »Aber gerade wenn ich mich konzentrieren muss, ist mir ein kleiner Raum lieber. Für private Empfänge habe ich meinen eigenen Salon, aber dies hier ist mein persönliches Refugium, in das ich nur selten jemandem Einblick gewähre.«

»Es ist wunderschön, gerade durch die Bescheidenheit«, erwiderte die Kaiserin und bewunderte die Gemälde und Fotografien an den Wänden, die Margarethes Töchter zeigten.

»Ich habe gehört, Sie sind selbst eine begnadete Künstlerin«, sagte die Kaiserin dann mit Blick auf ein Aquarell, das Margarethe hoch zu Kamel vor einer Nilbarke zeigte. »Ist das ein Selbstporträt?«

»Nein, das hat mein Bruder Felix auf unserer Ägyptenreise gemalt.«

»Ah ja, Felix von Ende, ein bemerkenswerter Künstler.« Die Kaiserin ließ ihre Hand über den reich verzierten Kaminsims gleiten. Jetzt im Juni brannte kein Feuer, die Holzscheite lagen lediglich zur Zierde dort, fein sorgfältig aufgestapelt auf dem blank geputzten Boden des Kamins, der keine einzige Ascheflocke erkennen ließ.

»Ich habe gehört, Sie haben eine Zentralheizung?«

»Ja, die wurde eingebaut, als das Haus von der Gasbeleuchtung auf Elektrizität umgestellt wurde, kurz nach unserer Hochzeit.«

Der Blick der Kaiserin wanderte über den barocken Schreibtisch und den bequemen Schreibtischstuhl, der in Form eines massiven Scherenstuhls gearbeitet war.

»Diese Einrichtung erinnert mich an die Möbel aus dem alten Rom, die auf manchen der Triumphbögen abgebildet sind«, sagte sie.

»Ja, ich habe eine Schwäche für die Antike«, erwiderte Margarethe. »In meinem Salon habe ich auch einige Möbel aus dem Orient, die dort die türkische Ecke bilden. Möchten Sie es sehen, Eure Majestät?«

»Später, meine liebe Frau Krupp. Jetzt würde ich gern die Intimität dieses beschaulichen Arbeitszimmers nutzen, um mich mit

Ihnen zu unterhalten, denn ich denke, wir beide haben mehr gemein, als die Welt ahnt.« Die Kaiserin setzte sich auf den Stuhl, der dem Schreibtisch Margarethes gegenüberstand. »Bitte setzen Sie sich doch auch, Frau Krupp.«

Margarethe folgte der Aufforderung, fühlte sich aber auf einmal etwas unbehaglich. Sie verlässt den Boden der klar definierten Distanz, schoss es ihr durch den Kopf. Sie schenkt mir eine vertrauliche Intimität, ohne dass ich weiß, womit ich das verdient habe oder was jetzt kommen wird. Ist es ein gutes Zeichen oder das Gegenteil?

»Wissen Sie«, sagte die Kaiserin, »wir haben beide bemerkenswerte Ehemänner, die auf ihre eigene Weise große Imperien führen. Und beide benötigen dabei die liebevolle Fürsorge einer starken Frau im Hintergrund, die ihnen den Rücken stärkt, wenn die Stürme des Lebens wieder einmal arg über sie hinwegblasen.«

Margarethe nickte, ohne zu wissen, worauf die Kaiserin hinauswollte.

»Männer sind manchmal zu stolz, um sich Hilfe zu holen«, fuhr die Kaiserin fort. »Ich bin froh, dass Ihr Gatte sich an Seine Majestät wandte, um sich seiner Unterstützung in diesen Zeiten zu versichern. Das zeigt, wie groß seine Sorgen sind, weil er Seine Majestät nicht mit Lappalien belästigen würde.«

Margarethe nickte erneut, wusste aber immer noch nicht, was die Kaiserin ihr sagen wollte. Gab es da noch etwas, das sie nicht wusste, was die Kaiserin ihr nun anvertrauen wollte?

»Ich möchte Sie ermuntern, liebe Frau Krupp, sich in schwierigen Zeiten an mich persönlich zu wenden, wenn Ihr Mann es nicht wagen sollte, sich an Seine Majestät zu wenden, weil er glaubt, seine Probleme wären Lappalien. Ich habe immer ein offenes Ohr für Sie und werde dann meinen Einfluss auf Seine Majestät nutzen, dass alle Seiten einander gesichtswahrend helfen können. Denn es ist wichtig für unser Vaterland, dass sowohl die Krone als auch der wichtigste Fabrikant des Reiches, dessen Produkte so wichtig für uns sind, so fest wie ein Fels in der Brandung stehen. Unsere gemeinsamen Feinde, die Sozialisten, würden nur zu gern einen Keil zwischen uns treiben, weil sie mit ihren gefährlichen Ideen am liebsten das Kaisertum und das reiche Bürgertum davonfegen würden. Und dazu ist ihnen keine Anschuldigung zu gehässig.«

Margarethe atmete erleichtert auf. Dieses Angebot war mehr, als sie jemals zu erhoffen gewagt hätte. Die Kaiserin hatte ihr einen direkten Weg zu ihrem Ohr zum Geschenk gemacht! Das war mehr wert als alle anderen Zeichen, die dieser Besuch sonst setzen konnte.

»Sie müssen mir nur eines versprechen, meine liebe Frau Krupp.«

»Was immer Sie wünschen, Eure Majestät.«

»Dies bleibt unser kleines Geheimnis unter Frauen. Je mehr wir im Hintergrund agieren, umso wirkungsvoller können wir unsere Männer lenken, denn nichts fürchten die Männer mehr als den offenen Gesichtsverlust, wenn ihre Frauen die Macht übernehmen. Dass wir die Macht längst in den Händen halten, muss niemand wissen, denn für uns zählt nicht der äußere Schein, sondern das, was am Ende dabei herauskommt. Versprechen Sie mir also Ihre Diskretion?«

»Selbstverständlich, Eure Majestät. Ich danke Ihnen von ganzem Herzen für Ihr Vertrauen.«

29

Der Besuch der kaiserlichen Familie endete nach vier Tagen, in denen alles genauso abgelaufen war, wie Margarethe es geplant hatte. Die Musiker aus Capri hatten sich tadellos verhalten. Ihre Musik hatte die Kaiserin zutiefst gerührt, denn sie sagte, sie könne verstehen, warum Fritz die Insel so sehr liebe. Auch der Jagdausflug mit Seiner Majestät und der anschließende Männerabend schienen gut angekommen zu sein, auch wenn über die Inhalte nichts verraten wurde. Doch Margarethe gönnte Fritz seine kleinen Geheimnisse, teilte sie doch ein viel größeres mit der Kaiserin.

In den Tagen nach dem kaiserlichen Besuch las sie absichtlich keine Zeitungen, denn sie wollte sich nicht ärgern. Stattdessen reiste sie mit ihren Töchtern und der Gouvernante Fräulein Brandt nach Baden-Baden, um sich in der Villa Meineck von den Strapazen der letzten Tage zu erholen. Fritz blieb auf dem Hügel, plante aber ebenfalls schon wieder Geschäftsreisen, die ihn demnächst nach England führen sollten.

In Baden-Baden überließ Margarethe alles ihrem Personal und kümmerte sich nur um das Notwendigste. Sie hatte Erholung so dringend nötig. Erst jetzt merkte sie, wie wenig sie in letzter Zeit geschlafen hatte, denn nun schlief sie morgens lange aus und fühlte sich selbst nach zehn Stunden Schlaf noch wie zerschlagen. Gegen ihre schmerzenden Glieder nahm sie regelmäßig Bäder, und wenn es ihr etwas besser ging, unternahm sie auch Spaziergänge. Trotz allem blieb aber eine seltsame Leere in ihr, eine Antriebsschwäche, die sie sich kaum erklären konnte, obwohl sie doch endlich die Ruhe gefunden hatte, nach der sie sich so lange gesehnt hatte. Ihr Arzt Doktor Vogt meinte, sie habe wohl eine leichte Melancholie entwickelt, aufgrund all der Last, die auf ihren Schultern ruhte. Das würde von selbst vergehen, wenn sie sich nur weiter die Entspannung gönnte, die sie brauchte.

Anfang Oktober spürte Margarethe tatsächlich, wie sich ihr Zustand langsam besserte. Morgens wachte sie wieder rechtzeitig auf und war in der Lage, frisch in den Tag aufzubrechen. Die Spaziergänge waren keine Qual mehr, zu der sie sich zwang, sondern die reinste Freude, so wie früher. Endlich konnte sie wieder Pläne schmieden, was im Winter in der Villa Hügel alles zu erledigen wäre. Zum ersten Mal seit langer Zeit kam es ihr nicht mehr wie eine Last vor, sondern wie eine fröhliche Herausforderung. Eigentlich liebte sie dieses Leben doch, hatte es immer geliebt. Nur Fritz' neue Liebe zu Capri, die er über die zu ihr gestellt hatte, war belastend gewesen. Vielleicht war es gut, dass ihm in Capri endlich die Augen geöffnet worden waren, auch wenn die kalte Dusche schmerzhaft gewesen war. Immerhin machte er sich nun keine Illusionen mehr über seine gutmütigen, naiven Naturkinder. Manchmal bedurfte es eines harten Schnitts, um erwachsen zu werden oder den zweiten Frühling zu beenden und wieder zur Reife des Alters zurückzukehren.

Und so genoss sie den Herbst, bis sie am Freitag, dem 24. Oktober 1902, in ihrer Korrespondenz einen Umschlag fand, der ohne Absender an sie adressiert war. Darin lagen zwei italienische Zeitungsausrisse. Einer war auf den 15., der zweite auf den 20. Oktober datiert. Daneben fanden sich sorgfältig mit Schreibmaschine getippte deutsche Übersetzungen.

Der erste Artikel war mit *Capri-Sodom* überschrieben und prangerte das abartige Gebaren eines reichen Mannes an, ohne einen Namen zu nennen. Margarethes Kenntnisse des Italienischen reichten aus, um zu sehen, dass die Übersetzung korrekt war. Ihr blieb beinahe das Herz stehen. Auch wenn der Name Krupp nicht genannt wurde, bezogen sich die Andeutungen ganz eindeutig auf ihren Fritz. Hastig griff sie nach dem zweiten Artikel vom 20. Oktober.

La beneficenza di Krupp – La corruzione nell'isola lautete die Überschrift, zu Deutsch: Krupps Wohltätigkeitsorganisation – Korruption auf der Insel.

Was dann folgte, übertraf ihre schlimmsten Befürchtungen.

Es ist ein Unglück für die bezaubernde Insel im neapolitanischen Golf, aber es ist sicher, dass sie von dem bösartigen und degenerierten Müßiggang des Kaisers Tiberius bis zur jüngsten Schmutzigkeit des Herrn Krupp immer ein Asyl für jene Sorte von Menschen gewesen ist, die über ausschweifenden und entarteten Reichtum verfügten.

Herr Krupp ist um die fünfzig, in allen Lastern erfahren und fähig, Millionen für einen Augenblick entarteten Genusses einzutauschen.

Als er auf Capri ankam, versammelten sich die üblichen Leute um ihn, die es gewohnt waren, auf den Schultern reicher Ausländer zu leben. Sie hatten die Millionen gerochen, sie hatten den Mann gefunden.

Er wurde auf Capri empfangen wie ein römischer Kaiser: alle zu seinen Füßen und niemand über ihm – nicht einmal das Strafgesetzbuch!

Sexuell degeneriert, ordnete er seinen Hof nach sexueller Potenz an. Viele Männer, jung oder alt, wandten sich für Geld oder andere finanzielle Gefälligkeiten an ihn und ebneten im Gegenzug den Weg für unzüchtige und schmutzige Vergnügungen.

Die Behörden schlossen beide Augen, die Menschen in öffentlichen Ämtern ließen es zu, und viele von ihnen sammelten Schätze über die Laster des reichen Mannes.

Matrosen, Schiffer und Bauern verkauften ihm ihre jugendliche Kraft, und eine große Lasteraussaat wurde in der Inselbevölkerung ausgelöst. Es gibt kaum einen armen jungen Mann, der Herrn Krupp oder seinen Freunden nicht gefallen musste. Es gibt sehr arme junge Männer, die von Krupp das Geld bekommen haben, um ein Jahr als Freiwilliger zu dienen.

Es gibt arme Teufel, die sich so Felder kaufen und Häuser bauen konnten. Oh, Herrn Krupps berühmte und gepriesene Wohltätigkeit! Darauf lief es hinaus!

Herr Krupp hat Einzelpersonen durch Bestechung Vorteile gebracht – er hat der Insel Vorteile gebracht, indem er sie als Nische für seine niederen Instinkte mietete. Die berühmte Straße, die er Capri schenkte, führt zu fantastischen Grotten und Villen, wo sich ein Großteil der Jugend prostituierte, während Herr Krupp bei Mandolinen- und Gitarrenklängen seiner Sodomie freien Lauf ließ!

Der Skandal muss dem deutschen Kaiser zu Ohren gekommen sein, der (so wird von vertrauenswürdigen Leuten gesagt) präzise Befehle an seinen Botschafter in Rom geschickt hat. Und er schickte nach Herrn Krupp und riet ihm, Capri zu verlassen. Und Krupp hat die Insel seiner Geilheit vor Kurzem für immer verlassen.

Margarethe warf das Papier angewidert auf den Tisch. Wer um alles in der Welt hatte sich diese schmutzigen Lügen ausgedacht? Und wusste Fritz bereits davon? Sie schaute noch einmal auf den Briefumschlag. Es war keine Marke darauf, nur ihr Name. Wer auch immer ihr dieses anonyme Schreiben hatte zukommen lassen, hatte Zugang zu ihrem Haus.

Vor ihren Augen begannen schwarze Schatten zu tanzen. Nur einmal in ihrem Leben, während ihrer zweiten Schwangerschaft, war sie ohnmächtig geworden. Jetzt hatte sie das Gefühl, der Boden würde ihr unter den Füßen weggerissen.

Sie atmete dreimal tief durch, dann rief sie nach Fräulein Brandt. Die Gouvernante kam sofort.

»Ich möchte, dass Sie und die Mädchen die Villa heute nicht mehr verlassen«, sagte sie. »Und ich möchte auch nicht, dass die Mädchen mit irgendwem von außerhalb sprechen.«

Fräulein Brandt sah sie irritiert an. »Was ist geschehen?«

»Ich habe heute dieses Schreiben anonym zugespielt bekommen. Ohne Briefmarke. Jemand muss es direkt in die Hauspost geschmuggelt haben. Ich möchte nicht, dass meine Töchter mit diesem Schmutz konfrontiert werden. Denken Sie sich irgendeine Beschäftigung für die beiden aus, die man am besten in der Abgeschiedenheit eines Zimmers ausüben kann, während ich versuche, meinen Mann zu erreichen.«

Fräulein Brandt überflog die Übersetzung der Artikel und wurde erst blass, dann rot.

»Das ist ja ungeheuerlich!«, rief sie. »Wer erfindet so einen Schmutz?«

»Genau das gilt es herauszufinden. Und Sie verstehen nun gewiss, warum es so wichtig ist, dass die Mädchen nichts davon erfahren, solange wir noch keine Umgangsstrategie haben, nicht wahr?«

Fräulein Brandt nickte, legte die widerwärtigen Schreiben zurück auf Margarethes Schreibtisch und ging zu ihren Schützlingen.

Margarethe griff indes zum Telefonhörer, um sich mit der Villa Hügel verbinden zu lassen. Dort erfuhr sie, dass Fritz geschäftlich in Kiel war.

»Versuchen Sie meinen Mann unter allen Umständen zu erreichen«, sagte sie. »Wenn es nicht telefonisch möglich ist, telegrafieren Sie ihm, dass ich ihn dringend sprechen muss.«

Ich brauche einen Plan, durchzuckte es sie. Fritz wird es womöglich wieder nur aussitzen wollen und behaupten, was scheren uns italienische Zeitungen, die liest hier ja sowieso keiner. Falls er es nicht ohnehin schon weiß.

Vor diesem Hintergrund kam ihr ein ganz anderer Gedanke: Was wäre, wenn dieses anonyme Schreiben nicht von einem Feind, sondern einem Freund kam? Jemandem, der wusste, was die italienische Presse trieb, und vielleicht ahnte, dass Fritz alles an sich abprallen ließ? Jemand, der wusste, dass sie die Einzige in der Familie war, die die ganze Tragweite erfasste und schnell und beherzt handeln würde?

Sofort war ihr das Gespräch mit der Kaiserin wieder präsent. Ihre Majestät hatte sie geradezu ermuntert, sich ihr in solchen Notfällen anzuvertrauen. Und das war ein Notfall, der ja auch das Kaiserhaus betraf, zumal auch Unwahrheiten über den Kaiser verbreitet wurden.

Noch ehe sie den Gedanken vollends zu Ende gedacht hatte, griff sie zu ihrem Federhalter, der wie von selbst die Worte über das Papier fliegen ließ.

Eure sehr verehrte Kaiserliche Majestät!
Ich hoffe, Sie und Seine Majestät sowie Ihre lieben Kinder befinden sich wohl. Wie gern denke ich an Ihren Besuch zurück, und die große Ehre, die Sie mir dabei zuteilwerden ließen. Nur deshalb wage ich heute, Ihnen diesen Brief zu übersenden, um Ihnen kundzutun, wozu Sie mich damals ermutigten. Leider musste ich heute erfahren, dass eine italienische Zeitung, La Propaganda, *gröbsten Schmutz und schaurige Unwahrheiten über meinen Gatten verbreitet und dabei auch noch Seine Majestät in falscher Erwähnung kompromittiert. Ich*

wage es kaum, die Dinge, derer man meinen Mann beschuldigt, zu wiederholen. So wird behauptet, er betreibe auf Capri Unzucht, die in Deutschland mit dem § 175 strafbewehrt ist. Ich befürchte, mein Mann ist zu gutgläubig, um die Gefahr rechtzeitig zu erkennen. Die schlimmen Anfeindungen sind bereits nach Deutschland geschwappt, und ich kann mir nur zu gut vorstellen, was geschehen wird, wenn die sozialistische Presse sie in die Hände bekommt. Ich bitte Eure Majestät untertänigst, dem Kaiser Bericht zu erstatten, auf dass er weiß, welch üble Wolke aus Italien zu uns herüberzuwehen droht, mit einem Pesthauch, der einzig dazu dienen soll, meinen Mann zu verderben und damit womöglich auch sein Lebenswerk und alles, was daran hängt.
Euer Majestät alleruntertänigste Margarethe Krupp

Sie las den Brief noch einmal durch. Ja, kein Wort zu viel, aber auch keines zu wenig. Sie war immer am besten, wenn sie spontan schrieb, was ihr im Herzen brannte. Dann fertigte sie noch einmal eine Abschrift an und steckte sie in ein kleines Kästchen in der Schublade ihres Sekretärs, in dem sie Abschriften wichtiger Briefe aufbewahrte. Anschließend nahm sie einen Briefumschlag, steckte das beschriebene Blatt hinein und siegelte ihn, wie sie es nur bei ganz besonderer Post tat. Dann klingelte sie nach ihrem Diener, damit er dieses wichtige Schreiben sogleich als Eilbrief aufgab.

So, der erste Schritt zur Abwehr des Unheils war getan. Aber allein konnte sie Fritz vermutlich nicht zum Handeln bewegen, zu groß war ihre Angst, dass er, statt sofort Klage zu erheben, weiter alles aussitzen würde. Deshalb ließ sie ihrem Bruder Felix telegrafieren, dass sie ihn dringend hier in Baden-Baden bräuchte. Sie wusste, dass er sich vermutlich umgehend in den Zug setzen würde, sobald er ihr Telegramm erhalten hätte.

Obwohl sie so schnell gehandelt hatte, fühlte sie sich weiterhin hilflos und schwach. Als sie sich von ihrem Schreibtisch erhob, überkam sie ein heftiges Unwohlsein. Sie schaffte es gerade noch rechtzeitig in das kleine Bad am Ende des Flures, bevor sie sich schwallartig übergeben musste. Immer und immer wieder übermannte sie der Brechreiz, auch als ihr Magen längst leer war und sie nur noch Galle spuckte. Sie hörte, wie jemand draußen zaghaft an die Tür klopfte. Hastig wischte sie sich den Mund ab, ordnete kurz ihr Haar und öffnete die Tür. Es war Fräulein Brandt.

»Ist alles in Ordnung, Frau Krupp? Ich habe mir Sorgen gemacht.«

»Was ist mit den Mädchen?«, fragte sie statt einer Antwort.

»Sie zeichnen in ihrem Zimmer. Ich habe mich nur für einen kurzen Moment davongestohlen, um nach Ihnen zu sehen.«

Margarethe nickte. Die schlimmste Übelkeit war verflogen, aber sie fühlte sich immer noch sehr schwach auf den Beinen.

Ich hätte nie geglaubt, wie sehr mich eine seelische Erschütterung auch körperlich belasten würde, dachte sie.

Fräulein Brandt musterte sie weiterhin besorgt. »Soll ich Doktor Vogt holen?«

»Ja, vielleicht ist das besser. Sagen Sie den Mädchen, mir ist etwas unwohl, aber es ist nichts Schlimmes.«

Fräulein Brandt nickte und schickte sich an, den Arzt zu informieren, während Margarethe in ihren kleinen Salon ging und sich dort auf ihrem Chaiselongue niederließ. Am liebsten hätte sie das enge Korsett gelöst, aber es wäre ungehörig, nicht korrekt gekleidet Besucher zu empfangen, und sei es nur der Arzt. Solange sie keine Bettruhe halten musste, solange wahrte sie die Form.

Wobei das Korsett eher meine Form wahrt, dachte sie leicht amüsiert. Ich habe in letzter Zeit einfach zu gut und zu viel gespeist. Aber was bleibt einer Frau auch anderes übrig, wenn ihr Mann sich anderweitig vergnügt und dabei in solche Eskapaden gerät. Sie atmete schwer und überlegte kurz, ob es ihr wohl lieber gewesen wäre, wenn er sich eine junge Geliebte gehalten hätte. Auch das wäre ein Skandal gewesen und hätte sie zutiefst betrübt, aber immerhin ein gewöhnlicher Skandal, der die Klatschpresse allenfalls eine Woche beschäftigt hätte und dann schnell wieder in Vergessenheit geraten wäre.

Ich muss mit Maria-Anna telefonieren, kam es ihr in den Sinn. Sie kennt sich ja in solchen Kreisen aus und weiß, wie man falschen Verdächtigungen am besten entgegentreten kann.

Beinahe bedauerte sie es, dass sie Fräulein Brandt nach Doktor Vogt geschickt hatte, denn eigentlich brauchte sie keinen Arzt, sondern jemanden, der ihr half, die Kohlen aus dem Feuer zu holen. Als der Arzt kurz darauf erschien, verriet sie ihm dennoch den wahren Grund ihrer Übelkeit. Er sah sie erschüttert an.

»Das ist ja furchtbar, meine liebe Frau Krupp. Soll ich Ihnen etwas Laudanum verordnen, damit Sie zur Ruhe finden?«

»Verordnen können Sie es mir, wer weiß, was die Nacht bringt. Aber vorerst brauche ich einen klaren Kopf, um das Unheil abzuwenden.«

»Aber denken Sie daran, derart große seelische Erschütterungen können sich nachhaltig auf die Gesundheit einer Frau auswirken, wenn man nicht rechtzeitig die überreizten Nerven beruhigt.«

»Sie sagen das, als träfe das nur auf Frauen zu. Was würden Sie denn einem Mann verordnen?«

»Das käme auf den Mann an. Je nachdem, wie stark er ist, würde ich auch hier zu Laudanum raten. Wobei die meisten Männer derartige Erschütterungen bereits mit einem ordentlichen Glas Schnaps weggespült hätten, bevor ich überhaupt die Schwelle ihres Hauses überschreiten könnte.« Ein kurzes, schulbubenhaftes Lächeln huschte über seine Miene, das aber sofort angesichts der ernsten Situation wieder verschwand.

»Nun, das ist wohl der Unterschied zwischen Männern und

Frauen. Ich für meinen Teil halte mich für stark genug, es charakterlich mit jedem Mann auch ohne Aquavit aufzunehmen.«

»Dann werde ich Ihnen gleich eine Verordnung für Laudanum ausstellen, damit Sie es im Bedarfsfall zur Hand haben.«

Der Arzt stellte das entsprechende Rezept aus, dann verabschiedete er sich. Margarethe griff nach ihrem Telefon, um Maria-Anna zu erreichen. Leider war die Prinzessin gerade unterwegs, aber ihr Telefonist versprach, sie umgehend zu informieren, wenn sie von ihrem Ausflug zurückkehrte.

Und so verging die Zeit mit Warten. Warten auf den Anruf von Fritz, auf den von Maria-Anna und natürlich auf Nachricht von Felix, der über keinen Telefonanschluss verfügte.

Tatsächlich wunderte es Margarethe kaum, dass die erste Person, die vor Ort erschien, Felix war. Ihr Bruder hatte tatsächlich genauso reagiert, wie sie es erwartet hatte: Nach dem Eintreffen ihres Telegramms hatte er sich ohne weitere Fragen in den nächstbesten Zug gesetzt und stand nun, knapp vier Stunden später, vor ihr.

»Ich bin so froh, dass du da bist«, rief Margarethe und umarmte ihn ganz gegen ihre sonstige Gewohnheit. Jetzt brauchte sie einfach die Wärme eines Menschen, dem sie vertraute und an dem sie sich festhalten konnte. Felix erwiderte ihre Umarmung, drückte sie fest an sich. »Was um alles in der Welt ist passiert?«, fragte er seine geliebte Schwester. Sie löste sich aus seinen Armen und zeigte ihm die Artikel aus der italienischen Zeitung. »Das hier ist passiert.«

Sie beobachtete, wie sich Felix' Gesichtszüge veränderten, während er las. Erst wurde er blass, dann rot vor Zorn, genau wie Fräulein Brandt.

»Und was sagt Fritz dazu?«, fragte er, nachdem er fertig war.

»Ich habe ihn noch nicht erreicht, er ist in Kiel.«

»Du glaubst diesen Schmierereien doch hoffentlich nicht?«

»Nein, natürlich nicht«, wehrte sie sofort ab. »Aber du weißt selbst, wie Fritz ist. Der lässt vieles an sich abperlen, anstatt sofort konsequent zu handeln. Ich habe Ihrer Majestät schon geschrieben. Sie soll den Kaiser informieren. Und Fritz muss natürlich sofort Klage gegen diese Zeitung erheben. Das ist ungeheuerlicher Rufmord. Wenn man das einfach so stehen lässt, werden die Leser es als Eingeständnis der Schuld interpretieren.«

Felix runzelte nachdenklich die Stirn. »Meinst du, das ist in Fritz' Sinne? Er steht damit auch vor der kaiserlichen Familie als schwach da, wenn du dich direkt an die Kaiserin wendest, damit sie bei ihrem Mann für den deinen interveniert. Was soll der Kaiser dann denken?«

»Dass sich zwei Ehefrauen Sorgen um die Moral des Landes machen«, gab Margarethe energisch zurück. »Die Kaiserin hat mich bei ihrem Besuch auf dem Hügel sogar ausdrücklich ermuntert, mich in einem solchen Fall an sie zu wenden, weil sie genau weiß, wie wichtig unser Betrieb für die Krone ist.«

Felix nickte, doch Margarethe war sich nicht sicher, ob es ein bestätigendes oder beschwichtigendes Nicken war. Immerhin war er feinfühlig genug, ihre Erregung zu respektieren und keine tiefgreifenden Diskussionen über das Thema zu beginnen.

»Was hältst du davon, wenn ich jetzt meine beiden bezaubernden Nichten begrüße und ein wenig ablenke?«, schlug er vor. »Du willst sie ja gewiss nicht mit all diesen Dingen belasten, und ich hoffe, Fritz meldet sich bald bei dir.«

»Ja, das ist eine gute Idee. Kündige es doch einfach als Überraschungsbesuch an.«

»Jetzt soll ich auch noch lügen?« Er zwinkerte ihr gutmütig zu.

»Es ist ja keine Lüge. Dein Besuch war ja nicht geplant und hat uns also in gewisser Weise beide überrascht.«

»Du weißt wie immer perfekt deine Worte zu setzen. Zu schade, dass du dir diesen italienischen Schmierfinken nicht persönlich vorknöpfen kannst.«

Nachdem Felix zu den Mädchen gegangen war, wollte Margarethe noch einmal bei Fritz anrufen, doch bevor sie es konnte, klingelte das Telefon. Ihr Telefonist kündigte ihr an, dass Prinzessin Maria-Anna am anderen Ende der Leitung war.

Vielleicht ist das ganz gut so, dachte Margarethe, denn eigentlich hatte sie keine große Lust, mit Fritz zu telefonieren. Sie fürchtete, dass Felix recht behalten und Fritz ihr den Brief an die Kaiserin verübeln würde. Aber gut, darum würde sie sich kümmern, wenn es so weit war.

»Maria-Anna, wie gut, dass du mich zurückrufst«, begrüßte sie ihre Freundin. »Ich wüsste niemanden, mit dem ich über meine prekäre Lage lieber sprechen würde.«

»Prekäre Lage? Was ist geschehen?«

Margarethe atmete einmal tief durch, dann erzählte sie, was vorgefallen war. Nun war es an Maria-Anna, auf der anderen Seite der Leitung so tief Luft zu holen, dass Margarethe beinahe glaubte, den Luftzug im Ohr zu spüren.

»Das ist wirklich unfassbar«, sagte sie schließlich. »Fritz muss diese Zeitung sofort verklagen, auf der Stelle.«

»Ja, das sehe ich auch so, aber dazu müsste ich ihn erst einmal erreichen. Er ist in Kiel und hat mich noch nicht zurückgerufen.«

»Meinst du, er weiß es bereits und scheut das Gespräch mit dir? Das würde dann ja auch den anonymen Brief erklären.«

»Genau den Gedanken hatte ich auch. Sag, hast du schon einmal in deinem Umfeld Erfahrungen mit derartigen Kampagnen gemacht?«

»Nicht in diesem Ausmaß, aber das Prinzip dahinter ist immer das gleiche«, erwiderte die Freundin. »Es geht eigentlich niemals um die Vorlieben des Mannes selbst. Es geht darum, das zu diskreditieren und zu vernichten, wofür er steht. Nach allem, was du mir von den Vorgängen auf Capri erzählt hast, bevor er nach Hause kam, fing es mit einem politischen Streit bei der Bürgermeisterwahl auf Capri an.«

»Ja, genau. Der Sozialist, der gegen Bürgermeister Serena unterlegen ist und von Anfang an Stimmung gegen Fritz machte, weil er Serena die Freundschaft zu Fritz neidete.«

»Ja, genau. Und diese Zeitung, ist das eine sozialistische Zeitung?«

»Ich glaube, ja«, erwiderte Margarethe.

»Siehst du, dann war es ein Schlag gegen den direkten politischen Gegner. Aber wenn Fritz dem nicht schnellstmöglich einen Riegel vorschiebt, wird es nach Deutschland überschwappen, und die Sozialisten hier werden es weiter verwenden. Denen geht es nicht um Fritz als Person, denen geht es um den Firmenchef, den sie als Kapitalisten von jeher bekämpft haben.«

»Ja, da magst du recht haben. Aber welche Konsequenz ziehst du daraus?«

»Könnte Fritz sich nicht einfach ins Privatleben zurückziehen und die Führung der Firma gänzlich den Geschäftsführern überlassen? Zumindest offiziell? Inoffiziell können sie ihm ja weiterhin alles vorlegen. Aber damit wäre er aus der direkten Schusslinie der Sozialisten. Sie könnten ihn nicht mehr als direktes Feindbild angreifen. Es ist ja allgemein bekannt, dass seine Gesundheit noch nie die beste war. Er verklagt diese Zeitung, gibt Gegenstellungnahmen ab, in denen er die Sozialisten demaskiert, und zieht sich außerdem wegen seiner Gesundheit ins Privatleben zurück.«

»Aber dann glauben die Sozialisten, sie hätten einen Sieg errungen.«

»Ja, aber gleichzeitig verschwindet Fritz aus den Schlagzeilen, und das Ansehen der Firma bleibt unbeschadet. Weißt du, die öffentliche Meinung ist wechselhaft. Sie sucht starke Gegner. Wenn man aber einer Zeitung vorwirft, einen kranken Mann zu diskreditieren, dann zeugt das von Schwäche und bringt ihnen keinen Ruhm.«

»Ich weiß nicht so recht«, murmelte Margarethe. »Ich glaube nicht, dass Fritz sich darauf einlassen wird.«

»Warum nicht? Dann hätte er doch viel mehr Zeit für seine Meeresforschungen.«

»Aber auf Capri ist er doch nicht mehr gut gelitten.«

»Abwarten. In einem Jahr ist Gras über die Sache gewachsen, wenn er jetzt die richtigen Schritte unternimmt. Ich hatte ja schon mit einigen solcher Fälle im Kleinen zu tun. Wenn man dem Angreifer das Feindbild entzieht, gegen das er kämpfen will, mag er glauben, dass er die Schlacht gewonnen hat, aber in Wirklichkeit hat er verloren, weil der Gegner sich gar nicht auf die Schlacht eingelassen hat. Ein strategischer Rückzug kann manchmal von Vorteil sein. Natürlich muss Fritz die letzte Entscheidung treffen, aber du solltest dir vorher schon klarmachen, was du eigentlich willst. Was soll er tun? Nur kämpfen oder sich auch ein Stück weit aus dem Sperrfeuer zurückziehen? Ganz gleich, wofür ihr euch entscheidet, ihr müsst es mit vollem Herzen tun, denn der Kampf wird sehr hart werden.«

Über diese Worte dachte Margrethe noch den ganzen Abend nach. Fritz hatte sie nicht angerufen, allerdings ein Telegramm geschickt, dass er auf dem Weg nach Baden-Baden sei und morgen Abend eintreffen würde. Bedeutete das, Fritz wusste längst Bescheid? Sie hatte schließlich nichts über die Inhalte verlauten lassen.

Während des gemeinsamen Abendessens bemühten sich Margarethe und Felix, eine möglichst unbefangene Stimmung zur Schau zu tragen. Felix scherzte und brachte Barbara damit immer wieder zum Lachen, während Margarethe das Gefühl hatte, Bertha würde sie aufmerksam mustern und nur dann und wann aus Höflichkeit lächeln. Ihr Verdacht wurde bestätigt, als Bertha kurz nach dem Abendessen auf sie zukam und um ein Gespräch unter vier Augen bat, ganz so, wie es Erwachsene tun. »Bitte sag mir die Wahrheit, Mama. Wie schlimm steht es um dich?«

Margarethe sah ihre Tochter erstaunt an. Das glaubte sie? Dass es ihr so schlecht ging, dass sie es vor den Töchtern geheim hielt? Nun ja, der Schluss war naheliegend. Bertha hatte mitbekommen, dass Doktor Vogt im Haus gewesen war, und dann auch noch dieser sogenannte »Überraschungsbesuch« von Onkel Felix.

»Komm, wir sprechen in meinem Arbeitszimmer«, antwortete sie daher. Als sie dort ankamen, schloss Margarethe zunächst die Tür, bevor sie Platz nahmen.

»Zuerst möchte ich dich beruhigen, Schatz. Mir geht es gut. Es war nur ein vorübergehendes Unwohlsein. Aber die Umstände, die es ausgelöst haben, sind ernst. Sie haben jedoch nichts mit meiner oder der Gesundheit deines Vaters zu tun.«

»Was ist es dann?«

Margarethe holte tief Luft und überlegte, wie sie ihrer sechzehnjährigen Tochter am besten erklären konnte, was geschehen war. Bertha war natürlich längst kein Kind mehr. Andere junge Frauen waren in ihrem Alter längst verheiratet. Dennoch sah Margarethe in ihren Töchtern immer noch die kleinen Mädchen, die sie einst gewesen waren, und vor allem der Wirbelwind Barbara machte es ihr leicht. Zugleich erinnerte sie sich an ihre eigene Kindheit. Unwissenheit war immer schlimmer als die Wahrheit. Sobald Kinder Verdacht hegten, waren offene Worte besser als weitere Geheimnistuerei, denn das machte alles in ihrem Erleben noch schlimmer.

»Du erinnerst dich an das, was ich dir einst über die Sozialisten erzählt habe, nicht wahr?«

Bertha nickte stumm.

»Nun, auf Capri gab es im Sommer Bürgermeisterwahlen. Aufgestellt waren der amtierende Bürgermeister Serena, der Freund deines Vaters, und sein Herausforderer, der sozialistische Besitzer des Lokals *Zum Kater Hiddigeigei*.«

»Das Lokal, was wir nie besucht haben, weil wir keine Landsleute treffen wollten.«

»Ganz genau. Nun, Bürgermeister Serena hat die Wahlen gewonnen, aber das neidete ihm sein Konkurrent. Vor allem, da Serena sich auch sehr dafür eingesetzt hat, deinem Vater die Ehrenbürgerwürde von Capri zu verleihen, für alles, was er für diese Insel getan hat.« Margarethe hielt kurz inne und schaute, wie ihre Worte auf ihre Tochter wirkten. Bertha ließ sich nichts anmerken und schaute ihre Mutter erwartungsvoll an, begierig zu hören, wie es weiterging. »Wie es unter den Sozialisten üblich ist, schreckte Serenas Konkurrent nicht vor den schmutzigsten Intrigen zurück und tat alles, um das Ansehen deines Vaters in den Schmutz zu ziehen. Er ließ Lügen in Umlauf bringen, die schließlich auch einem italienischen Schmierblatt zu Ohren kamen, das daraus zwei widerwärtige Artikel machte, die nur dazu dienen, deinen Vater mit Schmutz zu bewerfen.«

»Was steht in diesen Artikeln?«, fragte Bertha.

»Lauter Abscheulichkeiten, die es nicht verdienen, hier wiederholt zu werden.«

»Behaupten sie, Papa hätte eine Geliebte?«

»Nein, das nicht.«

»Aber dann kann es ihm doch egal sein. Jeder weiß, dass er ein anständiger Mann ist. Was sollen sie ihm denn sonst vorwerfen? Bestechung oder Unterschlagung? Alle wissen, dass das eine Lüge wäre, weil Papa so freigiebig spendet und jedem hilft, der in Not ist.«

Margarethe seufzte. »Du bist auf der einen Seite beinahe schon erwachsen, aber du hast keine Ahnung, wie verdorben und böse die Menschen sind. Sie werfen Papa vor, er hätte dort Unzucht mit anderen Männern getrieben.« So, nun war es heraus, das Unaussprechliche, das eine Mutter eigentlich niemals vor ihrer Tochter aussprechen sollte.

»Aber das geht doch gar nicht«, erwiderte Bertha mit einem Anflug von Lächeln. »Wer sollte das denn glauben? Warum machst du dir über so einen Unsinn Sorgen?«

Mit dieser Reaktion hatte Margarethe am allerwenigsten gerechnet. Natürlich, ihre Tochter war so behütet aufgewachsen, dass sie von all diesen Dingen nichts ahnte.

»Mein liebes Kind, leider gibt es noch sehr vieles im Leben, über das du nicht das Geringste weißt. In unserer Gesellschaft gleicht es einem moralischen Todesurteil, wenn man einem Mann so etwas vorwirft. Deshalb ist es ja auch so schlimm.« Sie holte noch einmal tief Luft. »Ich möchte, dass du es für dich behältst und Barbara nicht damit belastest. Sie ist noch so kindlich unschuldig und soll sich keine Sorgen machen. Du warst schon immer die Reifere von euch beiden, und das liegt nicht nur daran, dass du die Ältere bist. Du wirst eines Tages unsere Firma übernehmen und bist genau die Richtige dafür, denn du bist intelligent und charakterstark. Ach, ich hätte dich so gern länger vor all den Anfeindungen der Welt geschützt, dich länger Kind sein lassen, aber nichts ist schlimmer, als keine Antworten zu bekommen. Und deshalb bin ich so offen zu dir. Ich will dich nicht belügen.«

»Und was wird Papa nun tun?«

»Er hat mir telegrafiert, dass er morgen herkommt. Dann müssen wir beraten, was der beste Weg ist. Wir haben schon viele Stürme überstanden, wir werden uns auch nicht von dem Dreck, den uns italienische Sozialisten überkübeln wollen, kleinkriegen lassen. Allerdings müssen wir stets im Blick behalten, was die deutsche Presse tut. Der *Vorwärts* giert ebenfalls nach Skandalen und würde am liebsten sowohl unser Firmenimperium als auch das Kaiserreich selbst stürzen.«

»Aber das kann ein kleiner Zeitungsschreiber doch gar nicht. Der kann froh sein, wenn er für diese Lügen nicht ins Gefängnis kommt.«

»Ja, so ist es«, sagte Margarethe beschwichtigend, auch wenn es in ihrem Herzen ganz anders aussah. Zugleich dachte sie, dass Bertha in dieser Hinsicht ihrem Vater recht ähnlich war. Was nicht sein durfte, konnte einfach nicht sein, und alles, was ihr Vorstellungsvermögen übertraf, wurde mit einer Handbewegung weggewischt. An diesem Punkt würde sie sowohl mit ihrem Gatten als auch ihrer Tochter noch arbeiten müssen.

30

Fritz kam bereits am folgenden Vormittag in der Villa Meineck an – früher als gedacht und dennoch ungeduldig von Margarethe erwartet. Die Nacht war schlimm gewesen, sie hatte keinen Schlaf gefunden und war dankbar für das Laudanum, das ihr wenigstens ein paar Stunden Ruhe beschert hatte. Dennoch war sie wie zerschlagen. Das Gefühl, alles allein zusammenhalten zu müssen, war einfach unerträglich. Nie zuvor waren ihre Zweifel an Fritz so groß gewesen. Natürlich nicht die an seiner Integrität und Treue, sondern die an seinem Durchsetzungsvermögen.

Ausgerechnet das Gespräch mit ihrer Tochter hatte diese Zweifel noch verstärkt, als sie es immer wieder in Gedanken Revue passieren ließ und sich in immer schlimmere Grübelschleifen verstrickte. Hoffentlich wusste Fritz, was auf dem Spiel stand, hoffentlich handelte er. Aber wenn es so wäre, warum hatte man dann ihr das anonyme Schreiben zukommen lassen? Doch nur, damit sie alles regelte. Und deshalb grübelte sie auch darüber, wer der Absender sein könnte. War es vielleicht Fritz' Sekretär, der treue Marotz, der es aus Loyalität nicht wagte, ihr die Wahrheit direkt ins Gesicht zu sagen? Er hätte die Mittel und Wege gehabt. An einen Feind, der es ihr zukommen ließ, um ihr zu schaden, glaubte sie längst nicht mehr, denn ein Feind hätte sie ins offene Messer laufen lassen, ihr keine Möglichkeit gegeben, sich zu wappnen, ehe das Unheil noch größer wurde.

Sie hatte überlegt, ob sie Felix zu diesem Gespräch hinzuholen sollte, dann aber davon abgesehen. Sie wollte nicht, dass Fritz sich unter Druck gesetzt fühlte, schließlich hörte er am besten auf ihren Rat, wenn sie freundlich und diplomatisch blieb. Aber wie begann man so ein Gespräch diplomatisch? Nun, am einfachsten wäre es, wenn sie ihm den anonymen Brief mit den Zeitungsausschnitten zeigte. Ganz sachlich, ohne Vorwurf, aber zugleich ausreichend besorgt und ernst, damit er es nicht einfach abtun konnte.

Es gab noch eine Gemeinsamkeit mit Bertha, denn als Erstes fragte Fritz, ob mit ihr und den Mädchen alles in Ordnung sei, und atmete erleichtert auf, als sie die Frage bejahte.

»Was macht dir dann so große Sorgen?«

Das gleiche Lächeln wie bei Bertha, durchzuckte es Margarethe. Die gleiche Unbekümmertheit.

»Komm mit in mein Arbeitszimmer, dort werde ich es dir erklären.«

»Gönnst du mir zuvor keine Erfrischung? Nach der langen Fahrt könnte ich einen Kaffee vertragen.«

»Das Dienstmädchen wird sich darum kümmern. Den Kaffee kannst du auch bei mir trinken.«

»So ernst, Marga?«

»Ja, so ernst. Und nun komm.«

Verdammt, er kennt mich doch schon lange genug. Warum nimmt er meine Besorgnis dann so leicht? Das wird sich gleich ändern, wenn er diesen Schmutz mit eigenen Augen sieht. Sie gingen gemeinsam in ihr Arbeitszimmer, wo Margarethe Fritz den Brief reichte. »Das ist gestern mit der Hauspost angekommen. Anonym.«

Fritz setzte sich und begann, die beiden Artikel zu studieren. Margarethe beobachtete sein Gesicht. Anders als bei Fräulein Brandt und Felix blieb seine Miene bis auf ein leichtes Augenzucken nahezu unverändert. Ist das sein Gesicht, mit dem er sich auch bei den kompliziertesten Verhandlungen nichts anmerken lässt?

Oder kennt er den Inhalt bereits? Margarethe spürte, wie sich ihre Hände unwillkürlich zu Fäusten ballten, so stark, dass sich die Fingernägel in ihre Handballen gruben.

»Glaubst du diesen Unsinn etwa?« Er sah sie verärgert an. »Ist das der Grund, warum du so dringend mit mir sprechen wolltest?«

»Nein, ich wollte wissen, ob du darüber bereits Bescheid weißt, und falls ja, wie du damit umzugehen gedenkst.«

Er atmete tief durch.

»Doktor Cuomo hat es mir sofort nach Erscheinen gemeldet«, erwiderte er gelassen. »Er riet mir in seinem Brief, keine Klage gegen diese Zeitung zu erheben, weil das nur viel mehr Wind aufwirbeln würde. Nichts sei so uninteressant wie die Nachrichten von gestern, aber wenn ich Klage erhebe, würde ich dem eine Bedeutung beimessen, denn dann würde sich der Verdacht erhärten, es wäre etwas dran an diesem Schmutz. Nach einigem Überlegen habe ich ihm recht gegeben und dir nichts davon erzählt, um dich nicht zu belasten. Ich wüsste nur zu gern, wer der Halunke war, der dir das zugespielt hat.«

Einen Moment lang hatte Margarethe das Gefühl, der Boden würde ihr unter den Füßen weggezogen. Fritz hatte es gewusst und ihr verheimlicht! Lieber hörte er auf die Ratschläge seines italienischen Freundes, der rein gar nichts über die politische Lage in Deutschland wusste. Gewiss, Doktor Cuomo war ein reizender Mensch, aber die lockere italienische Lebensart ließ sich nicht auf das Deutsche Reich übertragen. Es ging ja nicht nur um Fritz als Privatperson, es ging vor allem um die Firma. Warum um alles in der Welt verstand ihr Gatte das nicht?

»Ich würde denjenigen nicht als Halunken bezeichnen, sondern als wohlmeinenden Freund«, erwiderte sie. »Du hättest es mir sagen müssen, Fritz. Begreifst du nicht, in welcher Gefahr du schwebst, wenn du das alles einfach auf sich beruhen lässt?«

»Ich begreife vielmehr, in welcher Gefahr ich schwebe, wenn ich handle!«, rief er. Margarethe zuckte zusammen. Er hatte ihr gegenüber noch nie die Stimme erhoben, aber jetzt brüllte er!

Wer schreit, hat unrecht, hatte ihre Mutter ihr als Kind gesagt, wenn sie mit ihren Geschwistern gezankt hatte. Damals hatte sie sich über diese Zurechtweisung stets geärgert, aber in diesem Moment begriff sie, was ihre Mutter damals wirklich gemeint hatte. Fritz fühlte sich in die Ecke gedrängt, er hatte ihr nichts davon gesagt, weil er sich vor ihrer Reaktion gefürchtet hatte. Weil er der Realität lieber aus dem Weg gehen und auf Doktor Cuomos Ratschlag hören wollte. Einfach so tun, als wäre nichts vorgefallen. Tief in seinem Herzen wusste er vermutlich längst, dass das falsch war. Und sie in ihrer ganzen Gegenwart war das fleischgewordene Sinnbild seiner Fehleinschätzung. Deshalb schrie er.

»Nein, das weißt du nicht«, erwiderte sie und bemühte sich um eine ruhige Stimme. »Erinnerst du dich an die massiven Angriffe der deutschen Sozialisten? Sie hatten dich immer wieder im Visier, nicht nur während deiner Zeit im Reichstag, sondern auch danach. Sie sehen dich als ein Symbol des Kapitalismus. Und wenn die von ihren italienischen Genossen derartige Vorlagen geliefert bekommen, werden sie es auch verwenden. Deshalb musst du diese Zeitung sofort wegen Verleumdung verklagen. Das ist nichts, was du einfach aussitzen kannst.«

»Was meinst du, welchen Schmutz ich schon ausgesessen habe, ohne dass du davon überhaupt erfahren hast!«, brüllte er nun. »Ich weiß selbst am besten, wie ich richtig handle. Es ist ja nicht das erste Mal, dass so etwas passiert.«

»Nicht das erste Mal?« Margarethe sah ihn verdutzt an. »Du meinst, es gab schon mal solche Schmutzartikel?«

»Nein, das nicht gerade«, erwiderte er. »Aber es gab einen Arzt, der mich wegen angeblicher homosexueller Umtriebe erpressen wollte, weil ich nicht bereit war, ihm das Geld für den Wiederaufbau seiner Praxis zu geben, nachdem er sie durch Fehlinvestitionen in den Bankrott getrieben hatte. Es ist genau das Gegenteil von dem passiert, was hier steht. Diejenigen, die es gewohnt sind, sich an reiche Ausländer zu hängen und sie auszunehmen, wurden enttäuscht, sodass sie nun die anständigen Menschen diskreditieren.«

»Und wie bist du gegen den Erpresser vorgegangen?«

»Gar nicht, ich habe es ignoriert. Und das war das Beste, was ich tun konnte.«

Margarethe holte tief Luft. »Wann war das?«

»Im März, kurz vor der Konfirmation unserer Töchter.«

»Im März? Sag mal, Fritz, bist du so naiv, oder spielst du mir das nur vor? Du hättest den Mann damals anzeigen müssen. Dadurch, dass du es nicht getan hast, wurde diese ganze Kamarilla immer dreister. Ein Mann, der sich nicht verteidigt, ist in ihren Augen schwach und ein leichtes Opfer. Im März wirst du erpresst, im April bekommst du die Ehrenbürgerwürde, aber im Mai ist die Situation auf Capri schon so angespannt, dass du dir vornimmst, im folgenden Jahr lieber nicht mehr hinzufahren, um Unannehmlichkeiten zu vermeiden. Du kaufst dir lieber eine kleine Villa, um nicht länger im *Quisisana* in der Schusslinie zu stehen. Im September lässt du Marotz die Villa kaufen, und im Oktober erscheinen diese beiden Schmutzartikel. Begreifst du denn nicht, dass es überhaupt erst so weit gekommen ist, weil du nicht rechtzeitig eingegriffen hast?« Margarethe schlug die Hände verzweifelt zusammen. »Und wenn du mir mehr erzählen würdest, dann würden bestimmt noch weitere Mosaikteilchen zusammenkommen, weshalb diese Leute diesen Affront wagen. Deine geliebten Capresen sind keine edlen Naturkinder ohne jedes Arg. Du hattest nur mit den Gebildeten zu tun! Doktor Cuomo und Bürgermeister Serena haben dich doch von allem abgeschirmt, weil sie dich bei Laune halten wollten. Und natürlich haben sie auch von deiner Anwesenheit profitiert. Du warst ein reicher Gönner, mit dem sie renommieren konnten. Im Gegenzug gaben sie dir genau das, was du brauchtest – Freundschaft und Vergnügen. Natürlich glaube ich kein Wort über diesen Schmutz, Fritz. Aber du hast es dir mit deinem lustigen Leben auf Capri zu einfach gemacht. Dein Ruf leidet schon seit Jahren, wenn die Baronesse Deichmann rumerzählt, du hättest den Verstand verloren. Gerade weil es diesen Klatsch bereits so lange gab und du rein gar nichts dagegen getan hast, ist es so weit gekommen. Und deshalb musst du jetzt handeln.«

»Du meinst, ich soll die Zeitung umgehend verklagen? Entgegen Doktor Cuomos Rat?«

»Ja, und nicht nur das. Du musst den Kaiser informieren.«

»Nein, auf keinen Fall!«

»Es ist wichtig, Fritz.«

»Damit der Kaiser denkt, ich könne mich nicht allein um meine Angelegenheiten kümmern?«

»Nein, weil der Kaiser selbst in dieser Zeitung diskreditiert wird. Es wird behauptet, er hätte dich wegen deines Lebenswandels aus Capri zurückbeordert. Das ist auch ein Affront gegen Seine Majestät.«

»Ich wirke dann schwach!«

In diesem Moment verlor Margarethe ihre mühsam gehaltene Contenance. »Ich wusste, dass du das sagen würdest!«, brüllte sie nun ihrerseits. »Und deshalb habe ich der Kaiserin geschrieben, was passiert ist, und sie gebeten, sich an Seine Majestät zu wenden.«

»Was?«

Margarethe hatte erwartet, dass Fritz wieder brüllen würde, doch er sah sie entgeistert an, sagte einfach nur dieses eine Wort. *Was?*

»Einer von uns musste handeln«, sagte sie nun auch deutlich leiser. »Ihre Majestät hat mich bei ihrem Besuch auf dem Hügel ausdrücklich ermuntert, mich an sie zu wenden, wenn du aus falsch verstandener Rücksichtnahme es nicht wagst, den Kaiser …«

»Hast du den Verstand verloren?« Fritz sprang von seinem Stuhl auf, wirkte völlig außer sich. Margarethe war so erschrocken über diesen Ausbruch, dass sie selbst aufsprang und einen Schritt zurückwich. Er folgte ihr auf dem Fuße und packte sie bei den Schultern. »Wie kannst du es wagen, hinter meinem Rücken mit der Kaiserin über mich zu korrespondieren? Was hast du ihr geschrieben?«

»Lass mich los, du tust mir weh!«

»Was hast du ihr geschrieben?«, brüllte er erneut, ohne seinen Griff zu lockern. War das wirklich noch ihr Fritz? Nie zuvor hatte sie ihn so gesehen, so jähzornig, wie man es in schlimmsten Tagen nur seinem Vater nachgesagt hatte.

»Wenn du dich etwas beruhigen und mich loslassen würdest, kann ich dir die Abschrift des Briefes zeigen.«

Erst jetzt schien Fritz sich seiner Ausschreitung bewusst zu werden und ließ sie beinahe hektisch los. »Es tut mir leid«, murmelte er dabei. »Aber du musst verstehen, dein Verhalten ist vollkommen unangemessen.«

Margarethe verzichtete darauf, auch auf sein Fehlverhalten hinzuweisen. Stattdessen holte sie die Abschrift aus dem kleinen Kästchen und reichte sie Fritz. Während er las, beobachtete sie wie üblich sein Gesicht. Es wurde erst blass, dann rot, genauso wie bei Fräulein Brandt und Felix, als sie diese italienischen Schmähschriften gelesen hatten.

»Bist du völlig verrückt geworden?«, schrie er und warf den Brief angewidert auf den Tisch.

»Nein, ich bin klarer bei Verstand als du.«

»Wem hast du sonst noch von diesem Brief erzählt?«

»Nur Felix und Prinzessin Maria-Anna.«

Fritz stöhnte auf. »Du bist schlimmer als die italienischen Schmierfinken! Wie stehe ich denn jetzt da? Als Hanswurst, dem seine eigene Frau nichts zutraut. Ich habe dir jahrelang viel zu viele Freiheiten gelassen, das ist dir zu Kopf gestiegen.«

»Ach, mir ist etwas zu Kopf gestiegen? Wer hat denn die Firma in den letzten Jahren zusammengehalten, während du den Lebemann auf Capri geben musstest, der von aller Welt im besten Fall für einen Verrückten und im schlimmsten Fall für einen Perversen gehalten wird?«

»Das muss ich mir von dir nicht anhören! Ich habe jedes Recht, mir neben meiner harten Arbeit etwas Abwechslung mit meinen Freunden zu gönnen!«

»Ja, aber dabei solltest du wenigstens so umsichtig sein, dass man dich nicht verunglimpfen kann. Es ist ja kein Wunder, wenn die Leute denken, du hättest den Verstand verloren, wenn ihr in eurer Grotte geheime Bruderschaften gründet und barfüßig in Mönchskutten durch die Gegend lauft. Das gesteht man Studenten zu, aber nicht reifen Geschäftsmännern wie dir.«

»Ich kann tun, was ich will!«

»Aber dann musst du auch die Konsequenzen tragen! Das war schon immer dein größtes Problem. Dein Vater hatte völlig recht! Du warst schon immer zu feige, die vollständige Verantwortung zu übernehmen. Das fing mit unserer Verlobung an. Oder nein, noch viel früher. Du warst zu feige, gegen den Willen deines Vaters ein Studium zu beginnen. Weil du den Konflikt gescheut hast. Du wolltest nie Schwierigkeiten haben, und genau das ist dein Versagen. Cuomo und Serena haben das durchschaut und dich immer beruhigt, bis es viel zu spät war. Du musst endlich handeln! Und wenn du es nicht tust, dann muss ich es tun. Zum Wohle unserer Töchter!«

»Du hast mir hier gar nichts vorzuschreiben!«, brüllte Fritz nun so laut, dass die Wände zitterten. »Du bist verrückt geworden. Du überschreitest alle Grenzen. Ich glaube, du solltest mal eine Kur machen, bei der man sich auch um deinen Verstand kümmert. Doktor Vogt hat mir schon länger von deinen Depressionen erzählt.«

»Du bist derjenige, der bereits zwei Nervenzusammenbrüche

hatte, nicht ich!«, schrie Margarethe zurück. Sie war so außer sich vor Wut, dass rote Funken vor ihren Augen tanzten. Nie zuvor hatte sie es sich gestattet, all die Wut, die sich in den letzten Jahren angestaut hatte, so ungehemmt herauszulassen. Aber es fühlte sich gut an. Endlich war die alte Kraft zurück. Sie konnte es nicht länger ertragen, Fritz zu entschuldigen, er musste endlich erwachsen werden.

»Das reicht!«, schrie Fritz. »Ich …«

Noch bevor er den Satz beenden konnte, wurde die Tür aufgerissen.

»Ist hier alles in Ordnung?« Es war Felix, der mit verunsichertem Blick ins Zimmer schaute. »Ihr brüllt ja das ganze Haus zusammen.«

»Das ist mein Haus, da kann ich brüllen, so viel ich will, wenn meine Frau verrückt geworden ist.«

»Ausgerechnet du wagst es, mir das zu sagen?«, schrie Margarethe zurück. Alles in ihr drängte danach, Fritz beim Kragen zu packen und die Naivität aus ihm herauszuschütteln. »Du bist doch derjenige, der den Bezug zur Realität verloren hat. Du bist nichts anderes als ein großes Kind. Du hast mich doch nicht geheiratet, weil du eine Frau wolltest, sondern ein Abbild deiner Mutter. Und wer weiß, vielleicht stimmt ja alles, was diese Zeitung schreibt, das würde vieles in unserer Ehe erklären!«

Kaum hatte sie diese Worte in ihrem Zorn ausgestoßen, da bereute sie es schon. Doch sie waren gesprochen, und Fritz erblasste. War er schockiert oder ertappt? Oder beides? Nein, das konnte nicht sein. An diesen Gerüchten war nichts dran. Oder doch? Alles in ihr drehte sich. Ein schrecklicher Albtraum, aus dem sie nicht mehr herausfand. Und mit einem Mal verschwand die Stärke, die ihr die Wut soeben noch gegeben hatte, und sie brach hilflos mit einem Weinkrampf zusammen.

»Ich denke, du solltest dich dringend in ärztliche Behandlung bei einem Spezialisten begeben«, hörte sie Fritz' Stimme, gedämpft wie durch eine Wand aus Daunenpolstern. Auf einmal war er wieder völlig ruhig. Trotz ihres Weinkrampfs blieben ihre Gedanken erstaunlich klar, auch wenn sie nicht mehr sprechen konnte. Wurde Fritz deshalb ruhig? Weil sie weinte und er glaubte, gesiegt zu haben? Schluss ist wohl erst, wenn einer weint, hatte ihre Mutter sie oft getadelt, wenn sie sich als Kinder gezankt hatten. Jetzt war ausgerechnet sie diejenige, die diesen Kampf verloren geben sollte? Sie wollte sich aufrichten, ihre Meinung vertreten, aber der Weinkrampf war zu stark. Sie hörte, wie Fritz nun ganz gelassen auf Felix einredete, wie er ihrem Bruder riet, sie davon zu überzeugen, nach Jena zur Kur bei Professor Binswanger zu fahren, dem berühmten Psychiater, der dafür bekannt war, mit Frauen aus der gehobenen Gesellschaft einfühlsame Gespräche zu führen. Erneut flammte ihre Wut auf, aber sie zeigte sich nur in verstärktem Tränenfluss. Jetzt hetzt er schon meinen Bruder gegen mich auf, dieser Mistkerl, dachte sie voller Bitterkeit und konnte doch nichts dagegen tun, weil ihr Körper ihr längst nicht mehr gehorchte. Niemals zuvor hatte sie sich so hilflos gefühlt. Dann hörte sie, wie Fritz ankündigte, noch heute Abend Meineck mit den Töchtern zu verlassen, denn in so schweren Zeiten sollte man auf dem Hügel sein. Mit den Töchtern, ohne sie! Denn sie sollte ja nach Jena.

Erst jetzt gewann Margarethe einen Teil ihrer Selbstkontrolle zurück und wischte sich fahrig die Tränen aus dem Gesicht.

»Ich lasse mich von dir nicht in die Irrenanstalt abschieben«, zischte sie. Doch Fritz ging nicht darauf ein, sondern sagte zu Felix: »Kümmere du dich um deine Schwester. Ich denke, auf dich wird sie eher hören als auf mich.«

Dann verließ er den Raum, und der letzte Blick, den Margarethe auf ihren Gatten warf, war tränenverschleiert, bevor er mit den Mädchen ohne weiteren Abschied abreiste. Was mochte er ihnen wohl erzählt haben? Dass die Mutter verrückt geworden war? Dass sie dringend zur Kur müsse?

»Vielleicht ist es wirklich besser, wenn du dir von Professor Binswanger helfen lässt«, sagte Felix leise.

»Dann hältst du mich auch für verrückt?«

»Nein, gewiss nicht. Aber ich denke, du brauchst nach all der Last, die auf deinen Schultern ruhte, dringend jemanden, mit dem du sprechen kannst und der nicht zur Familie gehört. Vertrau auf Fritz, er weiß wirklich, was er tut. Und du machst es ihm einfacher, wenn du jetzt nach Jena fährst. Du musst ja nicht in die Nervenklinik. Miete dir einfach ein schönes Hotelzimmer in der Nähe und such den Professor zu privaten Sitzungen auf. So wie bei einer Kur. Ich begleite dich auch auf der Fahrt dorthin. Du hast lange genug um alles gekämpft, jetzt gönnst du dir Zeit für dich und überlässt es Fritz, seinen Hof allein zu fegen.«

»Das wird er nicht schaffen, er wird nur noch mehr Staub aufwirbeln, ohne den Dreck zu beseitigen«, nahm sie das Sinnbild des Bruders auf.

»Ich glaube, da unterschätzt du ihn. Er hat Großes in den letzten Jahren vollbracht, die Firma läuft besser als zu Zeiten seines Vaters. Und wenn du jetzt deinen Nervenzusammenbruch zugibst, kommt er auch gesichtswahrend aus der Sache mit dem Kaiser. Denn ich muss ihm recht geben, es war nicht gut, dass du Ihrer Majestät geschrieben hast. Das kratzt arg an der Würde eines Mannes.«

»Mehr als diese italienischen Schmierereien?« Langsam beruhigte sie sich, ihre Stimme wurde wieder fester. »Mir geht es nicht nur um ihn, sondern auch um unsere Kinder und die Firma. Was ist, wenn wir alles verlieren?«

»Siehst du, das sind Sorgen, die dir dein akuter Nervenzusammenbruch eingibt. Ihr könnt nichts verlieren. Fritz hat nichts Unrechtes getan. Und wenn es um Geschäfte geht, ist der Ruf nebensächlich. Die Leute brauchen die Firma Krupp, ganz gleich, wessen man Fritz beschuldigt. Und der Kaiser steht zu euch, weil er genau weiß, wie wichtig ihr für ihn seid. Nun komm, große

Schwester. Sei so stark wie immer, stark genug, damit man dir helfen kann.«

Margarethe griff nach ihrem Taschentuch und schnäuzte sich. Vielleicht hatte Felix wirklich recht. Vielleicht sah sie alles falsch. Sie selbst hatte Fritz in ähnlichen Situationen auch immer zugeraten, sich Hilfe zu holen. Möglicherweise war es tatsächlich Zeit, nun an sich zu denken.

31

Professor Otto Binswanger war ein kultivierter Mann von fünfzig Jahren, der bereits als Dreißigjähriger als Professor an die Universität Jena berufen worden war. Er genoss einen ausgezeichneten Ruf und zählte zahlreiche namhafte Personen zu seinen Patienten.

Vor diesem Hintergrund fiel es Margarethe deutlich leichter, sich auf die Therapie bei ihm einzulassen, denn ein Mann, den sogar Friedrich Nietzsche zu seinem Therapeuten erkoren hatte, verstand mit Sicherheit etwas von diesem Metier und dem feinfühligen Umgang mit Patientinnen aus der gehobenen Gesellschaft.

Bereits in ihrem ersten Gespräch fühlte Margarethe sich geborgen, und das lag nicht nur an seinem väterlichen Äußerlichen, sondern auch an seinem schweizerischen Dialekt, den er niemals ganz hatte ablegen können, auch wenn er schon so viele Jahre in Deutschland lebte.

Zunächst war es ihr schwergefallen, sich zu öffnen, aber dann erkannte sie, wie erleichternd es sein konnte, sich einem Fremden, der eine Schweigepflicht zu wahren hatte, anzuvertrauen. In seiner Gegenwart musste sie sich nicht verstellen und nichts repräsentieren. Hier konnte sie offen das aussprechen, was sie sich so lange nicht einmal als Gedanken gestattet hatte.

»Ich bin so wütend auf meinen Mann«, sagte sie und war verwundert, dass sie bei diesen Worten keine Wut mehr spürte, sondern nur noch Resignation. Professor Binswanger bemerkte das.

»Sie klingen aber nicht wütend, sondern eher traurig«, sagte er. »Ist es wirklich nur Wut?«

»Wie meinen Sie das?«

»Nun, Wut ist ein starkes Gefühl, das alles überstrahlt, Angst und Verzweiflung ebenso wie innere Leere. Und das Gefühl der inneren Leere kennen Sie doch schon seit Jahren, nicht wahr?«

Margarethe nickte. »Zeitweilig, aber meist gelingt es mir, etwas dagegen zu tun und mein Leben auszufüllen. Allerdings …« Sie zögerte.

»Warum zögern Sie?«

»Ich glaube, ich bin vor allem so wütend auf Fritz geworden, weil ich ihn beneide. Er nimmt sich alles, was er will, denn er weiß, dass ich ihm den Rücken freihalte. Es mag seltsam klingen, wenn ich sage, er lebt auf meine Kosten, weil doch sein Vermögen unseren Lebensunterhalt finanziert, aber es fühlt sich schon seit Jahren so an. Seit Capri.«

»Worum genau beneiden Sie ihn?«

»Um die Freiheit, genau das zu tun, was er will. Er setzt sich ein Ziel, und dann tut er alles Nötige, um es zu erreichen, weil er weiß, dass ich alles zusammenhalte. Wie es mir dabei geht, ist ihm gleichgültig.«

»Ist das wirklich so?«

Margarethe ließ ihren Blick durch das Arztzimmer schweifen, betrachtete die dicken Bücher in den Regalen und die Urkunden an den Wänden.

»Ja, ich denke schon.«

»Was würde passieren, wenn Sie sich selbst das nehmen würden, was Sie sich wünschen?«

»Das geht nicht. Irgendwer muss sich um die Firma kümmern.«

»Dazu gibt es die Geschäftsführer.«

»Man muss ein Auge auf sie haben.«

»Soweit ich weiß, kümmert sich Ihr Gatte um die wichtige Korrespondenz auch auf seinen Reisen.«

»Ja, aber ich habe immer das Gefühl, ich müsste aufpassen, dass ihm nichts entgeht, wenn er in seiner Traumwelt lebt.«

»Wiederholen Sie doch einmal die ersten Worte des Satzes, den Sie eben gesprochen haben.« Der Professor lächelte sie gutmütig an.

»Ich verstehe nicht ganz ...«

»Sie sagten, Sie hätten immer das Gefühl, Sie müssten aufpassen. Es ist allein in Ihrem inneren Erleben, in Ihrem Gefühl. Niemand außer Ihnen selbst versagt Ihnen etwas. Sie könnten Ihr Leben genauso frei leben wie Ihr Gatte, wenn Sie es sich selbst zugestehen würden.«

»Aber man sieht ja, was dabei rauskommt. Dieser ganze Skandal, den er auf die leichte Schulter nimmt, weil er nicht wahrhaben will, dass längst alles außer Kontrolle geraten ist.«

»Und deshalb wollen Sie die Kontrolle immer behalten, nicht wahr?«

Margarethe nickte.

»War das schon immer so?«

»Wie meinen Sie das? In unserer Ehe?«

»Nein, ich möchte gern noch früher ansetzen. Sie waren doch die älteste Tochter. Ich nehme an, da lastete viel Verantwortung auf Ihren Schultern.«

»Was hat das denn mit der Gegenwart zu tun?«, fragte sie zurück. »Meine Kindheit ist lange vorbei.«

»Gewiss.« Binswanger lächelte sie freundlich an. »Allerdings prägt uns das, was wir in der Kindheit lernen, ein Leben lang. Und gerade den ältesten Töchtern wird in einer Familie oft von Anfang an große Verantwortung für die kleineren Geschwister abverlangt. Sie erzählten mir zu Beginn unserer Sitzungen, dass Sie, als Sie Ihrem Mann das erste Mal begegnet sind, eher ein schwesterliches

Gefühl für ihn hegten. Sie benutzen den Begriff der Seelenverwandtschaft. Aber Sie sprachen nie davon, dass Sie ihn leidenschaftlich lieben, so wie in den großen Epen, in denen die Liebe wie ein großer Rausch ist, in den sich die Liebenden fallen lassen. Sie haben immer die Kontrolle bewahrt. So, wie Sie es als Kind gelernt haben. Weil Sie sich dadurch sicher fühlen. Auf der einen Seite beneiden Sie Ihren Gatten nun darum, dass er sich eine zweite Jugend gönnt, aber selbst wagen Sie es nicht, obwohl ich mir sicher bin, dass er vergleichbare Dinge bei Ihnen ebenfalls tolerieren würde.«

»Und was wollen Sie mir jetzt damit sagen? Dass alles meine Schuld ist, ich mir Dinge einbilde?«

»Es geht hier nicht um Schuld, es geht vielmehr darum, Dinge zu verstehen. Sie sind für Ihren Mann und seine Entscheidungen nicht verantwortlich. Sie sind auch nicht für seine Aufgaben in der Firma verantwortlich. Sie dürfen einen Schritt zurücktreten und ihn allein alles regeln lassen.«

»Aber was ist, wenn er scheitert?«

»Was verstehen Sie unter Scheitern?«

Margarethe dachte eine Weile nach. »Ich weiß es nicht«, gab sie schließlich zu. »Es ist so ein ungutes Gefühl, eine nicht fassbare Angst, die ich Ihnen nicht beschreiben kann. So als würde Fritz sich an einem Abgrund bewegen wie ein Bergsteiger, der alle Sicherungsleinen zerschnitten hat. Ich weiß, das klingt seltsam, aber ich habe meinen Mann schon in so manch schwachen Momenten gesehen. Als die Sozialisten ihn in Berlin zu energisch angegangen sind, hat er einen Nervenzusammenbruch erlitten, und das war nichts im Vergleich zu dem, was wir erwarten müssten, wenn ähnlicher Schmutz, wie er jetzt in Italien erschienen ist, in Zeitungen wie dem *Vorwärts* erscheinen würde. Ich befürchte, das würde seine ohnehin schwache Gesundheit nicht ertragen.«

»Was meinen Sie mit dieser Umschreibung, seine schwache Gesundheit würde es nicht ertragen? Dass er körperlich erkrankt oder einen erneuten Nervenzusammenbruch erleidet?«

»Beides oder Schlimmeres.«

»Was könnte schlimmer sein?«

Diese Frage traf Margarethe tief unter die Haut, denn sie zwang sie, sich erneut jener Angst zu stellen, die sie zum ersten Mal während ihrer Hochzeitsreise gehabt hatte, als sie den ersten Asthmaanfall leibhaftig miterlebt hatte. Damals, als sie um Fritz' Leben gefürchtet hatte, auch wenn er versucht hatte, sie zu beruhigen. War das die stete Sorge, die immer hinter allem stand? Dass er sterben könnte? Sie scheute sich, diese Angst zu benennen, ganz so, als würde diese Sorge erst dann wahr, wenn sie sie vor einem anderen Menschen aussprach. Lass den dummen Aberglauben, schalt sie sich im Stillen. Jetzt muss alles heraus, jede Angst, damit Professor Binswanger mir helfen kann, mich dieser Furcht zu stellen.

»Ich habe Angst, er könnte sterben«, sagte sie leise.

»Steht es so schlecht um seine Gesundheit?« Professor Binswanger wirkte überrascht.

»Das weiß ich nicht. Aber diese Furcht, dass ihn Aufregung, der er nicht gewachsen ist, ins Grab bringt, die habe ich schon lange. Schon von Beginn unserer Ehe an. Deshalb habe ich mich anfangs so gefreut, als es ihm auf Capri so gut ging. Aber dass sich nun ausgerechnet dieser Ort, der ihm so viel Kraft gegeben hat, als so eine Falle entpuppt, bereitet mir große Sorgen.«

Professor Binswanger nickte langsam. »Andererseits sollten Sie daran denken, dass er durch diese Kraft auch neue Stärke gewonnen hat. Ihr Mann ist einer der führenden und mächtigsten Geschäftsleute des Landes. Das wäre er nicht, wenn er sich wie ein schwaches Rohr im Winde biegen würde, nur weil eine italienische Zeitung absurde Beschuldigungen in die Welt bringt. Sie können nicht für alles die Verantwortung übernehmen. Vertrauen Sie darauf, dass Ihr Mann das Richtige tun wird. Und denken Sie zugleich an sich, und genießen Sie Ihren Aufenthalt in Jena. Ich werde Ihnen noch ein paar Kuranwendungen verordnen, damit Sie die Zeit zwischen unseren Gesprächen mit entspannenden Bädern verbringen können.«

Auf der einen Seite wollte Margarethe dem Ratschlag des Professors gern folgen. Einfach loslassen und darauf vertrauen, dass Fritz schon das Richtige tun würde. Auf der anderen Seite blieb jedoch die Sorge, ganz gleich, wie sehr sie versuchte, sich auf die schönen Dinge des Lebens zu konzentrieren. Es ging Fritz nicht gut. Warum wäre er sonst im Streit mit ihr so laut geworden? Andererseits war das vielleicht ein Zeichen von Stärke. Es war besser, wenn er brüllte, anstatt wie beim letzten Nervenzusammenbruch unmännlich in Tränen auszubrechen. So gesehen hatte Professor Binswanger sicher recht. Es war schließlich sein Beruf, derartige Dinge einzuschätzen.

Und so versuchte Margarethe in den nächsten Tagen, sich von all ihren Sorgen zu lösen. Sie nahm Bäder, achtete auf eine gesunde Ernährung und erhielt häufig Besuch von Familienmitgliedern. Vor allem ihre Mutter Eleonore nutzte die Gelegenheit, ihrer Tochter in dieser Zeit beizustehen.

Es ist schon seltsam, dachte Margarethe. Ich fühle mich mittlerweile älter als meine eigene Mutter, zerschlagener und vom Leben gebeutelter als sie. Vermutlich, weil ich nie den Mut hatte, den Schritt zu tun, den sie einst tat. Weil ich genau weiß, wie schmerzhaft das für die Familie ist.

Als sie darüber bei einer ihrer Sitzungen mit Professor Binswanger sprach, meinte er: »Sie sehen, wie sehr die Kindheit uns prägt. Sie wagen nicht, an sich selbst zu denken, weil Sie zutiefst verinnerlicht haben, welchen Schmerz es für die Familie mit sich bringen kann. Genau das ist auch der Schlüssel zu Ihrem Umgang mit Ihrem Gatten.«

»Wie meinen Sie das?«

»Nun, Ihr Gatte nahm sich auf Capri persönliche Freiheiten, so wie Ihre Mutter es sich selbst in Ihrer Kindheit zugestanden hat. Und wie damals von Ihrer Mutter fühlten Sie sich verlassen. Dabei können Sie beides nicht vergleichen. Ebenso wenig, wie Sie Ihrer Familie damit wehtun würden, wenn Sie sich etwas mehr Freiheiten nehmen. Freiheiten, wie Sie sie schon hier erleben. Ist es letztendlich nicht egal, ob Sie in einem anderen Land oder auf einer Kur weilen? In beiden Fällen sind Sie fern von der Familie.«

»Aber ich bin hier, weil mein Mann es wollte und es meiner Gesundheit dienen soll.«

»So wie Capri seiner Gesundheit diente.«

»Bis zu jenem Eklat«, warf Margarethe ein. »Er hat es übertrieben.«

»Weichen Sie nicht aus.« Professor Binswanger lächelte nachsichtig und strich dabei über seinen weißen Spitzbart. »Sie ziehen unbewusst Vergleiche, aber die offensichtlichen Parallelen übersehen Sie. Es ist unwesentlich, wo Sie sind, wenn Sie fern von Ihrer Familie sind. Sie sind in beiden Fällen nicht für sie verfügbar. Aber wenn Sie zur Kur sind, können Sie Ihre Abwesenheit vor sich selbst rechtfertigen. Weil Sie sich dann sagen, Sie tun es für Ihre Gesundheit, um Kraft für die Familie zu tanken.«

»Ja, so ist es doch auch.«

»Gewiss. Aber Sie tanken ebenso Kraft für sich selbst, wenn Sie sich eigene Freiheiten zugestehen. Wenn Sie sich bereits eine Schonfrist gönnen, bevor Sie erkranken. Sehen Sie, eine Sommerfrische, die Sie zu Ihrem Vergnügen antreten, gibt Ihnen ebenfalls neue Kraft. Aber Sie selbst haben die Kontrolle, wann diese Sommerfrische endet. Wenn Sie zu lange warten und erst dann an sich denken, wenn bereits die Künste eines Arztes gefragt sind, dauert alles viel länger. Also müssen Sie lernen, sich selbst die Freiheit des Loslassens zu gönnen.«

Margarethe seufzte. »Wie Sie das sagen, klingt das so leicht.«

»Nein, es ist ganz und gar nicht leicht. Es ist etwas, das wir uns immer wieder bewusst machen müssen. Die Freiheit, einen Schritt zurückzutreten, ist zugleich unsere Pflicht, um unsere Kraft zu erhalten.« Der Professor atmete tief durch. »Wissen Sie, es gibt zwei grundverschiedene Sorten von Menschen. Jene, die stets fleißig ihren Aufgaben nachkommen, oft bis zur Selbstaufopferung. Und dann gibt es jene, die fröhlich in den Tag hineinleben und den lieben Gott einen guten Mann sein lassen. Die Glücklichsten sind jedoch jene, die über beide Fähigkeiten verfügen. Die wissen, wann sie sorgfältig ihre Pflichten erfüllen müssen und wann sie es sich gestatten können, den lieben Gott einen guten Mann sein zu lassen.«

Über diese Worte musste Margarethe lange nachdenken. War Fritz ihr in dieser Hinsicht überlegen? War das, was sie als seine größte Schwäche betrachtet hatte, vielleicht sogar eine Stärke, an der sie sich ein Beispiel nehmen sollte? Und hatte ihre Mutter die Familie gar nicht im Stich gelassen, sondern sich nur den Freiraum gegönnt, dessen sie bedurfte, um überhaupt weiterleben zu können? Schon seltsam, wie sich Blickwinkel im Laufe des Lebens ändern können. Nichts bleibt so, wie man es einstmals bewertete, dachte Margarethe. Vielleicht ist das das größte Geheimnis des Älterwerdens. Dass wir Dinge hinterfragen und neu bewerten, die für uns früher unumstößliche Tatsachen waren.

Deshalb nutzte sie am Nachmittag die Gelegenheit, diese Themen mit ihrer eigenen Mutter zu vertiefen.

»Ja, du hast nicht unrecht«, gab ihre Mutter bei ihrem gemeinsamen Spaziergang zu. »Ich war kurz davor, unter meinen Pflichten zu ersticken, ich wollte endlich leben, wollte genau das haben, was ich dir und deinen Geschwistern von Anfang an ermöglicht hatte: die Freiheit, mich endlich selbst zu spüren. Siehst du, du hattest die Möglichkeit, die Freiheit vor deiner Ehe zu genießen. Ich bin jedoch von meiner eigenen Kinderstube direkt in die meiner Nachkommenschaft katapultiert worden. Ich hatte keine Möglichkeit, mich selbst zu entfalten und meine Träume zu leben, bis ich mir dieses Recht einfach genommen habe.«

»Dabei hast du uns aber wehgetan, vor allem Irene.«

»Das mag sein«, gab ihre Mutter zu. »Dennoch ist aus Irene eine glückliche Frau geworden. Und sie führt eine glückliche Ehe mit Roderich.«

Margarethe nickte. Irene hatte erst spät den Mann fürs Leben gefunden, beinahe so, als wäre es eine Tradition. In Wirklichkeit war es allerdings eher die Art, wie ihre Mutter ihre Töchter erzogen hatte. Wer dazu genötigt wird, für sich selbst einzustehen, hat die freie Wahl, wenn es um einen Ehemann geht. Allerdings war ja auch das keine Garantie für ewiges Glück. Ihre eigene Beziehung zu Fritz hatte sich schließlich ganz anders entwickelt, als sie es an ihrem Hochzeitstag erwartet hatte.

»Woran denkst du?« Ihre Mutter sah sie nachdenklich an. »Was bereitet dir Sorgen?«

»Was glaubst du wohl?«, fragte Margarethe zurück. »Ich bin mir nicht mehr sicher, ob ich meiner eigenen Einschätzung noch vertrauen kann. Als ich diesen italienischen Zeitungsartikel sah, da schien mir die Götterdämmerung hereingebrochen zu sein. Ich habe Fritz dafür beschimpft, dass er nichts tat. Am Ende bin ich diejenige, die sich in nervenärztliche Behandlung begeben musste, während Fritz mit allem recht zu behalten scheint. Und ich frage mich, ob ich tatsächlich den Überblick verloren habe, ob ich meinen eigenen Instinkten noch vertrauen kann.«

»Was sagt Professor Binswanger dazu?«

»Er hat mir geraten, mir mehr eigene Freiheiten zu gönnen und Fritz zu vertrauen. Ich muss nicht alle Last auf meinen Schultern tragen.«

»Dann solltest du auf ihn hören, schließlich ist er ein kluger Mann.«

An diesem Abend schrieb Margarethe Fritz zum ersten Mal, seit sie in Jena war, einen langen Brief, in dem sie über ihre eigenen Gedanken und die Gespräche mit Professor Binswanger berichtete. Vielleicht war es an der Zeit, Dinge auszusprechen, die sie bislang nur mit sich selbst ausgemacht hatte. Möglicherweise war diese große Krise auch der Wendepunkt, den sie beide nutzen konnten, um ihre Ehe neu zu definieren und zu gestalten. Denn trotz allem liebte sie Fritz nach wie vor. Wäre es anders, hätte sie sich nicht so viele Sorgen gemacht.

32

Am Samstag, dem 15. November 1902, hatte Margarethe keinerlei Termine und schlief aus. Als sie später zum Frühstück in den Speisesaal ihrer Pension kam, hatte sie das Gefühl, alle Gespräche würden bei ihrem Eintreten verstummen. Unsicher sah sie sich um. Dann fiel ihr Blick auf ihre Zofe, die ebenfalls betreten den Blick senkte.

»Was um Himmels willen ist geschehen?«, fragte sie. »Ist jemand verstorben und ich habe es als Einzige nicht mitbekommen?«

»Nun, es ist heute ein … ein ungehöriger Artikel im *Vorwärts* erschienen.«

»In diesem sozialistischen Schmierblatt?«

»Ja, Frau Krupp.«

»Zeigen Sie ihn mir.«

»Ich werde ihn sofort holen, Frau Krupp.«

Kurz darauf hielt Margarethe die Zeitung in der Hand. Sie setzte sich an den Frühstückstisch. Der fragliche Artikel begann ganz unten auf Seite zwei und war mit *Krupp auf Capri* überschrieben.

Seit Wochen ist die ausländische Presse voll von ungeheuerlichen Einzelheiten über den »Fall Krupp«. Die deutsche Presse dagegen verharrt in Schweigen.

Der Geheime Kommerzienrat Krupp, Mitglied des Preußischen Herrenhauses, der reichste Mann Deutschlands, dessen Einkommen auf 25 und mehr Millionen gestiegen ist, der über 50 000 Arbeiter und Angestellte in seinen Betrieben unterhält, in denen das Zentrum der völkermordenden Kriegstechnik liegt, Herr Krupp, den die fremden Fürsten und Staatsmänner zu besuchen pflegen, wenn sie Deutschland durchreisen, gehört zu jenen Naturen, für die der § 175 eine stete Bedrohung bedeuten würde, wenn nicht auf diesem Gebiete die Gerechtigkeit in Anerkennung der Bedenklichkeit der gesetzlichen Bestimmung die Binde nur selten von den Augen nimmt.

Unter dem Einfluss der kapitalistischen Macht kann eine unglückliche Veranlagung, die den Besitzlosen niederdrückt oder gar zerschmettert, zu einem furchtbaren Quell der Korruption werden, die dann aus einem persönlichen Schicksal eine öffentliche Angelegenheit gestaltet. Es ist bekannt, dass Herr Krupp seit einiger Zeit auf Capri, der Insel des Kaisers Tiberius, am Südeingang des Golfes von Neapel, eine Villa besaß. In den illustrierten Blättern des Scherlschen Betriebs konnte man Bilder sehen, die bewiesen, dass der Mann auch in seiner Capri-Muße nicht rastete, sondern als Wegebaumeister wunderbare Straßen einführen ließ und sonst seinen Unternehmerfleiß rastlos betätigte. Aber Herr Krupp hatte nicht Capri gewählt, um die Insel mit Straßen zu beglücken, sondern weil das italienische Strafgesetzbuch keinen besonderen § 175 kennt.

In einer verschwenderisch ausgestatteten Villa – wir geben nur einige der notwendigen Einzelheiten wieder, die unser italienischer Korrespondent uns berichtet – huldigt er mit den jungen Männern der Insel homosexuellem Verkehr.

Das grauenhafte Bild kapitalistischer Beeinflussung wird dadurch nicht sonderlich milder, dass man weiß, es handelt sich um einen pervers veranlagten Mann. Denn das Mitleid, das das Opfer eines verhängnisvollen Naturirrtums verdient, muss versagen, wenn die Krankheit zu ihrer Befriedigung Millionen in ihre Dienste stellt. Insoweit gibt es keine ausreichende Entschuldigung für den Mann.

Solange Herr Krupp in Deutschland lebt, ist er den Strafbestimmungen des § 175 verfallen. Nachdem die Perversität zu einem öffentlichen Skandal geführt hat, wäre es die Pflicht der Staatsanwaltschaft, sofort einzugreifen. Vielleicht erwägt man jetzt, um diesen das Rechtsgefühl verletzenden Widerspruch zwischen Gesetz und Anwendung des Rechtes zu beseitigen, die Beseitigung des § 175, der das Laster nicht ausrottet, aber das Unglück zur furchtbaren Qual verschärft.

Margarethe blieb die Luft weg. Ihr schlimmster Albtraum war Wirklichkeit geworden. Kraftlos ließ sie die Zeitung zu Boden gleiten. All der Schmutz, den die italienische Presse einen Monat zuvor losgetreten hatte, war in einer Welle übler Verleumdung nach Deutschland übergeschwappt.

»Ist alles in Ordnung, Frau Krupp?« Die Stimme ihrer Zofe riss Margarethe aus ihrer Erstarrung.

»Lassen Sie mir ein Telefonat zur Villa Hügel vermitteln«, erwiderte Margarethe statt einer Antwort. »Ich erwarte den Anruf in meinem Zimmer.«

»Und was ist mit dem Frühstück, Frau Krupp?«

»Mir ist der Appetit vergangen.« Mit diesen Worten erhob sie sich und kehrte in ihr Zimmer zurück, wo sie ungeduldig auf die Telefonvermittlung wartete. Nach einigen qualvoll langen Minuten klingelte das Telefon, und der Telefonist teilte ihr mit, dass ihr Gespräch vermittelt wäre.

»Marga, ich hoffe, es geht dir gut?« Fritz' Stimme klang erstaunlich gefasst.

»So gut, wie es mir gehen kann, nachdem ich gerade den aktuellen *Vorwärts* gelesen habe«, erwiderte sie. »Was gedenkst du zu tun?«

»Mach dir keine Sorgen, ich habe umgehend Anzeige wegen Verleumdung erstattet. Die Behörden sind bereits dabei, die verbliebene Auflage dieses Schmutzblattes beschlagnahmen zu lassen.«

Margarethe holte tief Luft, denn sie wusste nicht, was sie sagen sollte. Natürlich war es richtig, dass Fritz sofort gehandelt hatte, dennoch war es zu spät. Eine ganze Zeitungsausgabe beschlagnahmen zu lassen, lenkte erst recht das Interesse der Leser auf den Inhalt der verbliebenen Exemplare. Vermutlich war er damit weit über das Ziel hinausgeschossen. Doch was geschehen war, war geschehen.

»Soll ich auf den Hügel zurückkehren?«, fragte sie.

»Nein, bleib du in Jena und sorge weiterhin für deine Gesundheit. Ich kümmere mich um alles.«

»Aber es wäre wichtig, dass ich jetzt an deiner Seite bin«, erwiderte sie. »Du weißt doch selbst, wie schnell Gerüchte entstehen. Als Nächstes werden sie behaupten, ich hätte einen Nervenzusammenbruch erlitten, weil mein Gatte homosexuell ist, und nicht, weil mir diese schmutzigen Verleumdungen die Kraft geraubt haben.«

»Mach dir keine Gedanken. Ich habe inzwischen auch in Italien meinen Einfluss spielen lassen. Der Schmierfink, der die Lügen in der *La Propaganda* verbreitet hat, wurde vor Kurzem zu zwei Monaten Haft wegen Erregung öffentlichen Ärgernisses verurteilt. Damit ist bewiesen, dass er ein Lügner war.«

»Nein«, widersprach Margarethe heftig. »Die Sozialisten werden behaupten, dein Einfluss und dein Geld hätten dafür gesorgt. Du hast ja gerade selbst gesagt, dass du deinen Einfluss hast spielen lassen.«

»Das ist doch Unsinn. Ich bin Deutscher und habe mit den italienischen Behörden nichts zu tun. Aber es ist auch für das Ansehen Italiens nicht gut, wenn sie einen unbescholtenen deutschen Staatsbürger, der ihrem Land so viel Gutes getan hat, von ruchlosen

Sozialisten verleumden lassen. Was sonst als Erregung öffentlichen Ärgernisses kann das wohl sein?«

»Glaubst du wirklich, dass die Wahrheit diese Presse-Schmierfinken davon abhalten wird, Artikel zu verfassen, mit denen sie die Sensationslust ihrer Leserschaft befriedigen können? Fritz, soll ich nicht doch lieber zurückkommen?«

»Nein, bleib da. Ich habe alles unter Kontrolle. Kümmere du dich um deine angeschlagene Gesundheit. Ich liebe dich, Marga. Aber nun verzeih, ich habe angesichts dieser unappetitlichen Affäre noch einiges mit meinen Anwälten zu klären.«

»Das verstehe ich. Dann lass uns morgen noch einmal telefonieren, mein Liebster. Auf Wiederhören.«

Das Klicken des aufgelegten Telefonhörers auf der anderen Seite war nur leise, aber es klang in Margarethes Ohren wie ein Pistolenschuss. Vertrauen … ja, das wollte sie haben, aber ihre Ungewissheit blieb. Sie musste dringend mit Professor Binswanger sprechen, aber sie hatte erst wieder am Montag einen Termin und musste zusehen, dass sie die Zeit bis dahin irgendwie überstand.

Der Tag nach dem Erscheinen des schrecklichen Artikels war furchtbar, denn immer wieder versuchten neugierige Journalisten, sich Zugang zu ihrer Pension zu verschaffen, um von ihr eine Stellungnahme zu bekommen. Zum Glück gelang es ihrem Personal, sie ausreichend abzuschirmen, aber an beschauliche Spaziergänge war nicht mehr zu denken.

Am Montag, dem 17. November, hatte sie wieder ein Gespräch mit Professor Binswanger.

»Leider habe ich doch recht behalten«, sagte sie. »Am liebsten würde ich sofort aufbrechen, um Fritz auf dem Hügel beizustehen. Ich habe Angst, dass er sich übernimmt. Ich sehe ja selbst, wie schwierig es ist, der neugierigen Journaille hier aus dem Weg zu gehen.«

»Dennoch ist gerade jetzt der richtige Moment gekommen, um

das Vertrauen in Ihren Mann zu bewahren. Wenn er Sie an seiner Seite bräuchte, würde er es Ihnen sagen.«

»Sind Sie sich sicher, Herr Professor?«

»Ganz sicher. Nach allem, was Sie mir von Ihrer Ehe erzählt haben, ist die größte Basis das gegenseitige Vertrauen.«

»Nur vergessen Sie, dass gerade dieses Vertrauen gelitten hat. Er hat mir die Schwierigkeiten auf Capri verschwiegen. Und wie kann ich wissen, ob er mir jetzt nicht auch etwas verschweigt? Er ist ein schwieriger Charakter, den man nicht leicht zu durchschauen vermag.«

»Genauso wenig, wie man Sie zu durchschauen vermag, Frau Krupp. Da haben sich zwei schwierige Charaktere gefunden. Aber denken Sie immer daran: Er ist der Mann im Haus, der Firmeninhaber. Wann, wenn nicht jetzt, ist die Zeit gekommen, ihm Ihr Vertrauen zu zeigen und ihn als ganzen Mann zu betrachten? War das nicht auch immer ein Problem in Ihrer Ehe? Dass Sie ihm viel abgenommen haben? Dass Sie die Verantwortung übernommen haben, sodass er nicht wachsen konnte? Haben Sie nicht selbst in unseren Gesprächen erwähnt, dass er die Zeit auf Capri nutzte wie die Jugend, die ihm bis dahin stets verwehrt geblieben war?«

»Und welche Konsequenzen soll ich daraus ziehen?«

»Wenn er seine zweite Jugend auf Capri erlebte, lassen Sie ihn durch diese Feuertaufe erwachsen werden, sodass er nicht mehr Ihre stete Unterstützung braucht. Dann haben Sie selbst auch die Möglichkeit, sich Ihre eigenen Wünsche zu erfüllen und sich die Freiheiten zu nehmen, die Sie so dringend brauchen.«

Die Worte des Professors klangen vernünftig, und so beschloss Margarethe, sich daran zu halten. Zu schade, dass gerade jetzt niemand von ihrer Familie zu Besuch war. Sie hätte dringend Gesellschaft brauchen können.

Und so rief sie am Nachmittag Maria-Anna an, um mit der alten Freundin über all ihre Sorgen zu sprechen.

»Es tut mir so leid, Marga«, sagte ihre Freundin am anderen Ende der Leitung. »Dieser Artikel ist einfach grauenhaft.«

»Hast du ihn gelesen?«

»Ja, er wird in unseren Kreisen herumgereicht.«

Margarethe räusperte sich. »In euren Kreisen? Du meinst, in den Kreisen jener, die unter den Paragrafen 175 fallen?«

»Ja. Denn weißt du, neben all dem Schmutz, den er über deinen unschuldigen Mann auskübelt, hat er uns einen Bärendienst erwiesen, selbst wenn die Sozialisten im Prinzip für die Abschaffung des Paragrafen 175 sind.«

»Wie meinst du das?«

»Nun, es geht um den letzten Absatz. Der wird immer wieder kolportiert.« Es raschelte, so als würde Maria-Anna eine Zeitung hervorholen. Das wiederum beunruhigte Margarethe. Maria-Anna hatte den *Vorwärts* früher niemals angefasst, und angeblich waren doch alle verbliebenen Ausgaben beschlagnahmt. Also hatte die Zeitung unter der Hand sogar eine viel größere Leserschaft als gewöhnlich gefunden. Lag das an der Beschlagnahmung oder an dem Skandal-Artikel?

»Hier steht es doch«, sagte Maria-Anna und las vor: »*Vielleicht erwägt man jetzt, um diesen das Rechtsgefühl verletzenden Widerspruch zwischen Gesetz und Anwendung des Rechtes zu beseitigen, die Beseitigung des § 175, der das Laster nicht ausrottet, aber das Unglück zur furchtbaren Qual verschärft.*« Sie hielt kurz inne. »Damit wird der Hoffnung Ausdruck verliehen, dass der Paragraf 175 abgeschafft werden könnte. Zwar aus den falschen Motiven, um die Strafverfolgung eines reichen Mannes zu verhindern, aber auch zum Nutzen aller anderen Betroffenen.«

»Aber man muss den Paragrafen 175 nicht abschaffen, um Fritz zu rehabilitieren, weil er gar nicht zu diesem Personenkreis gehört«, widersprach Margarethe energisch.

»Aber durch die Klage deines Mannes gegen die Zeitung wird

alles aufgewirbelt. Dann wird auch der Paragraf 175 erneut diskutiert werden. Und mal ganz ehrlich – wäre es nicht für alle gut, wenn er aufgehoben werden würde? Gäbe es diesen Paragrafen nicht, hätte niemand deinen Mann derart verleumden können. Die Verleumdung würde ihre Macht verlieren, und Männer könnten frei und offen ihre Liebe leben.«

Es lag Margarethe auf der Zunge, dass ihr die Leidenschaften homosexueller Männer völlig gleichgültig waren und dass sie keinerlei Interesse daran hatte, Fritz' guten Ruf dafür zu ruinieren. Aber sie wollte auch keinen Streit mit Maria-Anna, und so schwieg sie.

»Was wirst du nun tun?«, fragte die Prinzessin. »Zurück auf den Hügel reisen?«

»Nein, Fritz möchte, dass ich in Jena bleibe. Er glaubt, er könne mit allem allein fertigwerden.« Sie seufzte.

»Aber du glaubst es nicht?«

»Nein.«

»Dann solltest du ihn anrufen und ihm deinen Standpunkt klarmachen.«

»Ja, das werde ich tun. Ich danke dir für dein Zuhören.«

Kurz nachdem sie den Hörer aufgelegt hatte, rief sie erneut in der Villa Hügel an, doch Fritz war nicht erreichbar. Nun gut, sie konnte ihm auch einen Brief schreiben. Vielleicht war er besser gestimmt, wenn er Zeit hatte, ihre Worte mit Muße zu lesen. Zudem hatte sie auch nichts Besseres vor, denn ihre Pension wurde noch immer von Journalisten beobachtet, die vermutlich alles dafür getan hätten, eine Stellungnahme von ihr zu bekommen.

Zu ihrem Bedauern rief Fritz sie an diesem Tag nicht zurück und auch nicht am folgenden. Und wenn sie selbst versuchte, ihn zu erreichen, war er nicht zu sprechen. Das machte sie sehr unruhig, sodass sie am liebsten umgehend nach Hause abgereist wäre. Doch Professor Binswanger mahnte sie in seinen Gesprächen zur Geduld, und so hörte sie auf den Arzt.

Am 20. November bekam sie ein Telegramm von Fritz. »Innigen Dank für lieben Brief, hoffe morgen oder übermorgen schreiben zu können. Herzlichen Gruß, Fritz.«

Warum um alles in der Welt dieses Telegramm? Warum rief er sie nicht an? Wollte er nicht mit ihr sprechen, oder hatte er alles zur Zufriedenheit geregelt und wollte es ihr schriftlich mitteilen?

Ganz gleich, wie sie es drehte und wendete, ein unangenehmes Gefühl blieb. Was verheimlichte Fritz ihr, dass er ihr dieses Telegramm schickte, anstatt sie einfach anzurufen?

In der Nacht auf den 22. November erhielt sie erneut ein Telegramm. Es war nicht von Fritz, sondern von seinem Arzt. Fritz sei schwer erkrankt, sein Leben stehe auf dem Spiel!

Sein Leben? Was um Himmels willen war geschehen? Ein schwerer Asthmaanfall? Oder Schlimmeres? Umgehend wies sie ihr Personal an, ihre Sachen zu packen und den privaten Salonwagen, der auf dem Bahnhof von Jena auf sie wartete, an den nächsten Zug in Richtung Essen hängen zu lassen. Auf einen erneuten Anruf verzichtete sie, denn sie war sich sicher, dass niemand ihr am Telefon die Wahrheit sagen würde, schließlich hielt man sie für eine kranke Frau, deren Nerven geschont werden mussten. Vor diesem Hintergrund war das Telegramm mehr als beunruhigend. Lebte Fritz überhaupt noch?

In aller Frühe ließ sie sich zum Bahnhof fahren, froh, in ihrem privaten Waggon von allem abgeschirmt zu sein. Als junge Frau hatte sie diesen Luxus genossen, doch heute hatte sie für nichts davon mehr einen Blick. All ihre Gedanken waren auf den Hügel gerichtet. Was war mit Fritz? Und wie ging es ihren Töchtern? Sie waren noch so jung! Wie sollten sie ohne den Vater auskommen? Und was sollte aus der Firma werden? Ihre sechzehnjährige Tochter Bertha wäre die Alleinerbin. Sie war noch längst nicht so weit, all die Verantwortung zu tragen. Ich werde es wohl auf mich nehmen müssen, dachte Margarethe, doch zugleich schämte sie sich für den

Gedanken, denn noch lebte Fritz, noch war er nicht tot. Und wenn er es doch ist? Warum sonst schickt man mir mitten in der Nacht ein Telegramm? Die Ungewissheit war das Schlimmste. Der Moment, wenn man aus der Zeit gefallen ist, zwischen Hoffen und Bangen, wenn man keine weiteren Pläne machen kann, weil alles in der Schwebe hängt. Würde Fritz sich erholen? Könnten sie an dieser Krise wachsen? Oder würden sich ihre schlimmsten Sorgen bewahrheiten, nämlich dass sie sich immer nur auf sich selbst verlassen konnte? Was auch geschehen mochte, eines war sicher: Sie würde ihre Töchter niemals in dieser Ungewissheit verharren lassen. Sie würde ihnen all das geben, was sie selbst nicht in den Zeiten der Not von ihrer eigenen Mutter und ihrem eigenen Mann erhalten hatte.

33

Als der Zug endlich am Bahnhof Hügel in Essen hielt, war Margarethe erleichtert und verunsichert zugleich. Erleichtert, dass sie gleich Gewissheit bekommen würde, aber zugleich voller Angst, wie diese Gewissheit aussehen würde.

Fräulein Brandt und Doktor Vogt erwarteten sie bereits am Bahnsteig. Beide waren in Schwarz gekleidet. Margarethe erstarrte. Bedeutete es das, was sie vermutete? Ihr Blick suchte nach ihren Töchtern, doch die waren nicht dabei.

»Es tut mir so leid, Frau Krupp.« Fräulein Brandt kam ihr entgegen und ergriff ihre Hände. »Er ist von uns gegangen.«

Eine eisige Faust griff nach Margarethes Herzen. Von uns gegangen? Warum diese Umschreibung? Hatte er sich erholt und war gegangen? Aber nein, dann würde niemand Schwarz tragen. Von uns gegangen … die Worte, wenn man es nicht wagte, die unumstößliche Wahrheit auszusprechen. Er ist von uns gegangen. Er ist tot. Tot! Alles ist zu spät. Ich bin zu spät. Ich hätte da sein müssen. Professor Binswanger hatte unrecht! Ich hätte da sein müssen!

All diese Gedanken rauschten durch ihren Kopf, doch das einzige Wort, das sie herausbekam, war ein leises »Wie?«, das sie an Doktor Vogt richtete.

Der Arzt senkte den Blick. »Fühlen Sie sich stark genug, den Weg zur Villa zurückzulegen? Wir haben auch zwei Diener mit einem Tragestuhl dabei.«

Dieses Angebot brachte Margarethe die Stimme zurück. »Ich

bin keine gebrechliche Greisin! Ich habe Ihnen eine Frage gestellt, Doktor Vogt.«

Der Arzt schluckte. »Kommen Sie, ich werde es Ihnen auf dem Weg ins Haus erzählen.«

Margarethe nickte, fühlte sich seltsam wach und zugleich betäubt.

»Herr Krupp hat gestern Abend noch mit seinen Töchtern Domino gespielt und schien guter Dinge. Dann zog er sich zurück und hat sich noch etwas der Korrespondenz gewidmet. Mitten in der Nacht überkam ihn dann eine große Übelkeit, er hatte Schaum vorm Mund und fühlte sich unsagbar schwach. Ich habe ihm eine Stärkungsspritze gegeben, aber es war alles vergebens. In den frühen Morgenstunden ist er verstorben.«

»Und was war die Ursache? Warum wurde ihm plötzlich aus heiterem Himmel so übel?«

Doktor Vogt atmete schwer. »Ich habe als Todesursache einen Schlaganfall diagnostiziert. Ein natürlicher Tod, damit niemand auf den Gedanken kommt, eine Obduktion vorzunehmen. Bei all dem Leid, das er in den vergangenen Wochen zu ertragen hatte, ist das eine nachvollziehbare Diagnose.«

Margarethe horchte auf. »So, wie Sie das sagen, klingt es nach einer Ausflucht.«

Der Doktor räusperte sich. »Letztlich weiß ich nicht genau, woran der gute Herr Krupp verschieden ist. Aber es ändert nichts an den Tatsachen.«

»Und wenn er vergiftet wurde?«, entfuhr es Margarethe. Übelkeit und Schaum vor dem Mund … unwillkürlich war ein längst verblasstes Bild aus ihrer Kindheit wieder da, als der kleine Nachbarsjunge Peter giftige Pilze gegessen hatte.

»Sie denken doch hoffentlich nicht an Mord, meine liebe Frau Krupp.«

Die Art, wie Doktor Vogt das sagte, irritierte Margarethe. Er schloss die Vergiftung nicht sofort aus. Er schloss nur den Mord aus!

Margarethe stockte in ihrem Gang und sah Doktor Vogt tief in die Augen. »War es Selbstmord?«, flüsterte sie so leise, dass es nicht einmal Fräulein Brandt, geschweige denn die beiden Dienstboten, die hinter ihr gingen, hören konnten.

Doktor Vogts Lider flackerten. »Es war ein Schlaganfall. So steht es auf dem Totenschein, und dabei wird es für alle Zeiten bleiben.«

Er hat nicht Nein gesagt. Er wiederholt die Lüge, die er auf den Totenschein geschrieben hat.

Im Nachhinein wusste Margarethe nicht mehr, wie sie es geschafft hatte, die Villa zu erreichen und Fritz' Schlafzimmer zu betreten. Sein Leibdiener hatte ihn sorgsam auf das Kissen gebettet. Er sah so friedlich aus, jenseits aller Schmerzen, aller Sorgen und allen Leids. So als würde er einen langen, tiefen Schlaf genießen. Dabei war er tot. Tot! Tot von eigener Hand! Doktor Vogt hatte nicht den Mut, es direkt auszusprechen, aber er hatte auch nicht das Herz, die Lüge vollständig zu leben.

Sie stand vor ihrem toten Mann, und auf einmal überkam sie eine ungeheure Wut. Wut auf Fritz, der sich einfach so davongestohlen hatte, aber auch Wut auf Professor Binswanger, der ihr beständig zugeredet hatte, ihrem Gatten zu vertrauen. Dabei kannte er ihn nicht so gut wie sie. Das passierte also, wenn man die Kontrolle aufgab und vertraute. Das Schlimmste trat ein!

»Verdammt, warum hast du mich alleingelassen?«, brüllte sie und packte den Toten beim Schlafittchen, wollte ihn schütteln, doch die Leichenstarre war bereits eingetreten. »Warum hattest du nicht mehr Vertrauen?«, schrie sie und packte die Leiche so heftig, dass das Kopfkissen aus dem Bett fiel. »Du verdammter Feigling! Du elender, verdammter Feigling!« Sie hörte erst auf, als sein Leibdiener sie mit Gewalt von Fritz' totem Körper wegzog.

»Frau Krupp, bitte beruhigen Sie sich doch!«, rief er. Aus den Augenwinkeln sah sie, wie Doktor Vogt eine Beruhigungsspritze aufzog. Sofort schlug sie ihm die Ampulle aus der Hand.

»Ich brauche keine Beruhigungsmittel!«, schrie sie. »Die hätten Sie lieber diesem Feigling da verabreichen sollen, bevor er sich so einfach davonstiehlt und mich mit allem allein lässt!« Im nächsten Augenblick brach sie in ein heftiges Schluchzen aus, doch es waren keine Tränen der Trauer um Fritz, sondern hilflose Wut und Trauer um sich selbst. Die Tatsache, dass er sich selbst das Leben genommen hatte, war schlimmer als der Tod an sich. Dies war ein aggressiver Akt gegenüber seiner Familie. Er hatte sich die letzte Flucht gegönnt, ohne Rücksicht darauf, was nun aus ihr und den Töchtern und der Firma werden sollte.

Niemand wagte es, die Witwe noch einmal zu berühren, nicht einmal Fräulein Brandt. Stumm und mit betretener Miene warteten alle Anwesenden, bis sie sich beruhigt hatte. Als Margarethe ihre Fassung zurückerlangt hatte, lag der tote Fritz bereits wieder ordentlich auf einem aufgeschüttelten Kopfkissen.

Nun gut, diesen Moment der Schwäche hatte sie sich gegönnt. Einen weiteren durfte sie sich nicht mehr erlauben.

»Sind die Todesanzeigen schon rausgegangen?«, fragte sie.

»Nein, wir wollten auf Sie warten«, sagte Doktor Vogt.

»Gut, dann soll die Welt jetzt erfahren, dass mein Gatte in der vorigen Nacht an einem Schlaganfall unerwartet aus dem Leben geschieden ist. Ganz so, wie Sie es als Arzt festgestellt haben. Der ungerechtfertigte Hass, all die Missgunst, das war zu viel für seine angeschlagene Gesundheit. Die Böswilligkeit der sozialistischen Presse hat ihm seine letzte Lebenskraft geraubt, sodass sein Körper ihm nicht mehr gehorchte. So haben Sie es festgestellt, und so wird es von nun an für alle Ewigkeit heißen.«

Sie drückte den Rücken durch.

»Was ist mit meinen Töchtern? Wissen sie es schon?«

Fräulein Brandt schüttelte den Kopf. »Sie beten noch immer um die Genesung ihres Vaters.«

Margarethe schluckte. »Warum hat man ihnen nicht gesagt, wie schlimm es steht, und gestattet, den Vater noch einmal zu sehen?«

Doktor Vogt räusperte sich. »Herr Krupp wollte dies nicht, als er die Unausweichlichkeit heute früh erkannte. Er sagte, er könne die Trauer seiner Töchter nicht ertragen.«

Als Margarethe diese Worte hörte, hätte sie den Toten am liebsten erneut geschüttelt. Wenn es jemals einen Zweifel an Fritz' Selbstmord gegeben hätte, so löschten diese Worte alles aus.

»Seien Sie ehrlich, Doktor Vogt. Welches Gift hat er genommen?«

»Ich verstehe nicht ganz …«

»Sie verstehen mich sehr gut! So wie ich Ihre Andeutungen verstanden habe. Ein Mann, der einen Schlaganfall hat, rechnet nicht mit seinem Tod. Ein Mann, der einen Schlaganfall hat, mag vielleicht nicht mehr sprechen können oder ist halbseitig gelähmt, aber er würde alles tun, seinen Kindern Mut zuzusprechen. Nur jemand, der sich selbst für den Tod entschieden hat, weigert sich, denen ins Gesicht zu sehen, die er so feige verlässt.« Sie atmete tief durch. »Natürlich dürfen meine Töchter es nie erfahren, ebenso wenig wie die Welt da draußen. Wie ich schon sagte, die Welt mag an den Schlaganfall glauben, ich selbst weiß es besser. Ebenso wie wir alle hier.« Sie warf ihren Blick vom Arzt zum Leibdiener und dann zu Fräulein Brandt. »Ich mache niemandem einen Vorwurf. Es war die Entscheidung meines Mannes, vermutlich geboren aus der Schwäche eines Nervenzusammenbruchs, als er glaubte, keinen anderen Ausweg mehr zu sehen, und sich einbildete, wir wären ohne ihn besser dran. Doch die Tränen unserer Kinder hätten ihn stets daran erinnert, was er getan hat, welchen Schmerz er über sie gebracht hat. Ein wahrhaft liebender Vater, der keine Schuld am eigenen Tod trägt, der hätte mit seinem letzten Atemzug die Kinder getröstet. Aber auch da hat er nur noch an sich gedacht.«

Doktor Vogt und die Umstehenden senkten betreten die Blicke zu Boden. Margarethe atmete erneut tief durch und straffte ihren Rücken.

»Dann obliegt es mir als ihrer Mutter, diesen schweren Weg mit ihnen zu beschreiten und ihnen zu verkünden, dass ihr Vater, der sie so sehr geliebt hat, nicht mehr ist.«

Als Margarethe in den Salon kam, wo ihre Töchter voller Ungeduld warteten, waren deren tränenüberströmte Gesichter Antwort genug.

»Ist Papa …?« Bertha mochte das Wort nicht aussprechen. Margarethe ging auf sie zu, nahm sie beide zugleich in den Arm und drückte sie fest an sich.

»Ja, euer Papa ist heute früh friedlich eingeschlafen«, sagte sie. »Er konnte sich nicht mehr von euch verabschieden, und Fräulein Brandt brachte es nicht übers Herz, es euch zu sagen.«

Während sie ihre weinenden Kinder hielt und spürte, wie deren dicke Tränen in den Stoff ihres Kleides sickerten, musste sie sich selbst beherrschen, nicht erneut in einem Weinkrampf zu versinken.

Nein, ich werde stark bleiben! Ich werde die Last weiter tragen, auch wenn du dich so feige aus dem Staub gemacht hast, Fritz. Ich werde dein Andenken ehren, um unserer Kinder willen, um unserer Firma willen. Niemand soll jemals ein schlechtes Wort über dich verlieren. Aber nicht um deinetwillen, denn du hast meinen Respekt verloren!

Es war gerade dieser heiße Zorn, diese unbändige Wut, die verhinderten, dass sie unter der ganzen Last zusammenbrach, und die ihr die Stärke gaben, all das zusammenzuhalten, was Fritz durch seine Schwäche beinahe rettungslos verspielt hatte.

34

Die Wut auf Fritz schützte Margarethe davor, in Trauer zusammenzubrechen, aber es war zugleich schwierig, die Balance zu halten. Von überallher trafen die Kondolenzwünsche ein, ihr Bruder Felix und ihre Mutter Eleonore reisten auf den Hügel, um ihr beizustehen. Die Töchter hielten sich tapfer und vergossen in der Öffentlichkeit keine Tränen mehr.

»Tränen können uns entlasten, wenn wir sonst an der Trauer ersticken müssten«, hatte Margarethe ihnen gesagt. »Aber wenn man sich einmal wirklich leer geweint hat, so lange, bis keine Tränen mehr da sind, dann kehrt die Stärke zurück. Wir brauchen keine Krokodilstränen, denn wir sind stark, wir alle drei. Die Frauen der Familie Krupp waren schon immer stark. Und ihr seid meine Töchter.«

Vom Kaiser und der Kaiserin bekam Margarethe sogar persönliche Beileidstelegramme. So schrieb der Kaiser:

Ihre Exzellenz der Frau Geheimrat Krupp, Essen-Ruhr
Soeben erhalte ich die erschütternde Nachricht, dass Ihr Gemahl für uns alle unerwartet entschlafen ist. Die Kaiserin und ich trauern tief erschüttert mit Ihnen um den Verewigten, welcher so jäh aus dem Streben gerissen ist, der ihm vom Schicksal übertragenen, gewaltigen Aufgabe in strengster Pflichterfüllung gerecht zu werden. Möge Gott, der Herr, Ihnen und Ihren Töchtern

die Kraft geben, das Schwere, das er Ihnen auferlegt, zu tragen.
Wilhelm I. R.

Von der Kaiserin erhielt sie folgende Zeilen:

Ich muss Ihnen, liebe Frau Krupp, nochmals persönlich aussprechen, wie erschüttert ich durch den frühen Tod Ihres Mannes bin und mit wärmster Teilnahme Ihrer gedenke. Gott stütze und tröste Sie und Ihre lieben Töchter in Ihrem tiefen Schmerz.
Auguste Viktoria

Gerade diese beiden Telegramme, die über eine pflichtgemäße Beileidsbekundung hinausgingen, gaben Margarethe viel Stärke und Zuversicht. Der Kaiser und die Kaiserin standen nach wie vor hinter ihr, bereit, sie unter ihren Schutz zu nehmen, ganz gleich, welch weiterer Unrat noch über ihrer Familie ausgekübelt werden würde. Bei dem Gedanken daran atmete Margarethe tief durch.

Während sie Fritz' Papiere in seinem Arbeitszimmer sortierte, fiel ihr die Abschrift eines Schreibens in die Hand, das Fritz noch am Tag vor seinem Tod an den Kaiser verfasst hatte. Er bat den Kaiser um eine Audienz in Berlin, damit Seine Majestät ihm zur Seite stünde in dieser schweren Zeit.

Warum um alles in der Welt hatte er die Antwort des Kaisers nicht abgewartet? Oder war dies sein letzter Versuch gewesen, die depressiven Gedanken abzuwehren, der letzte Hilfeschrei?

»Ach Fritz«, seufzte sie. »Warum hast du mich von dir gestoßen und nicht zu dir geholt in deiner größten Not? Wir hätten bestimmt eine Lösung gefunden.«

Ohne dass sie etwas dagegen tun konnte, stiegen ihr die Tränen in die Augen. »Ich war nicht wütend auf dich«, flüsterte sie. »Ich war wütend auf mich, weil ich nicht da war. Weil ich auf andere gehört habe statt auf mein Herz. Ich habe dich geliebt mit all deinen Stärken und Schwächen. Und unsere Töchter haben dich vergöttert. Du warst der beste Vater, den sie sich wünschen konnten.«

Es klopfte an der Tür.

»Herein.«

Fräulein Brandt streckte ihren Kopf herein. »Frau Krupp, Pastor Geibel ist gekommen, um mit Ihnen die Beisetzungsfeierlichkeiten zu besprechen.«

»Lassen Sie ihn eintreten.«

Fräulein Brandt trat einen Schritt zurück, damit der Pastor das Büro betreten konnte. Dann schloss sie die Tür von außen.

»Mein aufrichtiges, tief empfundenes Beileid, Frau Krupp.« Er reichte ihr die Hand.

»Ich danke Ihnen, Herr Pastor. Bitte setzen Sie sich doch.«

Er nahm auf einem der Stühle Platz, die dem Schreibtisch gegenüberstanden.

Margarethe atmete tief durch. »Vor nicht einmal neun Monaten haben Sie meine Töchter konfirmiert. Wer hätte damals ahnen können, dass wir uns jetzt über die Beisetzung ihres Vaters unterhalten müssen.«

»Ja, er ist viel zu früh von uns gegangen. Mit seinen achtundvierzig Jahren hatte er noch so viele produktive Jahre vor sich. Und nun liegt die Bürde auf Ihren Schultern. Ich nehme an, Sie werden sich auf das Direktorium der Firma stützen können?«

»Ja, Direktor Haux ist eine große Hilfe. Ich werde mich auch weiterhin auf ihn verlassen, so wie mein Mann es stets getan hat. Ich hatte bereits ein Gespräch mit ihm und drei weiteren Direktoren, die mir in allen Belangen zur Seite stehen werden.« Sie seufzte. »Wir haben entschieden, dass ich die Firma offiziell als Vormund und Treuhänderin bis zur Volljährigkeit meiner Tochter Bertha führen werde. Allerdings werde ich mich nicht in interne Belange mischen, davon verstehe ich zu wenig. Ich werde mich auf das Repräsentieren beschränken und die so wichtige Kontaktpflege. Vor allem meine guten Beziehungen zum Kaiserhaus sind für die Firma wichtig.« Margarethe bemühte sich, eine Träne wegzublinzeln. Verdammt, sie wollte doch nicht mehr weinen, nie mehr. Aber der Pastor hatte sie gerade in einem weichen Moment angetroffen, in der Sekunde, da sie bereit war, Fritz zu verzeihen. Sie wurde nicht mehr von ihrer Wut geschützt. Sofort straffte sie ihre Schultern.

»Ich möchte eine würdige und angemessene Beisetzung«, sagte sie nun, um auf das Eingangsthema zurückzukommen. »Allerdings möchte ich es meinen Töchtern ersparen, dem Trauerzug durch die ganze Stadt zu folgen und sich den Augen der Öffentlichkeit aussetzen zu müssen. Mir ist bewusst, wie viele Reporter anwesend sein werden und nur darauf lauern, jede unserer Regungen zu beobachten und daraus womöglich schreckliche Geschichten zu ersinnen. Es gibt leider genügend Menschen, die nicht einmal vor dem Tod Respekt haben.«

Der Pastor räusperte sich. »Das kann ich gut verstehen, Frau Krupp. Wie haben Sie sich denn den Abschied Ihrer Töchter vorgestellt?«

»Meine Töchter und ich werden Abschied im Stammhaus nehmen. Die Trauerfeier ist hier auf dem Hügel für Dienstagabend geplant, anschließend wird der Sarg ins Stammhaus gebracht und dort die Nacht verbringen. Meine Brüder und Arthur, der Cousin meines Mannes, haben sich bereit erklärt, dem Trauerzug am Mittwoch zu folgen. Arthur wird am Grab eine Rede halten. Der Trauerzug folgt einem festen Protokoll, das wird Ihnen mein Hausmeister aushändigen, und dann können Sie all das, was noch nicht bestimmt ist, nach freiem Ermessen gestalten.«

»Ich bin mir der hohen Verantwortung wohl bewusst«, erwiderte der Pastor. »Kann ich sonst noch etwas für Sie tun, Frau Krupp?«

»Im Augenblick nicht, vielen Dank.«

Einerseits fürchtete Margarethe den Beginn der Trauerfeier, weil es sich so anfühlte, als würde es dadurch erst zur Wirklichkeit, andererseits sehnte sie auch ihr Ende herbei, damit sie und ihre Töchter endlich mit ihren Gefühlen allein sein konnten. Schon jetzt wurde jedem auf den ersten Blick bewusst, dass in diesem Hause Trauer herrschte, denn die großen Spiegel waren der Tradition gemäß mit dunklen Tüchern verhängt worden.

Als Margarethe nach dem Gespräch mit dem Pastor in den Salon trat, sah sie Barbara, die den dunklen Schleier eines der Spiegel angehoben hatte und hineinsah.

»Du kannst doch den Spiegel in deinem Zimmer nutzen«, sagte Margarethe sanft. Barbara fuhr erschrocken herum.

»Darum ging es mir nicht, Mama. Ich wollte in diesen Spiegel sehen.«

»Warum ausgerechnet in diesen?«

Das Mädchen schluckte. »Du wirst mich für einfältig halten, Mama.«

»Unsinn, warum sollte ich das?« Margarethe streichelte ihr sanft über die Wange.

»Ich habe Fräulein Brandt gefragt, woher die Sitte kommt, die großen Spiegel bei einem Todesfall zu verhängen. Sie hat mir erklärt, dass die Menschen früher glaubten, die Spiegel wären der Weg in die Welt der Geister, und auf diese Weise wolle man verhindern, dass die Toten zurückkehren.« Barbara schluckte. »Papa hat immer gesagt, dass in jedem alten Aberglauben ein Fünkchen Wahrheit liegt. Und … na ja, wenn es da wirklich etwas gibt und Papa uns noch irgendetwas gern gesagt hätte, dann …« Sie brach ab.

Unwillkürlich drückte Margarethe ihre Jüngste an sich. »Du hast gehofft, den Papa noch einmal zu sehen, so wie er war?«

Barbara ließ sich ganz in die Umarmung der Mutter fallen und nickte. »Ich weiß, das ist albern, aber ich bin so traurig.« Sie schniefte bei dem Versuch, die Tränen tapfer zurückzuhalten. »Weißt du, Mama, an dem letzten Abend, da war er so fröhlich, und ich glaube, er hat mich absichtlich beim Domino gewinnen lassen. Er ist dann sogar noch mit mir zusammen die Treppe nach oben gesprungen, so wie er es immer gemacht hat, als ich noch klein war, und hat mich Bärbchen genannt. Er war so lebendig. Ich hätte nie gedacht, dass er am nächsten Morgen sterben würde.« Jetzt konnte Barbara die Tränen nicht mehr zurückhalten, und Margarethe spürte, wie ihr selbst das Wasser in die Augen stieg. Sie versuchte, die aufsteigenden Tränen fortzublinzeln, und spürte dabei diesen harten, schmerzhaften Kloß im Hals, der sich stets bildete, wenn sie versuchte, die Trauer hinunterzuschlucken.

Ach, Fritz, dachte sie bei sich. Wie verzweifelt musst du gewesen sein, und zugleich hast du versucht, unseren Kindern eine Scharade vorzuspielen, damit sie deinen Kummer nicht merken. Aber wäre es nicht besser gewesen, du hättest diesen Kummer mit uns geteilt und wir hätten dich alle gemeinsam gestärkt? Aber vermutlich konntest du das nicht mehr. Und deshalb vergebe ich dir. Weil ich dich trotz allem liebe und weil unsere Töchter dich so sehr lieben.

Die Trauerfeier auf dem Hügel war ein Großereignis, das selbst die Beisetzung von Fritz' Vater Alfred in den Schatten stellte. Fritz' Sarg war im weißen Saal im ersten Stock zwischen einem Meer aus Blumen aufgebahrt. Die Farbe Weiß dominierte in dem Blütenmeer. Im weißen Saal waren die Familienmitglieder, die Gäste aus bekannten und befreundeten Adelshäusern, Mitglieder des Direktoriums sowie die Dienerschaft versammelt, kurzum, all jene, die Fritz persönlich gekannt hatten. In den angrenzenden Räumlichkeiten hatten sich zweihundertfünfzig weitere Trauergäste versammelt. Außerdem waren mehr als zweitausend Beileidsschreiben auf dem Hügel eingetroffen.

Das städtische Orchester spielte Trauermusik, dann hielt Pastor Geibel seine Predigt. Margarethe ertappte sich dabei, wie ihre Gedanken immer wieder davonflogen, anstatt seinen Worten zu lauschen. Sie dachte an ihre erste Begegnung mit Fritz vor dreißig Jahren, als sie beide noch unreife Achtzehnjährige gewesen waren. Sie erinnerte sich an Fritz' Besuch in Holyhead, damals, als er ihr seine Liebe gestanden hatte. Und an die Zeit des Wartens, weil ihm der Mut gefehlt hatte, sich seinem Vater zu offenbaren. Niemals in der ganzen Zeit gab es irgendwelche Skandale oder Gerüchte. Wenn Fritz tatsächlich der Perverse gewesen wäre, als den die Presse ihn nun darstellte, warum hatten die Reporter sich nie gefragt, weshalb es in seiner Jugend keine bösen Gerüchte gegeben hatte? Sexualität war Fritz niemals wichtig gewesen. Böse Zungen könnten vielleicht behaupten, dass er seine Ehe mit ihr nur als eine lästige Pflichtübung verstanden hätte, aber dann hätte es schon früher Männer gegeben. Doch sie war sich sicher, dass nichts dergleichen vorgefallen war.

Gewiss, Fritz hat Fehler begangen, dachte sie bei sich. Er hat auf Capri vergessen, wer er war, und dass er eben kein gewöhnlicher Mann unter anderen Männern war. Egal wo, er blieb immer der Kanonenkönig. Warum ist niemandem aufgefallen, dass diese Zeitungsartikel vor Neid nur so getrieft haben und ihm deshalb so viel Böses unterstellten? Doch halt, ich tue den Menschen unrecht, dachte sie dann. Es ist so vielen aufgefallen. Sie erinnerte sich daran, wie Direktor Haux ihr erzählt hatte, dass sich noch kurz vor Fritz' Tod Hunderte von Krupp'schen Arbeitern versammelt hatten, um gegen diese unmöglichen Anschuldigungen zu protestieren. Niemand dort hatte den Schmutz geglaubt. Wie schrecklich, dass Fritz' Gemütszustand bereits so weit in die Melancholie hinabgeglitten war, dass er keinen Ausweg mehr gesehen hatte. Denn an seinem Selbstmord zweifelte sie nach wie vor nicht. Aber sie sah ihn nun als Ausdruck der Gemütskrankheit, die ihn stets ergriffen hatte, wenn der äußere Druck zu groß wurde. Zuerst hatten sie ihm seine Illusion vom wunderbaren Capri, seinem eigenen kleinen Paradies, geraubt. Und dann seinen Ruf. Wie sollte ein Mann noch kämpfen, wenn ihm der letzte Rückzugsort genommen war und er niemals über die Stärke verfügt hatte, sich allen Unbilden wie ein Fels entgegenzustellen? Wäre sein Leben wohl anders verlaufen, wenn er sich als junger Mann gegen seinen Vater gestellt hätte? Wenn er nicht von seiner Mutter gelernt hätte, seine Macht aus seiner Krankheit zu beziehen?

Noch während sie darüber sinnierte, endete die Predigt des Pastors, und sie bemerkte es nur, weil neben ihr die Kleider ihrer Töchter raschelten, als sie sich vorsichtig erhoben. Margarethe folgte ihrem Beispiel. Ihr Auftritt für heute war beendet. Als Nächstes würde der Sarg ins Stammhaus gebracht werden. Die letzte Nacht auf Erden, bevor sein Körper derselbigen übergeben wurde, sollte Fritz im Stammhaus ruhen, begleitet vom Hämmern des Stahlwerks, den Liedern des Männerchors und bewacht von seinen alten Kameraden.

Ob ich wohl darauf bestanden hätte, an seiner Seite zu wachen, wenn die Umstände andere wären?, fragte Margarethe sich. Wenn es keinen Skandal gegeben hätte? Insgeheim war sie dennoch froh, dass sie sich jetzt zurückziehen und mit ihren Gedanken allein sein durfte.

Bereits am nächsten Morgen um zehn Uhr in der Früh ging das Trauerzeremoniell weiter, denn der Kaiser höchstpersönlich erschien am Stammhaus, um Margarethe und ihren Töchtern sein Beileid zu bekunden.

»Es ist mir ein tiefes inneres Bedürfnis, durch meine Anwesenheit meine Freundschaft zum Verewigten zu zeigen«, sagte er.

»Vielen Dank, Eure Majestät.« Margarethe knickste vorschriftsmäßig, doch der Kaiser half ihr höchstpersönlich auf. Dabei sah sie in seine Augen und war erstaunt, wie viel aufrichtige, ernst gemeinte Trauer sie dort fand. Das war mehr als ein Symbol, um den wichtigsten Waffenproduzenten des Reichs zu stärken. Noch deutlicher wurde es ihr, als er sagte: »Ich habe häufig Ihre Gastfreundschaft genossen, liebe Frau Krupp, und ich glaube, ich darf mich zu Recht als einen Freund des Verewigten bezeichnen. Aus diesem Grund habe ich es mir nicht versagen können, zur heutigen Trauerfeier zu erscheinen und Ihnen und Ihren Töchtern selbst zur Seite zu stehen. Die besonderen Umstände, die das traurige Ereignis begleiteten, sind mir zugleich Veranlassung gewesen, mich als Oberhaupt des Deutschen Reiches hier einzufinden, um den Schild des Deutschen Kaisers über dem Hause und dem Andenken des Verstorbenen zu halten. Die üble Verleumdung des ehrenwerten Verewigten ist so niederträchtig und gemein, dass sie jedem deutschen Patrioten die Schamesröte ins Gesicht treiben müsste. In meinen Augen war es nichts weiter als Mord! Und begangen haben diese Schandtat Männer aus der Schicht der Arbeiterschaft, die Krupp so unendlich viel zu verdanken hat und von der sich heute Tausende hier versammelt haben, um ihrem Wohltäter das letzte Geleit zu geben.«

»Ich danke Eurer Majestät«, sagte Margarethe noch einmal. Sie wusste, dass diese Worte nicht nur ihr als Witwe gegolten hatten, sondern als eine offizielle Stellungnahme zu werten waren.

Während sie sich nun wie geplant mit ihren Töchtern zurückzog, ließ der Kaiser einen prächtigen Kranz auf Fritz' Sarg niederlegen und folgte dem Leichenzug zu Fuß die ganzen anderthalb Stunden durch die Stadt Essen bis zum Friedhof.

Was auch immer Margarethe früher über Kaiser Wilhelm II. gedacht haben mochte, in diesem Augenblick war sie ihm überaus dankbar für seine Loyalität und Freundschaft. Und sie begriff, dass Wilhelm zwar ein schwieriger Charakter war, aber wenn er etwas für richtig hielt, dann stand er zu seinen Freunden, koste es, was es wolle. Dass er damit auch ein deutliches Zeichen gegen die Sozialisten setzte, die er gleichermaßen auch als seine eigenen Feinde ansah, machte die Geste für Margarethe nicht weniger wertvoll.

35

Nach der Beisetzung blieb Margarethe nicht viel Zeit zum Trauern, denn der Alltag holte sie schnell wieder ein. Nun galt es, den Nachlass zu regeln und das Testament zu vollstrecken. Bertha war die Alleinerbin der Firma, aber der übrige Besitz wurde gerecht aufgeteilt.

Die Firma selbst wurde in eine Aktiengesellschaft umgewandelt, allerdings sollte sie niemals an der Börse gehandelt werden, sondern verblieb zu ganzen Teilen in Berthas Besitz.

Glücklicherweise hatte Fritz gut vorgesorgt, die Testamentsvollstreckung brachte keine unangenehmen Überraschungen mit sich. Stattdessen konnte Margarethe sich gemeinsam mit Direktor Haux dem ebenso wichtigen Kampf um Fritz' guten Ruf widmen. Als Erstes ließ sie die Liegenschaften auf Capri veräußern. Jene Villa, die Fritz erst kurz vor seinem Tod durch seinen Sekretär Marotz hatte kaufen lassen und niemals bewohnt hatte, außerdem das Hotel *Schweizer Hof*, in dem er sein Personal hatte unterbringen lassen, und einige Grundstücke rund um die Straße, die er der Insel geschenkt hatte. Niemals wieder würde sie nach Capri reisen, an jenen Ort, der sich für Fritz vom Paradies in die Hölle verwandelt hatte.

»Wir müssen dringend klären, wie wir mit der Verleumdungsklage gegen den *Vorwärts* weiter verfahren«, sagte Direktor Haux bei einem ihrer Gespräche um die Zukunft der Firma. »Es gibt Gründe, die dafürsprechen, sie aufrechtzuerhalten, aber auch einige, die dagegensprechen.«

»Bitte erörtern Sie es mir«, bat Margarethe.

»Nun, auf der einen Seite gibt es gute Aussichten, den Prozess gegen den *Vorwärts* zu gewinnen, denn mir wurde zugetragen, dass der Chefredakteur nach Neapel und Capri gereist ist, um dort belastendes Material über Herrn Krupp zu sammeln. Er ist allerdings unverrichteter Dinge zurückgekehrt. Führende Sozialdemokraten haben bereits verkündet, dass der Artikel über Ihren Gatten geschmacklos war, und distanzieren sich vom *Vorwärts*, da sie befürchten, dieses Verfahren zu verlieren. Und das wäre dann kein Ruhmesblatt in der Geschichte der Partei.«

»Also sollten wir die Klage doch aufrechterhalten«, erwiderte Margarethe leidenschaftlich. »Dann wird sich zeigen, dass alles eine große Lüge war.«

»Wenn Ihr Gatte noch am Leben wäre, würde ich Ihnen sofort zustimmen. Allerdings hat sich die Sachlage durch sein Hinscheiden geändert. Nur eine lebende Person kann als Nebenkläger aktiv in das Verfahren eingreifen und als Zeuge auftreten. Da Herr Krupp verstorben ist, wären wir nun den Winkelzügen der gegnerischen Anwälte ausgeliefert, die sich mit Sicherheit nicht scheuen werden, zu unappetitlichen Mitteln zu greifen, wenn echte Beweise fehlen. Zudem würde sich ein derartiges Verfahren über Jahre hinziehen und immer wieder alles aufwirbeln, sodass Sie, werte Frau Krupp, und auch Ihre Töchter nicht zur Ruhe kommen können. Es stellt sich die Frage, ob es nicht sinnvoller wäre, die Einstellung des Verfahrens zu betreiben, um einen Schlussstrich zu ziehen. Durch das beherzte Eingreifen des Kaisers ist der Ruf Ihres Gatten wiederhergestellt. Wollen wir uns wirklich über die nächsten Jahre einem solchen Prozess aussetzen?«

Margarethe senkte den Blick. Sollte sie darauf eingehen? Den Toten ruhen lassen und zum Wohle ihrer Töchter darauf hoffen, dass bald Gras über die Sache gewachsen wäre? Ganz gleich, wie der Prozess ausgehen würde, Fritz hatte nichts mehr davon. Und die Menschen würden sich sowieso denken, was sie denken wollten. Wer ihn für schuldig hielt, würde das auch weiter glauben, selbst wenn sie diesen Prozess nach jahrelangem Kampf gewinnen würden. Dann würde es nur heißen, der Krupp'sche Einfluss und der Rückhalt des Kaisers hätten dazu geführt. Aber wenn sie die Klage zurückzögen, würde der *Vorwärts* das nicht als großen Sieg verbuchen? Propagandistisch ausschlachten, dass die Familie aus Angst, was alles an die Oberfläche käme, feige den Schwanz eingezogen hätte? Wie sie es auch drehte und wendete, am Ende würden sie immer verlieren. Warum dann also noch einen jahrelangen Kampf führen? Lieber noch einmal kurz den Schmutz ertragen, dann wäre endlich Ruhe und sie könnte wieder in die Zukunft blicken, denn das war sie ihren Töchtern schuldig.

»Auf welche Art und Weise können wir die Klage am elegantesten zurückziehen?«, fragte sie daher.

»Nun, am besten wäre es, wenn der Staatsanwalt dies von sich aus täte, weil mit dem Tod des Herrn Krupp der Nebenkläger fehlt. Wir sollten ihm einen Brief schreiben, aus dem hervorgeht, dass dies in unserem Sinne wäre. Dann haben wir die Klage nicht selbst zurückgezogen, sondern die Staatsanwaltschaft hat den neuen Umständen Rechnung getragen.«

»Also einen Brief, der dies behutsam zwischen den Zeilen andeutet?«, fragte Margarethe nach. Direktor Haux nickte.

»Ich stehe Ihnen selbstverständlich mit Rat und Tat zur Seite, Frau Krupp. Das bringt mich auch zu unserem nächsten Thema. Wir müssen uns darum kümmern, das Ansehen der Firma wieder dorthin zu bringen, wo es vor diesem Skandal war.« Der Direktor seufzte leise. »Die Firma Krupp war immer für ihre Wohltätigkeit ihren Arbeitern gegenüber bekannt. Bei der letzten Industrieausstellung in Düsseldorf wurde ein ganzer Pavillon den sozialen Wohltaten und Einrichtungen für die Arbeiter gewidmet, und der wurde ebenso stark frequentiert wie der, in dem wir die neuesten

Erzeugnisse unserer Firma ausgestellt haben. Leider ist das durch die schändlichen Angriffe auf Herrn Krupp in Vergessenheit geraten. Wir müssen den Arbeitern wieder verdeutlichen, dass wir ihr Wohl im Sinne haben und keinesfalls die schrecklichen Ausbeuter sind, als die man uns gern darstellen möchte.«

Margarethe nickte schwach. Sie erinnerte sich an die kleinen Miniaturbauten, die Arbeitersiedlungen und Kleingartenkolonien darstellten. Damals war Fritz als Beispiel für einen Firmenchef gefeiert worden, dem das Wohl seiner Arbeiter am Herzen lag. Die Technische Hochschule in Düsseldorf hatte ihm gerade deshalb die Ehrendoktorwürde verliehen. Fritz verkörperte in ihren Augen den modernen Unternehmer, der wusste, dass gute deutsche Wertarbeit nur durch zufriedene Arbeiter entstehen konnte. Schon seltsam, dachte Margarethe bitter, wie schnell all das Gute aus den Augen der Menschen verschwindet, wenn sie lieber dem Skandal glauben wollen, der ihre reißerische Sensationslust befriedigt.

»Ich denke, eine neue Stiftung zum Wohle armer Familien wäre ein guter Weg, an unsere bisherigen sozialen Werke anzuknüpfen«, sagte sie schließlich. »Es ist wichtig, dass wir die Not der Arbeiter ernst nehmen und weiterhin auch ein Beispiel für andere Werksleiter sind, wie man mit den Menschen umzugehen hat, die einem anvertraut sind.«

»Das ist ein sehr guter Gedanke.« Direktor Haux nickte anerkennend.

»Ich habe mir in den vergangenen Tagen auch viele Gedanken darüber gemacht, wie ich mit den politischen Überzeugungen der Arbeiter umgehen soll«, fuhr Margarethe fort. »Ich kann verstehen, was sie am Sozialismus fasziniert. Den meisten Menschen erscheint es ausgesprochen ungerecht, dass manche mit dem goldenen Löffel im Mund geboren werden, während andere nicht einmal genug zu essen haben. Auch wenn ich davon überzeugt bin, dass Fritz noch leben würde, wenn der *Vorwärts* diesen schrecklichen Artikel nicht veröffentlicht hätte, wäre es der falsche Weg, wenn ich als Treuhänderin der Firma politische Aussagen treffe. Jeder unserer Arbeiter soll der politischen Überzeugung anhängen, die er für die richtige hält, wir werden es nicht bewerten. Stattdessen sollten wir aufmerksam zuhören, wo die größten Missstände liegen, und diese dann durch unsere Stiftungen selbst beseitigen, um der Hetze der sozialistischen Presse jeden Nährboden zu entziehen. Wir tun wirklich etwas für die Arbeiter, indem wir ihr Leben verbessern, und erheben uns damit über ihre Sprachorgane, die nur Schmutz verbreiten, ohne wirklich etwas zur sozialen Lage beizutragen.«

»Ich kann mich nur wiederholen, Frau Krupp, das sind sehr gute Gedanken. Sie haben meine aufrichtige Unterstützung.«

In den folgenden Tagen schrieb Margarethe nicht nur einen Brief an den Staatsanwalt in Berlin, um ihm zwischen den Zeilen die Einstellung des Verfahrens gegen den *Vorwärts* nahezulegen, sondern sie überlegte sich auch, auf welche Weise sie den Menschen in Essen Gutes tun konnte. Schließlich kam sie zu dem Schluss, vier Millionen Mark aus dem Firmenvermögen zu spenden. Zwei Millionen gingen an die Pensionskasse der Arbeiter, eine weitere Million wurde für die Beamten und Angestellten bereitgestellt, und die vierte Million bekam die Stadt Essen, um sie für wohltätige und soziale Zwecke einzusetzen.

Gleichzeitig nutzte sie die Zeit, um ihre Tochter Bertha mit den Aufgaben einer Inhaberin vertraut zu machen.

»Du wirst dich nicht viel mit den tatsächlichen Abläufen der Fabrikation auseinandersetzen müssen«, erklärte sie ihr. »Es genügt, wenn du dich mit unseren Erzeugnissen auskennst, falls jemand ein Gespräch mit dir darüber führen möchte. Allerdings ist es wichtig, dass du dir immer genau erklären lässt, wofür das Direktorium Geld ausgeben möchte. Vor allem bei Expansionen ist das wichtig. Ist es wirklich notwendig, ein neues Hüttenwerk zu kaufen? Und falls ja, ist es ein gut laufender Betrieb, oder will der vorherige Besitzer ihn nur abstoßen, weil es ein Verlustgeschäft ist? Natürlich werden unsere Direktoren selbst sehr gut darauf achten, aber es schadet nicht, wenn du rechtzeitig lernst, die richtigen Fragen zu stellen, damit deine Direktoren dazu gezwungen werden, ihre Entscheidungen noch einmal zu überdenken und in klar verständliche Worte zu fassen. Scheue dich nie, nachzufragen. Lass dich niemals mit der Bemerkung abspeisen, das wäre zu kompliziert für eine Frau. Wenn dir jemand so etwas jemals sagen sollte, dann erwidere: ›Ich stehe hier nicht als Frau, ich stehe hier als Inhaberin der Firma Krupp.‹ Der Name Krupp ist ein Zauberwort in der Gesellschaft, und deshalb müssen wir jetzt auch alles dafür tun, dass er wieder seinen guten Klang erhält und der Schmutz abgespült wird, den diese ganzen Verleumdungen hinterlassen haben.«

»Aber wenn ich heirate, wird der Name Krupp erlöschen«, sagte Bertha leise.

»Nun, noch ist es ja nicht so weit. Wenn du dein Herz tatsächlich eines Tages einem jungen Mann schenkst, dann werden wir schon Mittel und Wege finden, wie der Name Krupp erhalten bleiben kann.«

Bertha nickte, sah aber wenig überzeugt aus.

»Deine wichtigste Aufgabe besteht später vor allem im Pflegen gesellschaftlicher Kontakte. Ich weiß, dass du dafür ein natürliches Talent hast. Aber das gilt es noch weiter zu formen und zu fördern. Es ist wichtig, jedem die gleiche verbindliche Freundlichkeit im persönlichen Gespräch entgegenzubringen, auch wenn es sich um belanglose Plaudereien handelt.«

»Das, was die Engländer *Small Talk* nennen?«, fragte Bertha.

Margarethe nickte. »Genau das. Wenn du aber unter vier Augen oder im kleinen Kreis mit deinen Angestellten bist, darfst du bei passender Gelegenheit auch die natürliche Strenge einer Hausherrin zeigen. Du darfst niemals den Fehler deines Vaters wiederholen, der ihn zu Fall brachte.«

Bertha bekam große Augen. »Welchen Fehler meinst du?«

»Zu glauben, er wäre ein Gleicher unter Gleichen. Dein Vater wollte auf Capri alle Zwänge ablegen, denen er sich hier von Kindheit an ausgeliefert sah. Er wollte einfach nur ein normaler Mann sein, der normale Freunde hat. Dabei hat er vergessen, dass er auch in den Augen der Capresen immer nur der Kanonenkönig Krupp war. Du musst dir immer darüber im Klaren sein, dass man dich stets als Erbin und später als Inhaberin von Krupp sehen wird. Und du kannst niemals außerhalb der Familie eine Gleiche unter Gleichen sein, auch wenn du es dir noch so sehr wünschst. Halte dich nie für etwas Besseres, aber sei dir stets bewusst, dass du anders bist. Du bist die reichste Frau Deutschlands. Viele Menschen träumen davon, aber nur wenige ahnen, welche Verpflichtungen es mit sich bringt und wie viel Leid märchenhafter Reichtum verursachen kann, wenn man einen Fehler macht. Ganz gleich, wie liebevoll und gutmütig du bist, du kannst dir keine Freunde kaufen. Wahre Freunde erkennt man erst in der Not, nicht während des Vergnügens. Reichtum gibt uns viele Möglichkeiten, uns Vergnügungen hinzugeben, aber er zieht auch die böswilligen Schmarotzer an. Und die zu erkennen ist sehr schwierig. Im Laufe des Lebens sammelt man Erfahrungen. Eine gesunde Portion Misstrauen, verborgen hinter verbindlicher Freundlichkeit, ist der beste Schutz.«

Bertha nickte, und Margarethe hatte das Gefühl, dass gerade der frühe Tod des Vaters dem Mädchen den Ernst dieser Worte für alle Ewigkeiten eingeprägt hatte.

Das Weihnachtsfest 1902 war ein sehr ruhiges und trauriges Fest, das der Familie den Verlust des Vaters noch einmal besonders deutlich machte. Kurz zuvor war das Verfahren gegen den *Vorwärts* eingestellt worden, so wie Margarethe es sich gewünscht hatte, aber im Nachhinein fragte sie sich, ob sie nicht doch hätte weiterkämpfen sollen. Natürlich feierte das von ihr so verabscheute Blatt die Einstellung der Klage als einen großen Sieg. Und so blieb das Gerücht um Fritz' Homosexualität weiterhin im Umlauf.

Maria-Anna meinte, Margarethe solle sich darüber keine Sorgen machen. »Das gehört doch beinahe schon zum guten Ton, Männern so etwas vorzuwerfen«, sagte sie, als sie zum Weihnachtsfest zu Besuch auf dem Hügel war. Sie war alt geworden, aber immer noch agil genug für die Reise. Und sie war immer noch gut informiert, was ihre sogenannten Kreise anging.

»Das macht es nicht besser«, widersprach Margarethe.

»Nein, aber wenn man aufhören würde, Homosexualität als Straftat zu betrachten, könnte man einem Mann mit so einer Verleumdung nicht mehr schaden. Ist es letztlich nicht die freie Entscheidung von erwachsenen Menschen, was sie in gegenseitigem Einvernehmen miteinander tun?«

»Ich verstehe, dass dir dieses Sujet wegen deiner eigenen Neigung sehr am Herzen liegt. Aber du musst verstehen, dass ich den Tod meines Mannes nicht zum Symbol für den Kampf gegen den Paragrafen 175 nutzen kann. Ich werde Fritz keine Neigung unterstellen, die er nicht hatte, sondern ich werde für seinen guten Ruf kämpfen.«

»Wenn die Homosexualität nicht strafbar und verachtet wäre, wäre sein Ruf noch unbeschadet.«

»Nein, das wäre er nicht!« Margarethe wurde lauter. »Die sexuelle Beziehung zwischen Männern und Frauen ist nicht strafbewehrt, aber er hätte dennoch Ehebruch begangen. Außerdem ist dieses Thema für Weihnachten völlig unangemessen.«

Maria-Anna senkte den Blick. »Es tut mir leid«, sagte sie. »Ich wollte dich nicht erzürnen. Das waren nur die Gedanken, die mir so durch den Kopf gingen. Du hast selbstverständlich recht. Ehebruch wäre es immer gewesen, und es ist auch schon so mancher Mann durch einen lockeren Lebenswandel mit Frauen zu Fall gebracht worden. Nur hätte er dann mehr Verständnis von seinen Geschlechtsgenossen erfahren.«

Margarethe nickte und beschloss, diese Erklärung als Entschuldigung zu werten und das Gespräch in unverfänglichere Bahnen zu lenken. Dennoch blieb ein gewisser Beigeschmack, denn sie hatte das Gefühl, Maria-Anna könnte sich nicht in ihre Gefühlswelt hineinversetzen. Für ihre Freundin war Homosexualität etwas völlig Normales. Margarethe respektierte das, aber es würde sie auf keinen Fall dazu bringen, den Tod ihres Mannes für den Kampf gegen den Paragrafen 175 missbrauchen zu lassen. Im Gegenteil, inzwischen bedauerte sie es bereits, dass sie sich zur Einstellung des Verfahrens entschlossen hatten, denn nun mehrten sich die Stimmen, die Fritz nur allzu gern in die Riege bekannter Homosexueller eingruppiert hätten, sei es, um ihm zu schaden, oder sei es, um die eigene Veranlagung zu rehabilitieren. Dabei verloren beide Seiten immer mehr aus dem Blick, welche Tragödie wirklich geschehen war: Ein reicher Mann hatte sich die Freiheit genommen, eine Weile seinen Status zu vergessen, weil er sein Leben wie ein Student genießen wollte, was ihm in seiner Jugend stets versagt geblieben war.

In diesem Moment beschloss Margarethe, dass ihre eigenen Töchter ihre Jugend genießen sollten. In jeder Hinsicht, damit sie niemals in dieselbe Verlegenheit wie ihr Vater geraten würden. Die Freiheit der Jugend, wenn sie noch nicht die Bürden zu tragen hatten, die ihnen später das Leben auferlegen würde, sollte ihnen genau dafür die nötige Kraft geben.

36

Das Jahr 1903 stand für Margarethe ganz im Zeichen ihrer Treuhänderschaft und des Kampfes um Fritz' Ruf. Sie vertraute dem Direktorium, zumal Fritz bereits zu Lebzeiten Verfügungen hinterlassen hatte, wer ihr im Falle seines Ablebens zur Seite stehen sollte. Zu Direktor Haux hatte sie das engste Verhältnis, er war stets ihr erster Ansprechpartner, wenn es um Neuerungen ging.

Schon vor Fritz' Tod hatte der Ausbau des Hüttenwerks in Rheinhausen auf der Agenda gestanden. Margarethe setzte die Umbenennung in *Friedrich-Alfred-Krupp-Hütte* durch, um auch dadurch deutlich zu machen, dass sie nach wie vor treu zum Lebenswerk ihres Mannes stand.

Außerdem unterstützte sie weiterhin Anton Dohrn in Neapel. Auch wenn sie sich vorgenommen hatte, nie mehr nach Capri zu reisen, so lag ihr die Meeresbiologie als Vermächtnis von Fritz doch weiterhin am Herzen. Auch seinen Pavillon, in dem er die Exponate gesammelt hatte, hielt sie in Ehren.

Als die Zeit gekommen war, die Grabstätte mit einem Stein versehen zu lassen, entschied sie sich für ein großes Monument aus schwarzem Marmor, über das ein Adler schützend seine Schwingen hielt.

»Hier will ich auch einst ruhen«, sagte sie zu ihren Töchtern an dem Tag, als sie den Stein zum ersten Mal auf der Grabstätte bewunderten. »Unter einer ganz schlichten Steinplatte neben eurem

Vater. Unter den Flügeln des Adlers werden wir dann beide unsere ewige Ruhe finden.«

»Das wird hoffentlich noch lange Zeit dauern«, erwiderte Bertha. »Wir brauchen dich noch, Mama.«

»Ja, das wird noch lange dauern«, versprach sie. »Zuerst will ich sehen, wie ihr beide eigene Familien gründet, und mich an einer großen Schar von Enkelkindern erfreuen.«

Vor dem Friedhof wartete die Droschke auf Margarethe und ihre Töchter. Zwar hatten sie mittlerweile auch mehrere Automobile in ihrem Fuhrpark, aber bei schönem Wetter bevorzugte Margarethe die offene Droschke. Sie liebte das Klappern der Hufe auf der Straße, den gleichmäßigen Takt, der sie schon immer beruhigt hatte. Außerdem hatte sie so viel mehr Muße, die Welt um sich herum wahrzunehmen. Nicht nur durch das Fenster, sondern die Luft im Gesicht zu spüren, den Duft des beginnenden Frühlings, aber auch den Rauch, der sich aus den Schloten der Fabrik mit dem aus den Schornsteinen der Wohnhäuser mischte.

Sie hatte viel für die Verbesserung der Lebensbedingungen getan, Unsummen an Geld gespendet, damit es den armen Menschen, von deren Arbeitskraft auch ihr eigenes Fortkommen abhing, besser ging. Aber als sie an diesem Tag durch die Stadt zurückfuhren, wurde Margarethe bewusst, dass es längst nicht genug war. Noch immer gab es zahlreiche schäbige Wohnungen, in denen es im Sommer stickig heiß war und im Winter der Schimmel an den Wänden blühte. Wahre Brutstätten für Rachitis und Tuberkulose. Besonders bewusst wurde es ihr, als sie an zwei kleinen Mädchen vorüberfuhren, die vermutlich noch keine sechs Jahre alt waren. Spindeldürr mit viel zu großen, verschlissenen Kleidern, die davon zeugten, dass sie von den älteren Geschwistern aufgetragen wurden, saßen sie am Straßenrand. Das eine der beiden Mädchen weinte bitterlich, während das zweite seinen Arm um dessen Schultern gelegt hatte und alles versuchte, es zu trösten.

»Halten Sie bitte kurz an«, forderte Margarethe den Kutscher auf.

»Was hast du vor, Mama?«, fragte Bertha.

»Ich will mit den Kindern sprechen.«

Bertha sah ihre Mutter irritiert an. »Glaubst du nicht, dass du sie verschreckst?«

»Die Kleine weint so herzzerreißend, könntest du da etwa einfach so weiterfahren?«

Bertha schwieg und blieb mit Barbara in der Droschke sitzen, während ihre Mutter ausstieg.

Margarethe trat direkt auf die beiden Mädchen zu und ging dann vor ihnen in die Hocke.

»Ist euch etwas Schlimmes passiert?«, fragte sie mit sanfter Stimme.

Die Tatsache, dass sich eine vornehm gekleidete Dame zu ihnen herunterbeugte, ließ den Tränenfluss der Kleinen für einen Moment versiegen.

»Meine Mama ist krank«, sagte sie leise. »Und keiner will ihr helfen.«

»Warum will ihr keiner helfen?«

»Die sagen, sie hat selbst Schuld. Und ich habe jetzt solche Angst, dass sie stirbt. Mein Papa ist doch schon gestorben.« Sie brach erneut in heftiges Weinen aus.

»Und du bist ihre Freundin?«, fragte Margarethe das zweite Mädchen, das sofort fester den Arm um die Kleine legte.

»Ja, ich bin Grete, und das ist Anna.«

»Wo wohnt ihr denn?«

Grete zeigte in eine kleine dunkle Nebenstraße, in der uralte, verwinkelte Häuser dicht an dicht standen. Billige Wohnungen, in denen die Ärmsten der Stadt wohnten, die sich mit Gelegenheitsarbeiten oder Fürsorgeleistungen über Wasser hielten.

»Soll ich mal nach deiner Mama sehen und schauen, ob ich ihr helfen kann?«, fragte Margarethe weiter.

Anna nickte unter Tränen.

»Wartet kurz, ich hole meine Töchter, die können vielleicht auch helfen.« Margarethe erhob sich und kehrte zur Droschke zurück. »Kommt, wir wollen sehen, ob wir der kranken Mutter dieses Mädchens helfen können.«

»Wollen Sie wirklich in die dunkle Gasse da vorn, Frau Krupp? Da ist doch allerlei Gesindel«, wandte der Kutscher ein.

»Kommen Sie auch mit, dann wird sich schon keiner an uns heranwagen.«

Die beiden kleinen Mädchen waren erstaunt, als plötzlich vier Personen vor ihnen standen, aber Margarethes Verhalten war so einfühlsam, ebenso wie Berthas und Barbaras Lächeln, dass sie darüber hinweg die etwas verdrießliche Miene des Kutschers, dem dieser Zwischenhalt nicht zu gefallen schien, übersahen.

Anna wirkte etwas unsicher, und so übernahm Grete die Führung.

Margarethe hatte schon oft arme Familien besucht, aber es waren niemals spontane Besuche gewesen. Die Familien waren schon Tage vorher informiert gewesen und hatten sich, bis auf wenige Ausnahmen, stets im besten Licht gezeigt.

Die Straße war so schmal, dass man mit ausgestreckten Armen die Häuserfassaden an beiden Seiten berühren konnte. Über der Straße waren zudem zahlreiche Wäscheleinen gespannt, die mit ihrer geflickten und fadenscheinigen Last die Armut der Bewohner wie eine Festbeflaggung vor sich hertrugen.

Natürlich blieb die Ankunft der gut gekleideten Damen und ihres Kutschers nicht unbemerkt. Die meisten schauten heimlich aus dem Fenster, aber ein paar alte Frauen ließen es sich nicht nehmen, die Fensterläden aufzuklappen und gleich den ganzen Kopf herauszustrecken, um ja nichts zu verpassen.

Noch bevor sie das armselige Treppenhaus betreten konnten, kam ihnen ein Mann entgegen.

»Grete, wen bringst du denn hierher?«, fragte er das Mädchen.

»Sie wollen Annas Mama helfen, Papa.«

Margarethe musterte den Mann, der eine abgewetzte dunkelblaue Hose, einen dazu passenden Seemannspullover und eine schwarze Schiebermütze trug. Eine recht ungewöhnliche Bekleidung in einem Essener Arbeiterviertel, befand sie. Der Mann musterte sie ebenso aufmerksam, und sie konnte geradezu nachverfolgen, wie er sie erkannte.

»Frau Krupp!« Er riss sich die Mütze vom Kopf. »Womit kann ich Ihnen dienlich sein?«

»Mir ist aufgefallen, dass die kleine Anna bitterlich weinend am Straßenrand saß und Grete sie gar nicht mehr trösten konnte. Da habe ich die Droschke anhalten lassen, weil mir die Kleine sehr in Not erschien, und so habe ich erfahren, dass Annas Mutter krank ist.«

Gretes Vater räusperte sich. »Ich bin hier der Hausmeister vom Block«, sagte er. »Und der Mutter können Sie nicht helfen.«

»Ist sie so schwer erkrankt?«

»Ähm …« Er zerknüllte seine Mütze in den Händen. »Das ist Ansichtssache.«

Margarethe musterte den Mann scharf. Was für Welten lagen zwischen dem Beruf eines Hausmeisters auf dem Hügel und diesem unscheinbaren Arbeiter, der sich um die anfallenden Kleinigkeiten in den billigen Wohnungen und Treppenhäusern zu kümmern hatte.

»Nun, dann würde ich mir gern selbst ein Bild davon machen. Wo ist die Wohnung der Familie?«

»Da wollen Sie bestimmt nicht rein.«

»Doch, das ist meine Absicht.«

Der Hausmeister räusperte sich erneut. »Kinder, geht ihr mal wieder spielen, wir Erwachsenen kümmern uns schon um deine Mutter, Anna.«

Grete hakte sich bei Anna unter und zog sie ein Stück mit sich, obwohl deutlich zu erkennen war, dass Anna lieber geblieben wäre.

»Annas Mutter säuft wie ein Loch«, sagte der Hausmeister nun. »Die fängt schon morgens an, und das geht so lange, wie sie Schnaps hat. Das geht so, seit ihr Mann tot ist. Sie will sich ins Grab saufen, hat sie gesagt.«

»Ist Anna ihr einziges Kind?«

»Ja.«

»Dann sollte ihr vielleicht mal jemand ins Gewissen reden.«

»Was denken Sie denn, wie oft wir das hier schon versucht haben?«

»Wann ist ihr Mann gestorben?«

»Vor drei Wochen. Der hatte schon seit Jahren die Motten in der Lunge, war erstaunlich, dass er noch so lange durchgehalten hat. Die Familie hat Heimarbeit gemacht, mehr konnte er ja nicht. Und dann hat seine Frau noch versucht, das fortzuführen, aber sie war allein nicht schnell genug. Da hat sie dann zur Flasche gegriffen.«

»Und wovon bezahlt sie den Schnaps?«

Der Hausmeister zuckte mit den Schultern. »Ich frag da nicht nach. Erst wenn sie nächste Woche nicht mit der Miete langkommt, geht es mich was an.«

Margarethe holte tief Luft.

»Ich möchte Annas Mutter jetzt doch gern kennenlernen. Wie heißt sie denn mit Nachnamen?«

»Lorenz.«

»Na, dann führen Sie uns jetzt mal zu ihrer Wohnung.«

Der Hausmeister nickte schicksalsergeben, während Bertha ihrer Mutter zuraunte: »Willst du wirklich zu dieser Frau in die Wohnung?«

»Ja, mein Kind. Und ihr beide solltet auch mitkommen. Hier kann man das Elend von armen Menschen hautnah erleben, und vielleicht finden wir ja eine Lösung, damit dieses arme kleine Mädchen nicht auch noch seine Mutter verliert.«

Die Wohnung der Familie Lorenz lag im Souterrain. Der Hausmeister ging voran und klopfte laut an die Tür. »Erna, ich bin's, Max. Da ist Besuch für dich.«

Hinter der Tür rührte sich nichts. »Erna, nu meld dich schon, hier sind feine Leute, die mit der Anna Mitleid hatten, weil die wegen dir so geweint hat.«

Qualvolle Augenblicke vergingen, ehe sie Schritte hörten und die Tür geöffnet wurde. Erna Lorenz stand mit wirrem Haar und zerknittertem Kleid vor ihnen. Eigentlich war sie eine hübsche Frau, mit blauen Augen, einem fein geschnittenen Gesicht und blondem Haar, allerdings waren die Augen vom Alkohol und Weinen glasig und das Gesicht aufgedunsen.

»Was woll'n Se denn von mir?«, nuschelte sie.

»Mein Name ist Margarethe Krupp. Ihre Tochter hat mir erzählt, Sie wären krank und keiner könnte Ihnen helfen. Da wollte ich selbst nach dem Rechten sehen.«

»Frau Krupp?« Die glasigen Augen wurden auf einmal groß wie Spiegeleier. »Oh … was …« Sie strich sich fahrig über die Haare, so als sei sie allein durch die Nennung des bekannten Namens ausgenüchtert. Das gab Margarethe Hoffnung. Vielleicht war doch noch nicht alles verloren.

»Ich habe gehört, Ihr Mann ist vor Kurzem gestorben und Sie wissen nun nicht recht, wie es weitergehen soll?«, fragte sie.

Frau Lorenz nickte. »Ich … ich weiß nicht mehr, wie ich alles noch bezahlen soll, weil ich keine Arbeit mehr habe.«

»Nun, durch den Alkohol wurde noch nie etwas besser«, sagte Margarethe, um gleich klarzustellen, dass sie Bescheid wusste. »Aber wenn Sie wirklich noch mal einen Anfang wagen wollen, melden Sie sich morgen Vormittag anständig ausgenüchtert und ordentlich angezogen beim Dienstboteneingang auf dem Hügel.

Man wird Sie dort erwarten und schauen, ob wir eine passende Arbeit für Sie haben, die Sie bewältigen können. Schließlich müssen Sie auch an Ihre kleine Tochter denken. Wenn Sie morgen nicht kommen, werte ich das als Absage. Sie müssen mir schon beweisen, dass Sie wirklich Interesse haben, denn so lange hängen Sie ja noch nicht an der Flasche.«

»Ich …«, sie fuhr sich erneut hastig durch das Haar. »Ich werde kommen, Frau Krupp! Vielen, vielen Dank!«

Margarethe nickte, dann verabschiedete sie sich.

»Glaubst du, sie wird wirklich kommen?«, fragte Bertha, als sie wieder in der Droschke saßen.

»Ich weiß es nicht«, erwiderte Margarethe. »Es liegt bei ihr. Wenn sie noch die Kraft hat, sich aufzuraffen, können wir ihr helfen, andernfalls nicht.«

»Und was ist dann mit Anna?«, fragte Barbara. »Wenn ihre Mutter sich nicht aufrafft, lassen wir dann das arme Mädchen allein in seinem Elend?«

Margarethe seufzte. »Das ist die Krux, meine Lieben. Wir können nicht allen helfen, und wenn wir helfen, müssen wir schauen, dass die Hilfe bei denjenigen ankommt, die auch in der Lage sind, sie anzunehmen. Keine Sorge, ich werde weiterhin ein Auge auf Anna haben, falls ihre Mutter nicht kommt. Ich denke, wir sollten der Mädchenschule und dem Waisenhaus noch eine großzügige Spende zukommen lassen. Das könntest du in deinem Namen tun, Bertha. Ein junges Mädchen an der Schwelle zur Frau, das sich um die Belange von armen Mädchen kümmert.«

Bertha nickte.

In Margarethe aber wuchs ein neuer Gedanke. Diese engen Gassen mit ihren heruntergekommenen Wohnungen waren kein guter Ort, um Kinder aufzuziehen. Kein Wunder, wenn junge Witwen dort in Alkohol und Depressionen versanken. Nein, die Menschen brauchten ein wirkliches Zuhause, etwas, für das sich zu leben lohnte. Etwas, das über die bisherigen Heime für alte Arbeiter hinausging.

Noch war es nur ein vager Gedanke, aber er ließ Margarethe nicht mehr los. Der Traum von einer schönen Siedlung für arme Menschen war geboren, auch wenn er noch eine ganze Weile in ihrer Vorstellung reifen musste.

37

Frau Lorenz meldete sich tatsächlich am folgenden Tag, was Margarethe sehr freute. Sie bekam eine Anstellung als Küchenmagd, die immerhin besser bezahlt war als die Heimarbeit und ihr wieder eine feste Tagesstruktur bot. Allerdings wurde sie vorgewarnt – Stellungen auf dem Hügel waren begehrt, und sollte sie ihre Arbeit nicht gewissenhaft und pünktlich erfüllen, sondern wieder zur Flasche greifen, wäre es schnell vorbei damit.

In Margarethes Kopf schwirrte seither die Idee einer besseren Wohngegend für arme Menschen, und sie ertappte sich immer häufiger dabei, wie sie selbst zum Stadtplan griff und sich überlegte, wo eine solche Siedlung entstehen könnte. Vor allem der Stadtteil Rüttenscheid fiel ihr immer wieder ins Auge. Auch wenn sie noch keinen festen Plan hatte, trug sie Direktor Haux auf, dort Land zu kaufen.

»Wie viel wollen Sie denn kaufen?«, fragte er erstaunt. »Das ist doch zum großen Teil noch nicht einmal erschlossen.«

»Dann wird es ja umso günstiger sein. Kaufen Sie alles, was Sie bekommen können, gern auch den Wald, der dazugehört.«

Im Geiste stellte sie sich kleine Häuschen in der grünen Natur vor, mit einem Wald, in dem die Erwachsenen spazieren gehen und die Kinder spielen könnten. Nur weg von der dreckigen Stadt, hinaus aufs Land und dennoch nahe genug bei den Fabriken, um täglich zur Arbeit kommen zu können.

»Mögen Sie mir verraten, was Sie damit vorhaben?«

»Noch nicht, Herr Haux. Manche Gedanken müssen erst einmal reifen.« Sie lächelte, was seit Fritz' Tod im Umgang mit dem Direktorium eher selten vorkam, und das irritierte Direktor Haux noch mehr. Allerdings kannte er Margarethe gut genug, um nicht weiter zu fragen. Wenn sie sich etwas in den Kopf gesetzt hatte, dann setzte sie es für gewöhnlich auch durch.

Margarethe atmete auf. Der erste Schritt war getan. Aber wann und wie sie ihren Traum verwirklichen würde, blieb noch offen. Zu viele andere Pflichten drückten ihr schwer im Nacken. Manchmal kam sie sich wie ein Zugochse vor, so sehr spürte sie das imaginäre Joch der Verantwortung, das sie zu tragen hatte. In diesen Momenten beneidete sie die armen Menschen um ihre Träume. Wer arm war, träumte von Reichtum und glaubte, damit wären alle Sorgen für immer fort. Doch die Sorgen blieben, sie änderten lediglich ihre Gestalt. Ein sorgenfreies Leben war nur eine Illusion. Wäre es anders gewesen, würde Fritz noch leben.

Margarethe hatte weiterhin regelmäßig offizielle Termine mit dem Kaiser. Deren Erfüllung stand über allem. Aber auch wenn sie dem Kaiser für seine stete Fürsprache dankbar war, so war es doch immer anstrengend, dem Hofprotokoll gerecht zu werden.

Immerhin musste sie ihn diesmal nur im Schießstand in Meppen empfangen, wo er sich die neuesten Artillerie-Erzeugnisse der Firma zeigen ließ. Zwar verstand sie nicht viel von den Kanonen und Haubitzen, deren Handhabung er dort von seinen Soldaten erproben lassen wollte, aber ihre Anwesenheit als Treuhänderin der Firma war erwünscht.

Glücklicherweise verfügte der Schießplatz in Meppen über einen eigenen Bahnhof, und so konnte Margarethe die Fahrt mit ihrem Salonwagen in etwas weniger als drei Stunden zurücklegen und sich dabei in Ruhe der Geschäftspost widmen.

Der Salonwagen des Kaisers war bereits eingetroffen, was für seine Neugier und Ungeduld in Hinblick auf die neuesten Erzeugnisse aus dem Hause Krupp sprach. Auf einmal hatte Margarethe das Gefühl, der Landesvater empfange sie auf dem firmeneigenen Schießplatz und nicht umgekehrt, wie es eigentlich geplant war. War es Absicht oder nur ein Akt, mit dem der Kaiser seine Entourage stets in Verzweiflung versetzte, wenn er Termine eigenständig veränderte? Oder wollte er gern selbst der Herr auf dem Schießplatz sein, der den Besuch empfing?

Nun gut, in gewisser Weise war das auch so, schließlich gehörte alles zum Vaterland, und die Waffensysteme sollten vor allem das Deutsche Reich schützen, auch wenn es viele Interessenten in aller Welt gab.

Margarethe sah, wie zwei Soldaten in der Uniform der Reichswehr sich an einer Haubitze versuchten, während der Kaiser dem Gebaren aus sicherer Entfernung zusah. Als er Margarethes Ankunft gewahrte, hob er kurz die Hand, damit die Vorführung während der Begrüßung unterbrochen wurde. Wie üblich half er ihr nach dem obligatorischen Hofknicks selbst auf und küsste ihre Hand.

»Ich freue mich sehr, Sie wiederzusehen, liebe Frau Krupp«, sagte er. »Das letzte Mal war ja unter so traurigen Umständen.«

»Das war es, Eure Majestät. Aber inzwischen ist der schlimmste Schmerz vergangen, und wir haben das Grabmal letzte Woche errichten können.«

»Dann werde ich demnächst einen Kranz vorbeischicken.«

»Eure Majestät sind zu gütig.«

»Ich weiß, was ich einem alten Freund schuldig bin, dem die Sozialisten so übel mitgespielt haben. Umso erfreuter bin ich, dass die Wunden langsam vernarben und die Firma Krupp auch unter Ihrer weisen Treuhand weiter blüht. Ich bin fasziniert von den neuen Geschützen, die Ihre Ingenieure entwickelt haben. Die Reichweite ist unübertroffen.«

Margarethe nickte und leistete dem Kaiser einfach nur Gesellschaft, während er die verschiedenen Waffenmodelle inspizierte und anschließend eine Bestellung aufgab, die das Gedeihen der Firma wieder für lange Zeit sicherte.

Am Ende des Tages lud er Margarethe und ihre Familie noch zu einem Besuch der Kieler Woche im Juni auf seiner Jacht *Hohenzollern* ein.

»Kein großer Ball«, sagte er lächelnd. »Einfache Sofakleider genügen, wir wollen ja vor allem die See genießen.«

Margarethe nickte dankbar für die Ehre, die ihr erwiesen wurde, aber zugleich dachte sie, wie sehr sie sich ein wenig Ruhe und Zeit für sich selbst wünschen würde. Doch solange sie die Geschäfte im Namen ihrer Tochter führte, blieb ihr nichts anderes übrig, als das Joch weiter zu tragen.

Bertha und Barbara freuten sich hingegen sehr über die Einladung. Sie liebten die Kieler Woche und freuten sich auf all die Leute, die sie auf der Jacht des Kaisers treffen würden.

War ich früher genauso?, fragte Margarethe sich, als sie die Vorfreude ihrer Töchter sah. Ich kann mich schon gar nicht mehr daran erinnern, jemals so lebenshungrig gewesen zu sein. Vielleicht, weil ich von den Pflichten übersättigt bin und schon zu viel von dem gesehen habe, von dem andere Menschen ein Leben lang nur träumen können.

»Du solltest dich auch freuen, Mama«, rief Barbara übermütig. »Es ist doch schön, wenn man an einer Gesellschaft teilnehmen kann, ohne sie selbst zu organisieren, und frei ist in der Entscheidung, wann man sich zurückzieht.«

»Da hast du natürlich recht«, gab Margarethe zu. Eine Gastgeberin musste sich schon eine gute Ausrede einfallen lassen, wenn sie sich zurückziehen wollte, während die meisten Gäste noch feierten. Ihr als Frau war das allerdings eher nachgesehen worden als Fritz, von dem die Herren erwarteten, dass er ihnen die halbe Nacht im Rauchsalon Gesellschaft leistete. Vielleicht war das auch ein Grund, warum er sich am Ende seines Lebens so gern nach Capri geflüchtet hatte. Dort entschied die Sympathie, mit wem er sich umgab, und nicht das Geschäftsinteresse.

Margarethe und die Kinder waren schon oft auf der kaiserlichen Jacht eingeladen gewesen. Bei diesem Empfang blieb die Jacht jedoch im Hafen liegen, denn es waren viel zu viele vornehme Gäste aus dem Adel und der Industrie geladen, um mit ihnen eine Regatta zu bestreiten. Vielmehr fungierte die kaiserliche Jacht als eine Art schwimmender Palast.

Überhaupt war der Begriff Jacht in Margarethes Augen eine starke Untertreibung. Offiziell wurde das Schiff der Kriegsmarine zugerechnet und hatte eine Besatzung, die aus zwölf Offizieren und mehr als dreihundert Mannschaftsmitgliedern bestand. Andererseits war sie trotz ihrer Bewaffnung kein besonders gutes Seeschiff, wie Margarethe schon selbst bei der Fahrt nach Brunsbüttel hatte erleben dürfen, damals, als der Kaiser-Wilhelm-Kanal eröffnet wurde. Dafür gab es in ihrem Inneren luxuriöse Salons, die für Gesellschaften wie diese gut geeignet waren. Edle Hölzer und Polstermöbel vervollständigten das Gefühl, in einem Schloss zu sein. Ungeachtet dessen war der Kaiser natürlich sehr stolz auf sein Schiff und berichtete den Anwesenden, die während des Empfangs gebannt an seinen Lippen hingen, wie sein Bruder, Prinz Heinrich, im vergangenen Jahr mit der *Hohenzollern* über den Atlantik in die Vereinigten Staaten gereist war.

Während Bertha und Barbara sich schon bald in galanten Gesprächen mit den jungen Männern der Gesellschaft wiederfanden, suchte Kaiserin Auguste Margarethes Nähe.

»Meine liebe Frau Krupp, ich freue mich sehr, Sie nun einmal ein paar Augenblicke für mich allein zu haben, wo alle anderen Gäste sich so gut unterhalten, selbst ihre Töchter. Ja, aus den Kindern werden Leute. Nicht mehr lange, dann werden sie heiraten und selbst Kinder bekommen.«

»Ja, so ist der Lauf der Dinge«, bestätigte Margarethe und konnte sich eines kleinen Seufzers nicht erwehren. »Können Eure Majestät sich vorstellen, dass ich mir schon jetzt Gedanken darum mache, wie das Vermächtnis der Krupps gewahrt bleibt, obwohl es noch nicht einmal einen Mann gibt, der Bertha den Hof macht?«

Die Kaiserin sah Margarethe nachdenklich an. »Sie meinen wegen des Namens Krupp, der vom männlichen Stamm her erloschen ist?«

Margarethe nickte. »Es war schon immer das Vorrecht der Männer, ihren Namen weiterzugeben, auch wenn das in so einem Fall sehr bedauerlich ist. Was ist unsere Firma ohne einen Krupp? In Adelshäusern gibt es Möglichkeiten, dem Ehemann einen Namenszusatz zu verleihen, wenn er die letzte Prinzessin einer sonst erlöschenden Linie heiratet. Aber im Bürgertum ist das nicht üblich.«

Ein feines Lächeln huschte über die Lippen der Kaiserin. »Ich verstehe, worauf Sie hinauswollen, Frau Krupp.«

Margarethe erwiderte das Lächeln. Die Kaiserin hatte in der Tat eine schnelle Auffassungsgabe.

»Ja, darüber denke ich schon sehr lange nach. Seit Bertha mir einmal etwas niedergeschlagen sagte, dass der Name Krupp erlöschen würde, wenn sie heiratet. Sie weiß ja selbst am besten, wofür er steht. Und ich habe mir seither viele Gedanken gemacht, welche Möglichkeiten es gäbe.« Sie sah der Kaiserin nun direkt in die Augen. »Natürlich wird noch eine Weile vergehen, bis der Richtige in Berthas Leben erscheint, aber wenn es so weit ist, wäre es die größte Gnade, wenn es möglich wäre, den Namen Krupp auf irgendeine Weise im Familiennamen weiterleben zu lassen.«

»Ich denke, wenn die Zeit gekommen ist, wird Seine Majestät gewiss einen Weg finden«, sagte die Kaiserin mit der ihr eigenen Bestimmtheit. »Aber wo wir gerade vom Ehestand sprechen, meine liebe Frau Krupp, haben Sie schon gehört, dass die Großherzogin Louise von Baden in Baden-Baden eine Haushaltungsschule für höhere Töchter gegründet hat? Ihre Schule richtet sich gerade an jene Mädchen, die eines Tages einem großen Haushalt mit sehr viel Personal voranstehen werden. Sie meinte scherzhaft zu mir, dass die Buchführung dann wichtiger sei als die tatsächlichen hauswirtschaftlichen Verrichtungen, aber dass es bislang leider noch keine Einrichtung gäbe, in der junge Mädchen dies lernen könnten.« Die Kaiserin hielt kurz inne. »Die Großherzogin hat es leider nicht auf die Kieler Woche geschafft, aber ich nehme an, für Ihre beiden Töchter wäre dort jederzeit ein Platz frei. Und wenn Sie den Sommer wieder auf Ihrem wunderschönen Meineck in Baden-Baden verbringen, wäre es für die Mädchen ja nur ein Katzensprung, dort einige wichtige Dinge fürs Leben zu lernen.« Die Kaiserin seufzte leise. »Wissen Sie, Frau Krupp, ich hätte einiges darum gegeben, wenn ich selbst besser auf all das vorbereitet gewesen wäre, was mich als Kaiserin erwartete. Ich entstamme ja eher einem gemütlichen Adelshaus und galt wegen einer bürgerlichen Urgroßmutter als nicht ebenbürtig für den Hochadel.«

»Ich danke Eurer Majestät für diesen wichtigen Hinweis. Für diesen Sommer haben wir bereits eine Reise nach München geplant, um uns dort mit den kulturellen Schätzen Bayerns vertraut zu machen. Ich möchte meinen Töchtern, solange es geht, noch eine unbeschwerte Jugend lassen. Aber ich werde mit der Großherzogin in Kontakt treten, damit Bertha und Barbara im nächsten Sommer dort all das lernen können, was wir beide uns so mühsam aneignen mussten.«

Am Ende des großen Empfangs auf der kaiserlichen Jacht war Margarethe bester Stimmung. Die Kaiserin kannte nun ihren sehnlichsten Wunsch – den Namen Krupp auch über die weibliche Linie fortleben zu lassen. Und sie war sich sicher, dass die tatkräftige Auguste Viktoria den Kaiser schon davon überzeugen würde.

38

Margarethe blieb ihrem Vorsatz, ihren beiden Töchtern eine angenehme Jugend zu bereiten, in den folgenden beiden Jahren treu. Sie unternahmen gemeinsam viele Reisen, und es gelang Margarethe, sich ein wenig von der Verantwortung zu lösen und ihrem Direktorium zu vertrauen. Sie war nach wie vor da, wenn es um wohltätige Zwecke oder Repräsentationen ging, aber sie nahm sich auch die Freiheit, für ihre Kinder da zu sein und die Sommermonate in der Villa Meineck zu verbringen. Dort besuchten ihre Töchter, wie von der Kaiserin empfohlen, die Hauswirtschaftsschule der Großherzogin. Margarethe nutzte die Gelegenheit, die Großherzogin selbst etwas besser kennenzulernen, und verband den Erholungsaufenthalt dadurch auch mit der weiteren Kontaktpflege.

Auch in Essen selbst sorgte Margarethe dafür, dass ihre Töchter mehr unter junge Leute kamen. Sie ermunterte die Mädchen, sich Vereinen und Theatergruppen anzuschließen, in denen sie mit Studenten und höheren Töchtern in regen Austausch gerieten. Sie wollte auf jeden Fall verhindern, dass ihre Kinder das Gefühl hatten, ihre Jugend versäumt zu haben. Dies war in ihren Augen die beste Vorsorge, damit sie nicht auf Abwege wie ihr Vater gerieten.

Das Jahr 1906 begann für Margarethe mit einer traurigen Nachricht, denn Prinzessin Maria-Anna starb. Gewiss, die deutlich ältere Freundin war bereits neunundsechzig Jahre alt, aber der Verlust traf Margarethe dennoch hart.

Umso erleichterter war sie, dass sie mit den Töchtern bereits eine Reise nach Rom geplant hatte. Die italienische Hauptstadt mit ihren Kunstschätzen würde sie mit Sicherheit von ihren trüben Gedanken ablenken.

Es hatte seine Vorzüge, über einen eigenen Salonwagen zu verfügen, dennoch kostete es einiges an Vorbereitungen, die passenden Verbindungen zu finden, wo man bereit war, ihren Waggon anzuhängen. Zum Glück war ihr Reisemarschall Menshausen geschickt in der Planung, sodass sie sich um fast nichts kümmern musste. Neben Menshausen und einigem Personal für die persönlichen Verrichtungen wurden sie natürlich wieder von Fräulein Brandt begleitet, die, seit die Mädchen erwachsen waren, von der Gouvernante zur Gesellschafterin aufgestiegen war. Nach Maria-Annas Tod sehnte Margarethe sich erneut nach jemandem, mit dem sie intime Gedanken teilen konnte, sodass Fräulein Brandt auch für sie selbst immer wichtiger wurde. Manchmal erkannte sie sich selbst in dem Fräulein wieder, so, wie sie als junge Frau gewesen war. Und sie fragte sich, ob ihr Leben wohl ähnlich verlaufen wäre, wenn Fritz sie nicht geheiratet hätte. Fräulein Brandt schien es nicht zu stören, dass sie keine eigene Familie hatte, ganz im Gegenteil: Sie schien die Freiheit, die damit verbunden war, zu genießen.

Auf der Fahrt nach Italien dachte Margrethe immer öfter zurück an ihre Jugend und verglich sich selbst mit der jungen Frau, die sie einst gewesen war. Sie hatte sich immer durchbeißen müssen, hatte in ihrer Mutter damals eher eine Gegnerin gesehen, die sie nicht verstand. Stattdessen hatte sie ihre spätere Schwiegermutter Bertha vergöttert. Erst nach und nach hatte sie begriffen, dass es immer nur eine Frage der Perspektive gewesen war und auch Bertha ihre Schattenseiten hatte.

Während sie sich der italienischen Hauptstadt näherten, betrachtete Margarethe ihre Töchter, die neugierig aus den Fenstern des Zuges schauten, während Fräulein Brandt ein wenig zu dösen schien.

Wenn man jung ist, ist das ganze Leben ein Abenteuer, dachte Margarethe. Aber werden meine Töchter jemals wirklich frei sein? Können sie sich sicher sein, ob ein Mann sie um ihretwillen liebt oder nur wegen des großen Erbes?

Margarethe war aufgefallen, dass Barbara in den Wochen vor ihrer Abreise häufiger den Rechtsreferendar Tilo von Wilmowsky empfangen hatte. Natürlich ganz angemessen im Kreise ihrer Freunde, aber das Leuchten in Barbaras Augen war Margarethes mütterlichem Blick nicht entgangen, und auch nicht, dass Barbara ihm seit ihrer Abfahrt schon mehrere Briefe geschrieben hatte. Sollte ihre Kleine sich ernsthaft für den neun Jahre älteren Freiherrn interessieren, wäre ihr das recht, schließlich machte er einen guten Eindruck und stammte als Sohn des Oberpräsidenten der Provinz Schleswig-Holstein aus guten Verhältnissen. Barbara war zwar ebenfalls eine reiche Erbin, aber nichts im Vergleich zu Bertha, der Firmenerbin. Und genau das machte Margarethe im Hinblick auf ihre Älteste ein wenig Sorgen.

Rom empfing sie mit einem strahlend blauen Himmel. Im *Grand Hotel* standen bereits die Zimmerfluchten für sie bereit, und Reisemarschall Menshausen hatte auch schon eine Liste der Sehenswürdigkeiten vorliegen.

»Das ist ja ein straffer Terminplan«, meinte Margarethe, als sie die Liste betrachtete.

»Soll ich ihn etwas entzerren?«, fragte Menshausen. »Ich dachte, Sie wollten die Zeit gut nutzen und nach den römischen Sehenswürdigkeiten noch weiter ins italienische Umland reisen, und dann vielleicht über Korfu in den Orient.«

»Ja, Sie haben recht, lassen Sie alles so, wie es ist. Wenn es uns tagsüber zu viel wird, können wir immer noch umdisponieren.«

Gleich am ersten Tag besuchten sie das Kolosseum.

»Ich finde es jedes Mal faszinierend, dass diese Steine von Menschen berührt wurden, die schon seit zweitausend Jahren tot sind«, sagte Barbara, während sie im Kolosseum standen.

»Nicht ganz zweitausend Jahre«, korrigierte Menshausen. »Das Kolosseum wurde im ersten Jahrhundert nach Christi unter Kaiser Vespasian errichtet. Davor gab es nur den Circus Maximus.«

»Nun seien Sie doch nicht so kleinlich«, sprang Bertha der Schwester bei. »Sie sprach ja nicht von den Mauern, sondern von den Steinen. Und die sind ja viel älter.«

»Wie könnte ich Ihnen da schon widersprechen, Fräulein Krupp.« Er lächelte gutmütig.

»Und hier hat Kaiser Nero die Christen den Löwen zum Fraß vorgeworfen?«, stellte Barbara mehr fest, als dass sie fragte.

»So wird es berichtet«, erwiderte der Reisemarschall. »Aber manche wurden auch gekreuzigt. Den Apostel Petrus traf dieses Schicksal ebenfalls. Er sagte den Henkersknechten, es sei eine große Ehre zu sterben, wie sein Herr gestorben sei. Daraufhin haben sie ihn, um ihn zu verspotten, mit dem Kopf nach unten gekreuzigt. So entstand das Petruskreuz, das seinen Querbalken unten hat.«

»Werden wir das Grab Petri im Petersdom sehen?«, fragte Bertha.

»Ja, und wenn wir Glück haben, können wir sogar die Vatikanischen Gärten besuchen«, lautete die Antwort. »Allerdings brauchen wir dafür ein wenig Unterstützung der preußischen Gesandtschaft des Heiligen Stuhls, denn die Gärten sind für die Öffentlichkeit tabu, da sie den Seminaristen und Geistlichen vorbehalten sind, um dort Entspannung zu finden. Ich weiß allerdings, dass unsere Gesandtschaft gute Beziehungen zum Vatikan hat, und so wird es sicher möglich sein, für uns eine Ausnahmeregelung zu erwirken.«

»Das wäre wunderbar«, sagte Margarethe. »Wie schnell lässt sich die Angelegenheit regeln?«

»Nun, ein paar Tage Vorlauf brauche ich, aber Sie haben ja ohnehin noch genügend Sehenswürdigkeiten auf der Liste. Bis die abgearbeitet sind, habe ich gewiss die Erlaubnis.«

Die nächsten Tage waren anstrengend, sodass Margarethe am Abend froh war, wenn sie nach ausgedehnten Stadtrundgängen und Museumsbesuchen die Füße in ihrer Hotelsuite hochlegen konnte.

Ich bin wahrlich kein junges Mädchen mehr, dachte sie bei sich. Früher hätte mir das nichts ausgemacht. Aber damals war ich auch noch schlanker. Sie seufzte. Sie hatte wiederholt versucht, Diät zu halten und die überflüssigen Pfunde zu verlieren, aber es war schwer, sich an all diese Vorgaben zu halten, während man sich bei gesellschaftlichen Anlässen den köstlichsten Speisen gegenübersah. Und so hatte sie irgendwann beschlossen, dass sie im Alter von zweiundfünfzig Jahren das Recht hatte, als füllige Matrone zu gelten. Schlankheit war den jungen Mädchen vorbehalten, Frauen im Großmutteralter brauchten etwas zum Zusetzen für schlechte Zeiten. Sie kam da ganz nach ihrer Mutter, die ebenfalls eine Leidenschaft für gutes Essen hegte.

Nach all den Fußmärschen auf der Besichtigungstour durch die Ewige Stadt war Margarethe sehr froh, dass die preußische Gesandtschaft ihnen einen eigenen Wagen vorbeischicken wollte, um sie zum Vatikan zu fahren. Reisemarschall Menshausen begleitete sie diesmal nicht.

»Ich kenne die Vatikanischen Gärten bereits«, erklärte er. »Und ich bin mir sicher, dass der Legationsrat Gustav von Bohlen und Halbach Sie mit seinem Fachwissen ausgezeichnet betreuen wird.«

Margarethe nickte. Kurz darauf erschien der Wagen der Gesandtschaft. Der erwähnte Legationsrat stellte sich formvollendet vor. Er hatte eine wohlklingende Stimme und war noch verhältnismäßig jung. Die meisten Botschaftsmitarbeiter, mit denen Margarethe sonst zu tun gehabt hatte, erinnerten eher an verstaubte Professoren. Sie schätzte von Bohlen und Halbach auf Anfang dreißig.

Er hatte ein angenehmes Gesicht, dunkelblondes Haar und einen Schnurrbart, der an den von Fritz erinnerte. Bei der Begrüßung stellte sie fest, dass er einen halben Kopf kleiner war als Bertha, aber immerhin mit ihr selbst auf Augenhöhe stand.

Herr von Bohlen und Halbach begann bereits auf der Fahrt, etwas über die Vatikanischen Gärten zu erzählen.

»Garten ist eigentlich eine Untertreibung«, sagte er. »Es handelt sich vielmehr um eine riesige Parkanlage, die zwanzig Hektar umfasst und hauptsächlich den Vatikanischen Hügel bedeckt. Ursprünglich wurden sie im Mittelalter als Klostergärten angelegt, aber in der Renaissance von Papst Pius dem Vierten völlig neu gestaltet. Als ich das erste Mal in den Gärten war, dachte ich bei mir, so ähnlich müssen die Gärten des alten Rom ausgesehen haben, in denen schon die römischen Kaiser lustwandelten. Vor allem die Casina von Pius dem Vierten ist beeindruckend.«

Noch während der Legationsrat sprach, erreichte das Auto sein Ziel. Margarethe war entzückt von den herrlich angelegten Wegen und Pflanzen, auch wenn die meisten in der ersten Märzhälfte noch nicht aus dem Winterschlaf erwacht waren. Wie schön musste es erst sein, diesen Park im Mai zu besuchen.

Gustav von Bohlen und Halbach erwies sich als charmanter Führer, der es sichtlich genoss, der Hahn im Korb zu sein. Während Barbara munter drauflosfragte, bemerkte Margarethe, dass Bertha deutlich schüchterner war. Zwar war sie immer die Zurückhaltende der beiden Schwestern, aber normalerweise mehr auf eine damenhafte Weise. Hier jedoch erschien sie Margarethe zum ersten Mal wie der Backfisch, der sie wirklich noch war. Dieser Mann faszinierte Bertha mehr, als es seiner Erzählkunst angemessen gewesen wäre. War sie wirklich empfänglich für seine Reize? Gewiss, er sah gut aus, aber er reichte ihr nur bis zur Nasenspitze, und das wurde allgemeinhin als Manko angesehen.

Hätte es mich gestört, wenn Fritz kleiner gewesen wäre als ich?

Unwillkürlich musste Margarethe daran zurückdenken, wie sie Fritz das erste Mal begegnet war, damals, als sie beide noch unbedarfte Achtzehnjährige gewesen waren und niemand je damit gerechnet hätte, dass sie einst heiraten würden. Nein, beschied sie, es hätte mich nicht gestört, ebenso wenig, wie es ihn störte, dass ich in seinem Alter war. Wenn man die Schönheit einer Seele sieht, ist alles andere nebensächlich. Die Schönheit einer Seele … da waren sie wieder, die alten Erinnerungen. Margarethe verlangsamte ihren Schritt etwas und ließ die jungen Leute munter vorausgehen, während sie selbst den Duft des eben erwachenden Gartens in sich aufnahm. Er war mein Seelenverwandter, und unsere Ehe war glücklich, solange er mich an seinen Gedanken teilhaben ließ. So lange, bis er mich durch seine Freunde auf Capri ersetzte.

Auf einmal sehnte sie sich nach Maria-Anna, doch die Freundin war für immer fort. Fritz mochte sie niemals körperlich betrogen haben, davon war sie fest überzeugt, aber er hatte ihr andere Männer als Seelengefährten vorgezogen. Das wurde ihr heute deutlicher denn je bewusst. Er hatte sie innerlich verlassen, auch wenn äußerlich alles unverändert geblieben war. Vermutlich hatte sie einfach zu hohe Ansprüche an ihre Ehe gehabt. Zu hohe Ansprüche an Fritz. Sie hatte seine Defizite stets gekannt, aber seine Stärke, die unverbrüchliche Treue zu ihr, die hatte alles aufgewogen. So lange, bis er neue Seelenfreunde gefunden hatte. Und das war letztlich sein Tod gewesen.

»Mama, kommst du?« Barbara hatte bemerkt, dass sie zurückgeblieben war.

»Ja, geht ruhig schon vor, ich hole euch nachher noch ein. Ich möchte in Ruhe die Natur auf mich wirken lassen.«

»Wir folgen dem Weg und erwarten Sie dann an der Casina von Papst Pius dem Vierten«, sagte Gustav von Bohlen und Halbach. Margarethe nickte. Ihr fiel auf, dass Bertha den jungen Mann weiterhin mit diesem seltsamen Blick bedachte.

War das bei mir und Fritz genauso? Was ist es, das Menschen, die einander nie zuvor gesehen haben, zueinander hinzieht? Oder ist es nur Bertha? Ihm habe ich bislang noch nichts angesehen. Oder ist er nur zurückhaltend, weil er mich als Mutter im Rücken weiß?

Die Casina war ein wirklich außergewöhnliches Gebäude. Herr von Bohlen und Halbach hatte mit seinen Erklärungen gewartet, bis Margarethe sie eingeholt hatte.

»Hier denke ich stets an die Lustgärten Roms«, sagte er, als sie den Innenhof betraten. Hinter einer weißen Loggia, die an einen römischen Tempel erinnerte, befand sich ein Springbrunnen. Margarethe betrachtete fasziniert die römischen Reliefs. Ihr fachkundiger Führer erzählte, dass zum Teil echte antike Statuen verwendet wurden, aber der größte Teil in der Renaissance neu erbaut wurde.

»Ich kann verstehen, warum die Seminaristen hier gern ihren Studien nachgehen«, sagte Bertha. »Umso mehr wundert es mich, dass wir hier die Einzigen sind.«

»Das ist der frühen Stunde geschuldet. Die Männer sind noch mit ihrem Unterricht befasst, diese Gärten werden erst am Nachmittag voll. Das ist auch der Grund, warum wir diese Führung am Vormittag machen. Da stören wir niemanden.«

Von der Casina aus ging es zu den zahlreichen Wasserspielen, für die die Gärten bekannt waren. Vor allem der Adlerbrunnen faszinierte die Besucherinnen, denn er erinnerte an eine Grotte mit See, über der ein großer Adler wachte.

»Das hätte Papa gewiss gut gefallen«, sagte Bertha. »Er hatte eine Schwäche für solche Nachbauten der Natur. Und seinen Grabstein schmückt ebenfalls ein Adler, der ihn mit seinen Schwingen schützt.«

»Es tut mir sehr leid, dass Sie Ihren Vater so früh verloren haben«, sagte von Bohlen und Halbach. »Es war weithin bekannt, wie sehr er seine Töchter geliebt hat.«

»Ja, das hat er, ebenso wie wir ihn«, bestätigte Bertha.

Margarethe hatte auf einmal das Gefühl, eine ungebetene Zuhörerin zu sein. Sie warf Barbara einen Blick zu, der es ebenso zu gehen schien.

»Wollen wir uns die Statuen dort hinten gemeinsam ansehen, Barb?«, fragte sie ihre Tochter. Barbara nickte, erleichtert, dass sie einen eleganten Vorwand hatten, dem Gespräch, das auf einmal sehr intim zu werden schien, nicht länger als Zeuginnen lauschen zu müssen.

»Er gefällt ihr«, sagte Barbara, als sie außer Hörweite waren. »Auch wenn er ein bisschen klein ist.«

»Barb, darauf sollte man nichts geben. Bertha ist einfach höflich.«

»Das ist doch mehr als höflich.«

»So wie bei dir und Tilo von Wilmowsky?«, fragte Margarethe mit einem Augenzwinkern nach. Barbara errötete.

»Und wenn es so wäre?«, fragte sie vorsichtig zurück.

»Hat er dir gegenüber denn schon ernste Absichten bekundet?«

Barbara räusperte sich. »Dafür ist es noch etwas zu früh. Aber wenn es so wäre, wäre es dann in deinem Sinne, Mama?«

»Er wäre eine standesgemäße Partie, er passt vom Alter her zu dir, und wenn ich deine Bemerkung eben richtig verstanden habe, auch von der Größe her.«

Barbara kicherte. »Ja, das auf jeden Fall. Und er kann gut tanzen.«

»Na dann … Sollte er ernste Absichten bekunden, habt ihr meinen Segen.«

Als die Mittagsstunde heraufzog, hatten sie einen Großteil der Sehenswürdigkeiten bereits gesehen. Der Legationsrat hatte sogar noch eine besondere Überraschung vorbereiten lassen und ein Picknick unter einem uralten Baum mit Blick vom Vatikanischen Hügel über die Stadt von der Gesandtschaft organisieren lassen.

Margarethe war über so viel Umsicht entzückt. Und sie sah,

dass sich ihr Verdacht, was Bertha anging, bestätigte. Dieser kleine Mann hatte ihr tatsächlich ein wenig den Kopf verdreht. Höchste Zeit also, ihm selbst etwas auf den Zahn zu fühlen. Jetzt, da sie alle beisammensaßen, hielt Margarethe es für angemessen, ihn ein wenig nach seiner eigenen Herkunft zu befragen.

»Ich wurde am 7. August 1870 in Den Haag geboren«, sagte er. »Mein Vater war dort im diplomatischen Dienst, und so habe ich bereits früh Diplomatenluft geschnuppert und einiges von der Welt gesehen. Aufgewachsen bin ich Baden. Ich habe in Heidelberg Jura studiert und promoviert und bin dann selbst in den diplomatischen Dienst gegangen. Zunächst war ich in Baden im Staatsdienst, dann wurde ich Assessor im Auswärtigen Amt in Berlin und ging 1899 für zwei Jahre in die Vereinigten Staaten nach Washington. Ein Jahr später bekam ich die Gelegenheit, Legationssekretär in Peking zu werden. Und seit 1904 bin ich nun Legationsrat an der preußischen Gesandtschaft des Heiligen Stuhls.«

»Sie waren sogar in China?«, fragte Barbara. »Sprechen Sie denn auch Chinesisch?«

»Nur wenig, denn um es vollständig zu beherrschen, braucht man Jahre.«

Und so verging der Nachmittag mit angenehmer Plauderei, und Margarethe begriff, was Bertha so sehr an dem fünfzehn Jahre älteren Mann faszinierte. Er war charmant, gebildet und welterfahren. Er sprach mehrere Sprachen und strahlte ein Selbstbewusstsein aus, mit dem er ein junges Mädchen, das kurz vor seinem zwanzigsten Geburtstag stand, natürlich beeindruckte.

Margarethe achtete sehr auf die kleinen Zeichen, die von ihm ausgingen. Wirkte Bertha auf ihn ähnlich wie er auf sie? Und falls ja, hatte er das junge Mädchen längst durchschaut? Wie würde er weiter vorgehen? Schließlich wusste er, dass er es mit der reichsten Erbin des Landes zu tun hatte.

Auch wenn noch gar nichts weiter geschehen war, merkte Margarethe doch, wie ein kleines Alarmglöckchen in ihrem Hinterkopf klingelte. Nach außen hin mochte dieser Mann wie eine vortreffliche Partie wirken, aber es war wichtig, weitere Erkundigungen anzustellen, bevor er Bertha völlig den Kopf verdrehte. Sie würde das Direktorium bitten, Informationen über die Familie einzuziehen, und außerdem ihre Kontakte zu Großherzogin Louise von Baden bemühen, um dort Weiteres über ihn in Erfahrung zu bringen. Immerhin stammte die Familie aus Baden, und er war dort selbst eine Zeit lang im Staatsdienst gewesen.

Ob sie sich auch an die Kaiserin wenden sollte? Nein, dazu war es noch zu früh. Aber sollte er Bertha Avancen machen, würde sie selbstverständlich auch nach seiner Berliner Vergangenheit fragen.

Bertha ahnte nichts von den schwerwiegenden Gedanken ihrer Mutter und beendete den Besuch damit, dass sie Herrn von Bohlen und Halbach zu ihrem zwanzigsten Geburtstag, der am 29. März gefeiert werden sollte, einlud. Ihr war deutlich anzusehen, wie glücklich sie war, einen solch unverfänglichen Vorwand gefunden zu haben, um ein zweites Treffen zu ermöglichen. Das Alarmglöckchen in Margarethes Hinterkopf wurde lauter …

Berthas Geburtstag fiel auf einen Donnerstag, und so gab es keinen großen Empfang, sondern ein gemeinsames Abendessen mit der Familie und ausgewählten Gästen der römischen Prominenz im *Grand Hotel*. Wie selbstverständlich hatte Bertha Herrn von Bohlen und Halbach zu ihrem Tischherrn erkoren. Während Margarethe die beiden so betrachtete und sich insgeheim eingestehen musste, dass sie tatsächlich ein hübsches Paar abgaben, glaubte sie, eine leichte Ähnlichkeit zu Fritz in Gustavs Zügen zu erkennen. Oder war es nur der ähnliche Schnurrbart? Mit Sicherheit hatte Bertha diese Ähnlichkeit ebenfalls entdeckt, sei es bewusst oder unbewusst. Das würde erklären, warum sie sich von Anfang an zu dem jungen Mann hingezogen gefühlt hatte, denn sie hatte ihren Vater vergöttert und litt noch immer unter seinem Tod. Doch waren solche Gefühle ein gutes Fundament für eine Frau von Berthas Rang? Margarethe seufzte innerlich. Bei Barbara machte sie sich keinerlei Gedanken, falls sie wirklich Tilo von Wilmowsky auserkoren hatte. Ein Erbschleicher hätte sich niemals mit der jüngeren Tochter begnügt.

Immerhin hatte sie bereits einige Antworten auf ihre Erkundigungen bekommen. Ganz gleich, wen sie angeschrieben hatte, alle hatten ausnahmslos bestätigt, dass Doktor Gustav von Bohlen und Halbach ein ehrenwerter, fleißiger Mann von untadeligem Leumund war. Und so, wie er Bertha ansah, schien er ihre Gefühle zu erwidern. Nein, das war nicht der berechnende Blick eines Erbschleichers, sondern der eines jungen Mannes, der von einer hübschen jungen Frau bezaubert ist.

Die Gespräche an der für Krupp'sche Verhältnisse kleinen Tafel wurden bald lockerer. Gustav erzählte nicht nur voller Wertschätzung von seiner Mutter, sondern verriet ihnen sogar seinen Spitznamen, Taffy.

»Woher kommt dieser Name?«, fragte Bertha. »Vom englischen Wort *tough*, weil Sie so tüchtig sind?«

Gustav lachte. »Ich weiß nicht, ob das schon der Fall war, als ich noch ein Kind war. Ich befürchte eher, es ist eine Verballhornung von tapsig.«

»Dann sollten wir schleunigst die Geschichte ändern und allen meine Version erzählen«, beschied Bertha mit gespielter Strenge.

»Wie Sie wünschen, Fräulein Krupp. Ich bin Ihr ergebener Diener.« Er lächelte sie so versonnen an, dass sogar Margarethe das Herz aufging. Von diesem Augenblick an konnte sie an ihn nur noch als Taffy denken, auch wenn sie ihn selbstverständlich weiterhin mit Herrn von Bohlen und Halbach ansprach.

Am Tag nach der Geburtstagsfeier bat Taffy noch einmal um ein Gespräch mit Margarethe. Sie war neugierig, warum er wohl mit ihr und nicht mit Bertha unter vier Augen sprechen wollte.

Als sie ihn im Salon des Hotels empfing, hatte er einen Strauß Blumen dabei.

»Meine hochverehrte Frau Krupp«, sagte er deutlich schüchterner als gestern bei der Feier. »Ich wollte Sie in aller Form bitten, ob Sie mir gestatten würden, Ihrer Tochter Bertha den Hof zu machen. Ich weiß, es klingt vermessen, da wir uns kaum kennen und Bertha … nun ja, sie ist die reichste Erbin im Lande. Aber ich würde das Gleiche für sie empfinden, wenn sie lediglich eine Angestellte in Ihrem Haushalt wäre. Ich habe noch nie eine so gebildete und zugleich entzückende junge Frau getroffen, die meine Gedanken teilt und von der ich mich in jeder Hinsicht verstanden fühle.«

»Wollen Sie mir jetzt gar erzählen, Sie hätten ein Gefühl der Seelenverwandtschaft?« Margarethe lächelte. Taffy wirkte verunsichert. Vermutlich konnte er nicht unterscheiden, ob ihre Frage mütterlich oder spöttisch war.

»Das ist ein großes Wort«, sagte er und senkte den Blick. »Als ich in Peking war, habe ich dort einen buddhistischen Mönch kennengelernt. Er erzählte mir von seiner Religion, von der Seelenwanderung und dem Karma. Ich erklärte ihm natürlich, dass ich als Christ nicht daran glaube, aber er sagte mir, dass sich die Lehren nicht widersprechen. Alle guten und schlechten Taten fallen auf uns selbst zurück, das ist das Karma. Und manchmal begegnen wir unserem Karma in der Form von Menschen, die wir in früheren Leben gekannt haben. Ich fand es interessant, aber natürlich glaube ich nicht an so etwas. Doch wäre ich Buddhist, dann … dann hätte ich zumindest eine Erklärung, warum Fräulein Bertha mir so vertraut erscheint. Es fühlt sich an, als wäre ich erst in ihrer Nähe ein ganzer Mensch.«

Falls das eine auswendig gelernte Rede gewesen war, wäre Taffy damit ein großes Risiko eingegangen, schließlich galt Margarethe inzwischen als strenge Patriarchin der Familie, die man mit der Argumentation fernöstlicher Überzeugungen eher zum Stirnrunzeln brachte. Allerdings berührten diese Worte das junge Mädchen, das sie einst gewesen war. Die weltoffene junge Frau, die sich noch nicht hinter einer strengen Maske verstecken musste. Aber das konnte Gustav von Bohlen und Halbach nicht wissen. Das wussten nicht einmal ihre Töchter.

»Sie beweisen Mut, Herr von Bohlen und Halbach«, erwiderte sie. »Und ich gestehe, mir sind die Blicke nicht entgangen, die meine Tochter Ihnen schenkt und die Sie erwidern. Deshalb habe ich bereits einige Informationen über Sie einziehen lassen.«

Taffys Miene wurde ernst. »Ich hoffe, Sie sind mit den Referenzen zufrieden?«

»Zweifeln Sie daran? Gibt es dunkle Abgründe in Ihrem Leben?«

Nun lächelte Taffy. »Nein, ich bin ein typischer preußischer Beamter mit allen Tugenden, die dazugehören, und einigen seiner Schwächen. Doch gegen diese Schwächen versuche ich zu kämpfen.«

»Indem Sie fernöstliche Weisheiten zitieren?«

»Habe ich Sie damit verschreckt?«

»Nein, im Gegenteil. Sie haben bewiesen, dass Sie in der Lage sind, Ihren Blickwinkel überall auf der Welt zu erweitern. Genau diese Weitsicht braucht die Firma Krupp. Sie sprechen mehrere Sprachen, sind diplomatisch, intelligent und gefallen Bertha. Ihr Hintergrund verrät zudem, dass Sie vermutlich nicht nur auf ihr Erbe aus sind.«

»Diese Sorge könnten Sie auch vertraglich absichern«, sagte er.

»Ganz der Jurist.« Nun lächelte Margarethe wirklich mütterlich. »Also schön, Sie haben meine Erlaubnis, meiner Tochter offiziell den Hof zu machen. Ich fürchte nur, vor diesem Hintergrund sind unsere Reisepläne nach Korfu und in den Orient hinfällig geworden, denn Bertha wird mit Sicherheit etwas länger in Rom verweilen wollen, um Sie besser kennenzulernen.«

39

In diesem römischen Frühling erblühten nicht nur die Pflanzen, sondern auch Berthas Liebe zu Gustav von Bohlen und Halbach.

Margarethe gönnte ihrer Ältesten dieses Glück, ließ aber zugleich auch beim Kaiser anfragen, ob er diese Hochzeit billigen würde. Es war eine notwendige Formalität, schließlich hatte sich der Kaiser stets schützend vor die Familie gestellt, sodass es der Respekt gebot, ihn vorab zu fragen.

Kaiser Wilhelm antwortete wie erwartet, dass er mit dieser Verbindung einverstanden sei, und so verlobten sich Bertha und Gustav im Mai. Die Hochzeit selbst wurde für den 15. Oktober terminiert. Das Auswärtige Amt stellte Gustav nach der Verlobung von seiner Tätigkeit als Legationsrat frei, damit er die Zeit nutzen konnte, sich mit der Firma Krupp vertraut zu machen. Sobald er Berthas Ehemann wäre, würde er einen Posten in der Geschäftsführung übernehmen. Damit wäre Margarethe ihre Last los.

Auch Barbara und Tilo schmiedeten Zukunftspläne, allerdings sollte ihre Hochzeit erst im kommenden Mai stattfinden, wenn Tilo eine neue Tätigkeit in Bonn antreten würde, sodass er in der Lage wäre, für eine Familie zu sorgen.

Zu Margarethes großer Freude verstanden sich die künftigen Schwäger gut, und so unternahmen die beiden Paare im Sommer auf dem Hügel und in der Umgebung viele gemeinsame Ausflüge. In schwierigen Zeiten war es wichtig, starke Familienbande zu pflegen, und so förderte Margarethe diese Gemeinsamkeiten nach

Kräften. Sie wollte, dass ihre Töchter die Brautzeit unbeschwert genießen konnten, denn die Bitternis des Lebens würden sie über kurz oder lang auch noch kosten müssen. Da war es ihr wichtig, dass die Kinder jetzt so viele schöne Eindrücke wie nur irgend möglich sammelten, von denen sie ein Leben lang zehren konnten. In diesem Sommer war Margarethe einfach nur glücklich, denn sie freute sich, dass ihre beiden Mädchen gemeinsam verliebt waren und diese Lieben auch offen zeigen und genießen durften.

Wie anders war es doch bei ihr und Fritz gewesen! Das lange Zaudern, das Warten. Schon seltsam, dachte Margarethe, wie sehr man sein eigenes Leben reflektiert, wenn die Kinder in das gleiche Alter kommen. Ich war schon eine alte Jungfer, weil Fritz nicht den Mut fand, sich seinem Vater gegenüber durchzusetzen. Wie wäre unser Leben wohl verlaufen, wenn er in diesem Punkt mutiger gewesen wäre? Hätte Alfred ihn enterbt? Hätte ich noch mehr Kinder bekommen? Vielleicht sogar einen Sohn, der den Familiennamen fortgeführt hätte?

Die Hochzeit der Erbin brachte nicht nur viele Herausforderungen wegen der geplanten Festlichkeit mit sich, sondern auch die große Frage nach dem Firmennamen, wenn die Inhaberin diesen nicht mehr trug.

Margarethe nahm deshalb Kontakt mit der Kaiserin auf und erinnerte sie in einem freundlichen Brief an ihr Gespräch drei Jahre zuvor auf der Kieler Woche. Da Gustav von Adel war, wäre es durchaus möglich, ihm den Namenszusatz Krupp zu verleihen. Leider ließ der Kaiser mit einer Entscheidung auf sich warten.

Margarethe war sich nicht sicher, ob es daran lag, dass die Hochzeit noch einige Monate in der Zukunft lag, oder ob diese Verzögerung das Missfallen des Kaisers ausdrücken sollte, da er sich womöglich unter Zugzwang sah. Sie besprach die Angelegenheit mit Direktor Haux, der meinte, das Direktorium würde sich mit der gleichen Fragestellung einige Wochen vor der Hochzeit nochmals an Seine Majestät wenden. Sie selbst solle jetzt erst einmal abwarten, da zu scharfes Nachfragen eher den Unmut Seiner Majestät erregen könnte.

Margarethe war dankbar, dass der Direktor sich der Sache annehmen wollte, denn sie hatte sich um weitere Angelegenheiten zu kümmern, die ihr eigenes künftiges Leben betrafen. Mit der Eheschließung würde ihre Vormundschaft als Mutter enden und Bertha zur neuen Herrin auf dem Hügel werden. Margarethe wollte deshalb ins Logierhaus umziehen und dort künftig ihren Wohnsitz haben. Auch Barbara würde bis zu ihrer eigenen Hochzeit dort wohnen, damit Bertha die Villa Hügel vollständig nach ihrem eigenen Geschmack einrichten konnte. Nach der Hochzeit sollte Bertha die alleinige Herrin auf dem Hügel sein und nicht ständig im Schatten der Mutter stehen. Diese Trennung war Margarethe ausgesprochen wichtig. Auf keinen Fall wollte sie ihren Töchtern jemals als Last oder erdrückende Glucke erscheinen. Eine kluge Mutter wusste, wann sie sich zurückzuziehen hatte. Außerdem entwarf sie einen Vertrag, in dem genau geregelt wurde, welche Miete sie Bertha für ihren Verbleib im Logierhaus zahlte und auf welche Dienstleistungen sie Anspruch hatte.

Als Bertha davon hörte, war sie erschüttert. »Mama, das ist doch gar nicht nötig. Es ist doch selbstverständlich, dass du alles bekommst.«

»Für dich und mich, mein Kind. Aber ich habe als junge Ehefrau die Erfahrung gemacht, dass es das Dienstpersonal verwirrt, wenn bestimmte Dinge nicht geregelt sind. Nur was schriftlich festgelegt ist, gibt Sicherheit und baut jedem Ärger vor. Wir wissen nicht, was die Zukunft bringt, und ein derartiger Vertrag ist ein Schutz für uns beide und eine Erleichterung für das Personal.«

Bertha nickte, aber Margarethe konnte ihr ansehen, dass sie dennoch verwirrt war. Glaubte sie, ihre Mutter misstraue ihr?

»Bertha, ich vertraue dir und deinem Wort voll und ganz«, sagte sie deshalb noch einmal. »Und auch Taffy. Aber es ist auch für die Außendarstellung besser, wenn alles vertraglich geregelt ist und ich dir eine Miete zahle. Somit kann man alles offenlegen, und es gibt kein bösartiges Gerede, das uns allen irgendwann die Seele vergiften könnte. Verträge sind wichtig, damit wir ruhig schlafen können, denn die Neider und alle, die uns mit Missgunst entgegentreten, sind überall.«

Bertha nickte erneut, sah diesmal aber etwas beruhigter aus.

Als Margarethe an diesem Abend noch einmal das Vertragswerk in ihrem Arbeitszimmer durchlas, fiel ihr Blick auf jene Unterlagen, die sie schon seit drei Jahren zusammentrug. Damals, als der Gedanke in ihr gekeimt war, sich der Wohnungsfürsorge zu widmen. So vieles war ihr an Aufgaben in den letzten Jahren dazwischengekommen, aber entscheidend war etwas anderes. Sie hatte immer gewusst, dass eine große neue Stiftung eines großen Anlasses bedurfte.

Was, wenn nicht Berthas Hochzeit, wäre die beste Gelegenheit, eine neue Stiftung der glücklichen Brautmutter ins Leben zu rufen? Nach der Hochzeit ihrer Tochter war sie frei. Zum ersten Mal in ihrem Leben hätte sie dann keine andere Verantwortung, als sich um die Dinge zu kümmern, die ihr am Herzen lagen. Sie würde nie mehr repräsentieren müssen, außer es war ihr persönlicher Wunsch.

Und so beschloss sie, am folgenden Morgen eine Ausfahrt nach Rüttenscheid zu unternehmen, um dort das Gelände in Augenschein zu nehmen, das Direktor Haux für sie erworben hatte. Er hatte in den letzten Jahren immer mehr Grund und Boden auf ihren Wunsch hinzugekauft, sodass ihr fast der ganze unbebaute Stadtteil gehörte. Neben dem Waldgebiet lag bereits erschlossenes Bauland, aber noch gab es keine Pläne. Es war höchste Zeit, dass sie sich selbst ein Bild von der Umgebung machte, um sich dann mit den besten Architekten in Verbindung zu setzen, damit ihr Traum

Wirklichkeit werden würde. Ein Ort für jene, die zu arm waren, um sich ein eigenes Haus zu leisten, der aber nicht aussah wie ein Armenviertel, sondern ein lebenswerter Stadtteil, in dem man gern seine Kinder aufzog.

Wird das mein zweites Leben sein?, fragte sie sich, als sie am Morgen mit dem alten Kutscher Wilhelm, der schon über siebzig war, in der offenen Droschke nach Rüttenscheid fuhr. Schon seltsam, Wilhelm hat mich schon vom Bahnhof abgeholt, als ich ein junges Mädchen war, um Bertha zu besuchen. Manche Dinge bleiben immer gleich, während sich die Welt um mich herum so sehr verändert. Wird mein künftiges Leben das einer Mäzenin der armen Leute sein? Förderin derer, deren Arbeitskraft unabdingbar für das Vermögen meiner Familie ist? Die Sozialisten glauben, mit Enteignung der Reichen kämen sie weiter, aber in Wirklichkeit kann eine Gesellschaft doch nur funktionieren, wenn jeder das dazu beiträgt, was er kann. Wie soll denn der arme Arbeiter den Überblick behalten, wo er doch nie etwas von dem großen Ganzen gelernt hat? Es ist die Pflicht des Firmenchefs, für das Wohl seiner Arbeiter zu sorgen, so wie der Kaiser für seine Untertanen zu sorgen hat, damit alle zufrieden sind.

Es war ein wunderbarer Sommertag, und Margarethe genoss es, sich die frische Luft um die Nase wehen zu lassen. Als sie Rüttenscheid erreichten, hatte sie das Gefühl, mitten in der freien Natur zu sein, so viel unbebautes Land gab es. Der Wald tat sein Übriges. Dabei waren sie gar nicht weit vom Herzen der Stadt entfernt. Genau so hatte sie es sich immer vorgestellt. Wie schade, dass sie ihren Skizzenblock nicht dabeihatte. Jetzt hätte sie die Landschaft gern festgehalten und dann selbst kleine Häuschen in das Bild gezaubert. Ihre Erinnerungen reisten zurück zu ihrer Zeit in England. Würden sich hier nicht kleine Cottages perfekt machen, so wie man sie von der Britischen Insel kannte? Oder doch lieber kleine Häuschen, die an Villen erinnerten? Es war wundervoll, die Freiheit zu haben, alles verwirklichen zu können, was sie sich vorstellte. Hier konnte sie gestalten und wie ein Kind mit einem Baukasten spielen.

Ihre Gedanken schweiften erneut ab, zurück zu dem Tag der Grundsteinlegung des Spatzenhauses. Die Mädchen hatten eine glückliche Kindheit und jetzt gemeinsam eine glückliche Brautzeit. Der einzige Wermutstropfen lag darin, dass Fritz seine Töchter nicht zum Altar führen konnte. Aber Margarethe war sich sicher, dass er im Geiste bei ihnen war. Sie hatte ihm längst vergeben und konnte nun mit Wärme und Liebe an ihn zurückdenken. Das Gefühl der Düsternis und Schwere war verschwunden. Er mochte nicht mehr bei ihnen sein, aber ein Teil seiner Liebe war geblieben, da war Margarethe sich ganz sicher. Sie war eifersüchtig auf Capri gewesen, auf das Glück, das er dort ohne sie gefunden hatte. So wie sie manchmal auch auf ihre eigene Mutter zornig gewesen war, die sich mit Mitte vierzig einfach von allen Verpflichtungen losgesagt hatte.

Nun war es an ihr selbst, ihr Leben frei von jeder Verantwortung zu gestalten. Doch der Unterschied bestand darin, dass sie niemandem etwas wegnahm. Sie durfte frei sein, denn sie hatte alle ihre Pflichten erfüllt. Großherzogin Louise hatte sie gefragt, ob es ihr nicht schwerfallen würde, von nun an im Hintergrund zu stehen. Diese Frage hatte Margarethe aufrichtig überrascht. Gewiss, es hatte wunderbare Tage auf dem Hügel gegeben, schöne Feste, die sie genossen hatte. Aber die Verantwortung hatte stets schwer gewogen. Wie oft hatte sie all jene beneidet, die einfach nur als unbeschwerte Gäste anwesend waren? Als Gast wäre sie als Mutter der Hausherrin nach wie vor bei jedem Fest willkommen. Nun endlich konnte sie die Freiheit genießen. Aber eine Freiheit ohne Aufgabe konnte ebenfalls zu einem Gefängnis aus Langeweile werden. Umso dankbarer war sie, dass sie ein neues Ziel hatte.

Als sie am frühen Nachmittag nach Hause kam, war sie so beschwingt, dass sie die Portfolios von geeigneten Architekten anfordern ließ. Natürlich würde es etwas dauern, aber sie hatte ja auch noch genügend anderes zu tun. Es gab noch einiges für die Aussteuer und Hochzeitsfeierlichkeiten der Bräute zu kaufen. Ganz zu schweigen von den Empfängen, die sie selbst als Treuhänderin der Firma zu geben hatte. Noch war das Joch nicht endgültig von ihren Schultern genommen.

Und natürlich landeten anlässlich der bevorstehenden Hochzeit unzählige Spendengesuche auf ihrem Schreibtisch. Die dreistesten hatte ihr Privatsekretär bereits entfernt, aber es blieben doch noch unzählige Schreiben übrig, die alle genau studiert werden wollten.

Als junge Frau war es ihr niemals leichtgefallen, eine Bitte abzuschlagen, aber die Jahre hatten sie härter gemacht, ebenso wie die Erfahrungen, dass es genügend Menschen gab, die Geschenke weniger wertschätzten als Dinge, die sie durch harte Arbeit selbst erlangt hatten. Was nichts kostet, ist nichts wert, schien die Devise der Schnorrer zu sein, die nicht begreifen wollten, dass auch etwas Geschenktes nun ihr Eigentum war, und wenn sie es nicht pfleglich behandelten, wäre es ebenfalls auf immer verloren.

Deshalb hatte sie sich angewöhnt, nur noch für Angelegenheiten zu spenden, die sie selbst bewegten. Wenn ihr Herz für eine Sache schlug, gab sie gern und freimütig. Dann konnte sie es auch verkraften, wenn sie enttäuscht wurde. Wer etwas von mir will, der soll mich überzeugen und begeistern oder aber im Innersten berühren, dachte sie bei sich. Wenn ihm das nicht gelingt, dann hat es auch keinen Sinn. Wenn etwas zu fern liegt, um mein Interesse zu erregen, bin ich dafür nicht verantwortlich.

Als Berthas Hochzeit immer näher rückte, hatte sie noch immer keinen Architekten gefunden, der sie mit seinen Arbeiten wirklich überzeugt hätte. Dabei hätte sie doch so gern am Hochzeitstag den Grundstein für ihr neues Herzensprojekt gelegt.

Direktor Haux schlug vor, stattdessen zunächst einmal die Stiftung offiziell ins Leben zu rufen.

»Jeder weiß, dass die Umsetzung noch Jahre dauern wird, aber die Stiftung können wir anlässlich der Hochzeit von Fräulein Krupp und Doktor von Bohlen und Halbach sofort verkünden«, sagte er.

»Das ist ein guter Gedanke«, bestätigte Margarethe.

»Ich schlage vor, dass wir sie *Margarethe Krupp-Stiftung für Wohnungsfürsorge* nennen«, fuhr der Direktor fort. »Sind Sie damit einverstanden?«

»Ja, das klingt angemessen.« Sie holte tief Luft. »Haben wir schon Nachricht wegen der anderen Angelegenheit? Dem Namenszusatz?«

»Nein, leider noch nicht«, gab Direktor Haux mit einem hilflosen Blick zu. »Ich würde vorschlagen, dass wir noch einmal einen ehrerbietigen Brief an den Kaiser schreiben, um die Dringlichkeit der Sache deutlich zu machen, ohne ihn direkt unter Druck zu setzen.«

»Machen Sie es ganz nach Ihrem Gusto, ich werde ihn dann gegenzeichnen«, erwiderte Margarethe. »Sozusagen noch einmal als Bitte des Direktoriums für den Verbleib der Firma Krupp als inhabergeführte Institution.«

»Selbstverständlich, Frau Krupp.«

Die folgenden Tage vergingen voller Anspannung. Überall auf dem Hügel wurde die große Hochzeitsfeier vorbereitet, der herbstliche Garten dekoriert, eine kleine Halle im Terrassengarten errichtet, in der ein eigener Altar aufgestellt wurde. Auch wenn es nur verhältnismäßig kleine Bauarbeiten waren, fühlte Margarethe sich abermals zurückversetzt in ihre eigene Jugend. Sie erinnerte sich an den ersten Besuch bei den Krupps, als die Villa Hügel selbst noch eine Baustelle war und sie den Baulärm im kleinen Haus am Klosterbusch hörten, wo die Familie damals wohnte. Damals war sie jünger als ihre beiden Töchter jetzt. Und niemals hätte sie gedacht, dass sie eines Tages selbst die Herrin auf dem Hügel sein würde. Auf einmal wurde ihr bewusst, dass sie erst jetzt, im Alter, ihre wahre

Heimat finden würde. In der Villa Hügel hatte sie residiert, aber es war immer nur ein geliehenes Zuhause gewesen, so wie die einstigen Schlossherrinnen im Mittelalter als Witwen auf ein Witwengut zogen, wenn die Kinder als Erwachsene das Zepter übernahmen.

Wie gut, dass sie vor allem die Freiheit sah, die es mit sich brachte. Wie schwer mochte das allerdings für Frauen sein, die es liebten, stets im Rampenlicht zu stehen? Die ihr Selbstbewusstsein nur aus dem erheirateten Familiennamen und ihrer Rolle als Ehefrau bezogen. Vermutlich war es ganz gut, dass sie selbst eine Weile als Treuhänderin der Firma tätig gewesen war. So kannte sie neben dem Glanz auch die Last. Und vermutlich war es auch gut, dass sie in ihrer Jugend so selbstständig gewesen war. Sie hätte ein Leben führen können wie Fräulein Brandt. Der einstigen Gouvernante hatte sie angeboten, mit ihr gemeinsam ins Logierhaus zu ziehen und dort weiterhin ihre Gesellschafterin zu sein. Somit hätte auch Fräulein Brandt ein sicheres Zuhause und sie selbst eine Gefährtin, mit der sie ihre Gedanken austauschen konnte.

Einige Tage vor der Hochzeit sagte sich der Kaiser höchstselbst an. Er würde in kleinem Gefolge erscheinen, um an der Vermählung teilzunehmen, und als Hochzeitsgeschenk den gewünschten Namenszusatz für den Freiherrn Gustav von Bohlen und Halbach im Gepäck haben. Margarethe war überglücklich. Früher hatte sie den Besuch des Kaisers immer als sehr anstrengend empfunden, aber dieses Mal freute sie sich darauf. Die Hochzeitsfeierlichkeiten wären ohnehin anstrengend, da kam es auf einen hohen Gast mehr oder weniger nicht an. Und wenn er dann auch noch so ein wichtiges Geschenk dabeihatte, gab es niemanden, den sie an diesem Tag lieber auf dem Hügel empfangen hätte.

Kurz bevor der Kaiser am 15. Oktober den Bahnhof Hügel erreichte, besuchte Margarethe Bertha in ihrem Ankleidezimmer und bewunderte ihre Tochter in dem kostbaren Brautkleid. Durch den Schnitt betonte es Berthas schlanke Taille. Der Schleier ließ ihre

Gesichtszüge weiblich und mädchenhaft zugleich wirken. Genau so hätte Margarethe sich als Kind eine Prinzessin vor ihrer Hochzeit vorgestellt. War dieses wunderschöne Wesen wirklich ihre Tochter?

»Du siehst bezaubernd aus«, sagte sie. »Würdevoll und liebreizend. Taffy kann sich glücklich schätzen.«

»Er macht sich ein wenig Sorgen, dass er zu klein neben mir erscheint«, sagte Bertha. »Er meinte, ich wäre gegen ihn eine stolze Germania, und Barbara, die es zufällig mit anhörte, meinte, Napoleon wäre auch kleiner als Josephine gewesen. Aber er könnte sich ja für das Foto ein Stück hinter mich auf die Treppe stellen, dann würde es nicht so sehr auffallen.«

Margarethe musste sich ein Lächeln verkneifen. Das war typisch für Barbara.

»Und was sagte Taffy?«

»Er sagte, hinter jeder großen Frau steht ein Mann, der ihr den Rücken freihält. Vor allem, wenn er ihren Namen seinem eigenen hinzufügt.«

Jetzt lachte Margarethe wirklich. »Ich liebe seinen Humor. Humor ist der beste Weg, Unsicherheiten zu überspielen. Und was ist mit dir? Überwiegt die Freude oder die Aufregung?«

Bertha senkte den Blick. »Es fühlt sich seltsam an«, gestand sie. »Heute ändert sich alles in meinem Leben, obwohl doch alles bleiben sollte, wie es ist. Anderswo verlassen die Töchter das Elternhaus, aber hier verlassen alle mich, um Taffy Platz zu machen.«

»Niemand verlässt dich, mein Schatz. Wir gewähren dir nur den Platz, den du brauchst, um hier deine eigene Familie zu gründen und die Geschichte unserer Dynastie fortzuführen. Ich bin immer ganz in deiner Nähe, aber doch weit genug entfernt, damit du deine Flügel ungestört ausbreiten kannst, um zu deinen eigenen Zielen zu fliegen. Das Leben hat dir bislang viel geschenkt, und es wird dir mit Sicherheit noch weitere wunderbare Momente schenken. Genieße jeden einzelnen, damit du gewappnet bist für die düsteren

Tage, die auch Teil deines Lebens sein werden. Die Düsternis mag für Fremde nicht als solche zu erkennen sein, aber unser scheinbar so behütetes Leben kann auch voller Sorgen sein.«

»Ich weiß«, sagte Bertha leise. »Ich wünschte, Papa wäre heute dabei.«

»In unseren Herzen ist er dabei.«

Taffy war ebenfalls entzückt von seiner Braut, als er sie in der Kleinen Bibliothek traf, wo sie gemeinsam auf den Kaiser warteten, bevor sie mit ihm zusammen in die errichtete Kapelle schreiten würden. Barbara und Tilo hatten den Landesvater mit Margarethes Brüdern Siegfried und Felix am Bahnhof erwartet und begleiteten ihn nun zur Villa Hügel. Siegfried trug seine Galauniform als Oberst und machte ordentlich was her. Ein wenig bedauerte Margarethe es, dass ihre Mutter Eleonore die Reise zur Hochzeit ihrer Enkelin aus gesundheitlichen Gründen hatte absagen müssen. Sie wäre an diesem Tag gewiss sehr stolz gewesen, ihre Kinder und Enkeltöchter in der Gegenwart des Kaisers zu sehen. Wieder einmal dachte Margarethe, wie sehr sich die Zeiten geändert hatten. Einst hatte ihre Mutter es ihr verübelt, als Gouvernante bei bürgerlichen Briten zu arbeiten. Jetzt erlebte sie, dass ausgerechnet jene Tochter, die einen Bürgerlichen geheiratet hatte, den Hochadel um sich scharte. Nun gut, sie war die Witwe des Kanonenkönigs. Oft genug hatte sie das selbst scherzhaft als einen Adelstitel bezeichnet. Vermutlich prosperierte das Deutsche Reich deshalb mehr als die meisten anderen Monarchien: Bürgerlichen war es möglich, in den höchsten Kreisen Anschluss zu finden, wenn sie nur tüchtig und fleißig genug waren, ganz wie es den viel gerühmten deutschen Tugenden entsprach. Nicht die Geburt ist das, was zählt, sondern das, was ein Mensch daraus macht.

Der Kaiser trug wie immer Uniform und war bester Laune, als er Margarethe und das Brautpaar in der Kleinen Bibliothek empfing.

»Sie sind die schönste Braut, die ich je gesehen habe«, sagte er zu

Bertha, während er ihr aus dem obligatorischen Hofknicks aufhalf und die Hand küsste. »Aber verraten Sie es nicht der Kaiserin.« Er zwinkerte ihr zu. Bertha errötete leicht, dann wandte sich Seine Majestät dem Bräutigam zu, der sich tief verbeugte.

»Sie sind ein Glückspilz, mein lieber Herr von Bohlen und Halbach. Eine schöne, junge Frau, die noch dazu den wichtigsten Betrieb des Reiches in die Ehe bringt. Ich hoffe, Sie erweisen sich der Ehre als würdig.«

»Jawohl, Eure Majestät.« Gustav richtete sich so gerade auf, dass er beinahe ebenso groß wie Bertha erschien.

»Graf von Eulenberg«, wandte der Kaiser sich nun an seinen Oberhofmarschall. »Lesen Sie doch einmal vor, was wir vorbereitet haben. Ich denke, die Brautleute sollten es als Erste hören, bevor wir es öffentlich verkünden.«

Der Graf nickte, dann zog er ein Dokument hervor.

»Mit diesem Namensvermehrungsbrief sind Sie ab sofort berechtigt, den Namen Krupp von Bohlen und Halbach zu führen«, sagte er. »Es handelt sich um einen erblichen Titel, der auch auf alle männlichen Abkömmlinge übergehen wird, die in den Besitz des Krupp'schen Familienvermögens gelangen.«

»Das bedeutet, jeder männliche Nachkomme, der der Firma Krupp voransteht, wird von nun an auch den Namen Krupp tragen. Die jüngeren Söhne müssen sich mit von Bohlen und Halbach begnügen«, ergänzte der Kaiser mit einem jovialen Lächeln, das zeigte, wie gut gestimmt er war.

»Vielen Dank, Eure Majestät«, sagte Bertha. »Meinem seligen Vater hätte das sehr viel bedeutet.«

»Dessen bin ich mir bewusst, und ich sehe es als einen Freundschaftsdienst an dem Verewigten, den uns das Schicksal leider viel zu früh entrissen hat«, erwiderte der Kaiser. »Nun denn, dann lassen Sie uns in die Kapelle gehen, damit die Ehe geschlossen und der neue Name in die Welt hinausgetragen werden kann.«

Es war eine wunderschöne Zeremonie, als Bertha und Gustav sich am Altar das Jawort gaben. Und wieder schweiften Margarethes Gedanken zurück in die Vergangenheit. Was für ein Unterschied zu ihrer eigenen Hochzeit mit Fritz, die nur im kleinsten Kreis gefeiert worden war, beinahe so, als hätte sein Vater sie verstecken wollen.

Als der Pastor die beiden zu Mann und Frau erklärte, erschien es Margarethe, als wäre ihr eine zentnerschwere Last von den Schultern genommen worden. Zugleich überwog die Vorfreude und Neugierde auf das neue Leben, das nun vor ihr lag und das sie gestalten konnte, wie sie wollte.

40

Die Tage nach Berthas Hochzeit blieben turbulent. Erst Ende November hatte Margarethe das Logierhaus ganz nach ihrem Geschmack als ihren künftigen Alterssitz eingerichtet. Sie war erleichtert, dass Barbara noch bis Mai bei ihr wohnte, um ihr die Eingewöhnung zu erleichtern. Bertha hingegen kam es seltsam vor, nun ganz allein über das große Haupthaus zu verfügen.

»Ich habe trotz allem das Gefühl, ich hätte euch vertrieben«, sagte sie. »Zumindest Barbara hätte doch noch hier wohnen bleiben können.«

»Ja, das hätte ich wohl«, erwiderte die Schwester. »Aber so hatte ich schon mal einen guten Grund, alles zusammenzupacken, wenn es dann im Mai mit Tilo nach Bonn geht.«

Tatsächlich hatte Barbara schon begonnen, einige ihrer Möbelstücke vorab in das Haus zu schicken, das sie nach ihrer Hochzeit mit ihrem Mann bewohnen würde. Somit waren beide Schwestern damit beschäftigt, sich ein neues Nest zu bauen, und Margarethe fand es ausgesprochen amüsant, dass es ihr ähnlich ging. Drei Frauen aus zwei Generationen, und für alle drei beginnt ein neues Leben. Für meine Töchter beginnt der Ernst, während ich mir die Freiheit nehmen werde, mein Leben ganz neu zu gestalten. Ich werde reisen, malen und mich weiter um meine Stiftungen kümmern.

Was ihr Lieblingsprojekt anging, die Stiftung für die Wohnungsfürsorge, hatte sie noch immer keinen Architekten gefunden, dessen Entwürfe ihr für eine Gartenstadt gefielen. Sie wollte keine neue Arbeiterkolonie und auch keine schlichten Reihenhäuser. Sie wollte etwas Besonderes, einen malerischen Ort erschaffen, um den man die Bewohner beneiden würde. Es sollte ein Ort sein, von dem die Menschen träumen konnten und an den sie, wenn sie dort als Kinder aufgewachsen waren, auch als Erwachsene voller Wehmut zurückdenken sollten. Ein kleines Paradies inmitten der rauen Wirklichkeit. Also ließ sie sich weitere Entwürfe zeigen, blieb jedoch hart, wenn ihr etwas nicht gefiel.

Im März 1907 musste sie diese Angelegenheit jedoch ruhen lassen, denn sie erhielt die Nachricht, dass ihre Mutter schwer erkrankt war. Margarethe machte sich gemeinsam mit Fräulein Brandt auf den Weg nach Blasewitz bei Dresden. Ihre Töchter hatten angeboten, sie zu begleiten, doch Margarethe hatte abgelehnt.

»Bertha, du musst dich jetzt um deine Gesundheit kümmern«, sagte sie mit liebevoller Strenge. »Du bist immerhin im vierten Monat und solltest dich um fröhliche Dinge kümmern. Überleg dir schon mal, wie du das Kinderzimmer gestalten willst.«

»Es ist erst im August so weit«, widersprach Bertha. »Und ich fühle mich wohl.«

»Trotzdem«, beschied Margarethe. »Deine Großmutter war nie einfach, und wenn sie leidend ist, wird sie umso unleidlicher zu anderen. Das solltest du dir nicht antun. Sei lieber dankbar, dass deine Ehe so schnell Früchte getragen hat, und tue nichts, um das Kind zu gefährden.«

»Und ich?«, fragte Barbara. »Ich muss noch kein Kinderzimmer gestalten, geschweige denn auf unreife Leibesfrüchte achten.«

»Nein, aber deine Hochzeit in zwei Monaten planen. Du wolltest doch noch mal nach Berlin reisen, um dort Einkäufe zu tätigen.«

»Glaubst du, ich könnte einfach so nach Berlin fahren, während meine Großmutter leidend ist?«

»Ja, gönn dir die Reise. Falls es wirklich schlimm um eure Großmutter steht, werde ich euch beiden telegrafieren, dann könnt ihr immer noch kommen.«

Die Töchter seufzten, aber insgeheim hatte Margarethe das Gefühl, sie wären doch ganz froh, daheim bleiben zu können. Es war schon, wie sie gesagt hatte: Ihre Mutter war kein einfacher Mensch, und wenn sie leidend war, war es oft nicht auszuhalten.

Schon bei ihrer Ankunft wirkte Eleonore unwirsch und empfing Margarethe mit einer Tirade von Vorwürfen, während sie wie eine Diva in ihrem Bett lag, umsorgt vom Personal, als wäre sie die Kaiserin höchstpersönlich. Oder schlimmer noch. Margarethe konnte sich nicht vorstellen, dass Kaiserin Auguste ihre Angestellten wegen jeder Kleinigkeit so herumscheuchen würde.

»Das Schicksal meint es einfach nicht gut mit mir«, klagte Eleonore. »Nicht mal zur Hochzeit meiner lieben Bertha konnte ich kommen, und nun werde ich wohl nicht einmal mehr die von Barbara erleben.«

»Was genau fehlt dir denn?«, fragte Margarethe vorsichtig.

»Du weißt, dass ich gern lebe. Ich hatte doch noch so viele Pläne, aber jetzt kann ich mich kaum mehr auf den Beinen halten, weil sie mir unter dem Körper wegsinken. Aber wenn sie wirklich einmal ihre Pflicht tun, dann bleibt mir schnell die Luft weg.«

»Gibt es eine Diagnose?«, fragte Margarethe weiter. »Etwas, das deine Ärzte behandeln können?«

»Ach, diese Horde von Quacksalbern! Die sagen immer wieder, es sei das Alter, oder verordnen Kuren, die kein vernünftiger Mensch einhalten kann.«

Margarethe zog sich einen Stuhl heran und setzte sich zu ihrer Mutter an die Bettkante. »Was für Kuren?«

»Seltsame Diäten und Wasserkuren.« Eleonore stieß es schnaubend hervor. »Anfangs habe ich es versucht. Aber es nützt ja doch nichts. Dann erzählte man mir, es sei das Alter. Aber es gibt doch so viele Leute in meinem Alter, die noch laufen können. Und dann kamen mir diese Quacksalber wieder mit der Diät und meinten, wenn ich mich nur an alles hielte, würde es schon besser. Dabei wissen die doch ganz genau, dass man das nicht einhalten kann. Sie reiben sich die Hände, lassen sich bezahlen und geben dem Kranken die Schuld daran, dass er nicht genesen kann.«

»Erlaubst du mir, dass ich mit den Ärzten spreche?«, fragte Margarethe.

»Was soll das schon bringen?«

»Ich könnte ihnen auf den Zahn fühlen.«

»Tu, was du nicht lassen kannst. Es wird ja sowieso nichts bringen. Vielleicht sollte ich lieber eine Reise in südliche Gefilde planen. Die römische Luft hat dir doch auch sehr gutgetan, nicht wahr?«

»Glaubst du denn, du könntest die Strapazen einer solchen Reise auf dich nehmen, wo du doch nicht einmal das Bett verlassen kannst?«

Eleonore richtete sich vorsichtig auf. »Dein Schwiegervater hat doch einstmals auch Rollen unter sein Bett montieren lassen, als er nicht mehr aufstehen konnte. Warum sollte ich das nicht tun?«

»Das mag im Haus funktionieren, aber auf Reisen? Wie wäre es, wenn ich dir einen dieser modernen Rollstühle besorgen würde?«

»Du meinst diese Krankenstühle auf Rädern?« Eleonore runzelte die Stirn.

»Warum nicht?«

»Damit jeder sieht, wie alt und gebrechlich ich geworden bin?«

»Nun, eben wolltest du noch dein Bett auf Räder stellen lassen, und jetzt ist dir ein Rollstuhl zu viel, der dir immerhin mehr Freiheit geben würde?«

»Ach, dann tu doch, was du nicht lassen kannst.«

Margarethe unterdrückte einen Seufzer. Manches änderte sich nie.

Anstatt die letzten Wochen, da Barbara noch bei ihr lebte, mit ihren Töchtern zu genießen, feierte Margarethe ihren dreiundfünfzigsten Geburtstag am 15. März 1907 am Krankenbett ihrer Mutter. Immerhin hatte sie sich durchgesetzt und einen Rollstuhl besorgt. Allerdings war Eleonore oft unleidlich und wollte sich nicht ankleiden lassen. Ihre Gelenke bereiteten ihr große Schmerzen, außerdem war sie oft kurzatmig. Die Ärzte, mit denen Margarethe gesprochen hatten, subsumierten all diese Symptome als Altersschwäche, und die Kuren, die sie verordneten, sollten einfach dabei helfen, den Körper zu entlasten.

Andererseits konnte Margarethe ihre Mutter auch sehr gut verstehen. Die vorgeschlagenen Diäten hätten eher einem Stallhasen Freude bereitet, aber keiner lebenslustigen Frau wie ihrer Mutter, die nun zur Ruhe gezwungen war. Und so gab es an Margarethes Geburtstag Kaffee und Kuchen und alles, was das Herz begehrte. Am Abend gönnte sie sich sogar einen kleinen Pfefferminzlikör.

Trotz allem war Eleonores Zustand schwankend. Plante sie in einem Augenblick noch Reisen für den Sommer, so konnte nur ein falsches Wort dazu führen, dass sie in Tränen ausbrach und ihren bald nahenden Tod heraufbeschwor. Um ihre Mutter abzulenken, versuchte Margarethe so oft wie möglich, mit ihr im Rollstuhl Ausflüge zu unternehmen. An manchen Tagen war die Stimmung lustig und heiter, doch Eleonore blieb labil und ihre Launen unberechenbar. Zudem fiel es ihr immer schwerer, sich um ihre körperlichen Verrichtungen zu kümmern. Trotzdem verweigerte sie Margarethe beharrlich die Einstellung einer Krankenschwester.

»Wenn ich erst einmal so weit bin, dass mir deine Hilfe oder die der Zofen nicht mehr genügt, kann ich mir gleich einen Sarg aussuchen.«

»Du solltest daran denken, dass ich nicht ewig hierbleiben kann, um dich zu versorgen«, gab Margarethe zurück. »Ich habe noch andere Pflichten. Barbara heiratet im Mai.«

»Dann bin ich längst tot! Willst du deine arme Mutter in diesem Zustand allein lassen? Hast du kein Herz?«

Zunächst hatte Margarethe auf diesen Vorwurf nicht reagiert, sondern das Thema in der Hoffnung gewechselt, dass sie ihre Mutter durch Beharrlichkeit vom Nutzen einer Krankenschwester überzeugen könnte. Doch nach einer weiteren Woche hatte sie genug, vor allem, da der Zustand ihrer Mutter so schwankend war, dass sie an manchen Tagen tatsächlich befürchtete, sie könnte den April nicht lebend erreichen. Deshalb stellte sie Eleonore vor vollendete Tatsachen, indem sie selbst eine Krankenschwester einstellte. Sie verriet ihr allerdings zunächst nicht, dass Mathilde kein neues Dienstmädchen war. Schwester Mathilde war bereit, die Scharade eine Weile mitzuspielen, denn sie hatte viel Erfahrung im Umgang mit gebrechlichen alten Menschen auf der Schwelle zum Tode. Gerade jene, die noch voller Lebenswillen steckten, wollten sich häufig mit ihrer Schwäche nicht abfinden und hatten, ganz gleich wie gläubig sie waren, tief in ihrem Innersten große Furcht vor dem Tod.

Nach einer Woche hatte Eleonore sich so sehr an Mathilde gewöhnt, dass Margarethe deren wahre Profession offenbarte.

»Dann glaubst du also, es geht mit mir zu Ende?« Eleonores Stimme war erstaunlich gedrückt und kein bisschen vorwurfsvoll. Margarethe spürte, wie ihr Herz schwer wurde. Vorwürfe waren besser zu ertragen als dieser Trübsinn, der sie selbst an die düsteren Tage ihrer eigenen Melancholie erinnerte, damals, als der Skandal um Fritz sie innerlich aufzufressen drohte.

»Nein«, sagte sie. »Gerade weil ich noch Hoffnung habe, möchte ich, dass du von einer professionellen Kraft gepflegt wirst. Für Menschen, die im Sterben liegen, mag das normale Hauspersonal reichen, aber wer noch einmal zurückkehren will in die Welt der Lebenden, der braucht die beste Pflege.«

»Glaubst du, ich kann zu Barbaras Hochzeit kommen?«

»Das weiß ich nicht. Warten wir ab, wie gut du dich im April erholst. Auf jeden Fall kann ich dich später auf den Hügel holen, wenn du wieder mehr Kraft hast. In meinem Haus wird sich immer ein Zimmer für dich finden, solange du lebst.«

Noch während sie es aussprach, begriff sie, dass ihr dieses Versprechen nur deshalb so leichtgefallen war, weil sie nicht mehr daran glaubte, dass ihre Mutter sich noch einmal so weit erholen würde. Andererseits würde sie ihr Wort halten, sollte dies der Fall sein. Tatsächlich gab diese Aussicht ihrer Mutter wieder etwas mehr Zuversicht, und sie nahm es Margarethe auch nicht übel, als sie Ende April zurück auf den Hügel fuhr, da Barbaras Hochzeit am 7. Mai näher rückte.

»In Gedanken werde ich bei euch sein«, sagte ihre Mutter zum Abschied. »Und wer weiß, vielleicht lebe ich ja schon bei euch auf dem Hügel, wenn Bertha meinen kleinen Urenkel zur Welt bringt.«

»Oder deine Urenkelin.«

»Ach was, ich habe im Gefühl, dass es ein Junge wird«, erwiderte Eleonore. »Nachdem es in der Familie eine Generation lang nur Mädchen gab, ist es wieder Zeit für einen Buben. Irgendwer muss ja den Namen weiterführen, schließlich kann nicht jede Generation so einen Handel mit dem Kaiser machen.« War da wirklich ein neckisches Lächeln im Gesicht der alten Frau? Ein letzter Rückblick auf ihre Jugend und ihre besten Jahre, in denen sie das Leben genossen hatte? Sechsundsiebzig Jahre war sie nun alt, ein stolzes Alter. Gewiss, es gab einige Menschen, die deutlich älter geworden waren, aber wenn Margarethe sich in ihrem Umfeld umsah, war es bereits eine Gnade, den siebzigsten Geburtstag zu erleben. Und den hatte ihre Mutter gefeiert, als Fritz noch gelebt hatte und all das Leid, das Capri über die Familie bringen würde, noch undenkbar schien.

Diese Gedanken erleichterten es ihr, die kranke Mutter zu verlassen, um sich gemeinsam mit Barbara um die letzten Vorbereitungen für die Hochzeit zu kümmern. Natürlich war die Sorge um den nahenden Tod ihrer Mutter immer allgegenwärtig, vor allem in den Nächten, wenn sie manchmal aus dem Schlaf aufschreckte, weil sie geträumt hatte, es wäre schon geschehen. Hoffentlich passiert es nicht am Tage von Barbaras Hochzeit, dachte sie bei sich. Sie hat so lange durchgehalten, da darf dieses Ereignis nicht wie ein dunkler Schatten über die Zukunft meiner Tochter fallen.

Der 7. Mai war ein wunderschöner Frühlingstag. Am frühen Morgen hatte Margarethe sich noch telefonisch bei Schwester Mathilde nach dem Zustand ihrer Mutter erkundigt. Die alte Dame habe gut geschlafen und bereits nach ihrem Frühstück verlangt, lautete die Antwort, und so war Margarethe beruhigt.

Barbaras Hochzeit wurde ähnlich wie die ihrer Schwester gefeiert, wenngleich die Gästeliste etwas kleiner war und der Kaiser sich diesmal nicht die Ehre gab. Barbara und Tilo waren ein wirklich schönes Paar, und die Liebe füreinander stand beiden während der ganzen Zeremonie ins Gesicht geschrieben. Margarethe saß neben Bertha, deren erste Schwangerschaft nun schon deutlich erkennbar war. Bald wird das Haus vom Leben einer neuen Generation erfüllt sein, dachte sie bei sich. Und wenn Barbara und Tilo auch Kinder haben, kommen sie uns im Sommer besuchen. Das Spatzenhaus wird von neuem Leben erfüllt, Berthas Kinder werden die Gastgeber ihrer Cousins und Cousinen sein.

Das anschließende Hochzeitsmahl orientierte sich stark an der Speisenfolge, die schon bei Berthas Hochzeit aufgetragen worden war. Pommersche Erbsensuppe, Seezungenschnitte, Hamburger Kalbsrücken mit Edelpilzen, Rehmedaillon mit Kastanienmus, dazu frischer Stangenspargel in Brüsseler Sauce, Pfirsich Melba, Käsestangen sowie sehr viel Obst und Desserts aller Art.

Kein Wunder, dass Frauen in meinem Alter ihre Taille verlieren, dachte Margarethe bei sich. Aber sie hatte sich entschieden, zur Würde einer künftigen Großmutter zu stehen und das Essen zu genießen.

Bereits am Tag nach der großen Feier brachen Barbara und Tilo zu ihrer Hochzeitsreise auf, um dann am 1. Juni ihr neues Haus bei Bonn zu beziehen.

Als Margarethe am 9. Mai erneut bei ihrer Mutter anrief, war die alte Dame sogar kräftig genug, selbst mit ihr zu telefonieren, und ließ sich die Hochzeitsfeierlichkeiten in aller Ausführlichkeit schildern.

»Ich glaube, ich werde dein Angebot annehmen und doch zu euch auf den Hügel ziehen«, sagte ihre Mutter zum Abschluss. »Ich bin heute nur sehr müde.«

»Dann lass uns darüber sprechen, wenn du ausgeruhter bist«, sagte sie und ließ sich noch einmal Schwester Mathilde geben.

»Was halten Sie davon?«, fragte sie die Krankenschwester. »Ist meine Mutter wirklich noch in der Lage, so einen Umzug zu verkraften?«

»Ich bin mir nicht sicher«, gestand die Schwester, nachdem sie das Telefonat auf einen anderen Apparat im Nachbarzimmer umgeschaltet hatten, damit Eleonore in Ruhe schlafen konnte. »Der Zustand Ihrer Mutter ist sehr schwankend. Manchmal denkt man, gleich geht es zu Ende, da bringt sie keinen ganzen Satz mehr hervor, und dann kann sie plötzlich wieder so wie eben telefonieren.«

»Und was denken Sie bei all Ihrer Erfahrung? Bitte seien Sie ganz ehrlich.«

»Ich würde noch den Monat Mai abwarten«, sagte die Schwester. »In diesem Monat könnte es sich entscheiden, entweder zum Besseren oder zum … Abschied.«

Margarethe nickte geistesabwesend, obwohl ihr Gegenüber es am anderen Ende der Leitung nicht sehen konnte.

»Ich werde mich morgen wieder melden, vielen Dank, Schwester Mathilde.«

Doch am nächsten Morgen war es Schwester Mathilde, die zuerst anrief.

»Frau Krupp, es tut mir sehr leid, aber … Ihre Mutter ist in dieser Nacht für immer eingeschlafen.«

Margarethe erstarrte innerlich. Sie hatte damit seit Wochen gerechnet, aber es jetzt zu hören, wo sie gestern Abend doch noch so lange mit ihr telefoniert hatte, war dennoch ein Schock. Ihre Mutter war tot. Ihre Mutter, an der sie sich so oft gerieben und die sie so viele Jahre nicht verstanden hatte, mit der sie sich dann doch nähergekommen war, als sie selbst Mutter geworden war. Ihre Mutter, die ihr Leben in dem steten Kampf um die eigene Freiheit geführt hatte und die, da niemand in ihrer Jugend Rücksicht auf sie genommen hatte, später selbst nur wenig Rücksicht kannte. Aber trotz allem war sie ihre Mutter gewesen. Ihre Mutter, die ihr niemals einen Ehemann aufgezwungen hatte. Eine Mutter, die zwar ihren Lebensweg als Gouvernante in England missbilligend beäugt, sie aber trotzdem nicht daran gehindert hatte. Vermutlich war es gerade dieser schwierige Charakter ihrer Mutter, der sie selbst hatte reifen lassen, der ihr die Stärke verliehen hatte, sich mit anderen schwierigen Charakteren zu messen, denen sie im Laufe ihres Lebens begegnet war.

Nun war ihre Mutter tot. Ihr Leben war vollendet.

»Ich bin froh, dass es letztlich doch so schnell und friedlich ging und sie mit dem Gedanken eingeschlafen ist, noch eine Zukunft zu haben. Ich hoffe, sie findet dort, wo sie jetzt ist, ihren Frieden«, sagte sie.

»Wollen Sie Ihre Geschwister benachrichtigen, oder soll ich es tun?«, fragte Schwester Mathilde.

»Ich werde das tun, vielen Dank.«

Als Erstes informierte Margarethe Bertha und Taffy, dann rief sie all jene aus ihrer zahlreichen Geschwisterschar an, die einen Telefonanschluss besaßen, und veranlasste an alle übrigen Telegramme. Diese Arbeit half ihr dabei, ihre Trauer zu bewältigen. Zu ihrem eigenen Erstaunen bemerkte sie, dass es sich ganz anders anfühlte als bei ihrem Vater oder Fritz. Der Tod ihrer Mutter war nicht überraschend gekommen, es war der Lauf der Dinge. In dem Moment, da ein Mensch geboren wird, ist er schon zum Tode verurteilt. Und wenn die Spanne dazwischen siebzig Jahre beträgt, war es ein langes Leben. Trotz allem war das Leben ihrer Mutter erfüllt, schließlich hatte sie sich in der zweiten Hälfte das genommen, was sie wollte.

Genau das werde ich jetzt auch tun, dachte Margarethe bei sich. Mir das vom Leben nehmen, was ich brauche, um glücklich zu sein.

41

Nach der Beisetzung ihrer Mutter hatte Margarethe trotz allem das Gefühl einer tiefen inneren Leere. Vielleicht, weil sie nun tatsächlich aller Sorgen ledig war. Ihre Töchter waren beide gut verheiratet, es gab niemanden mehr, um den sie sich sorgen musste.

Endlich hatte sie die Muße, sich um das zu kümmern, was ihr am Herzen lag, und das war vor allem ihre Stiftung für Wohnungsfürsorge. Doch noch immer hatte sie nicht den richtigen Architekten dafür gefunden.

Ob ich wohl zu anspruchsvoll bin?, fragte sie sich. Könnte ich nicht jeden Architekten nehmen, wenn ich ihm einfach nur sage, wie ich es mir vorstelle? Aber sie wusste, wie schwierig es war, mit jemandem über die eigenen Vorstellungen zu sprechen, wenn ihre Worte ganz andere Bilder in seinem Kopf zeichneten, als sie selbst sie vor ihrem inneren Auge sah. Und so bat sie Direktor Haux, der sie in dieser Angelegenheit noch immer unterstützte, eine gezielte Ausschreibung vorzunehmen, bei der es um die Gestaltung einer Gartenstadt gehen sollte.

»Eine Gartenstadt?«, fragte der Direktor nach. »Ich hoffe doch ohne Gartenlauben.«

»Nein, ich möchte eine Planung, die Gärten integriert. Ich habe neulich einen interessanten Artikel über die britische Gartenstadtbewegung gelesen. So etwas schwebt mir vor.«

Direktor Haux nickte und versprach, sich darum zu kümmern.

Einige Wochen später erhielt Margarethe das Portfolio des Architekten Georg Metzendorf. Der junge Mann war erst dreiunddreißig Jahre alt, aber er hatte schon einige interessante Projekte verwirklicht. Vor allem seine Arbeiten in Darmstadt faszinierten Margarethe, und so lud sie den jungen Mann ein, um gemeinsam über ihre Pläne zu sprechen.

Metzendorf machte einen sehr guten Eindruck auf Margarethe. Ein wenig erinnerte er sie mit seiner träumerischen Begeisterung an Fritz, wenn es um seine Meeresbiologie gegangen war. Das war gut, denn wer für seine Ideale brannte, der gab stets sein Bestes.

Sie erklärte ihm, was sie sich vorstellte, während er ihr gegenüber in ihrem Arbeitszimmer im Logierhaus saß. Der Architekt hörte ihr aufmerksam zu, und sie hatte das Gefühl, in seinen Augen lesen zu können, wie ihre Worte in seinem Kopf zu Bildern wurden.

»Sie möchten also eine moderne Gartenstadt für zwölftausend Bewohner?«, fragte er noch einmal nach. »So ein großes Projekt hatte ich bislang noch nie.«

»Ist es Ihnen zu gewagt?«

»Nein, ganz im Gegenteil.« Er lächelte. »Ich fühle mich dabei wie ein Städteplaner. Es ist wundervoll, ganz frei etwas Neues zu planen, sozusagen eine Stadt vom Reißbrett, die aber zugleich den Charme einer über Jahre gewachsenen Siedlung verströmen soll.«

Margarethe erwiderte sein Lächeln. »Ich sehe schon, Sie verstehen mich. Ich dachte an eine Mischung aus kleinen Villen und Häusern, wie ich sie in England gesehen habe, den Cottages.«

»Ja, das kann ich mir sehr gut vorstellen. Ich bin ein großer Freund der Gartenstadtbewegung.«

»Ich weiß, deshalb habe ich Sie ja ausgewählt. Also, was wären Ihre Vorschläge? Wie könnte man dieses Projekt am besten realisieren?«

»Wir haben ja viel Platz, und genau den sollten wir nutzen. Eine lebendige Stadt, in der die Menschen gern wohnen, besteht nicht nur aus Wohnhäusern und schmalen Gassen. Nein, sie braucht auch große, freie Plätze, auf denen sich die Menschen treffen oder Märkte abhalten können. Und wir brauchen natürlich auch ein Hotel, einen Gasthof und ein Zentrum mit Geschäften aller Art. Eine Stadt in der Stadt, wo es alles gibt und wo die Menschen sich geborgen fühlen. Ein Ort, den kleine Kinder und alte Menschen nicht verlassen müssen, weil alles in unmittelbarer Nähe ist.«

Er griff nach seinem Skizzenblock und fing an, den groben Grundriss einer Stadt zu skizzieren. »Das ist natürlich erst mal nur ein Gedankenspiel. Ich muss mir die Umgebung ansehen, dann kann ich richtige Entwürfe machen.«

»Und wie stellen Sie sich die Häuser vor?«

»Ihre Idee von Villen und Cottages ist ausgezeichnet. Wir sollten die Gelegenheit gleich beim Schopf packen und die Häuser modern ausstatten. Jedes Haus sollte über eine eigene Küche und ein davon getrenntes Bad verfügen. Die Zeiten, da die armen Leute in einem Zuber in der Küche baden, sollten längst der Vergangenheit angehören. Wohnungen ohne Bad und Toilette sollte man in unserer aufgeklärten Zeit gar nicht mehr bauen.«

»Ich habe die Grundrisse Ihres Musterwohnhauses gesehen. Genau so könnte ich mir das für meine Stiftungssiedlung vorstellen.«

»Und wir müssen natürlich an den Winter denken«, fuhr Metzendorf fort. »Wir brauchen eine moderne Heizung. Die kann man sicher gut mit den Kochgelegenheiten in der Küche koppeln. Damit wird die Bausubstanz erhalten. Ein großes Problem in den alten Wohnungen der bisherigen Arbeitersiedlungen besteht in der Schimmelbildung, weil sie feucht sind und die Menschen zu wenig Geld zum Heizen haben. Wenn wir ein effizientes Heizsystem einführen, steigert dies die Lebensqualität der Bewohner und erhält den Wert der Immobilie.«

»Ich bin beeindruckt, an was Sie alles denken. Ich freue mich schon auf Ihre ersten Zeichnungen und Entwürfe.«

In den folgenden Monaten nahm Margarethes Traum immer

mehr Gestalt an. Metzendorf schickte ihr seine Pläne und Entwürfe, die ihr sehr gefielen. Manchmal fügte sie noch einen Wunsch hinzu, legte eine Zeichnung bei, wie sie sich die Gestaltung wünschte, und war froh, dass ihr das Zeichnen lag. Metzendorf sah dies stets als Herausforderung, ihre Ideen zu integrieren. Niemals war er ungehalten, dass sie sich einmischte. Daran erkannte Margarethe, wie sehr er es genoss, sich mit ihr auszutauschen, um sich weiter inspirieren zu lassen. Hier war kein verknöcherter Theoretiker am Werk, sondern jemand, der seinem Werk wirkliches Leben einhauchen wollte.

Margarethe nutzte die Zeit nicht nur, um sich der Theorie hinzugeben. Sie machte auch häufig Ausflüge zum Baugebiet, obwohl dort noch nicht einmal der Grundstein gelegt worden war. Sie genoss es aber so sehr, sich vorzustellen, wie es wohl in ein paar Jahren aussehen würde, wenn hier eine kleine eigene Gartenstadt als Stadtteil Essens entstanden wäre. An diesem Ort wuchs etwas völlig Neues, hier entstand die Zukunft.

Die Wartezeit sollte ihr letztendlich sogar leichtfallen, denn in ihrem Privatleben zeigte sich die Zukunft in den rosigsten Farben: Sie wurde Großmutter. Am 13. August 1907 brachte Bertha ihr erstes Kind zur Welt, einen Jungen. Sie nannte ihn Alfried nach Fritz' Vater, der ursprünglich Alfried getauft worden war, aber seinen Namen später in Alfred geändert hatte.

»Wir haben uns für die alte Form entschieden, damit es keine Verwechslungen gibt«, sagte Bertha mit einem seligen Lächeln.

»Da der kleine Alfried mit Nachnamen Krupp von Bohlen und Halbach heißen wird, hätte es die ohnehin nicht gegeben«, erwiderte Margarethe. »Aber ich mag es, dass er in seinem Namen den Frieden trägt. Daran sollte man immer denken, auch wenn er irgendwann einmal einem der größten Rüstungskonzerne vorstehen wird.«

»Wie sagt doch der Lateiner: *Si vis pacem para bellum.* Wenn du

Frieden willst, bereite Krieg vor«, sagte Taffy, ganz der stolze Vater. »Wir werden ihm hoffentlich eine wunderbare, friedvolle Kindheit ermöglichen können, so wie wir sie hatten.«

Margarethe nickte. Ganz gleich, was die Zukunft bringen würde, in diesem Moment, im Hier und Jetzt, wo sich all ihre Träume erfüllt hatten, war sie glücklich wie schon lange nicht mehr. Und wenn sie an das Morgen dachte, sah sie nur ihre Stiftung wachsen und blühen. Was das Übermorgen bringen mochte, lag noch in weiter Ferne.

MARGARETHENHÖHE IN ESSEN, 8. AUGUST 1912

Der Kaiser kommt!«, rief ein kleiner Junge. »Ich kann ihn schon sehen!«

Überall auf dem kleinen Markt in der Siedlung, die offiziell *Margarethe Krupp-Stiftung für Wohnungsfürsorge* hieß, aber inoffiziell längst liebevoll Margarethenhöhe genannt wurde, hatten sich die Menschen versammelt. Heute sollte Margarethe Krupp als erste Frau überhaupt die Ehrenbürgerwürde der Stadt Essen erhalten. Anlass war das hundertjährige Firmenjubiläum, aber tatsächlich wollten die Menschen sie für ihre Stiftung feiern. Und natürlich kam der Kaiser nicht nur, um Margarethe zu ehren, sondern auch, um die weithin bekannt gewordene Wohnsiedlung für arme Familien zu besuchen. Außerdem wollte die Stadt Essen heute auch den neuen Brunnen auf dem Kleinen Markt einweihen, ein Kunstwerk, das bis dahin noch verhüllt war und von Schutzleuten streng bewacht wurde, damit es nicht von neugierigen Lausbuben vorzeitig enthüllt wurde.

Margarethe stand auf dem Balkon des *Gasthaus zur Margarethenhöhe*, der einen direkten Blick auf den Kleinen Marktplatz gewährte. Voller Stolz blickte sie auf die Siedlung, die hier entstanden war. Natürlich war sie längst nicht fertig, sondern nur der erste Bauabschnitt. Erweiterungen waren bis in die nächsten Jahrzehnte geplant. Bereits jetzt war dies aber ein Ort, wo die Menschen gern wohnten, wo auch Arme ein würdiges Zuhause fanden und Kinder glücklich aufwachsen konnten.

Der Wagen mit dem Kaiser hielt vor dem Gasthof, der rote Teppich lag bereit. Die Menschen jubelten. Kurz darauf trat der Kaiser neben Margarethe auf den großen Balkon und grüßte das Volk mit seiner typischen Handbewegung. Der Bürgermeister verbeugte sich und verlas die Rede, in der Margarethe zur Ehrenbürgerin Essens wurde.

»Jetzt hätten wir ein paar der Sozialisten hier haben müssen«, raunte der Kaiser ihr wie ein Lausbub zu. »Damit sie sehen, dass sie völlig überflüssig sind, wenn eine Frau wie Sie, Frau Krupp, dem Volk solch ein Zuhause schenkt.«

»Eure Majestät sind zu gütig«, erwiderte sie und hütete sich zu erwidern, dass unter den Bewohnern der Margarethenhöhe auch genügend Sozialisten waren. Immerhin hatten jene den Klassenkampf nun auf eine andere Ebene verlegt, indem sie ihren Kindern eine gute Schulbildung zukommen lassen wollten, was Margarethe durch weitere Stiftungen sehr förderte. Jedes Kind sollte das Recht haben, zu lernen und den Beruf zu ergreifen, den es sich wünschte. Auch die Mädchen.

Sie dachte daran zurück, wie sie selbst als Kind darum kämpfen musste, eine Schule besuchen zu dürfen und nicht länger nur von der Mutter daheim unterrichtet zu werden. Nicht jedes Kind hatte die Möglichkeiten, selbst für sich zu kämpfen, so wie sie es getan hatte. Ihr Blick flog zu der Ansammlung von Schulkindern, die hier versammelt waren, um später noch für den Kaiser zu singen.

Doch zunächst wurde der Brunnen enthüllt. Margarethe kannte die Zeichnungen bereits. Es war ein Springbrunnen mit vier Wasserspeiern. Das Motto, das dort eingemeißelt war, stand für ihr eigenes Leben.

GRABT SCHÄTZE NICHT MIT DEM SPATEN,
SUCHT SIE IN EDLEN TATEN.

Ich werde sicher noch viel erleben, dachte sie bei sich. Ich bin achtundfünfzig Jahre alt, rüstig und gesund und habe alles erreicht, was man sich wünschen kann.

Aber vermutlich werde ich nie wieder eine solche Ehre erfahren, nie wieder so hautnah die Liebe der Bevölkerung und die Anerkennung des Kaisers verspüren. Und deshalb will ich diesen Moment für immer festhalten, damit ich für immer davon zehren kann, dass eine Frau alles im Leben erreichen kann.

NACHWORT

Der vorliegende Roman greift das Leben von Margarethe Krupp auf. Ich habe mich bemüht, ihr Leben so realistisch wie möglich abzubilden, und bin dabei der Biografie ihrer Urenkelin Diana Maria Friz gefolgt, die unter dem Titel *Margarethe Krupp – Das Leben meiner Urgroßmutter* 2008 bei dtv erschienen ist.

Nichtsdestotrotz ist es ein Roman, der nur einen Eindruck des Lebens von Margarethe Krupp vermitteln kann.

Als Fachärztin für Psychiatrie und Psychotherapie habe ich mich vor allem bemüht, mich in das Seelenleben der Protagonisten einzufinden und ihre Gedanken so darzustellen, wie sie gewesen sein könnten. Vor diesem Hintergrund habe ich auch einige Dinge für mich interpretiert, die von ihren Biografinnen und Biografen womöglich anders gesehen werden.

Wahr ist, dass Margarethe gegen den Willen ihrer Mutter nach England gegangen ist und dass Fritz sie in England besucht hat. Auch die Geschichte mit dem Dienstbotenbett ist überliefert, ebenso wie die spätere Gouvernantentätigkeit für Prinzessin Alexandra.

Die Freundschaft von Margarethe mit Fritz' Mutter Bertha ist ebenfalls historisch belegt, ebenso wie das lange Werben und das daraus resultierende Zerwürfnis zwischen Alfred und Bertha Krupp.

In der Biografie von Diana Maria Friz wird das Verhältnis zwischen Margarethe und Alfred Krupp als problematisch dargestellt, dennoch wird beschrieben, dass es lange Gespräche zwischen den beiden gab. Gleichzeitig erschien mir die Beziehung zur Schwiegermutter Bertha als stark idealisiert dargestellt. Ich habe mir deshalb im Roman mein eigenes Bild gemacht und die Beziehungen so dargestellt, wie ich sie selbst anhand der Quellenlage einordne. Da ich es als Psychiaterin gewohnt bin, Familienkonstrukte zu analysieren, habe ich versucht, mich in Margarethes Gedankengänge einzufühlen. Ich wollte die Personen als leibhaftige Menschen mit Stärken und Schwächen darstellen und habe die Freiheit des Romans für meine eigene Interpretation genutzt.

Allerdings sind viele der beschriebenen Anekdoten wirklich passiert. So war Alfred Krupp über den staubigen Auftritt des portugiesischen Kronprinzen Dom Carlos tatsächlich so verärgert, dass er im Morgenmantel auftrat.

Der Capri-Skandal von Fritz ist eine der bekanntesten Episoden seines Lebens, und natürlich spielte dies auch eine wichtige Rolle in Margarethes Leben. Viele Menschen glauben bis heute, dass Fritz homosexuell war. Ich persönlich halte ihn für einen asexuellen Menschen, dem Sexualität nicht wichtig war. Wäre er tatsächlich homosexuell gewesen, stellt sich die Frage, warum es in jungen Jahren nie Gerüchte gab, sondern diese erst durch einen italienischen Zeitungsartikel aufgeworfen wurden. Anhand dessen, was über sein Leben auf Capri überliefert ist, halte ich ihn eher für einen Menschen, der dort seine Jugend nachholen wollte und gegen das ankämpfte, was man heute Midlife-Crisis nennt. In einer Zeit, in der der Vorwurf der Homosexualität jemanden gesellschaftlich ruinieren konnte, ist es nicht verwunderlich, dass seine Gegner zu diesem Vorwurf griffen. Die Tatsache, dass Fritz diese Anschuldigungen zunächst nicht ernst nahm und es deshalb auch zum Zwist mit Margarethe kam, die früh die Gefahr erkannte, spricht meines Erachtens dafür, dass er sich nichts vorzuwerfen hatte. Wäre er wirklich homosexuell gewesen, wäre er in der damaligen Zeit mit Sicherheit vorsichtiger gewesen. Die Zeitungsartikel sind in gekürzter Fassung weitestgehend im Original zitiert.

Offiziell starb Fritz an einem Schlaganfall. Es kursierten aber schon früh die Gerüchte, er hätte sich umgebracht. Ich halte die Selbstmordtheorie für wahrscheinlich, denn die überlieferten Verhaltensweisen erinnern an Menschen, die ihren Suizid geplant haben. So sorgte er dafür, dass seine Frau nicht anwesend war, und verbrachte den Abend ganz normal mit seinen Töchtern. Die beschriebenen Symptome passen nicht zu einem Schlaganfall. Außerdem rechnet man bei einem Schlaganfall, den man im ersten Anlauf überlebt, nicht mit seinem Tod. Tatsächlich wollte Fritz seine Töchter aber nicht mehr sehen. Hätte er einen Schlaganfall erlitten, hätte ein so liebevoller Vater wie er seine Töchter mit Sicherheit sehen und beruhigen wollen. Dass er, wie es in der Überlieferung heißt, ihre Trauer nicht sehen wollte, interpretiere ich so, dass er ein schlechtes Gewissen hatte, als er begriff, was er getan hatte. Dazu passt auch Margarethes Wut, denn es ist überliefert, dass sie seinen Leichnam tatsächlich voller Wut geschüttelt haben soll. Zu einer Frau wie Margarethe hätte es aber nicht gepasst, jemanden, der wirklich an einer Erkrankung verstorben wäre, zu schütteln.

Es ist auch historisch belegt, dass sie bei Professor Binswanger in Behandlung war. Die Art, wie diese Therapiegespräche geführt wurden, entspringt meiner Fantasie, aber sie hätten so abgelaufen sein können. Ich habe diese Gespräche genutzt, um für mich selbst noch einmal nachzuschärfen, wie ich Margarethes Entwicklung erlebt habe.

Die Beziehung zum Kaiserhaus war sehr eng und entspricht im Großen und Ganzen der Darstellung im Roman, wenngleich die Gespräche Margarethes mit der Kaiserin Auguste fiktiv sind. Allerdings hätten sie so gewesen sein können, wenn man den Briefwechsel der Krupps mit dem Kaiserpaar zugrunde legt.

Überliefert ist auch, dass Margarethe mit Prinzessin Maria-Anna von Dessau befreundet und dass diese lesbisch war. Im Roman habe ich diese Freundschaft ausgeschmückt, um Margarethe einen Gegenpart zu geben, vor dem sie ihre Gedanken reflektieren kann, aber auch, um den Leserinnen und Lesern zu vermitteln, was es damals bedeutete, homosexuell zu sein.

Die Gouvernante Fräulein Germer ist rein fiktiv, ihre Figur erfüllt aber eine ähnliche Funktion wie später Maria-Anna.

Im Jahr 1906 rief Margarethe anlässlich der Hochzeit ihrer Tochter Bertha die *Margarethe Krupp-Stiftung für Wohnungsfürsorge* ins Leben. Der Auftrag an den Architekten Georg Metzendorf wurde erst 1908 vergeben. Aus dramaturgischen Gründen habe ich es zeitlich ein Jahr vorverlegt, um zu zeigen, wie Margarethe nach dem Tod ihrer Mutter und den Hochzeiten der Töchter in ihr neues Leben als Wohltäterin findet. Zwar war sie schon immer eine freigiebige Spenderin, aber die Wohnungsfürsorge lag ihr besonders am Herzen. Die intensive Zusammenarbeit mit dem Architekten ist so nicht belegt, aber ich könnte mir vorstellen, dass es so gewesen ist. Margarethe war eine begeisterte Malerin und Zeichnerin, zudem hielt sie ihre Verbindungen nach Großbritannien stets aufrecht. Daher kann ich mir auch gut vorstellen, dass sie die Idee zu einer Gartenstadt mit den kleinen Cottages schon früh selbst hatte.

Ihre enge Verbindung zu ihren Geschwistern, vor allem zu ihrem Bruder Felix, dem Kunstmaler, ist ebenfalls belegt.

Einige Ereignisse aus dem Leben Margarethe Krupps habe ich aus dramaturgischen Gründen weggelassen, da sie den Rahmen des Romans gesprengt hätten. Wer sich ein Bild vom Leben der wahren Margarethe machen möchte, dem sei die Biografie von Diana Maria Friz ans Herz gelegt, in der auch zahlreiche ihrer Briefe zitiert werden.

Der Langsame sieht mehr.

Coveränderungen vorbehalten

Sten Nadolny

Die Entdeckung der Langsamkeit

Roman

Piper Taschenbuch, 384 Seiten
ISBN 978-3-492-20700-3

Seit seiner Kindheit wünscht sich John Franklin, zur See zu fahren, obwohl er dafür denkbar ungeeignet ist, denn in allem, was er tut, ist er extrem langsam. Doch was er einmal erfasst hat, vergisst er nicht mehr. Er geht zur Marine und erlebt den Krieg. Insgeheim aber träumt er von der Entdeckung der legendären Nordwestpassage. Als Kommandant eines Schiffes begibt er sich auf die Suche … Sten Nadolnys vielfach preisgekrönter Bestseller über den englischen Nordpolfahrer John Franklin (1786–1847).

Leseproben, E-Books und mehr unter www.piper.de